PAPIER FRESSERCHEN
MTM-VERLAG
DIE BÜCHER MIT DEM DRACHEN

Impressum:

Personen und Handlungen sind frei erfunden.
Ähnlichkeiten mit lebenden oder verstorbenen Personen sind zufällig und nicht beabsichtigt.

Besuchen Sie uns im Internet:
www.papierfresserchen.de

Mühlstraße 10, D- 88085 Langenargen
Telefon: 08382/9090344
info@papierfresserchen.de

Erstauflage 2015

Lektorat: Melanie Wittmann
Herstellung: Redaktions- und Literaturbüro MTM / www.literaturredaktion.de
Titelbild: Maron Fuchs
Gedruckt in der EU
ISBN: 978-3-86196-364-6 – Taschenbuch

Eisige Kälte

Maron Fuchs

Für die wohl cleverste, wunderbarste, liebevollste und coolste Frau, die ich jemals kennenlernen durfte: meine Mutter Martina. Danke für deine Unterstützung und dein Vertrauen. Ich hab dich sehr, sehr lieb.

Nichts außer Dunkelheit

Bitte schau nicht her. Mach die Augen zu und denk an etwas Schönes. Ich will nicht, dass auch du diese hässliche, bösartige Welt erlebst. Versteck dich hinter mir. Und sieh weg.

Mit großen, angsterfüllten Augen blickte meine kleine Schwester mich an. „Geh nicht!", flehte sie. „Lass mich nicht allein!"

Ich nahm das achtjährige Mädchen sanft in meine Arme. „Ganz ruhig, Nele. Ich bin gleich wieder da. Hab keine Angst. Warte hier und alles wird gut."

Wir saßen nebeneinander in unserem gemeinsamen Zimmer auf meinem alten, schäbigen Bett, das direkt neben Neles stand. Eigentlich brauchte meine kleine Schwester kein eigenes Bett, sie schlief sowieso jede Nacht bei mir. Und das konnte ich ihr nicht verdenken bei den vielen Albträumen und Ängsten, die sie Nacht für Nacht auszustehen hatte.

Der Raum war nicht groß, doch ich war dankbar dafür, dass wir ihn hatten. Eine Fluchtmöglichkeit. Einen Rückzugsort. Jedenfalls tagsüber.

Die Mittagssonne schien durch das große Fenster herein und erhellte das Zimmer. Ich war gerade erst von der Schule gekommen und hatte mich auf das nun bevorstehende Wochenende gefreut. Dabei gab es überhaupt keinen Grund, sich auf irgendetwas zu freuen. Jedenfalls nicht in diesem Haus.

Nele schüttelte heftig den Kopf, ihre schulterlangen dunkelbraunen Haare fielen ihr dabei ins Gesicht. „Bitte, Lara, bitte geh nicht!"

Ein lauter, hoher Schrei drang gedämpft zu uns vor. Unwillkürlich zuckte ich zusammen und drückte Nele fester an mich; egal wie oft ich diese Schmerzensschreie hörte, mir drehte sich jedes Mal wieder der Magen dabei um. Und meiner kleinen Schwester ging es offensichtlich nicht anders.

„Nele, ich muss", flüsterte ich und zog meinen MP3-Player aus der Tasche meiner abgetragenen Jeans. „Bleib in unserem Zimmer, schau aus dem Fenster und hör Musik, dann ist es ganz schnell vorbei, ja?"

Sie schniefte. „Versprochen?"

Ich strich ihr durchs Haar. „Versprochen", antwortete ich und steckte ihr die Kopfhörer in die Ohren.

Dieser MP3-Player war mein einziger und wichtigster Besitz. Ohne ihn und die beruhigenden Lieder darauf hätte ich meine Schwester nicht vor dem bewahren können, was außerhalb dieses Zimmers vor sich ging.

Ich drehte die Lautstärke so weit auf wie möglich und drückte auf *Play*. Jetzt würde Nele nichts von den Geschehnissen vor dieser Zimmertür mitbekommen. Hoffentlich.

Wieder hörte ich einen Schrei, dann brüllte eine andere tiefere Stimme: „Das hast du davon, du Miststück!"

„Bitte, nein, nicht!", wimmerte die helle Stimme wieder.

Ich schluckte schwer und ballte die Hände zu Fäusten. „Ruhe bewahren", sagte ich mir. „Nicht ausrasten." Langsam stand ich vom Bett auf und drückte Neles Hand noch mal fest. Ich lächelte die Kleine aufmunternd an, ihre graugrünen Augen musterten mich besorgt. Dann ging ich zur Tür, auch wenn ich wusste, dass ich sie nicht allein lassen sollte. Aber ich konnte unmöglich nur im Zimmer warten, bis alles vorbei war.

Mit zitternden Fingern strich ich mir eine hellbraune Haarsträhne aus dem Gesicht. Bevor ich den Raum verließ, nahm ich das Telefon, das sich auf meinem alten, viel zu niedrigen Schreibtisch befand, und wählte die Nummer des Notarztes. Sie lag sowieso auf der Taste für die Wahlwiederholung. Nach dem zweiten Läuten hob jemand ab. „Notrufzentrale", meldete sich eine Frauenstimme. „Wie kann ich Ihnen helfen?"

„Mein Name ist Larissa Kurz", stellte ich mich vor. „Wir brauchen dringend einen Krankenwagen in der Fichtestraße 13, bitte beeilen Sie sich."

„Bewahren Sie Ruhe", rasselte die Frau den Standardsatz runter. „Was ist denn genau passiert?"

Wie oft hatte ich dieses Gespräch eigentlich schon geführt? Mindestens einmal die Woche. Langsam sollten die Leute in der Notrufzentrale bei meinem Namen schon wissen, was los war.

„Etwas Schlimmes", antwortete ich nur und legte auf. Mehr Zeit konnte ich nicht verschwenden, im Gegenteil, ich musste vielmehr Zeit schinden, bis der Notarzt kam.

Mit leisen Schritten verließ ich das Zimmer. Nele blickte mir ängstlich nach, bis ich die Tür geschlossen hatte. Es tat richtig weh, die Kleine kurz allein lassen zu müssen, aber es ging nicht anders.

Der Flur und das Treppenhaus, vor dem ich stand, wirkten viel düsterer als das Zimmer, in dem ich bis eben noch gesessen hatte. Und die bisher gedämpften Stimmen klangen nun ganz nah. Genau genommen waren sie etwa fünf Schritte von mir entfernt.

Eine Frau, Mitte 40, mit dunkelbraunen Haaren und angstvoll aufgerissenen Augen stand auf dem Flur, direkt vor der Treppe zum Erdgeschoss. Ihr Make-up war von ihren Tränen völlig verschmiert worden, alte Prellungen zeigten sich überall in ihrem Gesicht und ihr linkes Auge war angeschwollen. Sie zitterte am ganzen Körper und vom T-Shirt, das nur knapp bis zur Jeans reichte, war der linke Ärmel abgerissen.

Ein Mann, etwa im selben Alter, hielt sie am Oberarm gepackt. Sein schwarzes Haar fiel ihm in die Stirn, er wirkte ungewaschen, wie immer. Wobei er manchmal erschreckend gut aussehen konnte, schließlich war er ziemlich groß, muskulös und hatte ein freundliches Lächeln. Wenn er denn lächeln wollte, was zu Hause natürlich nie der Fall war. Außerdem wusste ich, dass dieser Teufel nichts Freundliches an sich hatte.

Jetzt stand ihm sein Jähzorn ins Gesicht geschrieben und die Alkoholfahne aus seinem Mund roch ich sogar aus der Entfernung. Wobei es sowieso im ganzen Haus nach Alkohol und Nikotin stank. Schließlich tat dieser Mistkerl nichts anderes als saufen, rauchen und schlagen. Ich seufzte leise bei dem Anblick und betrachtete traurig die Frau. Ich hasste diese Situationen. Und ich hasste es, dass sie immer öfter vorkamen.

Bevor ich mich zu Wort melden konnte, um den Mann am nächsten Schlag zu hindern, drehte er sich zu mir um. Er grinste und entblößte dabei seine gelblichen Zähne. „Engelchen, solltest du nicht lieber in dein Zimmer gehen?"

Wie ich es hasste, wenn er mich so nannte ...

„Gilbert, lass Saskia los", verlangte ich mit ruhiger Stimme. „Ich finde, für heute hast du sie genug verprügelt. Sie kann ja kaum noch stehen."

„Halt dich da raus", zischte er und fixierte mich wütend. Seine dunkelgrünen Augen verengten sich zu Schlitzen. „Oder du bist die Nächste."

Ich schluckte unmerklich. „Ich war ja wohl schon gestern dran", antwortete ich bitter und blickte auf meine Arme, die von blauen Flecken bedeckt waren.

Dank Gilbert konnte ich außerhalb dieses Hauses nie kurze Hosen oder T-Shirts anziehen, ohne dass jemand die vielen Verletzungen sehen würde. Gut, jetzt im Winter wollte ich in der Schule keine kurzen Klamotten tragen, aber selbst im Sommer musste ich in Jeans und Pullover herumlaufen.

Er wandte sich wieder seiner Frau zu, mich ließ er links liegen.

Hätte Saskia dieses Schwein doch nur nie geheiratet! Aber er hatte es schlau angestellt, er hatte seine brutale Seite erst nach der Hochzeit gezeigt, vor ungefähr vier Jahren. Da hatte er seine Frau zum ersten Mal verprügelt. Und jetzt schimpfte er sich Neles und mein Stiefvater.

„Lara", wimmerte Saskia. „Es ist schon gut ... es war meine Schuld ..."

Ich schnaubte verächtlich. „Was hast du denn diesmal getan? Ihm das Bier nicht schnell genug gebracht?"

Abrupt wirbelte Gilbert zu mir herum und fixierte mich. In seinem Blick lag eine kranke Mischung aus Wut und Lust, die mich innerlich erschaudern ließ und unangenehme Erinnerungen hervorrief.

Mit eiskalter Miene erwiderte ich diesen Blick, ohne mir eine Reaktion anmerken zu lassen. Denn es gab drei Dinge, die man in Gilberts Nähe auf keinen Fall tun durfte, wenn man an seinem Leben hing: Angst zeigen, nachgeben und ihm den Rücken zukehren. Er liebte es, wenn er Saskia und mich zum Weinen brachte und er uns die Panik ansah, das hatte ich schon vor drei Jahren begriffen. Seitdem bemühte ich mich sehr darum, ihm nicht zu geben, was er wollte.

„Verschwinde, Engelchen", befahl er in schneidendem Tonfall. „Sofort."

„Damit du Saskia noch umbringst? Lieber nicht", entgegnete ich. Meine Stimme klang nicht so kalt, wie sie sollte. „Dafür hänge ich doch zu sehr an ihr."

Saskia war Neles Mutter und meine Adoptivmutter. Sie hatte mich vor über 17 Jahren adoptiert, kurz nach meiner Geburt eben. Und sie hatte mir von Anfang an gesagt, dass ich nicht ihre leibliche Tochter sei. Doch ich hatte mich bei ihr und ihrem Mann Wolfgang – Neles Vater – immer wohlgefühlt. Bis Wolfgang diesen schrecklichen Unfall gehabt hatte und gestorben war. Von da an war alles schiefgegangen.

Gilbert belächelte mich nur. „Sei ein braves Mädchen und geh in dein Zimmer. Sofort."

Ich schüttelte den Kopf, sodass ich meine offenen Haare durcheinanderbrachte und sie mir wieder aus dem Gesicht streichen musste. „Nein. Aber bitte tu mir den Gefallen und gib mir Bescheid, bevor du Saskia das nächste Mal verprügeln willst. Dann kann ich den Notarzt rechtzeitig anrufen." Meine Worte klangen nicht mal sarkastisch, sondern nur verbittert. Genau wie ich mich fühlte.

Saskia hatte Gilbert vor ziemlich genau fünf Jahren kennengelernt, im Januar 2009. Die beiden hatten schnell geheiratet, und Saskia hatte endlich wieder aus vollem Herzen gelacht. Ich war damals zwölf gewesen und ich hatte mich so für sie gefreut. Doch nach der Hochzeit hatte er plötzlich seinen Job bei der Schlosserfirma gekündigt, sich bei uns eingenistet und meine Mutter dazu gezwungen, ihn auszuhalten.

Wütend starrte mein Stiefvater mich an. „Du solltest dich etwas zurückhalten, wenn dir wirklich was an deiner Mutter liegt!"

Er wusste nicht, dass ich adoptiert war, und das sollte auch so bleiben. Ich wollte nicht, dass er mich allzu gut kannte. Es reichte schon völlig, was er mir antat. Ich verschränkte meine Arme vor der Brust. „Ich stehe hier, weil mir etwas an ihr liegt."

Er fuhr sich durch sein dunkles Haar. „Sie ist doch selbst schuld."

Klar, so lief das immer ab. Er schlug sie zusammen – oder mich – und meine Adoptivmutter deckte ihn. Sie hatte ihn noch nie angezeigt und mich immer wieder dazu überredet, es auch nicht zu tun. Denn sie liebte ihn so sehr, und die ganze Schuld lag bei ihr, weil sie ihn immer wieder verärgerte. Und jedes Mal sprach Saskia davon, dass alles besser werden würde, wenn wir uns nur mehr Mühe gäben, eine richtige Familie zu sein. Wenn ich mich Gilbert gegenüber besser benehmen würde.

Pah. In fünf Monaten, im Juni, würde ich 18 werden. Dann konnte ich mit Nele von hier verschwinden. Doch bis dahin musste ich noch mitspielen, zumal meine größte Angst war, dass meine kleine Schwester in ein Kinderheim musste, sollte ich die Polizei einschalten.

Mit langsamen Schritten ging ich näher zu Saskia und Gilbert. Dabei hielt ich mich an meine dritte goldene Regel, ihm niemals den Rücken zuzukehren. Nun stand ich direkt neben den beiden. „Lass sie los", verlangte ich wieder. „Du hast heute schon genug getan. Ihre Nase ist gebrochen, ihr Auge wird wochenlang blau sein und ... ist das ein Zahn, den du ihr ausgeschlagen hast?!" Für einen Augenblick gewann der Schock die Oberhand, doch dann riss ich mich wieder zusammen. Dieser miese Teufel ...

„Weißt du was?", fragte Gilbert beunruhigend lächelnd und verstärkte seinen Griff um Saskias Oberarm. „Du hast recht. Mit ihr bin ich fertig. Jetzt bist du dran!"

„Lass deine Finger von mir!", schrie ich, als er seine freie Hand nach mir ausstreckte. „Du stinkender Säufer!" Inzwischen konnte ich einfach keine Ruhe mehr bewahren. Mein Hass kroch immer wieder hoch, egal wie sehr ich versuchte, mich zusammenzureißen.

Seinetwegen ging hier alles schief. Seinetwegen bestand mein Leben nur noch darin, meine kleine Schwester vor ihm zu beschützen. Seinetwegen waren wir ständig knapp bei Kasse, denn er versoff all unser Geld und nahm nur im allergrößten Notfall einen Job an. Seinetwegen gab es bei uns kaum etwas zu essen. Seinetwegen konnte ich keine richtigen Freunde finden, weil ich alles dafür tun musste, um nicht aufzufallen.

Seinetwegen lebte ich in ständiger Angst vor dem Tod und vor dem Jugendamt, denn sollte einem meiner Lehrer oder unseren Nachbarn doch mal auffallen, was hier vor sich ging, dürfte Saskia Nele und mich nicht behalten. Und ich wollte auf keinen Fall, dass meine kleine Schwester ins Heim kam. Für mich gab es sowieso kaum noch Perspektiven, aber wenigstens sie sollte ein anständiges Leben führen können.

„Du bist zu weit gegangen, Engelchen!“, brüllte Gilbert und trat noch einen Schritt auf mich zu.

Von oben blickte er auf mich herab, sein stinkender Atem streifte meine Haut. Mir drehte sich beinahe der Magen um, doch ich zwang mich, seinen Blick zu erwidern.

„Das sollte ich dir sagen!“, fauchte ich.

Dafür erntete ich eine Faust im Gesicht. So fest wie möglich biss ich mir auf die Zunge, um nicht zu schreien. Ich würde diesem Mistkerl nicht geben, was er wollte. Niemals. Ein dumpfer Schmerz pochte in meiner linken Gesichtshälfte. Das würde ein blaues Auge geben. Mal wieder.

„Hast du genug, du kleine Streberin?“, fragte er.

Streberin. Nur weil ich durch stures Lernen gute Noten schrieb. Was blieb mir denn anderes übrig? Solange ich lernte, hatte ich eine Ausrede, nicht zu Hause zu sein. Ich konnte mich mit Nele in die Bücherei zurückziehen, so waren wir beide vor Gilberts Temperament in Sicherheit. Dank meiner guten Noten konnte ich auch hin und wieder Nachhilfe geben und mir etwas Geld dazuverdienen. Jedenfalls, wenn Gilbert es nicht merkte und mir mein Gehalt wieder abnahm, was viel zu häufig passierte.

„Von dir?“, entgegnete ich. „Schon lange.“

Offensichtlich unterdrückte er einen Wutausbruch, stattdessen grinste er. „Ich sollte mich wohl doch mal an deiner kleinen Schwester für dein Benehmen rächen, was?“

Unwillkürlich weiteten sich meine Augen. Alles, nur das nicht. Gilbert wusste genau, dass Nele meine Schwachstelle war. Und er nutzte es schamlos aus. Voller Hass blickte ich ihn an. „Leg dich mit jemandem in deiner Größe an!“

„In meiner Größe gibt's hier niemanden“, lachte er.

Nur weil er mit seinen 1,90 Meter einen Kopf größer war als Saskia, und auch etwas größer als ich. Wobei ich fand, dass ich mit meinen 1,78 Metern nicht gerade klein war. Aber ein hochgewachsenes, unterernährtes Mädchen mit herausstehenden Hüft- und Rippenknochen machte ihm natürlich keine Angst.

„Das wird mich nicht aufhalten, dir ins Gesicht zu spucken“, drohte ich. Er ließ Saskia immer noch nicht los. Hoffentlich kam der Notarzt bald ...

„Das würde ich dir nicht empfehlen, Engelchen", sagte er mit samtweicher Stimme und strich mir mit seiner freien Hand durchs Haar.

Ich unterdrückte den Brechreiz, der bei seiner Berührung in mir aufkam. Der schmale Flur wirkte in diesem Moment noch enger auf mich als sonst. „Lass Saskia endlich los!"

„Oder was?", fragte er und fuhr mit seinen Fingerspitzen weiter über meine Wange.

Kaum merklich zuckte ich zusammen; es tat weh, als er über die Stelle strich, die er gerade erst geschlagen hatte. Auch wenn er mich nur leicht berührte, der Schlag hatte gesessen.

„Oder ich rufe die Polizei", bluffte ich.

Seine Hand wanderte tiefer, über meinen Hals und mein Schlüsselbein. „Das wirst du nicht", antwortete er grinsend. „Und das wissen wir beide."

„Wenn du nicht sofort aufhörst und uns für heute in Ruhe lässt, werde ich das tun", drohte ich unbeirrt weiter. Ich ballte die Hände zu Fäusten und bemühte mich, so still zu stehen wie eine Statue. „Egal, was Gilbert tut, keine Reaktion zeigen", sagte ich mir und dachte an etwas Schönes. Ich dachte an Nele und daran, wie ich mit ihr draußen durch den Schnee spazierte und mit ihr einen Schneemann baute. Das sollte ich heute Nachmittag vielleicht wirklich machen.

„Ich bin aber noch nicht fertig für heute", entgegnete er und strich über meine Brust, wo seine Hand verharrte, wie ich befürchtet hatte.

„Nimm deine Finger weg", forderte ich.

„Vielleicht sollte ich dir einfach heute Nacht einen kleinen Besuch abstatten", überlegte er und fixierte mich mit seinen dunkelgrünen Augen.

Ich verdrängte die Bilder, die vor meinem inneren Auge erschienen. Und ich unterdrückte die Enttäuschung darüber, dass meine Adoptivmutter kein Wort des Protests von sich gab. Gut, vielleicht war sie inzwischen auch schon halb bewusstlos, aber auch sonst nahm sie mich nie in Schutz. Sie deckte immer nur Gilbert. Weil sie ihn ja so liebte. „Das wagst du nicht“, zischte ich. „Nicht schon wieder!“

Er grinste dreckig. „Worum wollen wir wetten?“

Ich atmete ein paarmal tief durch, dann umfasste ich sein Handgelenk und zog seine widerlichen Finger von meiner Brust weg. Doch das hätte ich besser nicht getan. Nun riss sein Geduldsfaden und sein Jähzorn flammte wieder auf.

„Ich bestimme hier, wo ich meine Hände habe! Ich allein!“, schrie er und rammte mir die Faust in die Magengrube.

Sofort würgte ich und krümmte mich. „Mist“, keuchte ich.

„So, Engelchen, jetzt bist du fällig!“, brüllte er und packte mich am Nacken.

Ich zog die Schultern hoch und warf den Kopf zurück. Gilberts Griff tat so schrecklich weh, zumal er auf ein Hämatom von vorgestern drückte. Gegen meinen Willen schrie ich auf.

„Nein, Gil, hör auf!“, flehte da eine schwache Stimme.

Überrascht blinzelte ich. Versuchte Saskia gerade wirklich, mich in Schutz zu nehmen? Das ... war eine Premiere.

Auch ihr Mann starrte sie fassungslos an. „Was?!“

Saskias dunkle Augen ruhten auf ihm. „Bitte, tu ihr nicht weh!“

Tatsächlich löste sich sein Griff um meinen Nacken. „Schnauze!“, rief er und drehte sich zu ihr um.

Ich nutzte diesen wertvollen Moment, um meinen rasenden Herzschlag zu beruhigen und tief durchzuatmen. Gleich müsste der Notarzt eintreffen. Vorsichtig legte ich meine Hand in den Nacken und strich über die schmerzende Haut. Wenn es doch nur nicht so lange dauern würde, bis blaue Flecken und andere Verletzungen verheilten. Wenn ich an den gebrochenen Arm letztes Jahr dachte oder an die Schnittwunde am Unterschenkel. Ganz zu schweigen von der Brandnarbe am Oberschenkel und manch andere Sachen. Da riss mich ein lauter Schrei aus meinen Gedanken. Gilbert hatte Saskia ins Gesicht geschlagen.

„Du gibst mir ganz bestimmt keine Befehle!“, brüllte er sie an. „Du nicht!“

„Gil, es tut mir so leid, es tut mir leid!“, wimmerte sie.

„Das sollte es auch, Miststück!“

Vor lauter Aufregung ballte ich meine zitternden Finger zu

Fäusten, mit rechts klemmte ich dabei den unteren Rand meines T-Shirts ein. „Lass! Sie! Los!“, knurrte ich, erstaunt darüber, wie bedrohlich meine Stimme klang. „Sofort!“

Da grinste er mich an. „Ich soll sie loslassen?“, wiederholte er. „Gerne.“

Verdutzt musterte ich ihn. Seiner plötzlichen Zustimmung traute ich nicht über den Weg. Außerdem bedeutete sein Grinsen nie etwas Gutes. Es ging so schnell, dass ich nichts tun konnte. Gilbert schubste Saskia mit aller Kraft von sich weg. Und sie fiel. Die Treppe runter, Stufe für Stufe, sie schrie und es polterte fürchterlich.

„Mama!“, schrie ich schockiert. Wirklich schockiert, denn ich hatte sie seit ihrer Hochzeit mit diesem Teufel nicht mehr so genannt. Seitdem war sie nur noch *Saskia* für mich gewesen.

Gilberts hämisches Lachen mischte sich mit dem Poltern. Ängstlich sah ich zwischen meiner Adoptivmutter und Gilbert hin und her, unschlüssig, was ich tun sollte. Doch diese Entscheidung wurde mir von einem markerschütternden Geräusch abgenommen. Einem Knacken. Wie hypnotisiert starrte ich die Treppe runter. Da unten im Erdgeschoss lag Saskias schlanker Körper, schlaff und bewegungslos, mit weit aufgerissenen Augen, die mich blind ansahen.

Dieses Knacken ... ihr Genick ... wie sie dalag ...

„Tot“, echote es in meinem Kopf. „Tot, tot, tot, sie ist tot. Sie ist tot. Sie wird nie wieder aufstehen. Sie ist tot!“

„Mörder!“, schrie ich hysterisch und trommelte mit den Fäusten gegen Gilberts Brust. „Du hast sie umgebracht! Du Arschloch! Sie ist tot!“

Es dauerte ein paar Sekunden, bis sich seine Fassungslosigkeit in brennende Wut verwandelte. „Halt's Maul!“, brüllte er und packte meine beiden Handgelenke.

Heftig schüttelte ich den Kopf, meine hellbraunen Haarsträhnen peitschten dem Mistkerl dabei ins Gesicht. „Nein! Das wirst du bereuen!“ Er starrte mich finster an. Blanke Verzweiflung, Hass und Trauer erfüllten mich, lähmten mich. Da spürte ich, dass mir gleich die Tränen kommen würden. Es schüttelte mich und mein ganzer Körper zitterte. Ich durfte nicht weinen! Nicht jetzt und hier, nicht vor Gilbert, der nur darauf wartete. „Ich bring dich um“, zischte ich. „Ich bring dich um, du Teufel!“

Er lachte verächtlich. „Oh nein, Engelchen." Da ließ er meine Handgelenke los und schlang seine Arme um mich. Er zog mich an seinen Körper, so fest, dass ich mich weder bewegen noch richtig atmen konnte. Sofort zitterte ich vor Angst. „Du kannst mir gar nichts tun", flüsterte er mir ins Ohr.

„Nimm deine Finger von mir, du Mörder!", rief ich gegen seine Brust.

Er lockerte die abstoßende Umarmung und spielte mit meiner Haarsträhne zwischen seinen Fingern. „Du wirst für jede Beleidigung büßen, genau wie deine Mutter für ihr Benehmen büßen musste."

„Sie hat dir nie was getan!", schrie ich verzweifelt.

Er verengte seine Augen zu Schlitzen. „Das sehe ich anders."

Voller Wut holte ich mit dem rechten Arm aus, um diesen Mistkerl zu schlagen. Doch noch in der Bewegung packte er mich und stieß mich weg, genau wie er es zuvor bei Saskia getan hatte.

Für eine Sekunde fühlte ich mich geradezu schwerelos. Aber dann fiel ich. Der Schmerz fuhr mir durch die Glieder, durch jedes einzelne. Ich wollte schreien, doch noch bevor ich das konnte, wurde mir schwarz vor Augen. „Nele", schoss es mir durch den Kopf. „Dieser Teufel darf Nele nichts tun!" Aber da wurde ich schon bewusstlos.

„Lara? Lara?" Jemand rüttelte mich sanft. „Lara!"

Ich keuchte leise; mir tat alles weh.

„Lara! Lara!"

Langsam atmete ich ein, dann aus. Ich spürte, dass ich auf einem Bett lag. Aber es fühlte sich so weich an ... Das konnte unmöglich mein Bett zu Hause sein. Wo war ich?

„Lara!" Die schwache Stimme wurde zu einem Schluchzen. „Laaaraaa!"

Mühsam schlug ich die Augen auf und schloss sie gleich wieder geblendet. Ein künstliches Licht erhellte den Raum und machte es mir schwer, mich umzusehen. Erst nach ein paar Sekunden gewöhnte ich mich daran. Ich blickte in wohlbekannte große graugrüne Augen, die mich besorgt und ängstlich musterten. „Nele", flüsterte ich erleichtert. Meine kleine Schwester saß neben mir auf dem großen Bett, ich lag zugedeckt darauf.

Sofort umarmte sie mich fest. „Lara!“, schluchzte sie.

Wieder keuchte ich auf. Mein Körper musste ein Wrack sein, noch mehr als sonst. Denn jede Berührung schmerzte, und bewegen konnte ich mich gar nicht, geschweige denn, mich aufrecht hinsetzen. Trotz aller Schmerzen gelang es mir, einen Arm unter der Bettdecke hervorzuziehen und durch Neles dunkelbraunes Haar zu streichen. „Alles ist gut, Schwesterchen“, murmelte ich beruhigend.

Nach und nach dämmerte mir, was passiert sein musste, nachdem ich in Ohnmacht gefallen war. Der Notarzt war gekommen und hatte mich ins Krankenhaus gebracht. Dort lag ich nun in einem Zimmer, allein, außer Nele befand sich niemand sonst im Raum.

Draußen war es dunkel, also musste es mindestens fünf Uhr nachmittags sein, wenn nicht noch später. Im Winter ließ sich die Zeit an der Helligkeit nur schwer bestimmen.

„Wie spät ist es?“, fragte ich meine kleine Schwester. Ich musste einfach wissen, was los war. „Und was ist passiert?“

„Es ist gleich sieben“, antwortete sie.

Ich war fast sechs Stunden bewusstlos gewesen? Wahnsinn ...

„Heute Mittag sind ganz viele Leute zu uns gekommen!“, fuhr sie fort. „Alle vom Krankenhaus! Und sie haben dich mitgenommen, und Mama auch, und mich. Gilbert haben andere Leute abgeholt, von der Polizei ...“

Oh Gott. Saskia. Das gebrochene Genick. Mit einem Schaudern fiel mir alles wieder ein. Wie sollte ich Nele nur erklären, was mit ihrer Mutter geschehen war? Oder hatte das schon jemand getan? Aber immerhin war Gilbert festgenommen worden. Doch was nun? Wie sollte es weitergehen? Beinahe hätte mir die Verzweiflung Tränen in die Augen getrieben, doch das ließ ich nicht zu. Ich wollte nicht weinen. Ich durfte es nicht. „Wie geht's dir denn?“, erkundigte ich mich und streichelte meiner Schwester über die Wange. „Du hast bestimmt Hunger, oder?“ Seit dem Müsli heute Morgen hatten wir nämlich nichts mehr gegessen.

Die Kleine strahlte mich an. „Die nette Frau hier hat mir was zu essen gemacht! Und mir einen Saft gegeben!“ Bestimmt redete sie von einer Krankenschwester. Ein Glück, dass Nele versorgt worden war. Ich würde gerade keinen Bissen herunterbekommen. „Hast du arge Schmerzen?“, wollte sie dann wissen und sah mich besorgt an. „Ach, ich komm schon klar“, beruhigte ich sie. Dass ich mich fühlte, als würde ich mindestens noch ein Jahr im Krankenhaus bleiben müssen, verschwieg ich lieber.

Dann kam die Frage, vor der ich mich schon ein wenig gefürchtet hatte. „Weißt du, wo Mama ist?“

Ich nickte langsam. „Ich werd's dir erzählen.“ Wenn ich eines konnte, dann Geschichten erzählen. Das hatte ich schon immer getan, um Nele abzulenken und sie träumen zu lassen.

„Oh ja, eine Geschichte!“, freute sie sich und lächelte mich an.

Ich schluckte schwer. Das würde jetzt nicht leicht werden. Mit sehr viel Willenskraft setzte ich mich aufrecht hin. Die stechenden, pochenden und dumpfen Schmerzen ignorierte ich weitestgehend. Ich breitete meine Arme aus und Nele verstand. Sie kuschelte sich an mich, ich legte ihr den linken Arm um die Schultern, mit der rechten Hand streichelte ich ihr übers Haar. Diese Geschichte würde nicht ganz so märchenhaft werden. „Du weißt doch, dass Mama sehr oft traurig war, oder?“, begann ich.

Nele nickte.

„Und dass sie oft Schmerzen hatte?“

Wieder nickte sie. „Weil Gilbert gemein zu ihr war, richtig?“

„Ja“, bestätigte ich. „Weil Gilbert gemein zu ihr war ...“

„Und zu dir auch“, ergänzte sie niedergeschlagen.

Leider hatte Nele mehr von seinen Taten mitbekommen, als mir lieb war. Aber sie war acht, kein Kleinkind mehr. Kein Wunder also. „Ja“, flüsterte ich. „Und Mama ist jetzt an einen Ort gegangen, an dem Gilbert nicht mehr gemein zu ihr sein kann.“

Überrascht sah meine kleine Schwester mich an. „Wo ist das denn?“

Oh Gott, was sollte ich denn bloß sagen? Ich ließ meinen Blick durch das karge Zimmer schweifen, über den kleinen Nachtschrank, auf dem ein Wecker und eine Flasche Wasser standen, über die kahlen Wände und zum Fenster, das den Blick auf den dunklen Himmel ermöglichte. Da fiel mir ein, wie die Geschichte weitergehen könnte. Aber zuerst griff ich nach der Wasserflasche. „Machst du mir die mal auf?“, bat ich Nele. Ich fühlte mich zu kraftlos, um den Schraubverschluss zu öffnen.

Die Kleine nickte und drehte den Deckel auf. „Hier!"

Ich lächelte sie an. „Danke."

Nachdem ich ein paar Schlucke getrunken hatte, machte Nele die Flasche wieder zu und ich stellte sie auf den Nachtschrank zurück. Ohne meine Schwester wäre ich jetzt vermutlich verzweifelt, jedenfalls hätte ich keinen Grund mehr gehabt, nach vorne zu blicken.

„Also", fuhr ich fort, „Mama hat einen ganz schönen Ort gefunden, an dem ihr niemand mehr wehtun kann."

„Gehen wir da auch bald hin?", fragte Nele.

Ich hoffte sehr, dass mein Gesichtsausdruck meine Trauer nicht verriet. Wobei ich mir nicht sicher war, ob ich trauerte, wütend war oder Angst hatte.

Saskia hatte mich nie vor Gilbert beschützt, und ich hatte angefangen, sie fast genauso sehr zu hassen wie ihn. Aber jetzt hatte sie mich einmal verteidigt, und dafür war sie gestorben. Der Gedanke daran schnürte mir den Hals zu. Und jetzt, da sie tot war, konnte ich unmöglich voraussagen, was mit Nele und mir passieren würde. Das machte mir Angst.

Ich hatte all diese Gefühle in mir ... Trauer, Wut und Angst. „Nein", antwortete ich. „Da gehen wir erst viel später hin."

„Warum?"

„Weil wir noch so jung sind."

Nele schob die Augenbrauen zusammen. „Oh ... heißt das, wir sehen Mama jetzt ganz lange nicht mehr?"

Ich nickte. „Genau. Aber ich kann dir zeigen, wo sie ist."

„Ja!", rief sie sofort begeistert.

Ich deutete mit dem Zeigefinger zum Fenster. „Siehst du die Sterne da draußen? Die vielen kleinen, leuchtenden Punkte?", fragte ich.

Nele nickte. „Ja!"

„Da ist Mama jetzt", flüsterte ich. „Bei den Sternen."

„Aber ... die Sterne sind so weit weg", jammerte Nele.

„Das stimmt", gab ich zu. „Aber sie sind auch wunderschön, nicht wahr?"

Sie lächelte. „Ja, sie sind schön."

„Also ist Mama an einem schönen Ort", erklärte ich. „Jedenfalls an einem schöneren Ort als in dieser grausamen Welt“, ergänzte ich in Gedanken. Laut sagte ich: „Und von da aus passt sie immer auf uns auf.“

„Genau wie Papa, oder?“

Verdutzt starrte ich sie an. Ich hatte nicht damit gerechnet, dass Nele nun nach Wolfgang fragen würde, zumal sie sich kaum an ihn erinnern konnte. „Ja, genau, Mama ist jetzt bei Papa.“

„Da freut sie sich sicher“, murmelte die Kleine. „Aber vermisst sie uns nicht?“

„Sie vermisst uns schrecklich“, antwortete ich mit erstickter Stimme und drückte Nele fester an mich, obwohl mein ganzer Körper dabei wehtat. „Aber sie weiß, dass wir sie irgendwann wiedersehen werden.“

Als meine Schwester lächelte, sah ich ihre Zahnlücke in der unteren Reihe, wo bald ein Eckzahn nachwachsen würde. „Und Papa auch?“

„Papa auch“, bestätigte ich.

Kurz blieb Nele still, dann sah sie mich ängstlich an. „Aber du bleibst doch bei mir, oder? Du gehst noch nicht zu den Sternen, oder?“

Ich strich ihr sanft über den Rücken. „Ich bleibe bei dir“, versprach ich. „Für immer und ewig. Ich bin doch deine große Schwester.“

„Ehrenwort?“

„Ehrenwort.“

Da umarmte sie mich fest. „Ich hab dich so lieb, Lara!“

„Und ich dich erst“, flüsterte ich. „Und ich dich erst ...“

Für einen kurzen, harmonischen Moment blieben wir einfach so auf dem Bett sitzen, einander umarmend. Ich schloss die Augen und legte meinen Kopf auf Neles. Für ein paar Minuten wollte ich nicht an das denken, was uns erwarten würde. Für ein paar Minuten wollte ich nur bei meiner Schwester sein.

„Oh!“, fiel ihr da ein. „Die nette Frau, die mir das Essen gemacht hat, hat mir gesagt, dass ich auf den orangen Knopf da drücken soll, wenn du wach wirst.“

Ach, klar, wahrscheinlich musste ich jetzt erst mal ein paar Fragen beantworten, darum sollte Nele die Krankenschwester rufen.

„Dann mach das doch mal“, entgegnete ich. Prompt drückte sie auf den Knopf.

Hier im Zimmer hörte ich nur ein leises Surren, doch bald darauf kamen Schritte näher. Die Tür wurde leise geöffnet und eine Frau mittleren Alters betrat den Raum. „Guten Abend“, begrüßte sie mich freundlich. Es schien, als wollte sie lächeln, aber irgendwie brachte die Blondine kein Lächeln zustande. „Wie gut, dass du wieder wach bist.“

Nele winkte der Frau zu und strahlte sie an.

„Hallo“, antwortete ich. „Vielen Dank, dass Sie sich um meine Schwester gekümmert haben.“ Ich ging einfach mal davon aus, dass diese Frau ihr das Essen gegeben hatte.

„Keine Ursache“, winkte sie ab. „Wie fühlst du dich? Brauchst du etwas?“

„Nein, danke. Geht schon“, sagte ich mit einem Seitenblick auf Nele.

Die Krankenschwester verstand, dass ich vor der Kleinen nicht über meinen Zustand sprechen wollte. „Es gibt da ein paar Leute, die mit dir reden müssen. Wäre es in Ordnung, dass ich in der Zwischenzeit eine Weile mit Nele spiele?“, fragte sie. „Wir haben tolle Brettspiele im Schwesternzimmer.“

Diese Frau war mir wirklich sympathisch. Ich lächelte schief. „Das wäre super.“ Dann wandte ich mich an meine Schwester. „Du hast doch bestimmt Lust auf ein kleines Spiel, oder?“

Unschlüssig sah sie mich an. „Ich will aber bei dir bleiben!“

„Es dauert nicht lange“, versprach ich.

„Das hast du heute Mittag auch gesagt!“

Ich schluckte. Ja, da hatte ich mich nicht an mein Versprechen gehalten ... Schuldbewusst sah ich die Kleine an. Da fiel mir auf, dass sie mit der linken Hand meinen MP3-Player umklammerte. Gut, dass sie ihn dabeihatte. Man konnte ja nie wissen, wann man ihn das nächste Mal brauchte. „Aber diesmal schaust du auf die Uhr und kommst in einer Stunde wieder, ja?“, schlug ich vor.

„Und wir spielen was Schönes“, ergänzte die blonde Krankenschwester.

„Na gut ...“, gab Nele zögerlich nach.

Ich küsste sie auf die Stirn. „Bis gleich.“

Sie lächelte. „Bis gleich." Dann sprang sie vom Bett und lief zu der Frau, die sie an der Hand nahm. Bevor sie gemeinsam das Zimmer verließen, wandte sich die Krankenschwester noch einmal an mich. „Ich werde gut auf sie aufpassen", versicherte sie mir.

Ich nickte langsam. „Das will ich hoffen."

„Und es wird sofort jemand zu dir kommen."

„Gut."

Nele winkte mir kurz zu. „Bis gleich, Lara!"

„Bis gleich, Nele!"

Kaum hatte die Krankenschwester die Tür hinter sich geschlossen und mich allein gelassen, legte ich meinen Kopf in den Nacken und seufzte. Meine Gedanken drehten sich im Kreis. Immer wieder sah ich vor meinem inneren Auge, wie Saskia die Treppe hinunterstürzte. Wie Gilbert sie und mich von Raum zu Raum prügelte. Und wie Nele in ein Kinderheim gesteckt wurde, was die schlimmste Vorstellung von allen war.

Da klopfte es an der Tür.

„Herein", sagte ich leise.

Eine etwa 30-jährige, brünette Frau in weißem Kittel und eine jüngere, ebenfalls dunkelhaarige Frau in grüner Uniform betraten mein Zimmer. Ärztin und Polizistin. Aha.

„Hallo, Larissa", begrüßte mich die Ärztin und kam an mein Bett, um mir die Hand zu schütteln. „Ich bin Dr. Lucak, du kannst mich gerne Annika nennen."

„Hallo", antwortete ich, ohne ihr meine Hand zu reichen. Ich mochte es nicht, angefasst zu werden. Die einzige Ausnahme machte ich bei Nele. Aber diesen wildfremden Frauen würde ich sicher nicht die Hand geben.

Die Ärztin ließ ihren ausgestreckten Arm kommentarlos sinken. „Wie geht es dir?", fragte sie.

„Es geht schon. Wird sicher bald wieder."

Die Polizistin blieb abwartend an der Tür stehen, ich beachtete sie nicht weiter.

„Nun, du hattest wirklich Glück", erzählte Dr. Lucak. „Du hast dir bei deinem Sturz nichts gebrochen. Du hast viele Prellungen, aber keine ernste Verletzung. Doch bei deiner Untersuchung ist mir einiges aufgefallen."

Ich schluckte aus mehreren Gründen. Erstens, mein Mund fühlte sich wie ausgetrocknet an. Zweitens, ich fand es grotesk, in dieser Situation von *Glück* zu sprechen. Drittens, ich hatte Angst, was der Ärztin aufgefallen war, und einige Schamgefühle.

„Viele deiner Verletzungen sind älter", fuhr die Frau fort.

„Ich weiß." Meine Stimme klang wie ein Krächzen.

„Und neben den zahlreichen Blutergüssen, Kratzern, Würgemalen und Prellungen sind mir auch Anzeichen von sexuellem Miss..."

„Ich weiß", unterbrach ich sie sofort.

Die Ärztin musterte mich mit einer Mischung aus Mitleid und Verständnis. „Dir ist klar, dass du der Polizei deswegen ein paar Fragen beantworten solltest, nicht wahr?"

Zögerlich nickte ich. „Ja. Aber könnten Sie mir zuerst etwas sagen?"

„Was denn?"

„Hat meine Schwester einen Kratzer abbekommen? Und ist Saskia wirklich ... ist sie wirklich ..."

„Deiner Schwester geht es bestens", antwortete die Ärztin ruhig. „Und eure Mutter, Saskia, hat sich ... bei dem Sturz von der Treppe tragischerweise das Genick gebrochen, ja."

Ich seufzte leise. Also doch.

„Was genau ist bei dir zu Hause passiert?", meldete sich nun die Polizistin zu Wort. Die junge Frau kam näher und setzte sich auf einen Stuhl neben dem Bett. „Also, heute Mittag."

Stumm fixierte ich die weiße Bettdecke. Wie sollte ich darüber reden? Ich hatte bisher noch nie davon gesprochen. Nie. Weder meinen Lehrern noch meinen Mitschülern hatte ich auf ihre vielen Fragen geantwortet.

Da legte mir die Polizistin eine Hand auf den Arm, reflexartig zuckte ich zurück und blickte sie ängstlich an. Bis mir klar wurde, dass sie mich gar nicht schlagen wollte ...

Die Dunkelhaarige wirkte traurig. Und wütend. „Ich sollte mich erst mal vorstellen", meinte sie schließlich. „Ich heiße Hanna. Hanna Seidel." Geistesabwesend nickte ich. „Larissa, bitte erzähl mir, was heute passiert ist", bat sie. „Deine Schwester hat gesagt, sie hat in eurem Zimmer auf dich gewartet und Musik gehört, bis die Sanitäter sie mitgenommen haben. Sie hat nichts mitbekommen."

„Gott sei Dank", flüsterte ich.

„Ich kann euch nicht helfen, wenn du nicht mit mir redest." Nun klang die Polizistin verzweifelt.

„Mein Stiefvater, Gilbert Haas ...", begann ich. „Er ... er hat Saskia geschlagen. Und ich wollte dazwischengehen. Dann hat er sie die Treppe runtergestoßen. Und mich hinterher."

Die junge Frau zog ein kleines Notizbuch aus ihrer Uniform und schrieb etwas hinein. „Hat dein Stiefvater deine Mutter oft misshandelt?"

Ich konnte die Geschehnisse nicht detailliert darlegen, ohne einen hysterischen Anfall zu bekommen, das wusste ich. Also antwortete ich eher knapp. „Ja. Mindestens einmal die Woche. Seit vier Jahren. Im letzten Jahr öfter."

„Und wie oft hat er dich geschlagen?"

Meine Unterlippe zitterte, das spürte ich. „Genauso oft."

„Du bist jetzt 17, oder?", fragte sie.

Überrascht von dem plötzlichen Themawechsel bejahte ich, fügte jedoch noch an: „Im Juni werde ich aber 18."

Sie nickte und kehrte wieder zu ihren ursprünglichen Fragen zurück. „Und wie oft hat dein Stiefvater dich sexuell miss..."

„Bitte", unterbrach ich sie mit schwacher Stimme. „Nicht ..."

„Auf jeden Fall letzte Nacht", meldete sich die Ärztin zu Wort. „Ich habe bei der Untersuchung recht eindeutige Anzeichen dafür gefunden. Es kann nicht viel länger her sein."

Ich ballte meine zitternden Hände zu Fäusten. Ich wollte das nicht so ausbreiten oder den beiden Frauen bei solchen Gesprächen zuhören.

„Hat er sich auch an deiner kleinen Schwester vergriffen?", fragte die Polizistin.

„Nein", antwortete ich. „Das konnte ich verhindern."

Die junge Frau lächelte mich an. „Du bist wirklich ein tapferes Mädchen."

Ja, ja. Das sagte sich leicht. Im Nachhinein. Wenn man nicht die geringste Ahnung davon hatte, wie es war, die Hölle zu Hause zu haben.

„Noch irgendwelche Fragen?" Ich klang ungeduldig, das wusste ich.

„Eine noch, vorerst", stimmte die Polizistin zu. „Hat deine Unterernährung auch mit deinem Stiefvater zu tun?"

„Ja", antwortete ich tonlos. Den Grund sollte sie sich selbst denken. Dass Gilbert all unser Geld versoffen und verraucht hatte und wir deshalb kaum Essen kaufen konnten.

Sie schob die Augenbrauen zusammen. „Wie kommt es dann, dass deine kleine Schwester nicht so dürr ist wie du?"

„Ich habe ihr meistens meine Portionen gegeben", erzählte ich leise. „Oder wenigstens mit ihr geteilt."

„Du hast dich wirklich vorbildlich um deine Schwester gekümmert", lobte mich die Ärztin. „Sie ist ein tolles Mädchen."

Da musste ich lächeln. „Ja, das ist sie."

„Eine Frage habe ich noch", fiel der Polizistin ein. „Warum hast du nie Hilfe geholt?"

Ausdruckslos sah ich sie an. „Weil Saskia diesen Mistkerl immer gedeckt hat, und mich hat sie auch dazu überredet. Und weil ... weil ..."

„Weil?", hakte die Polizistin nach. Ich senkte den Blick. „Larissa, bitte, rede mit mir!"

„Weil ... weil ich nicht wollte, dass Nele in einem Kinderheim aufwachsen muss", flüsterte ich. „Ich ... ich wollte bis zu meinem 18. Geburtstag durchhalten und dann für sie sorgen." Auch ohne hinzusehen, spürte ich die mitleidigen Blicke der beiden Frauen.

„Das reicht für heute", beschloss die Polizistin und stand auf. Sie klappte ihr Notizbuch zu und steckte es wieder ein. „Morgen reden wir weiter. Aber jetzt erholst du dich erst mal."

„Was ist mit meiner Schwester?", fragte ich. „Darf sie bitte über Nacht bei mir bleiben?"

„Wir könnten ein Klappbett hier aufstellen", schlug die Ärztin vor. „Für eine Nacht geht das in Ordnung."

„Ja", stimmte die Polizistin seufzend zu. „Aber es wird trotzdem darauf hinauslaufen, dass Nele in einem Kinderheim untergebracht wird. Genau wie du, Larissa."

Ich bohrte mir meine Fingernägel in die Handflächen, um nicht vor Wut zu schreien. „Immerhin diese eine Nacht", sagte ich mir.

„Ein Klappbett ist nicht nötig", flüsterte ich. „Nele schläft sowieso meistens bei mir im Bett."

Die Polizistin sah mich entsetzt an. „Aber ... wenn deine Schwester bei dir im Bett schläft ... wie konnte dein Stiefvater dich dann letzte Nacht ...“

Die Erinnerung daran, wie Gilbert nachts in unser Zimmer kam, wurde noch deutlicher als schon zuvor. Wie er sich über mich beugte, obwohl Nele direkt neben mir schlief. Oder wie er sie für seine Verhältnisse unheimlich vorsichtig in ihr Bett legte, bis er fertig war. Ich verzog meine Mundwinkel zu einem bitteren Lächeln. „Tja.“

Die Ärztin sah aus, als müsste sie sich gleich übergeben.

Die Polizistin verengte die Augen zu einer wütenden Grimasse. „Nun, dein Stiefvater ist vorerst in Untersuchungshaft. Aber bei den vielen Anklagepunkten wird er wohl so bald nicht mehr freikommen“, zischte die junge Frau.

Immerhin ein Gutes hatte diese Sache also.

„Kann ich jetzt meine Schwester sehen?“, bat ich.

Die Polizistin nickte. „Ich gehe sie holen. Schon mal gute Nacht, Larissa. Bis morgen.“

Sie wünschte mir um acht Uhr abends eine gute Nacht? Na ja, selbst wenn es weit nach Mitternacht wäre, schlafen würde ich heute wohl kaum. „Bis morgen ...“

Nachdem sie das Zimmer verlassen hatte, wandte sich die Ärztin noch mal an mich. „Möchtest du vielleicht ein Beruhigungsmittel?“

Ich schüttelte den Kopf. „Schon gut.“

Sie musterte mich besorgt. „Du solltest etwas schlafen“, riet sie mir.

„Ja, ja.“

„Und morgen werde ich unseren Psychologen zu dir schicken.“

Erschrocken sah ich sie an. „Nicht nötig“, wehrte ich sofort ab. „Das ist absolut nicht nötig.“

„Doch“, entgegnete sie. „Glaub mir, ich mache diesen Job schon lange genug, Larissa. Und ein Mädchen, das jahrelang misshandelt wurde und beim Tod der Mutter nicht mal weint, braucht einen Psychologen.“

„Ich brauche nur meine Ruhe“, brummte ich stur.

„Dann bis morgen“, verabschiedete sich Dr. Lucak von mir. Und wir wussten beide, dass sie mir diesen dämlichen Psychologen trotzdem schicken würde. „Falls du etwas gegen die Schmerzen oder zum

Einschlafen brauchst, ruf einfach eine Schwester", sagte sie noch.

„Mhm."

„Und vermutlich kannst du morgen oder übermorgen schon entlassen werden", fiel ihr ein. „Deine Prellungen sind zum Glück nicht ganz so schlimm, dass du allzu lange im Bett liegen musst."

„Ja, ich bin wirklich ein Glückspilz", zischte ich. Irgendwie verlor ich die Beherrschung. Aber das wunderte mich nicht, bei all den Gefühlen, die in mir tobten. Hass, Wut, Zorn, Angst, Trauer, Entsetzen, Verzweiflung, Sorge und was sonst noch alles.

Dr. Lucak legte mir sanft eine Hand auf die Schulter. Sofort zuckte ich wieder zusammen und schlug ihre Finger weg. „Lass dir helfen", bat sie mich eindringlich. „Dann wird alles wieder gut, glaub mir."

Beinahe hätte ich die Augen verdreht. „Wenn ich in den letzten vier Jahren eins gelernt habe", flüsterte ich mit grimmigem Blick auf die Bettdecke, „dann, dass es ein Happy End nur in Märchen gibt."

Bevor die Ärztin noch etwas sagen konnte, wurde die Tür wieder geöffnet.

„Laaaraaa!" Mit schnellen Schritten stürmte meine kleine Schwester zu mir und kuschelte sich an mich.

Ich lächelte, als ich sie in die Arme schloss. „Nele", seufzte ich glücklich.

„Weißt du was, ich hab beim *Mensch ärgere dich nicht* gewonnen!"

„Das ist toll!", freute ich mich. „Mit welcher Farbe hast du denn gespielt?"

„Rot natürlich! Weil das fast so aussah wie deine Augenfarbe!"

Ich stutzte. „Meine Augen sind doch nicht rot."

Sie kicherte. „Nein, aber die roten Spielfiguren sahen schon fast braun aus!" Ich schmunzelte.

„Dann gute Nacht", wünschte uns die Ärztin leise und ließ uns allein.

Nur wenig später lag Nele in meinen Armen unter der Decke und schlief ganz friedlich. Ich hingegen lag wach im Bett, strich ihr durchs Haar und blickte aus dem Fenster in die Dunkelheit, die mich auch hier im Raum einhüllte. Zur Ruhe kam ich nicht, doch ich bat auch keine Krankenschwester um ein Schlafmittel. Diese Nacht brauchte ich für mich. Um nachzudenken, um mich zu beruhigen und um durchzuatmen. Um zu überlegen, wie es nun weitergehen würde.

Aber egal, wie viel ich nachdachte, das Einzige, was blieb, war die Dunkelheit. Und eine einzelne Träne, die mir langsam über die Wange rollte.

Die beiden Fremden

Als ich das nächste Mal die Augen aufschlug, fühlte ich mich wie gerädert. Ich musste wohl doch eingeschlafen sein, jedenfalls für ein paar wenige Stunden. Es dämmerte, blaues Licht fiel durch das Fenster ins Zimmer und erhellte es so weit, dass ich mich umsehen konnte.

Nele lag neben mir, ihre Augenlider flatterten ganz leicht. Ich hauchte ihr einen Kuss auf die Stirn und strich ihr durchs Haar. Hoffentlich hatte sie gerade keinen bösen Traum.

Ohne ein Geräusch dabei zu machen, griff ich nach der Wasserflasche und trank ein paar Schlucke, damit sich mein Mund nicht mehr so trocken anfühlte. Mein Magen knurrte leise. Ich hatte wahnsinnigen Hunger, er übertraf sogar die Schmerzen am ganzen Körper.

Vorsichtig legte ich die Decke beiseite und stand aus dem Bett auf. Nele deckte ich wieder zu. Ich musste dringend mal ins Bad. Doch noch bevor ich den ersten Schritt in Richtung Badezimmertür gemacht hatte, hielt mich jemand an dem komischen weißen Krankenhaushemd fest, das ich trug.

„Lara“, murmelte Nele verschlafen. „Wo gehst du hin?“

„Ins Bad“, antwortete ich leise und nahm ihre Hand sanft in meine. „Nur kurz ins Bad, ich bin gleich wieder da. Schlaf weiter.“ Ich warf einen Blick auf den Wecker. „Es ist erst halb sieben. Und es ist Samstag. Du kannst noch ganz lange schlafen.“

Sie kuschelte sich wieder unter die Bettdecke. „Ach so ...“

Mit leisen Schritten tapste ich ins Bad. Dort machte ich das Licht an, ein sehr helles Neonlicht, das unangenehm blendete. Der kleine Raum war mit einer Dusche, einer Toilette, einem Waschbecken und einem Spiegel ausgestattet. Auch zwei Handtücher hingen hier, und eine Schwester hatte uns gestern Abend noch zwei Zahnbürsten und Zahnpasta gebracht.

Weil ich immer noch ein komisches trockenes Gefühl im Mund hatte, nahm ich eine der Zahnbürsten. Noch bevor ich zur Zahnpasta griff, blickte ich in den Spiegel. Ein riesiger Fehler. Ich schreckte zurück und starrte mein Spiegelbild schockiert an. Eigentlich müsste ich den Anblick gewohnt sein, aber das war ich nicht. Mein Gesicht sah furchtbar aus! Schlaff hingen meine langen hellbraunen Haare herunter, zum Teil auch in die Stirn. Meine blutunterlaufenen Augen mit den tiefen, dunklen Ringen wirkten wie tot. Jedenfalls wirkte das rechte wie tot, das linke war blau und angeschwollen wie meine ganze linke Gesichtshälfte. Um meinen Hals zeichnete sich ein blaugrüner Fleck ab, der einem Handabdruck ähnelte. Da hatte Gilbert mich vor ein paar Tagen gewürgt, weil ich versucht hatte, Neles und mein Zimmer nachts abzuschließen.

Früher hatte ich mal ganz hübsch ausgesehen, wenn ich mich richtig erinnerte. Da hatten meine Wangenknochen auch noch nicht so herausgestanden. Aber heute ... wollte ich mich selbst kaum noch anschauen.

Ich war nur froh, dass mein Äußeres relativ unauffällig war, von den vielen Verletzungen mal abgesehen. Lange, glatte hellbraune Haare und braune Augen. Die herausstehenden Knochen konnte man gut mit weiten Klamotten kaschieren. Und da ich sowieso bloß alte, zu große und abgetragene Sachen besaß, war es kein Problem, meine Körperformen zu verstecken.

Hastig wandte ich den Blick vom Spiegel ab und starrte beim Zähneputzen ausschließlich ins Wachbecken. Ich wusch mir das Gesicht, ignorierte die penetranten Schmerzen bei jeder Bewegung, ging auf die Toilette, wusch mir die Hände, machte das Licht aus und kehrte zu Nele zurück.

Meine kleine Schwester lag wach im Bett, sie hatte offensichtlich auf mich gewartet. Ich legte mich zu ihr und nahm sie in die Arme. „Da bin ich wieder“, flüsterte ich. „Warum schläfst du denn nicht?“

„Ich kann nicht mehr einschlafen. Erzählst du mir eine Geschichte?“, bat sie.

Ich lächelte. „Klar. Worüber soll ich denn was erzählen?“

„Über irgendwas mit Happy End!“, antwortete sie sofort.

Kurz überlegte ich. Mir wollte nichts wirklich Gutes einfallen, mein Kopf war wie leer gefegt. Aber ich musste etwas erzählen ...

irgendetwas. „Es war einmal ein kleiner Stein“, begann ich, „der lag bei ganz vielen anderen Steinen an einem Strand und träumte den ganzen Tag davon, wie sich wohl ein schönes, weiches Kissen anfühlen würde. Die anderen Steine fanden ihn darum total seltsam, sie fühlten sich wohl auf dem harten Boden.“

„Dabei sind Kissen viel bequemer“, wandte Nele ein.

Ich musste schmunzeln. „Tja, das wussten die anderen Steine aber nicht. Nur der kleine Stein hat das geahnt. Jedes Mal, wenn Menschen am Strand waren, hat der kleine Stein gehofft, dass ihn jemand mitnimmt und auf ein Kissen legt. Aber er wartete viele, viele Jahre und kein einziger Mensch beachtete ihn. Als wäre er unsichtbar.“

Nele sah mich traurig an. „Der arme Stein ...“

„Eines Tages gab es einen Sturm“, fuhr ich fort. „Die Menschen, die am Strand waren, packten ganz schnell ihre Sachen und liefen zu ihren Autos. Dabei sind viele Leute auf den kleinen Stein getreten. Beinahe hätte er geweint, weil er das so gemein fand, als ihn plötzlich eine Welle erfasste.“

„Oh nein!“, rief meine kleine Schwester. „Und dann?“

Es freute mich, dass sie bei einer schlichten Geschichte so mitfieberte.

„Der kleine Stein wurde ins Meer gezogen, genau wie ein paar andere Steine“, erzählte ich. „Erst hat er panisch versucht, zurück an Land zu kommen, aber Steine ...“

„... können nicht schwimmen“, beendete Nele meinen Satz. „Also ist er untergegangen?!“

Ich nickte. „Genau. Er und ein paar andere Steine sanken bis auf den Grund des Meeres, vorbei an ganz vielen Fischen und Algen.“

„Algen?“

„Das sind Wasserpflanzen“, erklärte ich. Neles graugrüne Augen strahlten. „Die Fische haben den Steinen hinterhergeschaut, aber dann sind sie einfach weitergeschwommen“, nahm ich die Erzählung wieder auf. „Und der kleine Stein ist letztendlich ganz tief unten im Sand gelandet.“ Die Geschichte gefiel mir nicht ganz so gut wie manch andere, die ich Nele schon erzählt hatte. Aber in diesem Moment fiel mir nichts Besseres ein. Ich fühlte mich einfach nicht stark genug, um kreativ zu sein.

„Und dann?", fragte meine Schwester wieder gespannt.

„Dann ist er dort mit den anderen Steinen liegen geblieben. Und plötzlich haben all die Steine gemerkt, wie schön sich der Sand im Vergleich zum harten Boden anfühlt. Auf einmal konnten sie den Traum vom kleinen Stein verstehen."

Nele lächelte und entblößte dabei ihre Zahnlücke. „Im Sand liegen sie fast so weich wie auf einem Kissen, oder?"

„Genau", stimmte ich zu. „Der kleine Stein war richtig glücklich. Doch er lag nicht lange am Meeresgrund. Eines Tages tauchte ein kleines Mädchen in dem Meer und fand ihn."

„Wie sah das Mädchen aus?"

Ich schmunzelte. „Es hatte schulterlange dunkelbraune Haare und schöne graugrüne Augen."

Sofort war Nele Feuer und Flamme. „Ich hab den Stein gefunden?"

„Ganz genau", bestätigte ich. „Und weil dem Mädchen der Stein so gut gefallen hat, hat es ihn mitgenommen und seiner großen Schwester gezeigt. Da haben die beiden etwas gemerkt."

„Was denn?", drängelte Nele.

„Dass dieser kleine, unauffällige Stein ganz schmutzig und dunkel war", antwortete ich. „Also haben sie den Schmutz weggekratzt."

„Wie hat der Stein denn dann ausgesehen?"

„Es war gar kein Stein", erzählte ich. „Das Mädchen und seine Schwester haben etwas ganz Besonderes gefunden. Als sie den Dreck abgekratzt hatten, glänzte der Stein so schön, dass die beiden wussten, was es war. Nämlich ein kleines Stück Gold."

„Wahnsinn", staunte Nele und schloss ihre Augen, um sich all das vorzustellen. „Echtes Gold?"

Ich nickte. „Ja. Und die beiden Schwestern haben sich riesig gefreut."

„Aber wollte der Stein, äh, das Gold nicht mal auf einem Kissen liegen?"

„Das hat es. Die beiden Schwestern haben es mit nach Hause genommen und auf ein kleines Kissen in ein Regal gelegt, wo sie es immer sehen konnten, damit sie den Tag am Strand nie vergessen würden."

„Und so hat sich der Wunsch mit dem Kissen nach vielen Jahren erfüllt", freute sich Nele. „Und wir beide haben ein wertvolles Andenken an den Strand bekommen."

Ich lächelte und strich ihr durchs Haar. „Genau."

„Vielleicht können wir ja irgendwann mal zusammen zum Strand gehen", grübelte meine kleine Schwester. „Und nach einem Goldstein suchen!"

„Und wenn wir ihn gefunden haben, legen wir ihn auf ein Kissen", ergänzte ich kichernd. „Damit er es schön weich hat."

„Aber wir haben zu Hause so wenig Platz ...", fiel ihr ein.

„Wir haben dann ein viel größeres Zuhause", antwortete ich. „Wo nur wir beide wohnen."

Nele nickte eifrig. „Oh ja!"

„Wirklich eine süße Geschichte", meldete sich plötzlich jemand zu Wort. Erschrocken drehten Nele und ich uns zur Zimmertür um. Die brünette Ärztin von gestern, Dr. Lucak, stand dort.

„Seit wann ...", stammelte ich.

Sie kam ein paar Schritte näher. „Seit du angefangen hast, die Geschichte zu erzählen. Ein Traum, ein paar Rückschläge, das Näherkommen an den Traum, ein glücklicher Zufall und letztendlich die Erfüllung. Wirklich schön. Und so hoffnungsvoll."

Für meinen Geschmack hörte diese Frau viel zu viel aus meinen Worten heraus. Hoffnung ... Beinahe hätte ich geschnaubt. Welche Hoffnung denn? Da gab es keine, jedenfalls meiner Meinung nach. Ich wollte meine kleine Schwester mit solchen Geschichten nur zum Lächeln bringen. Nichts weiter.

Ich wandte den Blick ab. „Was ich erzähle, geht Sie nichts an."

„Entschuldige, ich konnte nicht weghören. Es war so spannend."

„Fand ich auch", stimmte Nele fröhlich zu.

„Na, wie geht's euch beiden heute?", erkundigte sich die Ärztin dann.

„Gut", antwortete meine Schwester.

„Okay", murmelte ich.

Dr. Lucak gab mir eine kleine Box mit ein paar Tabletten darin. „Hier, nimm die nach dem Frühstück mit ordentlich Wasser ein."

Frühstück ... Darauf freute ich mich schon. Der Wecker auf dem Nachtschrank zeigte schon fast halb acht an, allzu lange würde das Essen hoffentlich nicht mehr auf sich warten lassen.

„Was ist das?", fragte ich, als ich die Box nahm.

„Schmerzmittel." Die Ärztin erkundigte sich noch, ob wir etwas brauchten, und ließ uns nach dem kurzen, nervigen Gespräch wieder allein.

Bald darauf wurde das Frühstück gebracht. Unwillkürlich staunte ich, als ich auf das Tablett schaute. Ein Brötchen, eine Scheibe Toast, Butter, Marmelade, Honig und ein Schälchen Obstsalat. Und das für jeden von uns!

„So ein Luxusfrühstück!", rief ich.

„Das sieht so lecker aus!", freute sich Nele.

Es dauerte nicht lange, da hatten wir alles aufgegessen. Bis auf den letzten Krümel. Endlich knurrte auch mein Magen nicht mehr. Nele und ich kuschelten uns noch ein wenig zusammen und redeten, bis die Tür erneut geöffnet wurde. Diesmal kam die junge Polizistin herein. „Guten Morgen", wünschte sie uns.

„Morgen", antwortete ich leise.

Nele lächelte sie an. „Hallo!"

Die dunkelhaarige Frau setzte sich wie gestern Abend auf den Stuhl neben meinem Bett. „Wie geht's dir?", fragte sie.

„Passt schon."

„Ich muss noch etwas Wichtiges mit dir besprechen, Larissa. Vielleicht sollten wir das unter vier Augen tun", schlug sie vor.

Ich stutzte. „Warum?"

„Weil Nele offensichtlich nichts von eurem ... Verwandtschaftsverhältnis weiß, oder täusche ich mich da?"

„Nein, das stimmt", gab ich zu. Nele wusste nicht, dass wir keine leiblichen Schwestern waren. Und das wollte ich vor ihrem zwölften Geburtstag auch nicht ändern. Ich wandte mich zu der Kleinen um, die mich fragend ansah. „Nele, gibst du mir mal meinen MP3-Player?", bat ich sie.

Sie nahm das Gerät vom Nachtschrank und reichte es mir. „Wofür brauchst du den denn?", wollte sie wissen.

Ich lächelte sie an. „Für dich. Ich muss kurz mit der Polizistin reden, das ist für dich aber wirklich nicht spannend."

„Darf ich wenigstens hierbleiben?", fragte sie.

„Natürlich", versicherte ich und steckte ihr die Kopfhörer in die Ohren.

Als ich die Musik anmachte, schloss Nele die Augen und kuschelte sich an mich. Gut. So würde sie das Gespräch nicht mitbekommen. „Wir müssen aber leise reden", bat ich die Polizistin.

Die Frau nickte. „Sicher. Also, du weißt ja, dass Saskia Kurz, äh, nein, Saskia Haas deine Adoptivmutter war."

Wie ich es hasste, dass sie den Nachnamen dieses Mistkerls getragen hatte ...

„Ja, das weiß ich. Aber warum ist das wichtig?"

Sie strich sich eine Haarsträhne aus dem Gesicht. „Nun, eigentlich wäre es wirklich nicht wichtig", räumte sie ein. „Aber deine Adoptivmutter hat einen Notfallkontakt angegeben, falls ihr mal etwas zustoßen sollte."

Da kam ich nicht mit. „Hä?"

„Dieser Notfallkontakt ist gestern Abend verständigt worden", fuhr die Frau fort. „Und jetzt sind die beiden hier."

Ein Notfallkontakt? Die beiden? Wer sollte das sein? Saskia hatte seit der Hochzeit mit Gilbert keine Freunde mehr gehabt, weil sie sich immer mehr zurückgezogen hatte, damit bloß niemand etwas von der häuslichen Misshandlung bemerkte. Wer also war nun hierher ins Krankenhaus gekommen?

„Ich verstehe nicht ganz", murmelte ich. „Also, die Zusammenhänge ... Und wer sind ... die beiden?"

„Lorenz und Bianca Winkler", antwortete die Polizistin leise.

Ich schob die Augenbrauen zusammen. „Nie gehört."

Nun sah die junge Frau überrascht aus. „Wirklich? Du bist dir ganz sicher, dass deine Adoptivmutter sie nie erwähnt hat?"

Ich nickte langsam. „Sie hat nie ein Wort über sie verloren. Wer sind die beiden denn? Freunde von ihr?"

„Nicht direkt." Die Polizistin schien genau zu überlegen, wie sie es mir erklären sollte. „Aber Saskia Haas steht seit gut 17 Jahren mit diesem Paar in Verbindung. Lorenz und Bianca Winkler sind ..." Sie redete nicht weiter.

„Könnten Sie endlich mit der Sprache rausrücken?", bat ich ungeduldig.

„Nun, die beiden kommen aus Bayern, aus der Oberpfalz, wenn man es genau nehmen will ..."

„Bayern?", wiederholte ich. „Wir wohnen in Berlin, keiner von uns ist jemals in Bayern gewesen. Woher sollte Saskia die beiden kennen?" Meines Wissens hatte meine Familie Berlin-Kreuzberg nie verlassen, von ein paar Ausflügen mal abgesehen. Und so weit in den Süden hatte es uns noch nie verschlagen.

Da ließ die junge Polizistin die Bombe platzen: „Die beiden sind deine leiblichen Eltern, Larissa."

Mit weit aufgerissenen Augen und offenem Mund starrte ich die Frau an. Was hatte sie da gesagt?!

„Meine ... meine leiblichen ... Eltern?", stammelte ich. „Und Saskia ... stand immer ... mit ihnen in Verbindung? Und ... die beiden ... sind jetzt hier, im Krankenhaus ... in Berlin?"

Die Polizistin nickte. „Ganz genau", stimmte sie zu.

Es fiel mir schwer, nach dieser Nachricht Ruhe zu bewahren. Ich konnte es nicht fassen. Das war einfach zu viel. Ich hatte meine leiblichen Eltern nie kennengelernt, ich hatte es eigentlich auch nie gewollt. Aber jetzt zu erfahren, dass Saskia mit ihnen in Verbindung gestanden und mir nie etwas darüber gesagt hatte, tat irgendwie weh. Und dass sie jetzt hier waren, erfüllte mich mit einer Mischung aus Spannung und panischer Angst. Doch ich zwang mich dazu, mir all meine Verwirrung nicht im Geringsten anmerken zu lassen. „Und was wollen die beiden hier?", fragte ich kühl. Sie hatten sich fast 18 Jahre nicht für mich interessiert, warum also jetzt?

„Nun, sie haben alle Formalitäten für dich und deine Schwester geklärt", antwortete die Polizistin zögerlich. Sie klang verunsichert, wahrscheinlich wegen meiner gefühllosen Reaktion.

„Bitte was?", zischte ich. Moment mal, die beiden hatten nie ein Wort von sich hören lassen und mischten sich jetzt aus heiterem Himmel in Neles und mein Leben ein? Nicht mit mir. Ich konnte selbst für uns sorgen.

„Das sollten sie dir am besten selbst erklären", meinte die Polizistin und stand auf. „Ich schicke sie jetzt rein, okay?"

„Moment mal!", hielt ich sie zurück. Als ich bemerkte, dass Nele mich besorgt ansah, senkte ich meine Stimme wieder. „Was, wenn ich die beiden nicht sehen möchte?"

Hin- und hergerissen blickte die Frau mich an. „Du wirst sie in nächster Zeit oft sehen, Larissa", sagte sie ruhig.

Das gefiel mir nicht. „Wieso?"

„Weil die beiden euch bei sich aufnehmen werden."

Unwillkürlich versteinerte ich. Nein, nein, nein, nein, nein. Was sollte das? Was sollte dieser Mist?! Nach dem ersten Schreckmoment schüttelte ich heftig den Kopf. „Nein!", rief ich. „Was bilden die sich denn ein?!"

Die Polizistin legte mir eine Hand auf die Schulter. „Ganz ruhig. Es ist dir doch bestimmt lieber, als in einem Kinderheim untergebracht zu werden. Oder in einer Pflegefamilie mit wildfremden Menschen."

„Aber die beiden sind wildfremde Menschen für uns!", schrie ich. „Sie haben überhaupt keinen Bezug zu uns! Keinen!"

Nele nahm einen Kopfhörer aus dem Ohr, weil ich so tobte. „Lara, was ist denn los?", fragte sie ängstlich.

Geistesabwesend strich ich ihr durchs Haar. „Nichts, Nele, hör weiter Musik", murmelte ich.

„Also, ich halte Verwandtschaft durchaus für einen Bezug", entgegnete die junge Frau, als meine Schwester die Kopfhörer wieder eingesetzt hatte. „Lass es dir doch von ihnen erklären."

„Nein!", protestierte ich sofort.

Sie sah mich mitleidig an. „Es ist beschlossene Sache. Alles ist längst in die Wege geleitet. Sieh es als Chance."

„Als Chance wofür?", zischte ich. „Das ist ... das ist ..." Mir fehlten die Worte; was dachten sich diese Personen dabei, sich derartig einzumischen?

„Besprich es erst mal mit ihnen, bevor du protestierst", riet mir die Polizistin und ging zur Zimmertür. Ohne ein weiteres Wort oder einen Abschied ließ sie uns allein.

Mein Herz raste und ich bekam eine Gänsehaut. Würde ich jetzt etwa wirklich meine leiblichen Eltern kennenlernen? Sollten Nele und ich ab jetzt tatsächlich bei ihnen leben? Unvorstellbar ...

Meine kleine Schwester nahm die Kopfhörer aus den Ohren. „Was ist denn los, Lara?", fragte sie besorgt. „Du siehst so fertig aus."

„Ich bin auch fertig", seufzte ich. „Ich bin so müde ..." Und verwirrt. Und entsetzt. Und verunsichert. Und panisch.

Nele lächelte mich an. „Dann musst du schlafen!"

„Gute Idee", entgegnete ich und drückte die Kleine fest an mich.

Dass mein Körper auf diese Geste mit Schmerzen reagierte, ignorierte ich. „Ich zieh mir jetzt die Decke über den Kopf und schlafe!" Aber ich wusste, dass ich damit nicht vor dem Unvermeidlichen flüchten konnte. Ich wusste es spätestens in dem Moment, als die Tür leise geöffnet wurde und zwei Personen zaghaft das Zimmer betraten.

„Bianca und Lorenz Winkler", rief ich mir ihre Namen in Erinnerung. Zwei wildfremde Menschen. Meine Eltern.

Ein paar Schritte von meinem Bett entfernt blieben sie stehen. Lange und ausgiebig musterten wir uns gegenseitig, ohne ein Wort zu sagen. Es war ein komisches Gefühl. Unbeschreiblich. Irreal.

Als ich diese Bianca sah, dachte ich, ich würde in einen Spiegel blicken. Sie war so jung! Und sie hatte dasselbe braune Haar und dieselben braunen Augen wie ich, dieselbe kleine Nase und dieselben vollen Lippen. Nur dass sie etwas kleiner war als ich. Und viel hübscher. Gesünder.

Auch in diesem Lorenz erkannte ich etwas von mir wieder. Er war, wie seine Frau, ziemlich jung, wenn man bedachte, dass die beiden eine fast 18-jährige Tochter hatten. Mitte 30 vielleicht. Sein blondes Haar wirkte chaotisch, die kurzen Strähnen lagen wirr übereinander. Das schmale Kinn sah aus wie meins – wenn es mal nicht von Prellungen geschwollen und blau gefärbt war. Er hatte ebenso braune Augen wie diese Bianca und ich. Und vor allem war er hochgewachsen, er überragte seine Frau um ein ganzes Stück.

Ich bemühte mich um eine neutrale Miene, doch Bianca und Lorenz ließen sich ihre Zerrissenheit und ihr Mitleid anmerken. Diese eindringlichen Blicke machten mich richtig wütend – bisher hatten sich die beiden kein Stück für mich und mein Leben interessiert. Warum also jetzt?

Die Erste, die nach der langen Stille etwas sagte, war Nele. Skeptisch musterte meine Schwester die Fremden. „Wer seid ihr?"

„Ich heiße Bianca", stellte die Brünette sich mit einem schwachen bayerischen Dialekt vor. „Du bist Nele, nicht wahr?"

Meine Schwester nickte langsam. „Ja."

„Und ich bin Lorenz", ergriff der blonde Mann das Wort. Er redete perfektes Hochdeutsch. „Wir beide sind, äh, wir waren ... Freunde von deiner Mutter."

Mir entging nicht, dass die beiden ausschließlich mit Nele sprachen.

„Ihr kennt Mama?", wunderte sie sich.

Bianca nickte und strich sich nervös durchs lange Haar. „Ja, wir haben hin und wieder mit ihr telefoniert."

„Das macht euch noch lange nicht zu ihren Freunden", zischte ich.

Verdutzt blickten die Fremden mich an. Ich wunderte mich nicht über den Schock in ihren Gesichtern – die ersten Worte, die ich zu ihnen sagte, waren nicht gerade die freundlichsten. Aber ich wollte nicht freundlich zu ihnen sein. Ich wollte ihnen nicht das Gefühl geben, zu Neles und meiner Familie zu gehören. Ich wollte ihnen nur zeigen, dass sie eigentlich nichts mit uns zu tun hatten.

„Hallo, Larissa", flüsterte Bianca, nachdem sie sich wieder gefasst hatte.

„Schön, dich mal kennenzulernen", ergänzte Lorenz.

Ich strich Nele durchs Haar, um meine zitternden Finger vor den Besuchern zu verstecken. „Kann ich nicht behaupten."

„Du weißt, wer wir sind, oder?", vergewisserte sich der Mann.

„Und wenn schon", erwiderte ich gleichgültig.

„Lara, magst du die beiden nicht?", fragte Nele leise.

„Ich kenne sie nicht", antwortete ich so ruhig wie möglich. „Und deshalb finde ich es komisch, dass wir ab jetzt bei ihnen leben sollen."

Mit schreckgeweiteten Augen fixierte Nele mich. „Wir gehen nicht wieder nach Hause zurück?"

Traurig schüttelte ich den Kopf. „Nein. Du weißt doch, Mama ist jetzt bei den Sternen. Darum können wir nicht mehr nach Hause."

„Und wir wohnen dann bei Mamas Freunden?"

„Ja", stimmte ich zu. „Wir ziehen zu ihnen." Es blieb uns sowieso keine Wahl. Bianca und Lorenz lauschten unserem Gespräch, ohne sich einzumischen.

Nele drückte mich fest. „Okay. Hauptsache, du bist bei mir."

Ich hielt einen Schmerzensschrei zurück und lächelte sie an. „Ich bin immer bei dir, Schwesterchen. Das weißt du doch." Sie nickte eifrig und strahlte mich an. Ich war so froh, die Kleine zu haben. Sie gab mir wenigstens einen Grund weiterzumachen, egal, was Gilbert mir angetan hatte.

„Larissa“, sprach Bianca mich plötzlich an, „es ist viel passiert. Viel Schlimmes. Das mit Saskia ...“ Sie schüttelte deprimiert den Kopf. „Es ist schrecklich. Aber genau darum wollen wir euch beiden helfen. Und euch einen ... Neuanfang ermöglichen.“

„Wie gnädig“, dachte ich bitter.

„Wenn sich die erste Aufregung gelegt hat, können wir ja mal reden“, schlug Lorenz vor. „Warum wir dich nicht ... bei uns aufgezogen haben.“

„Das könnt ihr euch sparen.“ Es interessierte mich nicht. Warum sollte ich wissen wollen, aus welchem Grund mich diese Leute weggegeben hatten? Sie hatten mich nicht gewollt und Ende. Dass sie mich jetzt doch zu sich holten, fand ich schon komisch genug. Und auf Ausreden oder Entschuldigungen hatte ich keine Lust. Ich wollte nur wieder gesund werden, Gilbert für immer hinter Gittern wissen und mich um meine kleine Schwester kümmern.

Bianca und Lorenz tauschten einen ratlosen Blick, weil ich so kalt reagierte.

Nele schaute mich verwirrt an. „Was meint der damit?“

„Keine Ahnung“, flüsterte ich ihr ins Ohr. Ich log sie zwar nicht gerne an, aber die Wahrheit konnte ich ihr nicht sagen.

„Das hat alles Zeit“, räumte Bianca schließlich ein. „Ich freue mich trotz allem, dich zu sehen. Auch wenn du ... furchtbar aussiehst.“

Hm. Wenigstens war sie ehrlich zu mir. „Ich weiß“, entgegnete ich. „Aber du würdest an meiner Stelle bestimmt nicht besser aussehen.“

Sie lächelte ein kleines, ehrliches Lächeln. Es stand ihr gut. „Das glaube ich dir aufs Wort. Muss höllisch wehtun.“

„Wobei dieses blaue Auge auch einen gewissen Charme hat“, neckte Lorenz mich. „Macht echt was her.“

Überrascht sah ich die beiden an. Irgendwie hatte ich sie mir anders vorgestellt. Nicht so locker. Nicht so freundlich. Aber das hieß noch lange nicht, dass ich sie als meine neue Familie akzeptieren würde. Meine Familie bestand seit vier Jahren nur aus zwei Personen. Aus Nele und mir.

„Klar, ist der neueste Trend“, entgegnete ich automatisch.

Zum Glück sprachen sie mich nicht darauf an, was Gilbert Saskia und mir angetan hatte. Ich wollte nicht darüber reden, und die beiden wussten es wahrscheinlich ohnehin schon von der Polizei.

„Und wo wohnt ihr?“, fragte Nele neugierig. „Ist es schön da?“

Bianca lächelte. „Es ist ein kleines Dorf in Bayern. Pirk heißt es.“

„Unser Haus hat einen schönen großen Garten, der gefällt dir sicher“, erzählte Lorenz. „Da kann man super Schneeballschlachten machen.“

Neles Augen leuchteten vor Begeisterung. „Wahnsinn!“

Ein Haus mit großem Garten? An Geld schien es den beiden ja nicht zu fehlen, das erkannte ich auch an ihren schicken Klamotten. Aber warum hatten sie mich dann weggegeben, wenn nicht aus finanziellen ... Hastig unterbrach ich meinen Gedankengang. Es interessierte mich nicht! Ich wollte es nicht wissen! Und nicht darüber grübeln!

„Wir wollten noch heute mit euch dorthin“, verkündete Bianca. „Dr. Lucak hat uns gesagt, Larissa wird heute entlassen. Also nehmen wir ein Flugzeug nach München. Da steht unser Auto, mit dem fahren wir dann weiter nach Hause.“

Flugzeug? Auto? Wie viel Geld hatten diese zwei?!

Saskia hatte nicht mal ein Auto gehabt, sie war immer mit den öffentlichen Verkehrsmitteln zur Arbeit gefahren. Gut, in einer Großstadt wie Berlin brauchte man auch kein Auto. Ohne kam man schneller voran. Irgendwie fühlte ich mich vor Bianca und Lorenz klein. Ärmlich. Schwach. Unterlegen. Sie standen in teuren Klamotten und mit viel Geld vor mir, ich saß ramponiert und in einem lächerlichen weißen Hemdchen auf einem Krankenhausbett.

„Und wann sollen wir unsere Sachen packen?“, fragte ich gereizt. „Oder sollen wir einfach alles hierlassen, solange wir nur schnell euren Wünschen nachkommen?“

Die beiden wirkten hilflos und auch etwas verletzt, vermutlich wegen meiner offensichtlichen Feindseligkeit. Doch ich schaffte es nicht, nett zu diesen wildfremden, wohlhabenden Leuten zu sein. Ich wollte es nicht.

„Nein, wir wollten mit euch natürlich zuerst noch in die Wohnung“, antwortete Bianca vorsichtig. „Wir haben euch Koffer mitgebracht, also könnt ihr eure Klamotten und eure Schulsachen einpacken. Und alles, was ihr sonst noch braucht, selbstverständlich auch."

Was wir sonst noch brauchten? Außer Klamotten und Schulsachen besaßen wir nichts! Das Einzige, was ich noch mitnehmen würde, waren mein MP3-Player und mein bisschen Erspartes, das Gilbert noch nicht gefunden hatte. Knappe 100 Euro, wenn ich mich recht erinnerte. Ich hatte versucht, Geld anzusparen, um mit Nele ein neues Leben aufbauen zu können. Doch jedes Mal hatte Gilbert etwas davon gefunden und an sich genommen. Oder ich hatte dafür etwas zu essen kaufen müssen, weil Nele und ich halb verhungert waren.

Ansonsten gab es nichts, was ich mitnehmen wollte. Ich wollte jede Erinnerung, die ich mit meinem alten Zuhause verband, einfach vergessen. Das war das einzig Positive daran, dass sich meine leiblichen Eltern plötzlich um uns kümmern wollten. Wir konnten Gilbert, die letzten vier Jahre und Berlin hinter uns lassen.

„Das Packen wird sowieso nicht lange dauern", flüsterte ich und senkte den Blick auf meine nackten Unterarme.

Die vielen blauen Flecken sahen schon fast harmlos aus. Eine der älteren, inzwischen verkrusteten Wunden wirkte viel erschreckender. Da hatte Gilbert mich aus dem Haus geschleift und so auf den Asphalt gestoßen, dass ich mir eine hässliche Schürfwunde am rechten Arm zugezogen hatte. Aber ich war selbst schuld gewesen – ich hätte ihm vom Einkaufen einfach seinen Wodka mitbringen sollen, anstatt das gute Geld für so etwas wie Brot auszugeben. Was für ein Mistkerl.

„Ich will meine Stoffkatze mitnehmen!", rief Nele.

Bianca lächelte. „Du hast eine Stoffkatze? Das ist toll! Bei uns zu Hause gibt es zwei echte Katzen."

Sowohl Nele als auch ich blickten sie überrascht an. Meine kleine Schwester, ihres Zeichens Katzenliebhaberin, war natürlich mehr als begeistert. „Wie heißen die? Wie sehen sie aus? Darf ich sie mal streicheln?", fragte sie sofort. „Ich liebe Katzen!"

Ich schaltete ab und hörte dem Gespräch nicht länger zu. Stattdessen versank ich in meinen eigenen Gedanken. Wie sollte ich mit meinen ... Eltern und dieser neuen Situation umgehen?

Es war kompliziert zu sagen, wie ich mich gerade fühlte – mal abgesehen von schwer verletzt. Ich war ... verunsichert, unruhig, wütend auf diese beiden Fremden, die sich jetzt auf einmal meldeten, obwohl sie nie zuvor etwas mit uns zu tun gehabt hatten. Aber dank der beiden konnte ich bei Nele bleiben. Und sie obendrein noch vor dem Kinderheim bewahren ...

Vorerst würde ich mich dem Unvermeidlichen fügen. Aber im Juni, nach meinem Geburtstag, würde ich bei ihnen ausziehen und mit Nele das Leben anfangen, das ich mir seit beinahe vier Jahren ausmalte. Ganz bestimmt.

Sanft wurde ich gerüttelt, sodass ich verschlafen die Augen aufschlug.

„Larissa, aufstehen, wir sind gelandet."

Desorientiert blickte ich mich um. Nele, links neben mir, schlief tief und fest. Bianca, die rechts neben mir saß, hatte mich gerade geweckt. Wir waren also in München.

Dank unseres übereilten Aufbruchs hatte ich nicht mehr mit einem Psychologen reden müssen, wie die Ärztin es mir angedroht hatte. Das war in dem Stress völlig untergegangen, zumal ich noch eine offizielle Zeugenaussage bei der Polizei gemacht hatte.

„Du kannst gleich weiterschlafen, aber du musst erst ganz schnell mit ins Auto umsteigen, okay?"

Ich nickte langsam und stand auf. Ich hatte doch tatsächlich den ganzen Flug über geschlafen. Das hatte mir immerhin ein Gespräch mit Bianca und Lorenz Winkler erspart. Ich wollte nicht allein mit den beiden reden. Das schaffte ich einfach nicht.

Lorenz nahm Nele auf seine Arme; ich war irgendwie froh darüber, dass er sie nicht weckte. Aber sie war auch leicht genug, um sie zu tragen. Bianca nahm den kleinen Koffer mit unseren Klamotten, der als Handgepäck durchging. Ich warf mir die Schultasche mit den restlichen Sachen aus der alten Berliner Wohnung über die Schultern. Neles und meine gesamten Besitztümer in einem Koffer und einer Schultasche, das war so verdammt traurig.

Ich folgte Bianca und Lorenz aus dem Flughafen zu einem Parkplatz und einem blitzblanken silbernen VW Golf. Inzwischen wurde es dunkel, es ging auf fünf Uhr zu. Und es war kalt, ich fror richtig. Kein Wunder bei meiner dünnen Sommerjacke. Einen Mantel besaß ich nicht, und hier in München war es sogar noch kälter als in Berlin. Es lag auch viel mehr Schnee.

Bianca öffnete die Hintertür, Lorenz setzte meine Schwester vorsichtig ab und schnallte sie an. Dann machte er den Kofferraum auf, sodass Bianca und ich das wenige Gepäck hineinräumen konnten.

„Meinst du, wir schaffen es in zwei Stunden nach Hause?", fragte die Frau.

Lorenz nickte. „Bestimmt. Ich hab gehofft, dass wir gegen sieben da sind."

„Freust du dich schon auf dein neues Zimmer, Larissa?", wandte sich Bianca dann an mich. „Wir haben zwei richtig schöne Gästezimmer, du und Nele bekommen jeweils eins davon!"

Ich antwortete nicht, blieb einfach still und setzte mich neben meine Schwester auf die Rückbank. Ich wollte nicht mit den beiden reden.

„Dir geht's nicht besonders gut, was?", fragte Lorenz, als er sich auf den Fahrersitz hockte und anschnallte.

Ich zuckte nur mit den Schultern.

„Du könntest auch eine Kleinigkeit zu essen vertragen", stellte Bianca fest, die nun ebenfalls im Auto saß. „Am besten halten wir nachher bei irgendeinem McDonald's oder so an."

„Klingt gut", stimmte Lorenz sofort zu. „Dann müssen wir heute Abend nicht mehr so spät kochen. Hast du Hunger, Larissa?"

Zögerlich nickte ich. „Ja." Meine Stimme klang rau, schon die ganze Zeit. Und mein Hals tat weh. Vielleicht weil ich Durst hatte. Aber das würde ich ganz bestimmt nicht sagen.

Lorenz fuhr los, ich sah aus dem Fenster, um mir die Landschaft anzuschauen. Die Gegend war schön, sogar rund um die Autobahn. Hin und wieder blickte ich zu Nele, doch sie schlief immer noch seelenruhig.

Am liebsten wäre ich auch wieder eingeschlafen, doch ich konnte nicht. Als meine Eltern bemerkten, dass ich wach war, begannen sie gegen meinen Willen ein Gespräch mit mir.

„Möchtest du uns vielleicht etwas sagen, Larissa?", fragte Bianca unsicher und drehte sich zu mir um. „Du bist so feindselig ... und ich verstehe ja, dass das alles ziemlich verwirrend und neu für dich ist, aber wir könnten doch einfach versuchen, uns ein wenig, nun ja, kennenzulernen und so."

Ich fixierte meine ausgewaschene Jeans, genauer gesagt meine Knie, und erwiderte nichts. Ich schüttelte nur den Kopf.

„Sollen wir Nele erzählen, wer wir wirklich sind?", fügte sie hinzu. „Oder weiß sie nichts davon?"

„Sie weiß es nicht!", rief ich sofort und blickte auf. „Das soll erst mal so bleiben. Sie hat mit genügend Problemen zu kämpfen."

Verwundert sah Bianca mich an. „In Ordnung", willigte sie ein. Kurz zögerte sie, bevor sie mir eine weitere Frage stellte. „Sag mal, hast du in den letzten Jahren wirklich allein für sie gesorgt?"

„Was sollte ich denn machen, wenn Saskia sich nur darum gekümmert hat, dass Gilbert genug Wodka und Bier im Kühlschrank hat?!" Sofort biss ich mir auf die Zunge. So viel wollte ich gar nicht verraten. Ich wollte doch nicht mit den beiden reden ...

„War es wirklich so schlimm?" Lorenz' Stimme war nicht viel mehr als ein Flüstern. „Das tut mir leid ..."

„Wenn es euch so leidtäte, würdet ihr nicht erst jetzt auftauchen", zischte ich. Moment mal, was sagte ich denn da? Das klang fast so, als hätte ich erwartet, dass die beiden schon viel früher zu unserer Rettung geeilt wären. Dass sie uns aus diesem Drecksloch geholt hätten, bevor alles so eskaliert war. Dabei hatte ich nie mit Hilfe gerechnet. Ich hatte mich immer nur auf mich selbst verlassen, und das würde sich auch nicht ändern.

„Hätte Saskia uns nur ein Wort gesagt", murmelte Bianca. „Wir hätten euch sofort geholfen."

„Aber sie hat immer behauptet, es wäre alles bestens", seufzte Lorenz.

„Schon gut", entgegnete ich sofort. „Ihr habt ohnehin nichts mit uns zu tun. Warum solltet ihr uns also helfen?"

Damit hatte ich Bianca doch etwas wütend gemacht. Ihre ruhige, mitleidige Fassade bröckelte und sie sah mich verärgert an. „Larissa, wir sind immerhin deine Eltern!"

„Das kommt mir nicht so vor!"

„Ja, wir haben dich zur Adoption freigegeben", schnaubte sie. „Aber wir hatten unsere Gründe! Und wir waren uns sicher, dass Saskia und Wolfgang gute Eltern für dich sein würden!"

„Das waren sie auch! Aber seit vier Jahren habe ich keine Eltern mehr." Ich verschränkte die Arme. „Und Ende!"

„Mir ist klar, dass die letzten Jahre schlimm gewesen sein müssen", räumte Lorenz ein. „Aber das ist kein Grund, so respektlos zu sein."

„Wie soll ich jemanden respektieren, den ich nicht mal kenne?", giftete ich die beiden an.

Bianca presste sich Daumen und Zeigefinger gegen die Schläfen, dann atmete sie tief durch. „Wir haben ja jetzt etwas Zeit, uns kennenzulernen ... Erhol dich erst mal von deinen Verletzungen, gewöhn dich in deinem neuen Zuhause ein, dann sehen wir weiter."

Ich wandte den Blick ab und sah wieder aus dem Fenster. „Von mir aus", brummte ich. Hoffentlich war das Gespräch damit beendet.

Verstohlen beobachtete ich Bianca. Lorenz saß direkt vor mir, ihn konnte ich nicht sehen. Doch meine leibliche Mutter wirkte bedrückt, spielte nervös mit ihren Fingern und strich sich ständig durchs Haar.

Da griff Lorenz beim Fahren mit seiner rechten Hand nach ihr und drückte ihre Hände kurz. „Ganz ruhig", flüsterte er. „Das wird schon."

Sie lächelte ihn an. „Ich wünsche es mir so sehr ..."

Die beiden mochten sich wirklich. Das war nicht zu übersehen. Irgendwie ein ungewohnter Anblick. So harmonisch.

Plötzlich zitterte ich wieder und ich spürte, dass ich eine Gänsehaut bekam. Ich schlang meine Arme um mich. Sogar hier im Auto fror ich. Anscheinend bemerkte Bianca das, sie drehte jedenfalls die Heizung auf. „Danke", flüsterte ich.

Sie lächelte mich an. „Keine Ursache. Morgen oder übermorgen gehen wir beide mal einkaufen. Du brauchst ordentliche Klamotten! Diese dünnen, alten, viel zu großen Sachen kann man sich ja nicht ansehen. Und zum Friseur gehen wir auch."

Ich spürte einen Kloß in meinem Hals und unterdrückte die aufkommenden Tränen. Weil ich wusste, dass meine Stimme erstickt klingen würde, nickte ich nur. Wieso war Bianca immer noch so nett zu mir? So fürsorglich? Ich tat doch alles, um sie und Lorenz von mir zu stoßen.

„Aber Nele braucht auch neue Sachen“, murmelte ich.

Die Frau nickte. „Keine Frage! Wir gehen alle zusammen einkaufen, ja?“

„Das ... das klingt gut.“

„Übermorgen Nachmittag hab ich keine Sprechstunde“, meldete sich Lorenz zu Wort. „Und du hast sowieso frei, oder Schätzchen?“

„Ja“, bestätigte Bianca. „Das passt perfekt.“

„Was arbeitet ihr überhaupt?“, fragte ich. „Und wie alt seid ihr?“ Ich wusste genau genommen gar nichts über meine leiblichen Eltern.

„Ich bin Lehrerin“, erzählte Bianca. „An der Grundschule in unserem Dorf. Und man fragt eine Frau nicht, wie alt sie ist!“ Dann kicherte sie. „Nur ein kleiner Spaß. Ich bin 34.“

So jung? Wirklich? Dann hatte sie mich ... mit ungefähr 16 bekommen. Ernsthaft?!

„Ich arbeite als Kinderarzt“, sagte Lorenz. „Und ich bin 35.“

Grundschullehrerin und Kinderarzt ... aha. Das klang alles zu perfekt. Tolle Jobs, ein großes Haus, ein tolles Auto, genug Geld. Es machte mir Angst.

„Habt ihr eigene Kinder?“, wollte ich wissen.

Bianca lächelte mich an. Ihr Lächeln wirkte aber eher traurig auf mich. „Nur dich.“

Komisch. Bei den Berufen hätte ich gewettet, dass die beiden Kinder hatten.

„Erzähl doch mal etwas über dich“, forderte Lorenz mich auf. „Wie bist du so in der Schule? Was sind deine Lieblingsfächer?“

„Äh ... Ich bin ganz gut in der Schule“, antwortete ich zögerlich. „Und mein Lieblingsfach ist Deutsch. Danach Englisch.“

„Ach, du bist also der Sprachen-Typ?“, erkundigte er sich.

„Scheint so.“ Ich mochte diese beiden Fächer eigentlich nur so gerne, weil ich am liebsten Geschichten schrieb. Und das machte man in Mathe und Biologie eben nicht.

Eine Weile blieb es still, bis Lorenz die Ausfahrt an einer Autobahnraststätte nahm. Ich warf einen Blick auf die Uhr, die neben der Tankanzeige im Auto war. Schon fast halb sieben.

„Also, wie wär's jetzt erst mal mit was zu essen?“, fragte Lorenz.

„Ich könnte drei Hamburger verdrücken“, lachte Bianca.

Kurz musterte ich die beiden. Sie wirkten nicht so, als würden sie oft Fast Food essen. Im Gegenteil, die beiden sahen aus, als würden sie sich gesund ernähren. Sehr gesund. Neben ihren perfekten Jobs, ihrem perfekten Auto und ihrem perfekten Haus hatten sie auch noch perfekte Körper. Frustrierend. Und ein wenig gruselig, zumal ich aus so einfachen Verhältnissen stammte. Als Wolfgang noch gelebt hatte, war es uns meiner Meinung nach gut gegangen. Wir hatten nie sonderlich viel gehabt, aber immer genug. Und seit es Gilbert gab ... Nun ja, darüber musste ich nicht mal nachdenken. Seitdem war ich untergewichtig und immer auf der Hut. Und auf mich allein gestellt.

„Okay, drei Hamburger für dich. Und Pommes und Sprite, wie ich dich kenne“, fasste Lorenz Biancas Bestellung zusammen.

„Genau! Und für dich wie immer mindestens drei große Burger, zweimal Pommes und drei Apfeltaschen, stimmt's?“, entgegnete sie.

„Darauf kannst du wetten!“

Ich bekam nur noch mehr Hunger, wenn die beiden von so viel Essen sprachen. Das klang einfach traumhaft.

Dann parkte Lorenz vor dem McDonald's und drehte sich zu mir um. „Was möchtest du, Larissa?“

„Äh ...“ Verunsichert blickte ich zwischen dem Laden und Lorenz' fragendem Gesicht hin und her. „Ein McMenü? Also, für mich und Nele natürlich! Aber eine Portion Pommes würde auch reichen ... oder ein Hamburger ... Hauptsache irgendwas ...“

Schon beinahe traurig musterte Lorenz mich. „Larissa, du kannst dir nach Lust und Laune was bestellen. Du musst jetzt wirklich nicht aufs Geld achten.“

Hoppla. Macht der Gewohnheit. „Oh ...“, murmelte ich.

Bianca schnallte sich ab. „Ich weiß was. Wir setzen uns alle in den McDonald's rein uns essen da!“

„Gute Idee!“, stimmte Lorenz zu. „Dann können wir auch was nachbestellen.“

„Und wir haben Zeit“, ergänzte Bianca, während sie ausstieg.

„Willst du Nele wecken?“, fragte Lorenz.

Verwirrt nickte ich und schnallte mich ab, ich kam nicht mehr ganz mit. Wir würden uns jetzt wirklich reinsetzen und dort essen? So viel wir wollten?

Sanft rüttelte ich meine Schwester. „Nele, wach auf", flüsterte ich. „Es gibt Abendessen!"

Abrupt schreckte sie hoch, mit weit aufgerissenen Augen. „Laaaraaa!", schrie sie panisch und schluchzte auf.

Entsetzt sah ich sie an und nahm sie sofort in meine Arme. „Ganz ruhig, Schwesterchen, ich bin da", murmelte ich, während ich ihr über den Rücken streichelte. „Ich bin da. Alles ist gut."

Wieder ein Albtraum? Wahrscheinlich.

Lorenz und Bianca beobachteten uns wie versteinert. Die beiden waren schon ausgestiegen und standen nun neben der offenen Tür auf meiner Seite des Wagens. Offensichtlich begriffen sie nicht, was gerade vor sich ging.

Nele weinte, ein herzzerreißendes Schluchzen drang aus ihrer Kehle und sie benutzte meine gammelige Jacke als Taschentuch.

„Was hast du denn geträumt?", fragte ich besorgt und strich ihr das Haar aus dem Gesicht.

„Gilbert", schniefte sie. „Gilbert ist nachts in unser Zimmer gekommen! Und er hat dir wehgetan! Du hast geweint!"

Ich biss die Zähne zusammen und schluckte schwer. Oh nein. Hatte Nele etwa unterbewusst mitbekommen, was Gilbert nachts manchmal mit ihr gemacht hatte? Bitte nicht … „Ganz ruhig", flüsterte ich mit zitternder Stimme. „In unser Zimmer kommt er nicht rein", log ich. „Das ist unser kleines Reich, das weißt du doch."

Sie nickte langsam. „Es war nur ein Traum", murmelte sie.

„Genau", beruhigte ich sie. „Alles nur ein Traum. Siehst du? Wir sind ganz woanders. Und jetzt gibt's Abendessen."

Meine kleine Schwester blickte aus dem Frontfenster zu dem großen, hell erleuchteten Gebäude. „McDonald's!", staunte sie.

„Ja, und wir dürfen uns was aussuchen", ermunterte ich sie. „Komm!" Ich strich ihr die letzten Tränen aus dem Gesicht und wischte meine Hand an meiner Jeans ab, dann stieg ich mit ihr aus dem Wagen. Bianca und Lorenz musterten uns immer noch leicht verstört. „Sie hat schlecht geträumt", flüsterte ich den beiden im Vorbeigehen zu.

Zum Glück akzeptierten sie diese knappe Erklärung. Ohne ein weiteres Wort über diesen Vorfall zu verlieren, gingen wir in den McDonald's.

Warme Luft und der Duft von Essen empfingen uns. Mir lief das Wasser im Mund zusammen, als ich reinkam. Mein Magen knurrte richtig. Ob ich mich wirklich satt essen konnte? Dieser Gedanke erschien mir immer noch unglaublich. Genau wie die Tatsache, dass ich heute schon ein großes Frühstück für mich allein bekommen hatte. Und mittags ein Sandwich.

Nele und ich durften uns wirklich bestellen, was wir wollten. Burger, Pommes, Getränke, sogar zum Schluss noch ein Eis und eine Apfeltasche! Ich konnte es kaum glauben. Ich war satt! Mehr als satt!

Bianca und Lorenz erzählten uns beim Essen von ihren beiden Katern, Garfield und Platsch. „Seltsame Namen", dachte ich erst, bis die beiden erklärten, dass Garfield so hieß, weil er wie die orange Comic-Katze aussah. Und Platsch hatte seinen Namen daher, dass er öfter mal in die volle Badewanne gefallen war.

Im Großen und Ganzen war es ein ungewohnt ausgelassenes Essen, ich redete zwar nicht viel, aber Nele und meine Eltern verstanden sich gut. Das freute mich. Es war mir lieber, als dass Nele vor den beiden genauso Angst haben müsste wie vor Gilbert. Doch das änderte nichts daran, dass ich Bianca und Lorenz skeptisch gegenüberstand. Diese Freundlichkeit, diese Ruhe, dieses Verständnis und diese Selbstlosigkeit waren mir nicht geheuer. Am Anfang hatte Gilbert auch nett, gut aussehend und zuvorkommend gewirkt. Aber dann ... Schnell schüttelte ich den Kopf, um diesen Gedanken zu verdrängen.

„Stimmt was nicht, Larissa?", fragte Bianca besorgt, als sie mein Kopfschütteln bemerkte.

Damit riss sie mich aus meinen Gedanken. Ich nahm die helle Umgebung und die lauten Geräusche um mich herum, das Gemurmel der Gäste und das Rascheln von Verpackungen, wieder wahr. „Nein, alles okay", murmelte ich hastig. Ich musste abwarten, wie das alles weitergehen würde. Ich musste auf der Hut bleiben, auf Nele aufpassen und abwarten.

Aber immerhin nannten mich die beiden bei meinem Namen. *Engelchen* würde so bald niemand mehr zu mir sagen. Und allein dieses Wissen machte mich ein klitzekleines bisschen zuversichtlich. Gilbert war eingesperrt. Er konnte Nele und mir nichts mehr tun.

„Du siehst aus, als könntest du noch eine Apfeltasche vertragen", merkte Lorenz grinsend an.

Meinte er das ernst? Wirklich? Ganz sicher? Ich lächelte schüchtern. „W...wenn ... wenn ich darf ..."

Er lachte. „Natürlich darfst du! Ich hol dir noch eine."

„Darf ich auch noch eine haben?", fragte Nele hoffnungsvoll.

„Selbstverständlich", versicherte er ihr. „Sonst noch was?"

„Nein, ich bin pappsatt", lehnte Bianca ab.

Also ging Lorenz noch mal zur Kasse, um die Apfeltaschen für Nele und mich zu holen. Fassungslos blickte ich ihm hinterher. So viel Großzügigkeit war ich nicht gewohnt. Und auch das Völlegefühl in meinem Magen war mir vier Jahre lang fremd gewesen.

Dieser Augenblick erschien mir so irreal. Als würde ich gleich aufwachen und vor Gilbert stehen, der mir seinen stinkenden Atem ins Gesicht hauchte. Aber ich wachte nicht auf, denn ich träumte nicht. Das passierte wirklich.

Für eine Sekunde überkam mich ein Gefühl von Geborgenheit. Doch als mir das auffiel, verdrängte ich es sofort. Geborgenheit. Pah. So etwas gab es nicht. Und wenn man glaubte, so etwas gefunden zu haben, dann verschwand es ganz schnell wieder.

Nein, ich machte mir keine falschen Hoffnungen. Fünf Monate würde ich bei Bianca und Lorenz Winkler wohnen. Und Ende. Sie waren weder meine Familie noch meine richtigen Eltern. Es gab nur Nele und mich. Auf uns passte niemand auf, abgesehen von uns selbst. Das durfte ich nur nie vergessen.

Klein, kleiner, Pirk

Während der restlichen Fahrt waren Nele und ich wieder eingeschlafen. Erst als wir bei Bianca und Lorenz zu Hause angekommen waren, weckten uns die beiden behutsam auf.

Das Auto stand in einer Einfahrt, doch es war ziemlich dunkel, darum erkannte ich kaum etwas. Ich konnte mich auch am nächsten Tag umschauen. Es eilte nicht und ich wollte nur noch weiterschlafen. Also ab ins Bett, auch wenn die Uhr im Auto erst kurz nach acht anzeigte. Nele wirkte genauso müde, wie ich mich fühlte. Vielleicht bekamen wir jetzt die Gelegenheit, die ein oder andere schlaflose Nacht nachzuholen.

„Wir sind da", merkte Bianca überflüssigerweise an. „Kommt!"

Sie und Lorenz gingen voran, Nele und ich folgten ihnen. Auf dem Weg von der Einfahrt zur Haustür griff meine kleine Schwester nach meiner Hand. Ich lächelte Nele aufmunternd an. „Jetzt können wir uns richtig schlafen legen."

„Zum Glück!", freute sie sich und gähnte ausgiebig. „Ich finde Mamas Freunde richtig nett", fügte sie nach einer kurzen Pause hinzu.

Überrascht sah ich sie an. „Schön", murmelte ich.

„Und du?"

„Geht schon", wich ich aus. „Mal abwarten."

Im Haus brannte Licht, fiel mir auf. Komisch. Ich hatte gedacht, außer zwei Katzen wohnte sonst niemand hier. Ob Bianca und Lorenz das Licht angelassen hatten, bevor sie nach Berlin aufgebrochen waren?

„Ich hoffe, ihr könnt euch noch ganz kurz wach halten", wandte sich Lorenz an uns. „Es gibt da nämlich ein paar Leute, die euch kennenlernen wollen. Sie warten wohl schon auf uns."

„Wer?", fragte ich misstrauisch.

„Unsere Nachbarn", erzählte Bianca fröhlich. „Bevor wir losgefahren sind, haben wir ihnen Bescheid gegeben, dass wir euch zu uns holen werden. Sie sind schon richtig gespannt auf euch."

„Ich hab keine Lust, vorgeführt zu werden", zischte ich. „Erst recht nicht in diesem Zustand!"

„Mach dir keine Sorgen", winkte sie nur ab. „Du wirst überrascht sein, wie lieb alle sind. Und sie warten schon auf euch."

Ach, darum brannte das Licht. Hatten Bianca und Lorenz ihren Nachbarn etwa einen Hausschlüssel anvertraut? Krass. Ob das auf dem Dorf wohl üblich war? Das konnte ich mir irgendwie nicht vorstellen. „Nein", protestierte ich. „So wie ich aussehe, will ich niemanden treffen."

Lorenz schloss bereits die Haustür auf. Zu beiden Seiten des Eingangs standen Topfpflanzen, und wenn man rechts ums Haus herumging, erreichte man anscheinend einen Garten. Das Haus wirkte riesig im Vergleich zu unserer alten Wohnung. Aber im Dunkeln erkannte ich nicht mal die Farbe. Weiß? Grau? Die Straßenlaternen erhellten die Umgebung des Hauses kaum.

„Es wird sich niemand daran stören, versprochen", beruhigte Bianca mich.

Langsam wurde ich wütend. „Ach, ist ja schön, ihr habt eure Freunde schon vorgewarnt, wie ich aussehe?"

Sie seufzte leise. „Jetzt mach dir keine Sorgen."

Nele lächelte zu mir hoch. „Du siehst gar nicht schlimm aus, Lara. Wirklich!"

Klar, sie hatte mich schon in viel schlimmeren Zuständen gesehen ... Ich erwiderte ihr Lächeln. „Danke, Schwesterchen."

Hinter Bianca und Lorenz betraten wir einen kleinen Flur. Rechts führte eine Treppe nach oben, links gab es eine Tür – ich vermutete eine Toilette dahinter –, geradeaus führte ein Gang tiefer ins Haus. Das warme orange Licht erleuchtete beinahe das ganze Erdgeschoss, ich erkannte ein Wohnzimmer nur ein paar Schritte weiter. Meine Eltern steuerten direkt darauf zu, auf dem Weg kamen wir an einem Esszimmer mit eingebauter Küche vorbei. Noch etwas weiter, auf der rechten Seite, führte eine Treppe in den Keller.

Wahnsinn. Allein das Erdgeschoss war riesig! Und es gab noch einen Keller und ein weiteres Stockwerk, vielleicht sogar einen Dachboden!

Im Wohnzimmer brannte nicht nur das Deckenlicht, auch eine Stehlampe und eine Lampe auf dem kleinen Couchtisch sorgten für die Beleuchtung. An der einen Wand standen einige Regale mit Büchern und Fotos. Sogar einen Flachbildfernseher hatten Bianca und Lorenz. Es gab ein riesiges Sofa, das um die Ecke ging und jeweils die Hälfte der beiden Wände ausfüllte, vor denen es stand. Und darauf saßen jede Menge Leute und zwei schlafende Katzen.

„Bianca! Lorenz! Na endlich!", rief eine blonde Frau, die ich auf 40 Jahre schätzte, und sprang vom Sofa auf, um die beiden zu umarmen. „Ich hab mir schon Sorgen gemacht, wo ihr bleibt!"

„Zwischenstopp bei McDonald's", erklärte Lorenz und tätschelte ihren Rücken.

Nele und ich blieben Hand in Hand mit etwas Sicherheitsabstand im Türrahmen stehen. Nicht nur ich wurde bei so vielen Menschen nervös, Nele auch. Schnell zählte ich die Leute – sechs, darunter drei Erwachsene und drei Jugendliche ungefähr in meinem Alter.

„Also machen wir doch noch eine schnelle Vorstellungsrunde", schlug Bianca vor. „Aber wirklich nur kurz, denn Larissa und Nele sind wahnsinnig müde."

„Dann fange ich mal an", meldete sich die Blondine zu Wort.

„Moment, lasst die zwei doch erst mal reinkommen", lachte Lorenz.

Ich schüttelte reflexartig den Kopf. Ich wollte da nicht reingehen! Sobald ich im hellen Licht stand, würden sie all meine Verletzungen, jedenfalls die im Gesicht, sehen. Hier im Türrahmen war es so schummrig, dass man mich kaum erkennen konnte, das war mir bedeutend lieber.

„Nicht so schüchtern", ermutigte uns die blonde Frau. „Wir beißen nicht! Wir freuen uns, dass ihr da seid!"

Sie freuten sich? Na klar. Sie kannten uns nicht, aber sie freuten sich. So ein Schwachsinn.

Weil weder Nele noch ich einen Schritt ins Wohnzimmer machten, schob Bianca uns letztendlich hinein. Ich sträubte mich, doch ich war zu entkräftet und hatte keine Chance gegen ihren sanften Druck. Nun stand ich da. Mitten im Raum, mit meiner kleinen Schwester an der Hand. Entstellt, verletzt, verängstigt und wütend. Ich machte bestimmt einen tollen Eindruck. Oder zumindest einen unvergesslichen. Mit kaltem Blick starrte ich in den Raum hinein. In sechs entsetzte, glotzende Gesichter. Biancas Warnung hatte anscheinend nicht ausgereicht. Mein Aussehen übertraf wohl jede Vorstellungskraft. Ich ballte meine freie Hand zur Faust und zwang mich, ruhig zu atmen. Diese schockierten Blicke regten mich auf und beschämten mich zugleich.

Da hatte die Blondine ihre Stimme wiedergefunden. „Also, ich bin Anna“, stellte sie sich vor und ging zum Sofa. Sie deutete auf einen ebenfalls ungefähr 40-jährigen Mann. „Das ist Luca, mein Mann.“

Der Dunkelhaarige fummelte an seiner Brille herum und nickte uns zu, er schien sich nicht sonderlich wohlzufühlen. „Hallo.“

Ich antwortete nicht und Nele blickte sich nur mit großen Augen um.

„Und das sind unsere Kinder“, fuhr Anna fort. Sie legte einem circa 16-jährigen Mädchen und einem etwas älteren Jungen ihre Hände auf die Schultern. „Sophie und Niklas.“

Ich musterte die beiden Jugendlichen. Niklas sah mich abschätzig an, sein dunkles Haar hing ihm in kurzen Strähnen ins Gesicht. Sophie lächelte, sie wirkte gar nicht mehr geschockt und strich sich ihr aschblondes, langes Haar zurück. Mit ihren Lippen formte sie ein tonloses „Hi“.

Fragend sah ich sie an, galt das mir? Etwas hilflos nickte ich ihr zu und wandte den Blick schnell wieder ab.

Die dritte der fremden Erwachsenen, eine Frau um die 50, wollte sich anscheinend auch gerade vorstellen, da stand der Junge neben ihr auf und kam auf Nele und mich zu. Ich rechnete damit, dass der Typ uns begrüßen wollte, doch irgendetwas an ihm beunruhigte mich. Mit einem schnellen Blick musterte ich ihn – 18 oder vielleicht 19, würde ich sagen, schwarze Haare, durchdringende blaue Augen, keine Bartstoppeln, weiche Gesichtszüge, etwas größer als ich, sportlich-lässig gekleidet. Und ein ziemlich arrogantes Auftreten.

Plötzlich zog er ein Handy aus der Tasche seiner Jeans und richtete es direkt auf mich. Misstrauisch beobachtete ich ihn. Erst als ich ein leises Klicken hörte, wurde mir klar, was geschehen war. Dieser Mistkerl hatte ein Foto von mir gemacht!

„Sieht interessant aus", kommentierte er mit tiefer, ruhiger Stimme.

Mir klappte der Mund auf. Was bildete der sich ein?! Wieso fotografierte er mich mit den vielen Blutergüssen im Gesicht, den hässlichen Prellungen, dem blauen Auge? Einen Moment lang fühlte ich mich einfach nur unendlich bloßgestellt. Und ich schämte mich. Doch gleich darauf riss ich mich wieder zusammen, im Gegensatz zu allen anderen Anwesenden, die ihn entsetzt ansahen.

Noch während die ältere Frau, die vermutlich seine Mutter war, „Was tust du da? Entschuldige dich sofort!" rief, hatte ich ihm eine geklatscht. Eine schallende Ohrfeige direkt auf die linke Wange.

Verdattert starrte der Typ mich an, ich nutzte den Schockmoment, um ihm das Handy aus der Hand zu reißen. Der Kerl hatte tatsächlich mein Gesicht geknipst. Ein schreckliches Bild. Von dem Display blickte mir ein wütend und kaputt wirkendes Mädchen entgegen, ein paar braune Haarsträhnen fielen ihm ins Gesicht, doch sie verdeckten keine der vielen Verletzungen. Beinahe hätte ich mich auf dem Foto nicht wiedererkannt. Ich hätte am liebsten abgestritten, dass ich darauf zu sehen war.

Es dauerte zwar ein paar Sekunden, bis ich herausgefunden hatte, wie man ein Foto löschte, aber ich schaffte es zum Glück. Das würde niemand mehr zu Gesicht bekommen. Ich drückte dem immer noch perplexen Jungen das Handy wieder in die Hand und funkelte ihn wütend an. Ein zweites Mal würde er sich das hoffentlich nicht erlauben.

Kurz starrten mich alle an. Mit meiner Ohrfeige hatte wohl niemand gerechnet. Aber sie war definitiv gerechtfertigt! Dafür würde ich mich nicht entschuldigen, egal, was die anderen nun sagten.

Nele blickte ängstlich zu mir auf, darum lächelte ich sie an. Ich ignorierte die anderen um uns herum und ging neben ihr in die Hocke, sodass wir auf einer Augenhöhe waren. „Ist schon gut", flüsterte ich. „Ich wollte nur nicht, dass er mich mit all den Verletzungen fotografiert."

„A...aber Lara, du ... du schlägst doch sonst nie jemanden", stammelte sie.

Tja ... Sanft strich ich ihr durchs Haar. „Keine Angst, das wird nicht mehr vorkommen", beruhigte ich sie.

Sie nickte langsam. „Okay."

„Ich hab dich lieb, Nele", hauchte ich ihr ins Ohr. „Und du weißt, dass ich dich nie schlagen würde."

Da lächelte sie wieder. „Ja. Ich hab dich auch lieb, Lara."

Wirklich ein schönes Gefühl, so eine tolle kleine Schwester zu haben.

Da regten sich die anderen endlich wieder. „Bitte entschuldige, ich weiß gar nicht, was in ihn gefahren ist", murmelte die 50-Jährige. „Das war wirklich … ungeheuerlich."

Regungslos blickte ich sie an. Was sollte ich dazu schon groß sagen? Klar war es ungeheuerlich gewesen! Dieser Junge war ein Idiot! Und total gestört. Wer fotografierte schon ein misshandeltes Mädchen?! Die Frau strich sich durchs kurze, grau melierte Haar. „Raphael, entschuldige dich dafür! Jetzt!", verlangte sie.

Der Junge zuckte mit den Schultern. „Nö, warum? Wenn sich die Kleine prügelt, muss sie sich doch nicht wundern, dass sie so abgefahren aussieht, dass jemand sie fotografieren will."

Die Kleine? Prügelt? Dieser … Ich stutzte. Moment mal – wussten die Leute hier gar nicht, warum Nele und ich nun bei Bianca und Lorenz wohnen würden? Wussten sie nichts von der Hölle, die bis gestern unser Zuhause gewesen war?

„Du hast doch keine Ahnung, was hier los ist", stellte die Frau klar und blickte ihren Sohn wütend an. „Also entschuldige dich einfach!" Sophie, Niklas und Raphael sahen verwirrt aus, die Eltern der Geschwister wirkten verärgert genau wie Bianca und Lorenz.

Langsam begriff ich. Die Erwachsenen wussten Bescheid, die Jugendlichen nicht. Das erklärte Raphaels komische Bemerkung mit der Prügelei.

Verständnislos sah er die Frau an. „Warum sollte ich? Sie entschuldigt sich ja auch nicht für die Ohrfeige."

„Dazu hab ich keinen Grund", zischte ich.

„Ganz ruhig, Larissa", sagte Bianca und legte mir eine Hand auf die Schulter.

Unwillkürlich zuckte ich ein wenig zusammen. Ich mochte Berührungen nicht. „Ja, ja", ergab ich mich. „Aber nimm bitte die Hand da weg." Verwundert sah sie mich an, leistete meiner Bitte aber Folge.

Raphael steckte sein Handy wieder ein und hockte sich zurück aufs Sofa. Er verschränkte die Arme vor der Brust. Eine Entschuldigung würde ich sicher nicht bekommen. Aber das war mir eigentlich egal. Ich wollte nur meine Ruhe vor diesem Spinner.

„Das war ein schlechter Start“, seufzte die Frau. „Trotzdem, ich freue mich, euch beide kennenzulernen. Ich bin Renate, das ist mein Sohn Raphael.“

„Hallo“, murmelte ich leise.

Die Frau konnte ja nichts für das Verhalten ihres Sohnes. Also kein Grund, sie zu ignorieren. Doch mit diesem Raphael wollte ich nichts zu tun haben. Diese Demütigung von eben saß noch tief ...

„So, jetzt kennt ihr unsere liebsten Nachbarn“, lachte Lorenz. Sein Lachen klang ein wenig angespannt, so bemüht. Aber das wunderte mich nach Raphaels bescheuerter Aktion und meiner Ohrfeige nicht.

Ja, jetzt kannte ich die Leute hier. Oder zumindest ihre Namen. Niklas und Sophie, die Kinder von Anna und Luca. Außerdem Renate mit ihrem Mistkerl von Sohn Raphael. Wahrscheinlich würde ich mich morgen früh nicht mal mehr an die Namen erinnern.

Nele blieb ungewöhnlich still. Sie musste auch wahnsinnig müde sein ...

„Können wir jetzt bitte ins Bett?“, fragte ich leise. „Es war ein langer Tag.“

Bianca nickte und sah mich verständnisvoll an. „Natürlich. Ihr werdet noch genug Gelegenheit bekommen, unsere Freunde und die Umgebung kennenzulernen.“

Nicht, wenn ich's verhindern konnte ...

Ich biss mir ganz leicht auf die Zunge, um meinen Gedanken nicht laut auszusprechen. Die Einzige, die mir von all den Leuten hier auch nur im Geringsten sympathisch vorkam, war diese Sophie. Denn sie grinste mich immer noch fröhlich an. Sie wirkte so ... freundlich. Aber das spielte sowieso keine Rolle. Ich musste es nur fünf Monate hier aushalten, dann konnte ich mir einen Job suchen und für Nele und mich sorgen. Mehr zählte nicht.

Ich nahm kaum wahr, wie Bianca Nele und mich in den ersten Stock führte und uns unsere Zimmer zeigte. Riesige Zimmer. Mit Bett, Nachtschrank, Schreibtisch, Stühlen, Kleiderschrank, Regalen, Sessel, vielen Lampen, großen Fenstern, schönen Vorhängen. Unglaublich! Der einzige Unterschied zwischen den Räumen war, dass meine Wände grün und gelb gestrichen waren, Neles rot und orange. Tatsächlich hatten wir jeweils ein eigenes Zimmer. Ob meine kleine Schwester überhaupt allein schlafen konnte?

Wir waren wohl beide zu müde, um darüber zu reden, ließen uns stattdessen einfach von Bianca in unsere Zimmer bringen und legten uns schlafen, ohne die Zähne zu putzen. Nur meine Schuhe streifte ich ab und ließ sie neben dem Bett stehen. Im Halbschlaf zog ich meine Jeans, meinen Pullover und meinen BH aus und legte alles über den Schreibtischstuhl. Dann schmiss ich mich auf die weiche Matratze und zog mir die Decke bis zum Hals. Dieses Bett hatte wahrscheinlich mehr gekostet als die monatliche Miete für unsere kleine Wohnung in Berlin ...

Recht bald fielen mir die Augen zu. Nur ganz kurz dachte ich noch an Gilbert. Wie er Saskia die Treppe hinuntergestoßen hatte. Hastig zog ich mir die Bettdecke über den Kopf, rollte mich ein und verdrängte die Erinnerung, so gut ich konnte. Dann endlich schlief ich ein.

„Laaaaaaaaraaaaaaaa!“

Ein hoher, lauter Schrei riss mich aus dem Schlaf. Sofort schreckte ich auf und saß senkrecht im Bett. „Nele!“, schoss mir durch den Kopf. Ich brauchte eine Sekunde, bis mir klar wurde, wo ich war. Und wo Nele war.

Hastig sprang ich auf und rannte ins Nebenzimmer, in dem sich meine Schwester befand. Aus dem Erdgeschoss drangen Gesprächsfetzen und Geräusche zu mir vor, die ich nicht einordnen konnte. Ich konzentrierte mich nur auf Nele und darauf, dass sie nach mir gerufen hatte.

Ich stürzte in ihr Zimmer und sah mich um. Helles Licht fiel durch die zwei großen Fenster herein. Meine Schwester saß auf dem Bett. Weinend und zitternd. Ihre dunkelbraunen Haare hingen ihr wirr ins Gesicht und sie schaute sich ängstlich um.

Dieser Anblick versetzte mir einen Stich. Sofort lief ich zu ihr und ließ mich neben ihr nieder. Ich umarmte sie fest und strich ihr sanft über den Rücken. „Ich bin da“, flüsterte ich.

„Lara", schluchzte sie. „Ich hatte solche Angst! Ich bin aufgewacht und du warst nicht da!" Sie wimmerte leise und klammerte sich an mich. „Ich dachte, dir wäre was passiert!"

„Es geht mir gut", beruhigte ich sie. „Morgen schläfst du wieder bei mir im Bett, okay?" Ich konnte die Kleine unmöglich allein lassen.

„Bitte", stimmte sie zu.

„So, aber jetzt musst du aufhören zu weinen", bestimmte ich und ließ sie los, um vom Bett aufzustehen. „Du bist doch ein großes Mädchen!" Zögerlich nickte sie und wischte sich die Tränen aus dem Gesicht. „Komm, raus aus den Federn mit dir", forderte ich sie auf. „Nach einer Dusche geht's dir bestimmt gleich besser!"

„Okay", willigte sie ein und kletterte aus dem Bett.

Ich wollte sie ablenken, das hielt ich in diesem Moment für das Beste. Denn ich brachte es gerade nicht fertig, über Neles Ängste zu sprechen. Über Gilbert zu sprechen. Also würde ich meine kleine Schwester auf eine andere Art und Weise beruhigen.

„K...krass", stammelte jemand an der Zimmertür plötzlich.

Abrupt wirbelte ich herum, meine Haare flogen mir dabei regelrecht um den Kopf. Als ich sah, wer dort stand, kroch sofort die Wut in mir hoch. Raphael. In schmutzigen, weiß gefleckten Klamotten und mit einer großen Farbrolle in der rechten Hand. Sogar in seinen kurzen schwarzen Haaren sah ich ein paar Farbflecken.

„Was hast du hier verloren?", zischte ich.

„Äh ... Ich helfe Lorenz beim ... Streichen", murmelte er. „Im Esszimmer ... Und dann haben wir ... den Schrei gehört, darum sollte ich ... nachschauen. Was los ist. Hier oben."

Darum die Farbrolle und die schmutzige Kleidung. Aber wieso redete der Kerl so abgehackt und starrte wie gebannt in meine Richtung?

Verunsichert folgte ich seinem Blick. Meine Augen weiteten sich, als ich begriff, wo er hinstarrte. Eine Mischung aus Scham und Entsetzen ergriff mich. Raphael musterte meine nackten Beine und Arme. Ich stand ja nur mit einem zu großen T-Shirt und einem Höschen in Neles Zimmer! Daran hatte ich gar nicht mehr gedacht! Schnell griff ich nach der Bettdecke und hüllte mich darin ein. Raphael sollte mich nicht so sehen! Aber wahrscheinlich hatte er bereits die schlimmsten Wunden entdeckt. Darum auch sein Kommentar. „Krass."

Was er wohl gemeint hatte? Die Prellungen und verblichenen Schnittwunden an den Armen? Die noch gut sichtbare Schnittwunde am rechten Unterschenkel? Allgemein die ganzen blauen Flecken? Da fiel mir etwas ein. Nein, seine Bemerkung bezog sich mit Sicherheit auf die hässliche Brandnarbe am linken Oberschenkel. Die Verletzung, die mir die größten Schmerzen bereitet hatte. Und die größte Demütigung.

„Schau mich nicht so an!", schrie ich. Ich atmete tief durch, um wenigstens halbwegs ruhig zu bleiben. Ich wollte nicht hysterisch werden. „Perverser Idiot, hau ab!" Mit der Decke um mich herum fühlte ich mich wieder sicherer und dem Blick seiner durchdringenden blauen Augen nicht mehr so ausgeliefert.

„Das ... das war keine Schlägerei, oder?", fragte er langsam.

„Das geht dich nichts an", entgegnete ich bitter.

Kurz zögerte er. „Larissa, oder?" Ich reagierte nicht. Dennoch redete er weiter. „Larissa, was ist da passiert? Das sieht ja übel aus! Wer hat das getan?"

„Ich hab gesagt, das geht dich nichts an!", fauchte ich.

Dieses Mitleid in seiner Stimme, diese Besorgnis ... Nachdem er mich gestern noch fotografiert hat, weil ich so „abgefahren" aussah. Ich mochte Raphael nicht. Er sollte einfach gehen.

„Ja, aber ..."

„Lass Lara in Ruhe!", motzte Nele ihn jetzt an.

Ich lächelte meiner kleinen Schwester zu. „Danke", flüsterte ich.

Sie erwiderte mein Lächeln. „Der Junge ist voll doof", sagte sie. „Ich mag ihn nicht!" Damit sprach sie mir aus der Seele.

„Hey", beschwerte sich Raphael. „Du bist ganz schön frech, Kleine."

„Hau endlich ab!", forderte ich ihn auf. „Geh wieder streichen!"

„Genau!", pflichtete meine Schwester mir bei. „Nicht mal Gilbert durfte in unser Zimmer gehen, also verschwinde!"

Bei diesem Namen zuckte ich unwillkürlich zusammen. Und Raphael bemerkte das. Oh nein ...

„Gilbert?", wiederholte der Junge und musterte mich prüfend. „Hat er das ..."

„Such dir ein Hobby oder sonst was!“, unterbrach ich ihn wütend. „Aber misch dich nicht in unser Leben ein!“

Unbeeindruckt erwiderte Raphael meinen bösen Blick. „Also ist dieser Gilbert verantwortlich ... dafür“, schlussfolgerte er.

Ich zitterte am ganzen Körper, das spürte ich. Warum schnüffelte dieser neugierige Blödmann in unseren Angelegenheiten herum? Das ging ihn nichts an! Er sollte sich um seinen eigenen Kram kümmern.

„Seid ihr deshalb hierher gezogen?“, bohrte er weiter.

Mit der Decke um meinen Körper stapfte ich zu ihm. „Letzte Chance“, drohte ich. „Hau ab! Sofort.“

„Ich will doch nur wissen, warum genau ihr so plötzlich ...“

Bevor er ausreden konnte, schubste ich ihn ein Stück nach hinten. Weil er absolut nicht damit gerechnet hatte, stolperte er tatsächlich zwei, drei Schritte zurück, sodass ich schnell die Zimmertür schließen konnte. Zur Sicherheit schloss ich sogar ab. Endlich Ruhe.

„Dem hast du's gezeigt!“, lobte mich Nele.

Ich lächelte halbherzig. Gar nichts hatte ich ihm gezeigt. Er hatte viel zu viel über unser Leben in Berlin erfahren. Er hatte beim Gespräch die Oberhand gehabt. Ich hatte ihn bloß mit einer Verzweiflungstat ausgesperrt. „So bald kommt der nicht mehr hier rein“, entgegnete ich nur. „Aber damit wir ihn nicht noch vor der Tür treffen, sollten wir hier etwas warten.“

Sie nickte. „Okay. Und dann will ich duschen.“

„Genau, dann fragen wir Bianca oder Lorenz, wo das Bad ist.“

„Spielen wir bis dahin etwas?“, schlug Nele vor.

„Gern“, stimmte ich zu. „Was denn?“

„Verstecken.“

Ich schmunzelte. „Das geht in einem einzigen Zimmer schlecht.“ Sie ließ den Kopf hängen. „Aber ich könnte dir eine Geschichte erzählen“, bot ich an. „Mir ist vorhin eine eingefallen.“

Da strahlte meine Schwester mich an. „Oh ja!“ Sie sprang auf ihr Bett und machte es sich im Schneidersitz bequem. „Erzähl!“

Ich setzte mich zu ihr und deckte uns zu. Die nächste halbe Stunde verbrachte ich damit, ihr ein kleines Märchen zu erzählen – eines, wie Nele es besonders mochte, mit einer Prinzessin, einem bösen Drachen, einer Hexe, einer guten Fee und einem tollpatschigen Prinzen.

„Und dann haben die Prinzessin und die gute Fee es endlich geschafft, den bösen Drachen auszutricksen und den Prinzen zu befreien“, beendete ich die Erzählung.

Nele kicherte. „So ein tollpatschiger Prinz! Wie konnte er sich vom Drachen fangen lassen?“

„Na ja, die Hexe war nicht ganz unschuldig daran“, wandte ich ein.

„Aber dass die Prinzessin immer den Prinzen retten muss“, lachte Nele.

Ich grinste. „Jungs sind eben dämlich.“

„Genau wie Raphael!“

An diesen Kerl wollte ich jetzt eigentlich nicht denken ... „Ja, Raphael ist ein riesiger Idiot“, stimmte ich seufzend zu.

Da klopfte es an unserer Zimmertür. „Nele? Ist Larissa bei dir?“, drang Biancas Stimme gedämpft zu uns vor.

„Ja“, antwortete Nele. „Wir sind beide hier!“

„Darf ich reinkommen?“, bat Bianca.

Ich stand vom Bett auf, wickelte die Decke um mich und öffnete ihr die Tür.

Bianca sah hübsch aus. Frisch, gut gelaunt, ihre Haare zum Pferdeschwanz gebunden und mit einem grünen Pullover, der ihr wirklich stand. Schnell wandte ich den Blick ab. Ich hatte nicht vor, mit ihr zu sympathisieren, das rief ich mir wieder in Erinnerung.

Sie lächelte mich an. „Danke!“

„Schon gut“, murmelte ich.

„Ich hab gehört, ihr habt Raphael aus dem Zimmer verbannt?“, lachte sie. „Gut so! Lasst euch bloß nicht alles gefallen, dieser Junge kann manchmal sehr ... anstrengend sein.“

„Wohl eher aufdringlich“, brummte ich und setzte mich wieder zu Nele.

„Stimmt! So, habt ihr eigentlich Hunger?“, fragte Bianca dann. „Es gibt gleich Mittagessen.“

„Jetzt schon Mittagessen?“, wunderte sich Nele.

„Es ist kurz vor eins“, antwortete sie. „Ihr habt lange geschlafen.“

„Heute ist Sonntag, oder?“, vergewisserte ich mich noch.

„Ja", bestätigte sie. „Kann man sich ja denken, sonst wäre Raphael noch in der Schule."

Ach, logisch. Kurz zögerte ich. „Ist er beim Mittagessen auch dabei?"

Bianca schüttelte den Kopf. „Nein, nur wir vier."

„Gut", seufzte ich erleichtert. „Können wir vorher noch duschen?"

„Aber sicher, macht euch frisch", ermunterte sie uns. „Ich zeig euch, wo die Bäder sind."

Ich stutzte. „Es gibt mehr als eins?"

„Wir haben zwei große Badezimmer", erzählte Bianca. „Jeweils gegenüber von euren Zimmern, also ganz leicht zu finden."

Wie viel Geld hatte diese Familie?!

„Dann sind wir schneller fertig", freute sich Nele.

„Kommt, ich gebe euch Handtücher, dann könnt ihr fix duschen", bot Bianca an und ging voraus.

Als ich mir sicher war, dass sie sich nicht mehr zu uns umdrehen würde, legte ich die Decke beiseite und folgte ihr aus dem Zimmer. Vermutlich merkte man mir an, dass ich leicht verstört war. So ein riesiges, luxuriöses Haus war ich einfach nicht gewohnt.

Die Dusche tat wahnsinnig gut. Ich holte mir frische Klamotten aus dem noch nicht ausgepackten Koffer, der in meinem Zimmer stand, und zog mich an. Dann ging ich, wie mit Bianca abgesprochen, nach unten ins Esszimmer. Zum Glück fand ich es gleich wieder. Das Haus war zwar groß, aber übersichtlich.

„Da bist du ja", merkte Bianca fröhlich an und winkte mich zu sich an den Esstisch. „Such dir einen Stammplatz aus!"

Der Tisch war rechteckig, Bianca und Lorenz saßen sich gegenüber. Neben jedem von ihnen stand noch ein weiterer Stuhl. Einer für mich und einer für Nele, die noch nicht aus dem Bad gekommen war.

Zögerlich trat ich näher, mit dem Geruch von frischer Farbe in der Nase. Wo sollte ich mich hinsetzen? Instinktiv wählte ich den Platz neben Bianca. Bei einer Frau fühlte ich mich einfach sicherer als bei einem Mann.

Die Brünette lächelte mich an. „Ich hoffe, du magst Nudelauflauf."

Halbherzig erwiderte ich ihr Lächeln. „Keine Ahnung, hab ich noch nie gegessen. Ich bin schon froh, wenn ich überhaupt was zu essen bekomme."

Sie und Lorenz blickten mich traurig an. „Hier wirst du ganz bestimmt nicht verhungern", versicherte Bianca mir. „Dafür sorge ich schon."

„Wie hast du denn geschlafen?", erkundigte sich Lorenz dann. „Normalerweise würde ich einfach schauen, ob du müde aussiehst, aber dein Auge ist so zugeschwollen, dass ich das unmöglich sagen kann."

„Äh, ging schon", antwortete ich, überrascht darüber, dass er so leichtfertig über meine Verletzungen sprach.

„Schön zu hören."

Was sollte ich antworten? Dass ich immer wieder daran dachte, wie mein Stiefvater meine Adoptivmutter umgebracht hatte? Dass ich mir inzwischen ständig Vorwürfe machte, dass ich es hätte verhindern müssen? Dass ich mir Sorgen um meine kleine Schwester machte, weil sie mir seit ein paar Tagen so ungewöhnlich still und noch ängstlicher als bisher vorkam? Dass ich mich hier unwohl fühlte, bei lauter Fremden, die so taten, als würden sie mich schon mein Leben lang kennen? Das konnte ich wohl kaum sagen. Darüber wollte ich auch gar nicht reden.

Die Erinnerung an Saskias Tod verdrängte ich so gut wie möglich, genau wie Gilberts andere Taten. Mit Nele würde ich mal in einem ruhigen Moment reden, um sie zu fragen, was nicht mit ihr stimmte. Und die fünf Monate hier würde ich irgendwie überstehen. Ich schaffte das schon. Allein.

„Bin ich zu spät?", fragte eine schüchterne Stimme. Sofort drehten wir uns zur Zimmertür um. Nele betrat gerade den Raum.

„Aber nicht doch", beruhigte Bianca sie. „Setz dich, dann hole ich den Auflauf aus dem Ofen!"

Meine Schwester setzte sich auf den letzten freien Stuhl mir gegenüber. Sie wirkte unglücklich, verunsichert und so ... klein. Vielleicht lag ihr Verhalten nur an diesen vielen Veränderungen, unserem Umzug und den neuen Leuten in unserer Umgebung? Nein, es steckte mehr dahinter, ganz sicher, denn sie hatte sich schon vor Saskias Tod komisch benommen.

Eigentlich war Nele ein fröhliches, nettes Mädchen. Aber in den letzten Tagen hatte sie ständig Albträume, klammerte sich immer wieder an mich, weinte oft und redete nicht mehr viel. Das bildete ich mir doch nicht ein! Nach dem Essen würde ich gleich mit ihr reden.

„So, Achtung, heiß!", warnte uns Bianca, als sie vor Nele und mir jeweils einen Teller auf den Tisch stellte.

Sie hatte es offensichtlich ernst gemeint, als sie gesagt hatte, dass ich hier nicht verhungern würde. Meine Portion war riesig! Doppelt so groß wie die meiner Schwester. Und die Nudeln, auf denen der heiße Käse noch blubberte, rochen köstlich. Ich schaffte es nicht zu warten, bis Bianca und Lorenz auch aßen. Ich legte schon los, was zum Glück niemanden zu stören schien.

„Wollt ihr euch nach dem Essen mal ein wenig in Pirk umsehen?", schlug Lorenz vor. „Wir könnten ja einen großen Spaziergang machen."

„Aber zuerst müssen wir noch dein Gesicht eincremen, Larissa", wandte Bianca ein. „Damit die blauen Flecken etwas schneller verheilen. Und damit diese furchtbare Schwellung an deinem Auge endlich nachlässt! So kannst du nämlich unmöglich in die Schule."

Ich kaute hastig, damit ich runterschlucken und antworten konnte. „Wann gehen wir überhaupt wieder zur Schule? Und wo ist sie?"

„Die Schule, die du besuchen wirst, ist gleich neben Lorenz' Praxis in der Stadt, dann kann er dich mitnehmen. Nele wird hier im Dorf auf die Grundschule gehen", erzählte Bianca. „Dort arbeite ich ja auch."

„Und wir hätten vorgeschlagen, dass ihr ab Mittwoch geht. Dann habt ihr noch zwei freie Tage, um euch ein wenig einzuleben", ergänzte Lorenz.

„Gut", flüsterte ich und aß weiter. Ich wollte mich hier nicht einleben. Leuten näherkommen, die sich später nur als Enttäuschung oder als grausam herausstellten wie Gilbert. Nein, ich nahm mir vor, alle hier zu hassen. Ich beschloss es. Bianca, Lorenz, ihre Nachbarn, allen voran Raphael, und sogar Sophie, die auf mich so sympathisch gewirkt hatte. Ich musste sie hassen. Aus reinem Selbstschutz. Während des restlichen Essens blieb ich still. Ich beteiligte mich nicht an dem Gespräch, das meine Eltern mit Nele führten. Natürlich bemerkten Bianca und Lorenz das, aber sie hatten immerhin genug Taktgefühl, um mich nicht darauf anzusprechen und mich stattdessen in Ruhe zu lassen.

Nachdem Bianca mir Heilsalbe auf meine Verletzungen im Gesicht geschmiert hatte, kündigte ich an, dass ich mit Nele spazieren gehen wollte. Nur wir beide. Ohne meine Eltern. Schließlich wollte ich mit der Kleinen reden.

„Aber wenn ihr euch verlauft …“, gab Bianca zu bedenken.

„Tun wir nicht“, entgegnete ich nur. „Ich finde mich immer zurecht. Also keine Panik.“

Wir standen im Eingangsbereich vor der Haustür. Ich hatte mir schon meine dünne Jacke über den Pullover gezogen und trug meine Schuhe, auch Nele war fertig zum Rausgehen. Zum Glück hatte sie eine wärmere Jacke.

„Okay, ihr könnt allein gehen“, erlaubte uns Lorenz. „Aber ihr nehmt mein Handy mit. Unsere Festnetznummer ist auf Kurzwahl, Taste zwei.“ Er gab mir sein Handy, ich verdrehte die Augen, steckte es aber ein. „Und seid vorsichtig.“

Bianca sah besorgt aus. „Wie lange wollt ihr denn wegbleiben?“

„Für immer“, dachte ich bitter. „Mal schauen, wie lange wir brauchen, um uns umzusehen“, antwortete ich nur.

„Okay“, seufzte sie. „Aber du gehst nicht mit dieser dünnen Jacke!“ Sie griff nach einem Wintermantel, der an der Garderobe hing. Wahrscheinlich gehörte er ihr. „Nimm den.“

Beinahe wäre mir ein Lächeln entglitten, doch ich hielt es zurück und nahm bloß den Mantel. „Danke.“

„Keine Beziehungen aufbauen“, rief ich mich selbst zur Vernunft. Ich schlüpfte in den kuscheligen, warmen Mantel und verließ dann mit Nele das Haus. Zunächst redeten wir über nichts Besonderes, wir erkundeten nur die Gegend. Ein Straßenschild verriet mir, dass wir in der *Salzstraße* wohnten, direkt an deren Anfang.

Aus dem Haus uns gegenüber kam gerade Anna heraus, sie winkte uns zu. „Hallo!“, rief sie. Ich nickte nur, Nele winkte zurück.

Also wohnten Anna, Luca, Niklas und Sophie direkt gegenüber. Wahrscheinlich wohnten Renate und Raphael im Haus nebenan. Es überraschte mich, dass ich mich noch an die Namen erinnerte.

Ohne länger über unsere neuen Nachbarn nachzudenken, ging ich mit Nele weiter.

Pirk war winzig. Ein kleines Dorf mit vielen kleinen Straßen, einem Bäcker, einem Metzger, einem Feuerwehrhaus und einem Rathaus. Das war's. In einer Stunde konnte man den ganzen Ort erkunden – und das in Neles gemächlichem Tempo. Ich vermutete, dass hier jeder jeden kannte und grüßte. Pirk war ein verschlafenes Nest. Hier konnte man sich nicht unauffällig verhalten. In Berlin, unter Millionen von Menschen, hatte niemand auf mich geachtet, selbst wenn ich hin und wieder Verletzungen gehabt hatte. Aber hier, unter vielleicht 300 Menschen, würde ich keine Prellung, keinen Knochenbruch und keinen blauen Fleck verstecken können.

Tolle Aussichten.

Als wir uns wieder auf den Rückweg machten, versuchte ich, meine kleine Schwester zum Reden zu bringen. Mit einem Frontalangriff. „Nele, ist alles okay?", fragte ich. „Du wirkst echt bedrückt. Mit dir stimmt doch was nicht."

„Nein, nein", wimmelte sie mich ab. „Was meinst du?"

„Dieses Mädchen", dachte ich seufzend. „Komm schon, verkauf mich nicht für dumm", bat ich sie. „Du erzählst mir doch sonst auch alles. Was ist los?"

Sie senkte den Blick auf den Bürgersteig. „Nichts." Der Schneematsch gluckste unter unseren Füßen, eiskalter Wind peitschte mir ins Gesicht und brachte meine Nase zum Laufen.

„Nele, rede mit mir", sagte ich eindringlich und strich mir eine Haarsträhne hinters Ohr.

„Ich ... es ...", stammelte sie.

Ich blieb stehen, drehte sie sanft zu mir um und legte meine Hände auf ihre Schultern. „Was hast du, Schwesterchen?", fragte ich verzweifelt.

Da schniefte sie laut. „Mama fehlt mir", schluchzte sie.

Traurig sah ich sie an. „Mir auch", flüsterte ich und nahm sie in den Arm.

„Warum ist sie denn tot?", wimmerte Nele. „Das meintest du doch, als du gesagt hast, sie ist bei den Sternen, oder?" Diese Worte trafen mich wie ein Schlag in die Magengrube. Dass Nele es so direkt aussprechen würde ...

„Ja, das meinte ich", gab ich zu. „Und ich wünschte, ich könnte es ändern, aber das kann ich nicht."

Sie drückte mich fest. „Daran ist nur Gilbert schuld!", rief sie wütend.

Nele begriff mehr, als ich gedacht hatte. Anscheinend traute ich ihr zu wenig zu, hielt sie immer noch für ein naives, kleines Mädchen. Dabei müsste ich es doch besser wissen. Bei allem, was uns zu Hause widerfahren war, konnte niemand naiv bleiben. Man musste erwachsen werden, sehr schnell. Sogar schon mit acht Jahren. „Aber hier sind wir sicher vor ihm", versuchte ich, sie aufzumuntern. „Und wir bekommen genug zu essen, große Zimmer ..."

„Aber Mama ist nicht da", schluchzte sie. „Und wir kennen die Leute hier doch gar nicht!" Ihr ging es wohl nicht viel anders als mir ...

Ich löste die Umarmung, um Neles Hände in meine zu nehmen. „Wir müssen nicht lange hierbleiben. Wenn ich 18 bin, gehen wir beide weg. Dann leben wir alleine", versprach ich ihr. Sie nickte eifrig und ignorierte die Tränen, die über ihre Wangen rollten. „Wir schaffen das", flüsterte ich. Doch ich war mir nicht ganz sicher, ob ich das zu Nele oder zu mir selbst sagte.

Langsam gingen wir weiter, Hand in Hand.

Natürlich vermisste Nele ihre Mutter. Saskia fehlte mir auch, wir konnten noch nicht mal zu ihrer Beerdigung gehen und Abschied nehmen, weil sie ihren Körper nach ihrem Tod der Wissenschaft gestiftet hatte. Das war ihr letzter Wille, es ließ sich nicht ändern. Aber irgendwie glaubte ich meiner kleinen Schwester nicht, dass das alles war. Es bedrückte sie noch etwas. Doch sie wollte nicht darüber reden. Ich beschloss, sie vorerst nicht zu drängen. Nele vertraute mir alles an, sie würde mir schon noch sagen, was sie beschäftigte.

Das Einzige, woran ich gerade denken konnte, war, wie ich in den nächsten fünf Monaten etwas Geld bekommen konnte. Denn wenn ich mit 18 für Nele sorgen wollte, brauchte ich ein wenig Erspartes. Mehr als 100 Euro. Ob ich hier auch Nachhilfe geben konnte? Frühestens, wenn mein Gesicht wieder normal aussah. Vielleicht konnte ich ja Zeitungen austragen.

Inzwischen war unser neues Zuhause bereits in Sichtweite. Dieser Spaziergang hatte nicht viel länger als eine Stunde gedauert.

Aber es hatte gutgetan, an der frischen Luft und weg von all den Fremden zu sein.

„Lara, warum wohnen wir eigentlich bei Bianca und Lorenz?", fragte Nele plötzlich. „Mama hat uns nie von ihnen erzählt."

„Das ist eine lange Geschichte", seufzte ich. „Und die wollte ich dir an deinem zwölften Geburtstag erzählen." Vorher würde sie die Wahrheit zu sehr verwirren und schockieren, da war ich mir sicher.

„Das dauert aber noch so lange!", jammerte sie.

Ich lächelte schief. „Sagen wir einfach, die beiden sind Bekannte von Mama. Darum haben sie uns aufgenommen."

Trotzig sah Nele mich an. „Du behältst immer so viel für dich!", beschwerte sie sich. „Das ist gemein!"

„Manche Sachen kann ich dir erst sagen, wenn du älter bist", flüsterte ich betrübt. „Aber ich werd's dir erzählen, versprochen."

Bevor Nele wieder protestieren konnte, rief jemand nach uns. „Hey, ihr zwei! Wartet mal!" Sophie stand auf der anderen Straßenseite, sie blickte sich hastig um, ob ein Auto kam, und lief dann auf uns zu. Vor uns blieb sie stehen, ihr Atem wandelte sich in der Kälte zu kleinen Wolken, ihre rote Nase und ihr Zittern verrieten, dass sie ein wenig fror. Dabei hatte sie sich die Mütze so tief ins Gesicht gezogen, dass man ihren Pony und die Augen kaum noch sah. „Larissa und Nele, oder?", fragte sie.

Zögerlich nickte ich. Was wollte sie denn von uns?

„Ich find's total cool, dass ihr jetzt hier wohnt. In der Nachbarschaft gibt's so wenig Mädchen. Endlich etwas weibliche Verstärkung", plauderte sie. „Woher kommt ihr eigentlich?"

„Aus Berlin", antwortete ich automatisch. Im Nachhinein biss ich mir auf die Zunge; wieso redete ich mit ihr? Ich wollte hier doch mit niemandem etwas zu tun haben!

„Und wie heißt du?", fragte Nele vorsichtig.

„Ich bin Sophie", stellte sie sich noch mal vor. „Sophie Meier. Wie ist Berlin denn so? Ich stell mir die Stadt total unübersichtlich und laut vor."

„Ich mag Berlin", erzählte Nele. „Hier ist alles so klein ..."

„Ja?", wunderte sich Sophie. „Ich mag kleine Städte lieber."

„Mir gefällt die Umgebung hier", murmelte ich. „Es ist ... natürlicher."

Unsere Nachbarin von gegenüber strahlte. „Nicht wahr? Sag mal, darf ich dich Liz nennen? Larissa ist so lang!"

„Äh ..." Überrumpelt blickte ich das Mädchen an. So viel Offenheit, zumal ich geradezu abschreckend aussah, überforderte mich.

„Liz?", wiederholte Nele kichernd. „Das ist Lara!"

„Auch ein schöner Spitzname", meinte Sophie. „Kann ich dich so nennen?"

Ich nickte langsam. „Klar."

Dann blickte sie zu mir hoch, weil sie etwa einen halben Kopf kleiner war als ich. „Du bist echt riesig", stellte sie fest. „1,80 Meter, oder?"

„Fast", bestätigte ich.

Sie rieb ihre behandschuhten Hände aneinander, um sie warm zu halten. „Wie alt seid ihr eigentlich?"

„Ich bin acht!", antwortete Nele. Sie wirkte richtig fröhlich, so wie ich sie kannte. Ein erleichternder Anblick. „Aber im Mai werd ich neun!"

„Du bist echt hübsch für dein Alter", lachte Sophie und wuschelte ihr durchs Haar, was meiner kleinen Schwester sichtlich gefiel. Verdutzt schaute ich die beiden an. Sophie kam richtig gut mit Nele klar. Und ihre unkomplizierte, direkte Art war schon fast liebenswert.

„Und du, Lara?", riss sie mich aus meinen Gedanken.

„Ich bin 17."

Sie lächelte. „Hey, genau wie ich! Bist du auch in der elften Klasse?" Ich nickte. „Dann gehen wir in denselben Jahrgang", freute sie sich. „Hoffentlich auch in dieselbe Klasse. Bianca hat mir erzählt, dass du auf die gleiche Schule gehen wirst wie Niklas und ich. Und Raphael, der alte Weiberheld."

Oh nein. Raphael war auf der gleichen Schule? Bitte nicht ...

„Aber die Jungs gehen schon in die zwölfte", fuhr Sophie fort. „Die beiden sind schon 18."

Immerhin konnte der Idiot also nicht in meiner Klasse sein. „Ich geh aber erst in ein paar Tagen wieder zur Schule", murmelte ich.

„Kein Wunder, so schlimm, wie du aussiehst", lachte sie. „Wie ist das eigentlich passiert?"

Unwillkürlich zuckte ich zusammen.

„Das war Gilbert!", rief meine kleine Schwester. „Aber jetzt ist er endlich im Gefängnis."

Verunsichert blickte Sophie zwischen Nele und mir hin und her. „Äh, was?"

Ich seufzte leise und wünschte mir, meine Schwester hätte das nicht verraten. Das warf nur noch mehr Fragen auf. „Ich würde lieber nicht darüber reden", flüsterte ich und fixierte den Gehsteig, auf dem wir standen.

„Okay", willigte Sophie sofort ein. „Aber wenn du's mir erzählen willst, dann jederzeit!" Sie grinste. „Jetzt bin ich nämlich echt neugierig."

Verwundert blickte ich sie an. Sie bohrte nicht nach? Wahnsinn. Ich lächelte schief. „Irgendwann vielleicht."

„Apropos irgendwann", wechselte sie das Thema. „Ihr müsst mich irgendwann mal zu Hause besuchen. Wäre sicher lustig!"

Nele nickte eifrig. „Oh ja!"

Dankbar über den Themenwechsel stimmte ich ebenfalls zu. Aus irgendeinem Grund konnte ich Sophie kaum etwas abschlagen. Sie ging so natürlich mit mir um, dass ich ihre Gegenwart schon beinahe genoss. Bei Bianca und Lorenz fühlte ich mich ständig bemitleidet, bei Raphael bloßgestellt. Aber Sophie war anders.

„Ich muss jetzt nur leider los, ich bin gleich mit 'ner Freundin aus der Schule verabredet", erzählte sie dann. „Zum Glück fährt Niklas mich hin, sie wohnt nämlich in Weiden."

„Weiden?", fragte ich.

„Das ist die nächste große Stadt", erklärte Sophie. „Da ist auch unsere Schule. Ist ungefähr 'ne Viertelstunde mit dem Auto entfernt. Bis bald! Wir sehen uns!", verabschiedete sie sich.

„Tschüss", antwortete ich.

„Bis bald!", rief Nele ihr hinterher, als sie über die Straße zurück zu ihrem Haus rannte.

Dort klingelte sie, ihr großer Bruder machte auf und ging mit ihr zum Auto, das in der Einfahrt stand.

Ich wandte den Blick ab und bewegte mich langsam weiter zu Biancas und Lorenz' Haus, Nele folgte mir. Es wunderte mich, dass ich so lange mit Sophie geredet hatte. Und dass sie so gut mit Nele klarkam. Oder dass sie uns überhaupt angesprochen hatte. In Berlin hatten mich eigentlich all meine Mitschüler gemieden, besonders wenn man mir die Verletzungen angesehen hatte. Aber Sophie ging bewusst auf mich zu, beinahe, als wollte sie sich mit mir anfreunden.

Ich wollte hier keine Beziehungen aufbauen, aber in so einem kleinen Dorf konnte man sich nicht aus dem Weg gehen oder viel Abstand halten, das hatte ich begriffen. Und vielleicht sollte ich Sophie eine Chance geben. Sie wirkte so nett ...

„Nein!", rief ich mich zur Vernunft. Jemandem näherzukommen, brachte nur Probleme mit sich. Das war es nicht wert. Selbst wenn es sich um das wohl freundlichste Mädchen der Welt handelte.

Ein richtiger Mistkerl

„Nein, Rosa geht gar nicht! Blau steht ihr hundertmal besser!"

„Oder Grün! Merk dir das, Nele, Lara kann auf keinen Fall Rosa tragen! Das macht sie viel zu blass!"

„Aber Rosa sieht so hübsch aus", jammerte meine Schwester.

Stillschweigend stand ich vor einem riesigen Klamottenständer und ließ es über mich ergehen, dass Bianca und Sophie mir reihenweise T-Shirts vor den Körper hielten und mich kritisch begutachteten, während Nele motzte, dass ich unbedingt etwas in Rosa tragen musste.

Lorenz hatte schon vor einer Stunde die Flucht ergriffen und sich auf eine Bank bei den Umkleidekabinen gesetzt, um dort ein Buch zu lesen. Und das konnte ich ihm nicht verdenken. Die Erkenntnis des Tages? Shopping nervte tierisch. Ich mochte Montage sowieso nicht, und sie auch noch in überfüllten Geschäften zu verbringen, gefiel mir nicht besonders.

Es war inzwischen 16:11 Uhr, wie mir die Digitaluhr an der Wand des Ladens verriet. Um halb zwei waren wir fünf losgezogen. Nele hatte nun alles, was sie brauchte – ein paar schöne T-Shirts, Pullover, neue Unterwäsche, Hosen, ein ordentliches Paar Schuhe und eine gute Jacke. Bei mir waren Bianca und Sophie aber um ein Hundertfaches wählerischer. Das eine Shirt machte mich zu dünn, bei dem anderen sah man meine Knochen zu deutlich, das nächste war zu weit, die Farbe passte nicht zu mir oder es brachte meine Augen nicht angemessen zur Geltung und so weiter.

„Immerhin hab ich schon drei Jeans, zwei Paar Schuhe und eine Winterjacke", sagte ich mir und seufzte resigniert. Hoffentlich durfte ich mir wenigstens die Unterwäsche selbst aussuchen.

„Ich hab's!", rief Bianca begeistert und hielt mir ein dunkelgrünes Shirt vor die Nase. „Das sieht bestimmt super aus."

„Ja! Und das hier auch", meinte Sophie und drückte mir ein

blaues Top in die Hand. „Und das!“ Letztendlich ging ich mit gefühlten 20 Oberteilen in die Umkleide. Und es erstaunte mich, wie sehr andere Klamotten das Erscheinungsbild verändern konnten. Mal abgesehen von meinem geschundenen Körper sah ich richtig gut aus. So gepflegt. Und modisch.

„Zeig dich doch mal!“, quengelte Bianca. „Was machst du denn so lange da drinnen?“

„Ja, echt, komm mal raus“, verlangte auch Sophie.

„Nein, nein“, antwortete ich schnell. „Die Sachen passen alle super. Ich such mir ein, zwei Shirts aus und fertig.“ Ich wollte mich nicht kurzärmlig zeigen. Nicht mit Gilberts vielen Andenken auf der Haut.

„Blödsinn!“, rief Bianca. „Was passt, wird genommen! Ein, zwei Shirts!“ Sie schnaubte. „Du brauchst mindestens zehn!“

„Aber das ist viel zu viel“, murmelte ich. Kurz betrachtete ich mich im Spiegel. Die blau-weiß karierte Bluse, die ich trug, gefiel mir ungemein. Meine Rippenknochen fielen darin gar nicht auf, sie machte eine richtig gute Figur, fühlte sich toll an und sah super aus. Die musste ich einfach haben.

„Papperlapapp!“, meinte Bianca. „Das entscheide immer noch ich.“

Es rührte mich richtig, dass sie sich so um mich kümmerte. „Danke“, flüsterte ich.

„Jederzeit, Kind“, antwortete Bianca ebenso leise.

Hastig blinzelte ich die Tränen weg, die mir in die Augen gestiegen waren. So viel Fürsorge brachte mich in Verlegenheit. Und damit konnte ich nicht umgehen, weil ich das Gefühl einfach nicht kannte.

Auch die Pullover, die Sophie ausgesucht hatte, gefielen mir auf Anhieb. Wenn ich ein wenig zunahm, würde ich fast schon gut in all den Klamotten aussehen. Kaum vorstellbar.

Nach der Anprobe kam ich mit den meisten Teilen wieder aus der Kabine. „Die hier waren toll“, murmelte ich. Ich klang schüchterner, als ich wollte.

„Na wunderbar“, freute sich Bianca. Zum Glück drängte sie nicht mehr, dass sie die Kleidung an mir sehen wollte. „Acht Shirts, drei Tops und fünf Pullover. Das ist doch ein Anfang!“

„Aber die Unterwäsche such ich mir selbst, ja?", bat ich vorsichtig.

„Natürlich", stimmte Bianca zu. „Wir gehen in der Zeit mit Nele stöbern."

„Ich bleib hier", brummte Lorenz, der auf der Bank hinter Bianca saß.

„Du Einkaufs-Muffel", neckte seine Frau ihn. „Du bist doch freiwillig mitgekommen."

„Ich wusste ja nicht, was ihr für eine langwierige Sache daraus macht", motzte er und blätterte die Seite in seinem Taschenbuch um. Bianca schmunzelte und hauchte ihm einen Kuss auf die Wange, dann winkte sie mir zu und ging mit Nele und Sophie wieder zu den Ständern mit den Shirts und Pullovern.

„Ich kann dich verstehen", lachte ich leise.

Lorenz blickte von seinem Buch auf und grinste mir zu. „Echt?"

Ich nickte. „Shopping ist die Hölle. Wenn's nicht so dringend nötig wäre, würden mich keine zehn Pferde dazu bringen!"

Er nickte zustimmend. „Das ist meine Tochter!"

Verdutzt sah ich ihn. So etwas Familiäres nach bloß drei Tagen hätte ich nicht erwartet. Es war befremdlich. Und es kam mir immer noch komisch vor, dass dieser Mann mein Vater sein sollte. Ich lächelte unbehaglich. „Tja ..."

Lorenz bemerkte, dass er etwas zu weit gegangen war. Unsicherheit spiegelte sich in seinen braunen Augen wider und er nestelte nervös an den Seiten seines Buchs herum. „Dann ... dann such dir mal deine Wäsche aus", murmelte er.

Ich nickte schnell. „Bis später." Schon fast fluchtartig verließ ich den Bereich vor den Umkleidekabinen. Ich versuchte zu verdrängen, was Lorenz zu mir gesagt hatte, doch ich dachte immer wieder daran. Er sah mich als Teil seiner Familie, genau wie Bianca. Aber ich fühlte mich ihnen überhaupt nicht verbunden. Ich wollte mich ihnen nicht verbunden fühlen. Ich war ein Einzelkämpfer, seit ich zwölf gewesen war, seit Gilbert mich das erste Mal geschlagen und Saskia es vertuscht hatte. Seit ich mich nur noch darauf konzentriert hatte, Nele zu beschützen.

Es dauerte nicht mehr lange, bis ich die restlichen Klamotten gefunden hatte. Um Viertel vor fünf standen wir bereits alle zusammen an der Kasse. Die junge Verkäuferin brauchte eine Ewigkeit, um den Kleiderberg einzuscannen und einzupacken.

Unsere Klamotten kosteten über 700 Euro. Die Zahl auf der Quittung haute mich beinahe um. So viel Geld! Bloß für Kleidung! Wie konnten Bianca und Lorenz nur so großzügig sein? Warum gaben sie so viel Geld für uns aus? Gut, es mangelte ihnen offensichtlich nicht daran, aber trotzdem ...

Sie taten es, weil sie sich für Nele und mich verantwortlich fühlten. Weil ich ihre leibliche Tochter war. Das wusste ich. Und ich fragte mich, ob sie es auch aus Schuldgefühlen heraus taten. Weil sie mich weggegeben hatten. Weil Nele und mir so schreckliche Dinge widerfahren waren. Und weil die beiden nie persönlich nach mir gesehen und nicht mitbekommen hatten, was Gilbert Saskia und mir antat.

Schnell verwarf ich diese Fragen wieder. Es war egal! Ich musste nur fünf Monate mit den beiden klarkommen, dann hatten sie mir nichts mehr zu sagen. Und obwohl Bianca und Lorenz das ebenfalls wussten, gaben sie so viel Geld für mich aus und kümmerten sich so sehr um mich. Ich schüttelte hastig den Kopf. Ich durfte nicht daran denken, was die beiden für Nele und mich taten. Das machte mich schwach.

„Alles okay?“, fragte Lorenz, als er die beiden randvollen Plastiktaschen nahm. Er musterte mich besorgt, nachdem ich den Kopf geschüttelt hatte. „Stimmt was nicht?“

„Nein, alles okay“, antwortete ich schnell.

Verunsichert sah er mich an, beließ es aber dabei. Wahrscheinlich dachte er, ich wäre noch wegen seiner Bemerkung von vorhin verstört. Was ich auch war. Aber es lag nicht nur daran.

Als wir das Geschäft verließen, griff Nele nach meiner Hand. Sie strahlte vor Freude. „Das war lustig! Und die Klamotten sind voll schön.“

Ich lächelte zu ihr hinunter. „Ja, du sahst wirklich hübsch aus.“

„Danke!“

Es wurde langsam dunkel draußen und der Wind wehte stark, doch diesmal brachte mich die kalte Luft nicht zum Frieren. Ich trug nämlich schon meine neue Jacke. Und sie hielt wirklich warm.

„Shopping macht hungrig“, seufzte Sophie unvermittelt. „Ich

könnte was zu essen vertragen." So fühlte ich mich ständig. Aber seit ich regelmäßige Mahlzeiten bekam, wurde der andauernde Hunger weniger. Manchmal verschwand er sogar ganz.

„Gute Idee", meinte Bianca. Sie sah auf ihre Armbanduhr. „Wir haben noch eine halbe Stunde bis zu den Friseurterminen. Wo gehen wir denn hin?"

„Irgendwohin, wo's Kaffee gibt", meldete sich Lorenz zu Wort.

„Bekomm ich eine heiße Schokolade?", fragte Nele begeistert.

„Na klar", stimmte Lorenz zu. „Was du möchtest."

„Dann gehen wir doch ins Beanery", beschloss Sophie. „Da gibt's was zu essen und heiße Getränke."

„Was ist das Beanery?", erkundigte ich mich verwirrt.

„Ein Café", erklärte sie und grinste mich an. „Da gehen wir oft nach der Schule hin, das ist ganz in der Nähe."

„Ah ja."

Wir blieben bis halb acht in der Stadt. In dem Café gab es richtig leckere Sachen, am besten fand ich den Himbeerkuchen und den Karamell-Macchiato. So ein Getränk hatte ich noch nie probiert, aber ich liebte es schon ab dem ersten Schluck.

Auch der Friseur bewirkte Wunder. Nele sah sowieso hübsch aus, aber mit dem Stufenschnitt in ihren schulterlangen dunklen Haaren war sie sogar noch schöner. Nachdem der Mann mich skeptisch gemustert hatte, hatte er sich an meine Haare gemacht. Diese verstörten Blicke nervten wirklich. Ich wusste, wie furchtbar ich aussah. Ich wollte nicht auch noch begafft werden.

Meine sehr langen, strohigen Haare wurden ein wenig gekürzt und mit einer besonderen Pflege wieder glänzend gemacht. Ich erkannte mich im Spiegel kaum wieder. Meine Haare reichten mir noch etwas über die Brust, ich bekam einen angeschrägten Pony und Locken statt der schlappen Wellen.

„Du siehst so hübsch aus, Lara", staunte Nele.

„Die Locken machen echt was her", stellte Sophie fest. „Solltest du öfter tragen. Wirklich."

Ich lächelte schief. „Ja, aber ich kann so was nicht selbst", entgegnete ich. „Das ist viel zu schwierig."

„Ach was", widersprach der Friseur. Seine Stimme klang, als hätte er eine verstopfte Nase. „Einfach über Nacht die Haare flechten oder einen Lockenstab benutzen, so einfach ist das."

„Wenn man einen Lockenstab hätte", maulte ich ihn an. Ich mochte den Kerl nicht.

„Ich hab einen", meldete sich Bianca zu Wort. „Ist also kein Problem."

„Aber wir sollten jetzt wirklich fahren", meinte Lorenz. „Es ist schon spät."

„Oh nein, unser Parkschein ist längst abgelaufen!", fiel Bianca auf. Hastig bezahlte sie den Friseur, dann rannten wir zum Parkplatz. Natürlich hatten wir einen Strafzettel bekommen.

„So ein Mist", maulte Lorenz, während er die Plastiktaschen im Kofferraum verstaute. „Ich hab total vergessen, dass der Schein nur bis sieben gilt!"

„Ach, die zehn Euro machen jetzt auch nichts mehr", beruhigte Bianca ihn.

„Trotzdem", brummte er und setzte sich auf den Fahrersitz. Seine Frau saß neben ihm, Sophie, Nele und ich hockten hinten.

„Echt ein entspannter Tag", merkte Sophie an. „Hat Spaß gemacht!"

„Oh ja, find ich auch", stimmte Nele ihr zu.

Ich lächelte sie an. „War cool, dass du mitgekommen bist." Sophies Anwesenheit hatte die gespannte Atmosphäre zwischen meinen Eltern und mir tatsächlich aufgelockert.

„Hab ich doch gern gemacht", entgegnete sie. „Zum Glück hab ich montags keinen Nachmittagsunterricht. Sonst hätte ich nicht mitkommen können."

Lorenz hatte spürbar schlechte Laune wegen des Strafzettels, er motzte die ganze Fahrt über vor sich hin und Bianca neckte ihn deswegen. Nele kuschelte sich an mich und machte die Augen zu. Sie wirkte ziemlich müde. Aber diese Nacht hatte sie gut geschlafen, immerhin. Wahrscheinlich, weil sie wieder bei mir im Bett gelegen hatte.

„Darf ich dich was fragen?", wandte sich Sophie an mich.

Ich schob die Augenbrauen zusammen. „Was denn?"

„Bianca und Lorenz haben euch doch aufgenommen, oder?"

„Äh, ja."

„Ich hab mich gefragt, warum, also, was die beiden mit euch zu tun haben“, erzählte sie. „Und Bianca hat nur gesagt, dass ihr verwandt seid. Stimmt das?“

Ich nickte. „Ja, wir sind verwandt ... Aber wir haben uns vor zwei Tagen zum ersten Mal getroffen.“

„Ach, darum geht ihr so ... vorsichtig miteinander um.“

„Vorsichtig?“, wiederholte ich.

Sie schmunzelte. „Es ist ziemlich offensichtlich, dass ihr etwas verunsichert seid. Ihr kennt euch eben noch nicht so gut.“

„Ja, das wird's wohl sein“, murmelte ich. Ich machte mir nicht die Mühe, sie zu korrigieren. Sie würde nur nachbohren, wenn ich offenbarte, dass ich mich so distanziert und misstrauisch verhielt, weil sie meine leiblichen Eltern waren und sich nie bei mir gemeldet hatten oder weil ich sie nicht als Familie annehmen wollte.

„Ach, du lebst dich hier bestimmt schnell ein“, meinte Sophie. „Die beiden sind so lieb, das wird sicher kein Problem.“

Ich zuckte mit den Schultern. „Wird sich zeigen ...“

„Hast du morgen Abend eigentlich was vor?“, fragte sie.

Ich schüttelte den Kopf. „Nein. Wieso?“

„Ich treff mich mit ein paar Freunden“, erzählte sie. „Und ich würd dich ihnen gern vorstellen! Komm doch mit!“

Unbehaglich sah ich sie an. „Ich weiß nicht ...“

Sie knuffte mich plötzlich in die Seite. „Ein Nein lass ich nicht gelten.“

Ich lächelte schief. „Dann muss ich wohl.“

„Ganz genau“, lachte sie. „Du wirst es nicht bereuen, keine Sorge. Aber es ist doch bestimmt schöner, wenn du schon ein paar Leute aus der Schule kennst, oder nicht?“

„Wahrscheinlich ...“

„Dann morgen Abend um sechs bei mir. Abendessen gibt's auch.“

„Ich möchte Nele nur nicht allein lassen ...“, wandte ich ein.

„Sie ist doch bei Bianca und Lorenz.“ Ich kam wohl nicht darum herum, mich mit Sophie und ihren Freunden zu treffen. Was mich aber am meisten störte, war, dass ich mir nicht sicher war, ob ich mich darüber freute oder ärgerte.

Da bog Lorenz auch schon in die Auffahrt ein. Wir verabschiedeten uns von Sophie, die mir noch mal einschärfte, dass ich am nächsten Tag unbedingt zu ihr kommen musste, dann gingen wir ins Haus.

„Habt ihr Hunger?“, fragte Bianca.

„Nicht viel“, antwortete Lorenz.

„Ich schon!“, rief Nele.

„Etwas“, murmelte ich.

„Du isst auf jeden Fall noch was, Larissa“, beschloss Bianca. Sie wollte mich wirklich mästen. Aber ich hatte nichts dagegen.

„Kümmerst du dich um die Klamotten? Dann bereite ich eine kleine Brotzeit vor“, schlug Lorenz vor und hielt seiner Frau die Plastiktaschen hin.

Sie nickte und nahm die Tüten. „Okay. Morgen bekommt ihr eure neuen Sachen, ich wasch sie vorher nur einmal“, kündigte sie uns an.

Das Abendessen verlief ruhig, wir redeten nicht viel dabei. Die Stille fühlte sich unangenehm an, so schwer. Doch ich wollte sie nicht füllen. Ich wollte nicht mit Bianca und Lorenz reden. Ich kam ihnen sowieso schon viel zu nahe.

Als das Geschirr abgeräumt und die Spülmaschine in Gang gesetzt war, bat Bianca uns, noch kurz am Tisch sitzen zu bleiben. „Wir haben noch eine Kleinigkeit für euch“, erzählte sie.

Verwundert sah ich sie an. „Wir haben doch schon so viel bekommen ...“

„Es ist auch nur eine Kleinigkeit“, beruhigte uns Lorenz.

Bianca verließ kurz den Raum und kehrte mit einer Tüte zurück. „So, Nele, das ist für dich!“ Sie zog ein Paar schwarze Handschuhe, einen gestreiften Schal und eine rosa Mütze hervor. „Probier's mal an!“

Neles Augen leuchteten regelrecht, als sie die Sachen sah. Wahrscheinlich gefiel ihr die Mütze am besten. Sofort zog sie die Sachen an. „So flauschig“, staunte sie. „Danke!“

Lorenz lächelte. „Schön, dass es dir gefällt“, freute er sich.

„Und für dich“, wandte sich Bianca nun an mich, „ist das hier.“ Sie reichte auch mir ein Paar Handschuhe, einen rot-weiß gemusterten Schal und die dazu passende Mütze. „Wir dachten uns, das ist bei dem kalten Winter dieses Jahr genau das Richtige.“

Ich zog die Sachen an. Besonders der weiche Schal gefiel mir.

„Danke", flüsterte ich gerührt. Mit so etwas hatte ich nicht gerechnet. Ich hätte nie im Leben gedacht, dass es jemanden geben könnte, der sich so viel Mühe für uns machte.

„Warte, da fehlt noch was", fiel Bianca auf. „Die musste ich dir einfach holen! Sie passt so gut zu dir", schwärmte sie und gab mir eine Haarspange mit einer großen roten Blume darauf.

Ich brachte keinen Ton mehr heraus. Diese Fürsorge lähmte mich geradezu. Wie sollte ich nur reagieren? Was sollte ich sagen?

„Das war's schon", lachte Bianca und strich sich ihr hellbraunes Haar zurück.

Lorenz stand vom Tisch auf. „Morgen könnt ihr noch mal ausschlafen, mittags ist Bianca wieder zu Hause. Genau wie heute."

„Cornflakes und Brötchen stell ich euch wieder auf den Tisch", ergänzte diese noch. „Ihr findet schon was zum Frühstücken."

Nele strahlte die beiden an. „Oh ja! Das Schokohörnchen heute Morgen war sooo lecker!"

„Dann hol ich dir wieder eins", kündigte Lorenz an. „Soll ich dir auch was Bestimmtes mitbringen, Larissa?"

„Ähm ... ich fand diese Brezel gut", antwortete ich zögerlich. „Mit den vielen Sonnenblumenkernen."

Er nickte. „Alles klar."

Nun stand auch Bianca auf. „Nutzt den Tag morgen noch mal, um euch so richtig auszuruhen", riet sie uns. „Ab Mittwoch geht's wieder zur Schule. Ach, und Larissa, wir müssen noch schnell dein Gesicht eincremen."

„Okay", stimmte ich seufzend zu. „Nele, geh du doch schon duschen."

Meine kleine Schwester nickte und sprang von ihrem Stuhl. „Na gut." Ich wollte nicht, dass sie beim Eincremen zusah. Ich zuckte jedes Mal zusammen, wenn Bianca meine Verletzungen berührte.

Als Nele den Raum verlassen hatte, holte Bianca die Heilsalbe. Lorenz räumte währenddessen Butter, Wurst und Käse in den Kühlschrank.

„Achtung, ich fang an", warnte mich Bianca.

„Mach schnell", bat ich sie.

„Ich bemüh mich."

Wie ich das hasste ... Aber die Salbe half wirklich. Bianca schmierte mir vorsichtig die blauen Flecken und Prellungen ein. Ich biss die Zähne fest zusammen und zwang mich, nicht vor Schmerz zu keuchen. Bei Berührungen tat immer noch alles weh. Besonders am linken Auge war es schlimm, egal, wie behutsam Bianca die Creme verteilte. Endlich schraubte sie die Tube wieder zu. „Geschafft."

„Zum Glück", seufzte ich und stand von meinem Stuhl auf.

Sie lächelte mich an. „Gute Nacht schon mal", wünschte sie mir. „Und bis morgen Mittag."

Lorenz kam nun wieder zu uns an den Tisch. „Schlaf gut."

„Euch auch eine gute Nacht", antwortete ich. „Und ... danke. Für alles heute", fügte ich ganz leise hinzu.

Bianca sah mich milde an. „Gern geschehen, Larissa."

„Das ist doch das Mindeste", meinte Lorenz.

„Nein, das ... das war wirklich ... viel. Und nett", flüsterte ich, den Blick auf den Holzboden gerichtet.

Aus den Augenwinkeln heraus bemerkte ich, dass Bianca ihren Arm schnell in meine Richtung bewegte. Sofort riss ich die Augen auf, wich zurück und hielt reflexartig beide Arme wie ein Schutzschild vor mein Gesicht. Panisch und zitternd sah ich die Frau an, die mich fassungslos und geschockt musterte. Erst bei ihrem entsetzten Blick bemerkte ich, was passiert war. Sie hatte mich umarmen wollen. Und ich hatte gedacht, ich würde gleich einen Schlag kassieren wie bei Gilbert, wenn sein Arm auf mich zukam – das Ergebnis von jahrelanger Konditionierung.

Bianca und Lorenz war die Bestürzung anzusehen. Sie starrten mich reglos an, und ich schämte mich für meinen Abwehrreflex. Da fiel mir auf, dass die zwei mich nicht direkt anschauten, sondern meinen Arm. Der Ärmel meines Pullis war ein wenig hochgerutscht, nun bedeckte der Stoff die alten Verletzungen nicht mehr. Man sah nicht viel, nur drei verblasste Schnitte, zwei blaue Flecken und ein paar frische Kratzer. Aber das war schon genug.

„Larissa", flüsterte Bianca. „Ich ... ich wollte dir nichts tun ..."

„Ich weiß." Meine Stimme klang beinahe tonlos. „Das war nur ein Reflex."

„Was hat dieses Monster dir angetan?", fragte Lorenz wütend. „Siehst du überall so aus? Wolltest du deshalb nicht aus der Umkleide kommen?"

Ich spannte den Kiefer an und starrte auf den Boden, während ich mir schnell den Ärmel meines Pullovers runterzog. Ich sagte jedoch nichts.

„Mal abgesehen von deinem Gesicht und dem Sturz die Treppe hinab, was hat er noch mit dir gemacht?" Lorenz schrie schon beinahe. „Das sieht nach mehr aus, als die Polizei uns gesagt hat! Von wegen hin und wieder geschlagen! Das sind doch Schnittwunden! Unbehandelt!"

Meine Finger zitterten, darum ballte ich die Hände zu Fäusten. Ich brachte es nicht fertig, vom Fußboden aufzublicken.

„Larissa, antworte!", forderte Lorenz mich auf. „Was ist dir noch passiert?" Ich hasste es, gedrängt zu werden. Mein Schamgefühl wandelte sich zu Wut, ich sah Lorenz direkt an und versuchte, ihn in Grund und Boden zu starren.

Bianca wirkte, als würde sie jede Sekunde weinen. Sie hielt sich eine Hand vor den Mund und ihre Augen wurden wässrig. Warum sie wohl weinte? Weil ich zurückgeschreckt war oder weil ich so geschunden aussah? Ihr Mann wurde langsam ungeduldig. „Zieh mal den Pulli aus. Ich muss mir das ansehen, Larissa." Da kam wohl der Arzt in ihm durch. Oder die Neugierde.

„Gar nichts musst du", zischte ich und schlang die Arme um mich.

Bianca schluchzte auf. „Es tut mir so leid, Larissa!"

„Jetzt hör auf, dich zu entschuldigen", seufzte ich. „Du hättest nichts ändern können." Die Einzige, die etwas hätte tun können, wäre Saskia gewesen. Und das hatte sie nicht. Niemand hatte Gilbert aufgehalten. Kein Wunder also, dass ich so aussah.

„Bitte, rede doch endlich!" Lorenz klang verzweifelt. „Ich hab das Gefühl, dass wir nicht mal annähernd wissen, was dir in den letzten Jahren passiert ist."

„Das müsst ihr auch gar nicht", erwiderte ich kühl. Anscheinend wussten sie nicht mal, was Gilbert mir nachts angetan hatte. Ein Glück, dass die Polizistin ihnen das nicht erzählt hatte. Das war nämlich das Allerletzte, worüber ich reden wollte.

Nun hatte ich Lorenz wütend gemacht. „Doch, das müssen wir! Wir sind deine Eltern, Larissa! Ob du es wahrhaben willst oder nicht!"

„Davon hab ich in den letzten 17 Jahren nichts gemerkt!", brüllte ich.

Bianca weinte immer noch bitterlich, sie hatte sich offensichtlich gar nicht mehr unter Kontrolle. Beinahe tat sie mir leid. Aber auf Lorenz war ich in diesem Augenblick nur sauer. Was bildete er sich ein, mich so in die Ecke zu drängen?

„Jetzt antworte endlich!", befahl er in schneidendem Tonfall. „Was hat dieses Monster dir angetan?"

„Nein! Ich will nicht darüber reden!", schrie ich. Und ohne ihre Reaktion abzuwarten, rannte ich weg in mein Zimmer. Ich knallte die Tür hinter mir zu und ließ mich auf den Boden sinken, wo ich meine Knie mit den Armen umfasste. Tja, so schnell konnte ein schöner Tag ruiniert werden.

Mit einem lauten Knall landete ich rücklings an der Wand. Ich keuchte, nicht nur weil mein Rücken nun schmerzte, sondern weil mein ganzes Gesicht pochte und sich furchtbar anfühlte. Der Schlag hatte gesessen. Meine langen Haare hatten sich fast alle aus dem Pferdeschwanz gelöst, einige Strähnen hingen mir wirr ins Gesicht. Aus meiner aufgeplatzten Unterlippe rann ein wenig Blut, mein Kopf schwirrte und mein Atem ging schwer. An diesen Zustand und die lähmende Angst hatte ich mich schon fast gewöhnt.

„Du bist wirklich zu weit gegangen, Engelchen", seufzte Gilbert und trat in aller Ruhe an mich heran, wobei er lässig durch sein schwarzes Haar fuhr.

Natürlich. Was fiel mir auch ein, mich zwischen ihn und Saskia zu stellen, wo er sie gerade halb tot schlug?

Gerade als ich langsam an der Wand herunterrutschte, weil meine zitternden Beine mich kaum noch tragen konnten, packte Gilbert mit einer Hand meine Kehle und hielt mich so aufrecht. Ich röchelte und zappelte, doch er ließ mich nicht los, egal, wie schwer mir das Atmen fiel.

Er grinste mich an. „Du bist ganz schön dumm für dein Alter. Mit 14 solltest du es doch besser wissen."

„Du Mistkerl", presste ich hervor und ignorierte dabei die Haare, die in meinem blutigen Mundwinkel klebten. „Lass Saskia endlich in Ruhe! Lass uns alle endlich in Ruhe!"

„Ich bin jetzt schon über ein Jahr dein Stiefvater, und trotzdem benimmst du dich so feindselig? Das ist sehr traurig, Engelchen." Es klang schon beinahe bedauernd.

Und dann machte ich einen der größten Fehler meines Lebens: Ich spuckte ihm mitten ins Gesicht.

Im ersten Moment überwog Gilberts Entsetzen, doch sogleich folgte die Wut. Und die Rache. „Du wagst es ...", zischte er und wischte sich mit dem Hemdsärmel die Spucke von der linken Wange.

„Und ich werde es wieder tun!", rief ich übermütig.

Sofort holte er zum Schlag aus. Ich kniff die Augen zusammen, doch seine Faust, die ich jede Sekunde in meinem Gesicht erwartete, kam nicht. Es herrschte Totenstille, mal abgesehen von Saskias leisem Keuchen. Meine Adoptivmutter lag inzwischen bewusstlos auf dem Boden. Hoffentlich kam der Notarzt bald. Saskia sah schrecklich aus.

Verunsichert blinzelte ich und sah Gilbert misstrauisch an. Er lächelte, doch das Lächeln erreichte seine Augen nicht. Sein Gesichtsausdruck wirkte nur bedrohlich.

Er senkte den Arm wieder und spielte mit einer meiner Haarsträhnen zwischen den Fingern. „Weißt du was, Engelchen, ich weiß was Besseres." Mit seinen dunkelgrünen Augen musterte er mich von oben bis unten. Noch konnte ich die Gier in seinem Blick nicht deuten. Doch spätestens ab dieser Nacht würde ich wissen, was dieser Ausdruck bedeutete.

„Ich statte dir nachher mal einen kleinen Besuch ab", flüsterte er mir ins Ohr. Der abstoßende Geruch von Alkohol und Zigaretten, der immer von Gilbert ausging, drang in meine Nase, sodass ich einen Brechreiz unterdrücken musste. „Mal sehen, ob du dann immer noch so aufsässig bist."

Ich schüttelte heftig den Kopf, meine Haare flogen hin und her. „Mein Zimmer ist tabu für dich!"

Er grinste nur. „Eine Tür wird mich nicht aufhalten."

Da klingelte es; der Notarzt war da. Ich wollte mich von Gilbert losreißen, um die Sanitäter ins Haus zu lassen, doch er drückte mit seiner Hand meine Kehle zusammen. Ich bekam keine Luft mehr! Mit geweiteten Augen starrte ich ihn an, versuchte vergeblich, mich zu befreien, und spürte schon ein Schwindelgefühl in mir aufsteigen. Was sollte das? Wollte er mich jetzt erwürgen?!

Kurz bevor ich das Bewusstsein verlor, lockerte er seinen Griff. „Na komm, Engelchen, es hat geklingelt. Geh doch zur Tür."

Zitternd vor Angst rannte ich zur Haustür. Gerettet. Für ein paar Stunden. Was in dieser Nacht zum ersten Mal passierte, würde mich allerdings noch lange verfolgen. Und sich in den nächsten drei Jahren oft wiederholen. Zu oft. Doch immerhin beschloss ich in dieser Nacht, nie wieder meine Angst zu zeigen oder zu weinen. Und auch wenn es Gilbert nicht aufhielt, es ärgerte ihn. Viel mehr konnte ich nicht gegen ihn ausrichten.

Schweißgebadet schreckte ich aus diesem Albtraum hoch. Ich keuchte leise und blickte mich hastig um. Es war dunkel im Zimmer, Nele lag friedlich schlafend neben mir. Es musste mitten in der Nacht sein. Mit einem flauen Gefühl im Magen legte ich mich wieder zurück auf das weiche Kopfkissen. Gilbert war nicht hier. Er würde nicht in dieses Zimmer kommen. Aber obwohl ich das wusste, hatte mich der Traum aufgewühlt. Ich strich mir mit dem Handrücken den kalten Schweiß von der Stirn und atmete tief durch. „Augen zu", befahl ich mir. „Schlafen." Und immerhin fand ich noch ein paar Stunden Ruhe, nachdem ich eine gefühlte Ewigkeit wach gelegen war und in die Dunkelheit gelauscht hatte, ob Gilberts Schritte auch wirklich nicht näher kamen.

Am nächsten Tag schwiegen meine Eltern und ich den abendlichen Vorfall tot. Ich hatte keine Lust, mit Lorenz reden, er wartete anscheinend darauf, dass ich ihm doch noch erzählte, was er wissen wollte, und Bianca war ziemlich mitgenommen. Wundervolle Atmosphäre. Ich wollte nur fort aus diesem Haus, doch ich konnte Nele nicht allein lassen. Sie wirkte endlich wieder fröhlicher und redseliger auf mich. Als würde sie nach und nach über Saskias Tod hinwegkommen.

Als meine Schwester und ich nach dem Mittagessen in meinem Zimmer saßen und uns unterhielten, klopfte es. Zögerlich wurde die Tür geöffnet, Bianca kam herein. Sie lächelte schwach, wirkte unsicher und ein paar Haarsträhnen hatten sich aus ihrem Zopf gelöst. „Larissa, warum gehst du nicht etwas spazieren?", schlug Bianca vor. „Dir fällt hier drinnen doch die Decke auf den Kopf."

Überrascht sah ich sie an. Konnte sie Gedanken lesen?

„Nele und ich könnten uns einen Film anschauen", ergänzte sie.

„Einen Film?", wiederholte Nele. „Welchen?"

Bianca überlegte kurz. „König der Löwen?"

„Ja!", rief Nele sofort und sprang vom Bett auf. „Der ist schön!"

„Na wunderbar", freute sich Bianca.

Auch ich erhob mich. Dass sie mir die Möglichkeit bot, mit meinen Gedanken etwas allein zu sein, rechnete ich ihr hoch an. „Bis später", verabschiedete ich mich von Nele und umarmte sie fest. Ich ging zur Zimmertür. „Danke", flüsterte ich Bianca zu.

„Keine Ursache", entgegnete sie sanft.

Ich lief die Treppen runter, froh darüber, Lorenz nicht zu treffen. Vielleicht war er zurück in seine Praxis gefahren, er hatte irgendwas davon gesagt, dass er heute Nachmittag noch Sprechstunde hatte. Schnell zog ich mir Jacke, Schal, Handschuhe und Mütze an, dann schlüpfte ich in meine Schuhe und verließ das Haus.

Die frische Luft und die Ruhe taten unglaublich gut. Mit den Händen in den Jackentaschen stapfte ich ziellos durchs Dorf, schaute mich um und versuchte, an nichts zu denken. Doch das gelang mir nicht. Ich schaffte es, den Vorfall von gestern Abend und den Albtraum zu verdrängen, aber dafür ging mir etwas anderes durch den Kopf.

Saskia. Wie sie die Treppe runterfiel und sich das Genick brach. Das laute, grässliche Geräusch. Gilberts verabscheuungswürdige Reaktion.

Ich hätte sie retten müssen, das wusste ich. Ich hätte sie auffangen müssen oder ich hätte Gilbert aufhalten müssen. Aber wie hätte ich untergewichtiger Hänfling das machen sollen? Ich hätte ihn nicht von mir wegstoßen dürfen, dann wäre das alles nicht passiert. Oder ich hätte mich an die Polizei wenden müssen. Vielleicht wäre es das Beste gewesen. Ich hätte Saskia niemals dabei helfen sollen, Gilbert zu decken. Ich fühlte mich ein wenig wie Gilberts Komplizin. Ohne mein Schweigen wäre er nicht so lange durchgekommen. Hätte ich nur Hilfe geholt, anstatt alles zu verheimlichen ... Dann würde Saskia noch leben. Nele und ich hätten nicht so viele traumatisierende Erfahrungen gemacht. Es wäre alles anders gekommen. Wenn ich mich nur klüger verhalten hätte. Wenn ich Gilbert nur nicht provoziert hätte ... Ich kniff die Augen fest zusammen, um nicht zu weinen. Ich hatte seit Jahren nicht mehr geweint, weder vor anderen noch heimlich. Bis auf diese eine Träne, die mir nach Saskias Tod übers Gesicht gerollt war, hatte ich alle zurückhalten können. Schließlich war es eine der drei goldenen Regeln – keine Angst zeigen. Dazu gehörte auch, nicht zu weinen. Verzweifelt, wütend und traurig seufzte ich auf. Nun war es sowieso zu spät. Ich hatte meine Mutter nicht beschützen können. Sie war diesem Teufel zum Opfer gefallen und ich hatte es nicht verhindert. Ich war so nutzlos.

Ich ließ Pirk hinter mir und kam kurz nach dem Ortsschild an einem weiten, schneebedeckten Feld vorbei. Oder war es eine Wiese? Die weiße Fläche war völlig unangetastet und wirkte unendlich weit. Ich blieb stehen und starrte in Richtung Horizont. Die weißen Wölkchen, die von meinem Atem kamen, bildeten sich immer schneller. Ich atmete schwer und ich zitterte. Aber nicht vor Kälte. Vor Wut.

Wieso hatte ich Saskia nicht retten können? Wieso hatte sie uns nicht vor Gilbert beschützt? Wieso hatte sie ihn immer verteidigt? Wieso hatte sie zugelassen, dass er mich als Boxsack benutzte? Dass er all unser Geld versoff? Dass wir hungerten, nur damit er zufrieden war? Und wieso hatte ich nichts Effektives dagegen unternommen? Gerade als ich aus Frust laut schreien wollte, spürte ich einen abrupten Schlag am Rücken. Ich keuchte leise; das hatte richtig wehgetan. Sofort drehte ich mich um und holte ebenfalls zu einem Schlag aus, da bemerkte ich, dass mich bloß ein Schneeball getroffen hatte.

„Volltreffer!", jubelte eine tiefe Stimme.

Mir entgleisten die Gesichtszüge, als ich den Jungen sah, der nur ein paar Schritte von mir entfernt stand und hämisch lachte. Dieses Dorf war viel zu klein. Warum musste ich jetzt von allen möglichen Einwohnern ausgerechnet Raphael hier treffen? „Lass mich in Ruhe!", schrie ich ihn an. „Was fällt dir ein, Schneebälle durch die Gegend zu werfen?"

Er rückte sich das schwarze Stirnband zurecht. „Ach komm, du Spielverderberin, ist ja nicht so, als hätte ich dich verprügelt", verteidigte er sich.

„Es hat sich aber so angefühlt!", motzte ich.

Verdutzt sah er mich an. „Das war nur 'n Schneeball ..."

Ach, richtig. Er wusste ja nicht, dass mein Rücken vom Treppensturz noch etwas mitgenommen war. „Egal, hör auf, mich zu nerven", brummte ich und drehte mich wieder zu dem großen Feld um. Ich verschränkte die Arme und sah meine grüne Jacke an. Hoffentlich ließ der Kerl mich jetzt in Ruhe. Aber natürlich tat er das nicht.

Plötzlich stand er neben mir. „Warum bist du immer so schlecht gelaunt?"

Ich drehte mich ein wenig von ihm weg. „Weil ich dich nicht ausstehen kann!"

„Zicke", brummte er.

„Affe", entgegnete ich.

Da grinste er, das sah ich aus den Augenwinkeln. „Sag mal, hast du Lust auf 'ne Schneeballschlacht?"

Auf die schmerzhaften Treffer konnte ich verzichten. Und auf seine Gesellschaft ebenso. Ich verdrehte die Augen. „Mit dir? Ganz bestimmt nicht."

„Du tust so, als hätte ich dir sonst was getan", maulte er und fuhr sich durch sein schwarzes Haar, wodurch ein paar Schneeflocken darin zurückblieben.

„Du hast mir genug getan", zischte ich. Allein das Foto ... oder wie er mich angestarrt und ausgefragt hatte, als er meine Verletzungen entdeckt hatte ...

Er schob die Augenbrauen zusammen und deutete auf mein Gesicht. „Es ist ja nicht so, als hätte ich dich so zugerichtet!"

Eine Weile wurde es still, weil ich nicht mehr mit ihm redete. Aber ich war zu stur, um einfach wegzugehen. Schließlich war ich zuerst hier gewesen.

Letztendlich brach Raphael die Stille. „Du könntest mir übrigens langsam mal erzählen, warum du so schlimm aussiehst. Und wer dieser Gilbert ist. Und warum du jetzt hier wohnst."

Dass er von mir erwartete, ihm freiwillig alles zu verraten, brachte mich auf die Palme. Seine eingebildete, überhebliche Art machte mich richtig wütend. „Weißt du was, so ein verwöhntes, wohlbehütetes, arrogantes Einzelkind wie du hat mir gar nichts zu sagen!", fuhr ich ihn an. Das gefiel ihm wohl nicht, er starrte mich finster an und verschränkte die Arme vor der Brust. „Ach, aber du hast das Recht, mich in irgendeine Schublade zu stecken, obwohl du mich gar nicht kennst?"

„Lass mich einfach in Ruhe!", schrie ich.

„Nein! Nur wenn du mir endlich erklärst, was hier überhaupt los ist", verlangte er.

„Das geht dich gar nichts an", zischte ich. Eigentlich hatte ich ja nicht nachgeben und abhauen wollen, doch ich sah keine andere Möglichkeit, um diesen Trottel loszuwerden. Also machte ich auf dem Absatz kehrt und stapfte zurück in Richtung Dorf.

„Jetzt antworte endlich!", rief er mir hinterher. „Oder hältst du dich für zu gut dafür?" Kurz wartete er, doch ich reagierte nicht und lief weiter. „Ach, ich weiß, du tust nur gerne geheimnisvoll, um dich wichtig zu machen."

Da ging alles mit mir durch. Was bildete der sich ein?! Ich rannte zu ihm zurück und schubste ihn mit voller Wucht auf das Feld. Er verlor das Gleichgewicht und landete mit einem überraschten Aufschrei rücklings im Schnee. Fassungslos starrte er mich an, wütend erwiderte ich seinen Blick. Es dauerte ein paar Sekunden, bis er sich mit den Armen aufstützte, sodass er halbwegs aufrecht saß. Von seiner schwarz-gelben Jacke rieselte ein wenig Schnee herunter. „Sag mal, spinnst du?", rief er. „Du hast ja 'nen Knall! Kein Wunder, dass du verprügelt wirst, wenn du dich so aufführst!"

Unfassbar. Jedes seiner Worte tat weh. Alles, was er sagte, machte mich nur noch wütender. Ich wollte mich wichtig machen? Ich war selbst schuld, wenn ich verprügelt wurde? Ich ballte meine zitternden Hände zu Fäusten. „Du hast keine Ahnung, wovon du redest!", stellte ich klar. „Du bist viel zu behütet aufgewachsen, um irgendwas davon zu verstehen."

„Was soll dieses bescheuerte Gelaber darüber, wie ich aufgewachsen bin?", zischte er und richtete sich vollständig auf. Er klopfte sich den Schnee von der Jacke und der Jeans. „Zieh hier nicht so 'ne dramatische Show ab, du blöde Zicke! Ich wollte nur wissen, was dir passiert ist, weil du so übel aussiehst. Aber so wie du dich aufführst, hattest du's wohl nicht besser verdient, als so zugerichtet zu werden!"

Ich schluckte schwer und spannte den Kiefer an, um nicht auszurasten. „Du weißt gar nichts“, flüsterte ich.

„Doch, ich weiß, dass du dich offensichtlich selbst bemitleidest, weil du so ein schreckliches Leben hast.“ Er musterte mich abfällig. „Weil's ja niemandem schlechter gehen könnte als dir.“

Selbstmitleid?! Nun verlor ich meine Beherrschung endgültig. Es brach alles wie eine riesige Welle aus mir heraus. Ich stampfte mit dem Fuß auf und fixierte Raphael voller Abscheu. „Du hast doch keine Ahnung, wie es ist, jeden Tag Todesangst zu haben! Wie man sich fühlt, wenn man alle paar Tage von Zimmer zu Zimmer geprügelt wird!“, schrie ich. „Dein größtes Problem ist wahrscheinlich, welche Klamotten du morgens anziehst und welches Mädchen du heute angräbst! Und dann redest du von Wichtigmachen und Selbstmitleid? Davon, dass ich es verdient habe, was mir passiert ist? Niemand hat es verdient, Nacht für Nacht Angst zu haben, dass dieses Monster einen wieder vergew...“ Hastig unterbrach ich mich selbst, bevor ich zu viel verriet. „Du weißt gar nichts über mich. Also lass mich in Ruhe und kümmer dich um deinen Kram!“ Ich fühlte mich schrecklich. Ich zitterte am ganzen Körper und hatte völlig die Fassung verloren.

„Larissa ...“, murmelte Raphael und starrte mich entsetzt an. In seinen blauen Augen lag nun keine Geringschätzung mehr, sondern blanker Horror.

Diesen Blick ertrug ich keine Sekunde länger. Ich musste sofort hier weg. Ich musste sofort von diesem Kerl weg. Also drehte ich mich um und rannte hastig zurück ins Dorf, in Richtung Haus. Raphaels Konfrontation hatte mich komplett aus der Reserve gelockt. Ich hatte viel zu viel erzählt. Und das nur, weil er mich so wütend gemacht hatte. So ein Fehler durfte mir nie wieder unterlaufen.

Was mir passiert war, ging niemanden etwas an! Wenn ich es noch nicht mal Bianca und Lorenz erzählte, wieso dann diesem verzogenen Jungen? Wie hatte er mich so weit gebracht, dass alles aus mir herausgeplatzt war? Ich war so unbeschreiblich wütend auf Raphael und auf meine Eltern, die mich alle zum Reden drängen wollten, aber auch auf Gilbert und auf mich selbst. Das war einfach zu viel. Am schlimmsten fand ich allerdings, dass mir nun Tränen in die Augen stiegen. Egal, was Gilbert mir angetan hatte, ich hatte nicht geweint. Aber kaum brachte mich dieser blauäugige Idiot, dieser verdammte Mistkerl zum Reden, heulte ich los. Unfassbar. Ich hatte schon beinahe vergessen, wie es sich anfühlte, wenn einem Tränen über die Wangen strömten. Wie schwächlich und hilflos man sich fühlte. Wie wenig Erleichterung es im Endeffekt brachte. Und irgendwie befürchtete ich, dass ich dieses Gefühl in nächster Zeit noch öfter erleben würde.

„Larissa, bitte warte!" Oh nein. Raphael lief mir doch tatsächlich hinterher.

„Geh mir aus den Augen!", schrie ich und rannte noch schneller.

Er hielt problemlos mit mir Schritt und blieb hartnäckig neben mir. „Warte, hör mir zu", bat er. „Es tut mir leid!"

„Wie schön für dich!", zischte ich und wandte den Blick gen Boden. Ich betete, dass er meine Tränen jetzt nicht sah. Aber wie üblich hatte ich kein Glück.

„Ich wollte dich nicht zum Weinen bringen", flüsterte er. „Entschuldige."

Abrupt blieb ich stehen und fixierte den Jungen wütend. „Halt dich aus meinen Angelegenheiten raus!", verlangte ich. „Und bilde dir bloß nicht ein, dass ich deinetwegen weinen muss!" Hastig wischte ich mir mit dem Jackenärmel die Tränen aus dem Gesicht. Nein, ich hatte geweint, weil alles in mir hochgekommen war. Die letzten Jahre, Saskias Tod ... Und weil Raphael behauptet hatte, ich hätte bestimmt verdient, was mir passiert war.

„Kann ich das irgendwie wieder gutmachen?", fragte er leise.

„Ja, indem du mich in Ruhe lässt!", schrie ich ihn an.

Er seufzte. „Das meinte ich nicht ..."

Ich blickte ihn wütend von der Seite an, ohne langsamer zu laufen. „Hau endlich ab, du Trottel!"

„Okay, okay, ich warte, bis du dich beruhigt hast", brummte er.

Ich wollte, dass er mich endgültig in Ruhe ließ. Nicht, dass er wartete, bis ich mich beruhigt hatte. Aber er folgte mir nicht mehr, deshalb sagte ich nichts und rannte zurück zum Haus. Mit Schuldgefühlen, schlechter Laune und verheultem Gesicht. Das versprach ja, ein toller Tag zu werden.

Einfach kompliziert

„Lara, komm mal her“, rief Bianca mir zu. „Sophie ist da!“

Verwirrt blinzelte ich. Was wollte Sophie denn von mir? „Ich komme“, antwortete ich und stand vom Sofa auf. Es hatte eine Weile gedauert, bis ich nach dem Treffen mit Raphael wieder zur Ruhe gekommen war. Dann hatte ich mich bis zu diesem Moment mit meiner Schwester ins Wohnzimmer gesetzt und mit ihr geredet, während sie die beiden Katzen gestreichelt hatte. Garfield saß sogar auf ihrem Schoß. „Ich bin gleich wieder da“, versprach ich Nele. Sie nickte, abgelenkt von den beiden Tieren. Immerhin gefiel es ihr sichtlich, mit den Katzen zu spielen. Ich mochte Hunde lieber.

Ich lief zur Haustür, wo Sophie und Bianca auf mich warteten. Mit meiner Mutter wechselte ich nicht mal einen Blick. Ich war ihr aus dem Weg gegangen, seit ich zurückgekommen war. Sie hatte mir angesehen, dass etwas nicht stimmte, doch ich wollte nicht darüber reden.

Das aschblonde Mädchen von gegenüber strahlte mich an. „Hey!“

„Hallo“, begrüßte ich sie zurückhaltend. „Was ist denn los?“

„Hast du das etwa vergessen?“, fragte sie entsetzt. „Wir sind verabredet! Du weißt schon, heute Abend um sechs Uhr bei mir. Ich wollte dir doch meine Freunde vorstellen.“

Ach ja, daran hatte ich gar nicht mehr gedacht. „Es ist erst fünf“, redete ich mich raus. „Natürlich weiß ich noch, dass wir uns heute treffen wollten.“

Sie lächelte. „Sehr gut. Dann komm mit!“

„Jetzt schon?“, wunderte ich mich.

Sie nickte. „Klar! Ich hab was mit dir vor, bevor die anderen kommen. Los jetzt, Lara, nicht so zögerlich. Auf geht's!“

„Geh ruhig“, ermutigte Bianca mich. „Ich kümmere mich um Nele.“

„O...okay“, stammelte ich. Ehrlich gesagt kam mir das sogar gelegen – denn so würde ich nicht da sein, wenn Lorenz nach Hause kam. Auf ihn war ich nämlich immer noch sauer, weil er mich gestern so gedrängt hatte.

„Na dann los!“, forderte Sophie mich ungeduldig auf.

Ich schlüpfte schnell in meine Stiefel und meine Jacke, dann zerrte mich Sophie auch schon aus dem Haus.

„Was hast du denn vor?“, fragte ich unsicher.

„Wir machen dich jetzt hübsch“, verkündete sie.

Mir entgleisten die Gesichtszüge. „Bitte was?!“

„Du hast mich schon verstanden“, lachte sie. „Du siehst furchtbar aus! Ich schmink dich so, dass man deine ganzen Verletzungen im Gesicht nicht mehr sieht. Klingt gut, oder?“

Ich zog halbherzig einen Mundwinkel hoch. „Ich bezweifle, dass man die vielen blauen Flecken einfach übermalen kann.“

„Abwarten!“

„Na gut ...“

Gemeinsam betraten wir das Haus von Sophies Familie. Es kam mir riesig vor, genau wie das von Lorenz und Bianca. So viele Räume, so teure Möbel.

Wir hängten unsere Jacken weg, dann nahm Sophie mich mit in ihr Zimmer und bugsierte mich auf einen Stuhl vor einem Schminktisch. Während sie nach ihrem Make-up kramte, blickte ich mich im Zimmer um. Die Wände, Vorhänge und die Bettwäsche waren violett. Es hingen viele Fotos von Sophie, ihrer Familie und anderen Leuten an den Wänden oder standen im Regal. Auf dem Schreibtisch lagen Schulsachen herum, auf einem Abstelltisch standen einige Gläser, Wasser, Apfelschorle, Cola und Knabbersachen. Wahrscheinlich für später, wenn ihre Freunde herkamen.

„Schönes Zimmer, was?“, riss sie mich aus meinen Gedanken.

Ich zuckte zusammen – es überraschte mich, dass sie gemerkt hatte, wie ich mich umsah. „Äh ... ja“, stimmte ich zu.

„Ich fang an, okay?“, kündigte sie an. „Ich bin auch ganz vorsichtig, ich will dir ja nicht wehtun.“

„Ist gut. Ich bin mal gespannt, was dabei rauskommt.“

„Du wirst perfekt aussehen!“, meinte sie.

Ich lachte. „Na klar. Du mich auch.“

„Nicht so pessimistisch", ermahnte sie mich. „Lass mich nur machen."

Über ihr Engagement musste ich schmunzeln. „Okay." Dass sie sich solche Mühe für mich gab ... Verdammt, wie sollte ich sie hassen, wenn ich sie nur mögen konnte? Ich durfte sie nicht mögen, das wusste ich. Es würde nur wieder eine Enttäuschung werden. Aber ich konnte sie nicht hassen, egal, wie sehr ich es mir vornahm.

Behutsam trug sie mir die Schminke auf. Sie strengte sich wirklich an, um mir nicht wehzutun. Allerdings kam sie einmal an mein blaues Auge.

„Au", rief ich.

„Entschuldige!" Sie musterte mich besorgt. „Das wollte ich nicht."

„Schon gut", winkte ich ab. „Ist nicht so schlimm."

„Dafür bin ich jetzt fertig", verkündete sie stolz.

Ich warf einen Blick in den Spiegel, ohne große Erwartungen zu haben. Doch was ich sah, erstaunte mich. Ich sah schon fast normal aus! „W...wahnsinn ..."

Triumphierend lächelte sie mich an. „Hab ich's drauf oder hab ich's drauf?"

„Du hast es drauf!", jubelte ich. „Ich glaub, ich hab noch nie so normal ausgesehen. Irre!"

„Normal?", wiederholte Sophie skeptisch. „Du siehst toll aus! Nicht normal."

Gerührt lächelte ich. „Danke."

„Aber es fehlt noch was", stellte sie fest. Sie deutete auf meinen Hals. „Die Flecken da bekomme ich nicht richtig weg."

Ich blickte noch mal in den Spiegel. Ja, die Würgemale sah man noch deutlich. „Tja", seufzte ich schulterzuckend. „Das geht eben nicht anders."

„Blödsinn", widersprach sie und lief zu ihrem Kleiderschrank. „Ich hab eine Idee! Das ist genau das Richtige." Sie kramte in dem Schrank, bis sie ein blau-weißes Tuch herauszog. „Na also."

„Hä?", fragte ich verwirrt.

Sie grinste und band mir das Tuch um den Hals. „Das passt perfekt zu deiner Bluse. Und es verdeckt die hässlichen Flecken."

„Es ... es ist wirklich schön."

„Ich weiß halt, was dir steht", kicherte sie.

„Darf ich mir das für heute Abend wohl ausleihen?"

Sie verdrehte die Augen. „Mannomann, Lara, das schenk ich dir. Versteht sich doch von selbst!"

Entsetzt starrte ich sie an. „Das … das kann ich nicht annehmen. Das ist doch viel zu teuer und überhaupt …"

„Klappe", unterbrach sie mich. „Ich schenk es dir und basta."

Widerspruch war zwecklos – offensichtlich. „Danke, Sophie", flüsterte ich.

Sie lächelte mich an und strich ihr langes Haar zurück. „Keine Ursache."

Weshalb war sie so nett zu mir? Das ergab doch keinen Sinn! Ich war ein Niemand. Nur ein Mädchen mit geschundenem Körper und verstörenden Erinnerungen, das von heute auf morgen hierher gezogen war. Ein Mädchen, das nicht mit anderen Menschen umgehen konnte und außer seiner Schwester niemandem vertraute. Wieso behandelte Sophie mich so gut? Ich verstand es nicht.

„Also, es kommen gleich übrigens meine drei besten Freunde", erzählte sie und wechselte somit einfach das Thema. „Alle aus unserem Jahrgang, aber wir sind leider nicht alle in derselben Klasse."

„Ah, okay."

„Ich bin echt gespannt, in welche Klasse du ab morgen kommst."

„Hoffentlich in deine", entgegnete ich, ohne nachzudenken.

Während sich meine Augen vor Überraschung weiteten, lächelte Sophie mich nur an. „Das wäre toll", meinte sie.

„So was darf ich nicht sagen", ermahnte ich mich selbst. „Ich will hier niemanden mögen. Ich will hier keine Beziehungen aufbauen. Am Ende werde ich doch nur enttäuscht und auf mich allein gestellt sein. Wie immer." Meine Freunde in Berlin hatten mich links liegen lassen, nachdem ich mich verändert hatte. Nur weil ich nicht mehr so viel redete und ständig verletzt war. Sie hatten mich gemieden. Und das würde Sophie bestimmt auch tun, wenn sie wüsste, wie tief das Trauma saß, das Gilbert verursacht hatte.

Ich wünschte mir allerdings, sie wäre anders. Ich wünschte, Sophie würde mich annehmen, wie ich war, mit all meinen Ängsten und Schwächen. Ich wünschte, wir könnten Freunde werden. Aber ich wusste, dass ich mir das nicht mal wünschen durfte. Solche

Hoffnungen würden mich letztendlich nur enttäuschen. „Wie ... wie sind deine Freunde denn so?", fragte ich, um das Thema zu wechseln.

Sophie sprang sofort darauf an. „Total verrückt!"

Verwundert starrte ich sie an. „Verrückt?"

Sie nickte. „Und wie", lachte sie. „Aber liebenswert verrückt."

„Das verstehe ich nicht so ganz", gab ich zögerlich zu.

„Wirst du aber noch", versicherte sie mir und gab mir einen freundschaftlichen Klaps auf die Schulter. Vor Schmerz keuchte ich auf und verzog das Gesicht. Das hatte wehgetan. „Oh nein, entschuldige!", rief Sophie. „Das wollte ich nicht. Ich hab voll vergessen, dass du verletzt bist."

Sie hatte es vergessen? So ein komisches Mädchen. Sie vergaß meine vielen Verletzungen, sie sah mich nicht mitleidig an, sie behandelte mich normal und freundlich. Kein Mensch konnte so nett sein wie sie. Unmöglich! „Schon gut", murmelte ich und lächelte schief. „Das kommt davon, wenn man die Treppe runterfällt."

Nun verzog sie das Gesicht. „Autsch."

Ich schmunzelte. „Das kannst du laut sagen." Dass sie nicht fragte, weshalb ich die Treppen heruntergefallen war, rechnete ich ihr hoch an.

„Immerhin bist du noch ganz", versuchte sie, mich aufzumuntern.

Im Gegensatz zu Saskia, ja ... Meine Adoptivmutter hatte den Sturz nicht so gut überstanden wie ich. Und die Schuld dafür trug nicht nur Gilbert. Ich hätte sie beschützen müssen, weil sie es doch nicht selbst konnte. Aber es war mir nicht gelungen. Ich war zu schwach gewesen. Zu meinem Glück klingelte es in diesem Moment an der Tür, sodass ich auf Sophies Kommentar nicht reagieren musste. Mir hätten sowieso die Worte gefehlt, meine Wut schnürte mir nämlich die Kehle zu.

„Ah, es geht los", freute sie sich und strich ihre Haare zurück. „Ich mach auf!"

Ich nickte ihr zu, während sie aus dem Zimmer lief. Meine Hände ließ ich in meinen Schoß sinken, mit einem Fuß tippte ich unentwegt gegen das Stuhlbein. Egal, wie mies ich mich gerade fühlte, ich musste eine neutrale Miene aufsetzen; schließlich kamen nun fremde Leute, vor denen ich sicher keinen Schmerz zeigen würde. Mit einem lauten Knall wurde die Tür geöffnet. Bei dem Geräusch schreckte ich zusammen und starrte die Fremden vor mir an.

„Hallo!"

„Du bist also Larissa!"

„Hallihallo!"

Langsam stand ich vom Stuhl auf. Ich wollte nicht, dass diese drei Leute auf mich herabsahen.

„Genau, das ist meine neue Nachbarin! Und ihr werdet sie lieben, Lara ist echt toll!", plauderte Sophie und huschte zu mir, um ihren Arm um meine Schultern zu legen. „Lara, das sind meine besten Freunde – Karolin, Florian und Jan!"

Die beiden Jungen und das Mädchen nickten mir zu, während ich sie skeptisch musterte. Sie wirkten alle so fröhlich, als würden sie sich tatsächlich freuen, mich kennenzulernen. Pah. Nie im Leben.

„Hallo", begrüßte ich sie.

Karolin, ein erstaunlich hübsches Mädchen, lief zu Sophie und mir. Sie strich ihr schulterlanges dunkles Haar zurück und strahlte mich an. Im ersten Moment erwiderte ich ihr Lächeln, doch dann griff sie ohne jede Vorwarnung nach meinen Händen. Abrupt riss ich meine Arme zurück und stolperte einen Schritt nach hinten. Hätte Sophie mich nicht immer noch festgehalten, wäre ich umgefallen. Alle blickten mich wegen dieser Reaktion erschrocken an. Beschämt fixierte ich den violetten Teppich unter meinen Füßen. „Entschuldigung", murmelte ich.

„Ach was, es tut mir leid", entgegnete Karolin sofort. „Ich bin zu aufdringlich, das sagt mir jeder. Dabei weiß ich es doch eigentlich besser." Sie seufzte. „Sei nicht sauer, ja?"

Hä? Sie wunderte sich nicht über meine verschreckte Reaktion? Sie schaute mich nicht mal komisch an oder fragte mich, was das sollte?

„Das ist meine Karo, wie sie leibt und lebt, was?", lachte da eine bekannte Stimme. „Typisch!" Sophies Bruder hatte sich nun auch zu uns gesellt. Er grinste Karolin an, sie errötete leicht.

„B...blödsinn!", stammelte sie. „Nick, du ... du bist peinlich!"

Er kam zu ihr und umarmte sie fest. „Ist doch nur Spaß."

„Ich weiß", brummte sie und kuschelte sich an ihn.

Ich zog die Augenbrauen hoch. Die beiden standen sich offensichtlich nahe.

„Achtung, da kotzt jemand mal wieder Sonnenschein und Regenbögen aus", lachte einer der anderen Jungen. „Nehmt euch ein Zimmer!"

Bei diesem Kommentar musste ich grinsen. Der Junge wirkte nett. Er war genauso groß wie Niklas, einen Kopf größer als Sophie und Karolin, sogar etwas größer als ich. Seine dunkle Kleidung ließ seine blauen Augen und die blonden Haare hervorstechen, aber es sah nicht komisch aus. Im Gegenteil, es passte zu ihm. Er bemerkte anscheinend, dass mir sein Kommentar gefallen hatte, jedenfalls zwinkerte er mir zu.

„Ach, Flo, gönn's ihnen doch", tadelte Sophie ihn. „Niklas hat sowieso ewig gebraucht, bis er Karo endlich zu einem Date überreden konnte."

„Ja, aber seit einem Jahr turteln die ständig rum", merkte Florian an. „Das ist ein Freibrief, um sich drüber lustig zu machen."

„Ach, halt die Klappe", motzte Niklas und drückte seine Freundin näher an sich. „Du bist doch nur eifersüchtig."

Florian lachte. „Sorry, auf dich bestimmt nicht!"

Sophie, Karo und der andere Junge – Jan – stimmten in das Lachen ein, Niklas streckte Florian die Zunge raus. Sogar ich musste bei der guten Stimmung lächeln. Es war so entspannt hier.

„Oh, du hast echt ein süßes Lächeln", sagte dieser Jan plötzlich zu mir.

Überrascht starrte ich ihn an. „Was?"

Er grinste scheinheilig. „Ach, nichts."

Irgendwie erschauderte ich, als ich ihn ansah. Ich wusste nicht genau, warum. Etwas an ihm störte mich. Etwas beunruhigte mich. Nur was?

„So, jetzt haben wir uns genug vorgestellt", beschloss Sophie und nahm ihren Arm von meinen Schultern. „Wer hat Hunger? Es gibt Pizza!"

„Super!", freute sich Florian. „Ich liebe Pizza."

„Wer nicht?", entgegnete Karolin.

„Wie steht's mit dir, Larissa?", fragte Sophie. „Magst du Pizza?"

„Äh …“ Unbehaglich fixierte ich den Boden. „Ich bin mir nicht sicher. Ich glaub, ich hab vor sechs Jahren oder so das letzte Mal Pizza gegessen.“

Augenblicklich schauten mich alle verstört an. „Waaas?“, rief Niklas. „Das gibt's doch nicht! Dann wird's mal wieder Zeit.“

„Definitiv!“, stimmte Karolin ihm zu. „Und du wirst es lieben. Anna macht die beste Pizza der Welt.“

„Ja, keiner hat's mehr drauf als meine Mutter“, bestätigte Sophie.

Ich nickte. „Dann bin ich ja gespannt.“

„Aber mehr als zwei Stücke darf ich nicht essen“, seufzte Karolin.

„Fängst du schon wieder mit dem Quatsch an?“, fragte Niklas. „Du musst nicht abnehmen. Definitiv nicht!“

Sie lächelte schüchtern. „Aber …“

„Kein *Aber*“, unterbrach er sie. „Du bist perfekt so.“

„Danke, Nick“, flüsterte sie, hörbar glücklich.

„Ach ja, Pizza macht dick, das hab ich schon öfter gehört“, murmelte ich.

Jan, der mich offensichtlich gehört hatte, blickte an mir herunter. „Darum musst du dir wohl keine Sorgen machen. Du kannst noch etwas Gewicht vertragen.“

Dieser Kommentar war mir mehr als unangenehm. Ich wusste selbst, dass ich wie ein Gerippe aussah. Immerhin konnte dank Sophies Make-up niemand die vielen blauen Flecken sehen.

„Halt die Klappe, Jan“, motzte meine Nachbarin ihn an. „Du bist ganz schön frech.“

„'tschuldigung.“

Zu sechst gingen wir ins Esszimmer. Sophies Mutter hatte uns zwei riesige Bleche mit Pizza gemacht. Und es schmeckte so gut! Besonders die Pizza mit dem vielen Käse. Obwohl ich mich unwohl fühlte, mit so vielen Leuten zu essen, brachte ich drei Stücke herunter. Doch danach war ich pappsatt.

„Hey, wir müssen Lara noch von der Schule erzählen“, beschloss Sophie nach dem Essen. „Sie geht ab morgen hin und hat noch keine Ahnung.“

„Du wirst dich bestimmt gut zurechtfinden“, versicherte Karolin mir. „Das Schulhaus ist zwar potthässlich, aber das Kepler ist die beste Schule in ganz Weiden.“

„Tausendmal besser als das Mädchengymnasium oder das Augustinus, diese Schule für Snobs“, brummte Florian.

„Dich würden sie sowieso nicht aufs Mädchengymnasium lassen“, lachte Jan.

Florian fuhr sich in einer ausladenden Bewegung durchs Haar. „Bin ich etwa nicht hübsch genug dafür?“, fragte er entsetzt. Ich musste kichern, daraufhin grinste er mich an. Wirklich ein netter Typ.

„Morgen in der ersten Pause führen wir dich durch die Schule, was hältst du davon?“, schlug Karolin vor.

Ich nickte. „Das klingt toll.“

„Wo treffen wir uns?“, fragte Jan.

„In der Eingangshalle“, beschloss Karolin.

„Weißt du eigentlich schon, in welche Klasse du kommst?“, wollte Florian wissen. „Du gehst doch auch in die elfte, oder?“

„Ja“, stimmte ich zu, „aber ich weiß noch nicht, in welche Klasse ich komme. Ich soll mich morgen früh im Sekretariat melden.“

„Hoffentlich in meine“, rief Sophie und lächelte.

„Das wär super!“, stimmte Florian zu.

„Seid ihr in derselben Klasse?“, fragte ich und deutete auf Sophie und ihn.

Meine Nachbarin nickte. „Ja, Flo und ich sind in der 11b, Karo ist in der 11c und Jan in der 11d.“

„Und ich bin in der 12b“, ergänzte Niklas. „Genau wie Raphael.“

Als er den Namen dieses Idioten erwähnte, verfinsterte sich mein Gesicht unwillkürlich. „Aha.“

Sophie sah mich skeptisch an, sagte aber zum Glück nichts.

„Gehen wir hoch ins Zimmer?“, schlug Karolin vor. „Sophies Riesenbett ist bequemer als die Stühle hier!“

„Oh ja, gerne“, stimmte unsere Gastgeberin zu und stand vom Esstisch auf. „Niklas räumt unser Geschirr ab!“

„Hey, warte mal!“, protestierte er sofort. „Wieso ich?“

Sie streckte ihm die Zunge raus. „Weil ich dich sonst aussperre.“

„Blöde Kuh“, motzte er, fügte sich aber und räumte den Tisch ab.

Zusammen gingen wir zurück in Sophies Zimmer. Karolin schmiss sich sofort auf das große Bett, Niklas und Sophie ließen sich neben ihr nieder. Schnell hockte ich mich zu Sophie. Ich wollte bei jemandem sitzen, den ich schon etwas besser kannte. Auch wenn alle hier wirklich nett zu mir waren, bei ihr fühlte ich mich am wohlsten.

„Ist neben dir noch frei?“ Verwundert blickte ich auf. Florian stand vor mir und lächelte mich an.

Ich nickte zögerlich. „Klar.“

Er setzte sich neben mich, hielt aber zu meiner Erleichterung etwas Abstand. Auch Jan gesellte sich dazu. Aus den Augenwinkeln betrachtete ich den Jungen neben Florian. Und da fiel mir auf, was mich an ihm so irritierte. Sein Aussehen. Ich war eigentlich niemand, der einen anderen anhand seines Äußeren beurteilte. Aber Jan hatte genau dieselbe Haar- und Augenfarbe wie Gilbert. Dunkles Haar. Dunkelgrüne Augen. Außerdem war er hochgewachsen, wenn auch nicht ganz so groß wie Gilbert. Ich konnte ihn keine Sekunde länger anschauen. Doch ich machte mir klar, dass er es nicht verdiente, nur wegen seines Aussehens verurteilt zu werden. Er war nicht Gilbert, er benahm sich ganz normal. Also kein Grund, ihm skeptischer gegenüberzustehen als den anderen.

„Erzähl mal was über dich“, bat mich Karolin. „Wo kommst du her? Sophie hat nur gesagt, du bist bei ihren Nachbarn von gegenüber eingezogen.“

„Äh, ja“, antwortete ich überrascht. „Mit meiner kleinen Schwester.“

„Wie süß, du hast eine kleine Schwester?“, erkundigte sie sich.

Ich nickte. „Ja, sie ist acht. Ihr Name ist Nele.“

„Und woher kommt ihr?“

Ich wollte eigentlich nichts über mich erzählen. „Aus Berlin.“

„Cool, da bin ich mal gewesen“, merkte Florian an.

„Ach, echt?“, wunderte ich mich.

Er nickte. „Tolle Stadt, finde ich.“

„Ja, finde ich auch“, stimmte ich zu. „Aber mir gefällt es hier auch. Es ist so ruhig und irgendwie schön.“

„Ja, Pirk ist ganz nett“, meinte Jan. „Aber ich bin froh, dass ich in Weiden wohne. Das ist zentraler.“

„Ganz meine Meinung“, stimmte Karolin zu.

„Also, in Schirmitz ist es auch schön“, warf Florian ein.

„Schirmitz?“, wiederholte ich.

„Das ist das Nachbardorf", erklärte er. „Da wohne ich. Du kennst dich hier echt nicht aus, was?", lachte er und machte Anstalten, mir auf die Schulter zu klopfen.

Als ich seine Hand näher kommen sah, reagierte ich instinktiv. Ich hielt mir einen Arm vors Gesicht, mit der freien Hand packte ich seinen Unterarm, bevor er mich erreichen konnte.

Im Zimmer herrschte Totenstille. Nur mein schneller Atem war zu hören. Und ich spürte die verstörten Blicke der anderen auf mir. Ach du Schande. Jetzt hatte ich übertrieben. Jetzt hatte ich zu deutlich gemacht, dass ich mit einem Schlag gerechnet hatte. Jetzt würden mich die anderen als Freak abstempeln und ignorieren. Wie es in Berlin alle gemacht hatten.

Aber Florian tat etwas, womit ich nicht gerechnet hatte. Er schmunzelte und ließ seinen Arm sinken. „Also, das war kein allzu professioneller Verteidigungsgriff."

Ich starrte ihn an. „Hä?"

„Möchtest du lernen, wie man sich verteidigt?", fragte er.

Ich begriff nicht, worauf er hinauswollte. „Was meinst du?"

„Das ist eine tolle Idee!", rief Sophie plötzlich. „Ich wette, Lara hätte Spaß daran, oder was meint ihr, Leute?"

„Ja, bestimmt", vermutete Jan.

Karolin nickte. „Das kann nicht schaden."

„Und es bringt ihr was", ergänzte Niklas.

Verwirrt blickte ich in die Runde. Einerseits konnte ich es nicht fassen, wie schnell sich die Situation wieder aufgelockert hatte, andererseits kam ich nicht mehr ganz mit. „Wovon redet ihr?"

„Ich mache seit ein paar Jahren Kung-Fu", erklärte Florian. „Und wenn du willst, bring ich dir ein paar Griffe bei."

„W...wirklich?", staunte ich.

Er nickte. „Klar. Mach ich gerne."

Selbstverteidigung. Die Idee war genial. Ich würde mich sicherer fühlen, wenn ich so etwas beherrschte. Aber es wunderte mich, dass niemand wegen meiner Abwehrreaktion auf mir herumhackte. Normalerweise müssten die anderen doch irritiert sein ... „Das ist echt nett von dir", murmelte ich und lächelte schüchtern.

„Ach, wenn du mich so süß anlächelst, kann ich doch nicht widerstehen", lachte er und schlang plötzlich seine Arme um mich.

Ich riss die Augen auf. „Lass das!", schrie ich.

„Genau, das darf nur ich", motzte Sophie ihn an und schubste ihn weg, um mich zu umarmen. „Siehst du?"

„Unfair", beschwerte sich Florian. „Das will ich auch dürfen. Lara, darf ich?"

Amüsiert schüttelte ich den Kopf. „Ihr seid echt verrückt", kicherte ich. „Aber so was von!"

„Hab ich doch gesagt", flüsterte Sophie mir ins Ohr. „Aber liebenswert."

Ich nickte. „Total." Wieso waren alle so verständnisvoll? Als wüssten sie, was mir passiert war. Weshalb ich umgezogen war. Moment mal! Konnte das sein? Blödsinn. Woher sollten die anderen das wissen? Ich hatte es niemandem erzählt.

„Wenn wir zu weit gehen, sag's einfach", riet mir Florian. „Dann schalten wir 'nen Gang zurück, stimmt's, Leute?"

Jan nickte. „Klaro."

„Wieso?", flüsterte ich Sophie zu. „Wieso sind alle hier so verständnisvoll?"

Sie lächelte mich an. „Weil wir alle wissen, dass dich irgendwelche unschönen Gründe hergeführt haben. Und wenn du darüber reden willst, mach das. Wenn nicht, dann lass es und entspann dich mit uns."

„Danke", wisperte ich erstickt. „Danke!"

Sie strich mir vorsichtig über den Rücken. „Keine Ursache."

Hier zu sitzen, umgeben von so freundlichen Menschen, fühlte sich beinahe an, als wäre ich in einer Familie. Ja, es kam mir vor, als hätten diese fünf Leute mich in ihren kleinen Kreis aufgenommen, ganz ohne Vorbehalte. Verrückt.

„Wann wollen wir denn mit dem Training anfangen?", fragte Florian.

„Sobald ich meinen Stundenplan habe, kann ich's dir sagen", antwortete ich.

Er lächelte mich an, mit seinen blauen Augen blickte er direkt in meine. „Alles klar."

„Aber sag mal, Larissa, ist das eigentlich Mode in Berlin?", wollte Karolin plötzlich wissen.

Ich schob die Augenbrauen zusammen. „Was meinst du?"

„So wenig zu essen. Ich bitte dich, drei Stücke Pizza, das war ja gar nichts." Sie schmunzelte. „An deiner Stelle würde ich fünf verdrücken!"

„Also, so viel passt nicht in meinen Magen", entgegnete ich.

„Wir mästen dich schon noch", beschloss Sophie. „Apropos, ich hab Knabbersachen hier!" Sie sprang vom Bett auf und lief zu dem Tischchen, auf dem sie das Essen bereitgestellt hatte. „Wollt ihr Chips, Salzstangen oder lieber Nussschokolade?"

„Ich will Chips!", rief Niklas sofort.

„Ich auch!", bestellte Jan.

„Ich nehm Salzstangen", beschloss Karolin.

„Ähm ... ich würd gern ein Stück Nussschokolade probieren", murmelte ich. Meine Stimme war in den Rufen der anderen untergegangen, Sophie hatte mich gar nicht gehört und brachte nur die Chips und die Salzstangen mit. Ich traute mich nicht, meine Bitte zu wiederholen. Außerdem konnte ich mir nicht auf Kosten anderer Leute den Bauch vollschlagen. Es war besser so, ich brauchte keine Schokolade. Ich hatte sie in den letzten vier Jahren auch nicht gebraucht. Da stand Florian auf und ging zum Tischchen. Fragend blickte ich ihm nach.

„Was machst du?", wunderte sich Sophie.

„Die Schokolade holen", erklärte er und setzte sich mit der Tafel wieder neben mich. „Die hast du vergessen."

Sophie sah überrascht aus. „Ach, du wolltest Schokolade? Entschuldige, das hab ich nicht gehört."

Flo lächelte schief. „Schon gut. Außerdem ist die nicht für mich." Er öffnete die Plastikverpackung und hielt mir die Nussschokolade hin. „Hier."

„D...danke", stammelte ich und brach mir ein Stück herunter.

„Du musst lauter werden", lachte er. „Sonst hört dich keiner."

„Entschuldigung ..."

„Entschuldige dich doch nicht dafür. Das müsste ich eher tun, schließlich hab ich dich einfach überhört", seufzte Sophie. „Das wollte ich nicht. Die Schreie nach Chips und Salzstangen waren einfach lauter."

„Macht doch nichts", beruhigte ich sie schnell und probierte die Schokolade. Sie schmeckte toll, vor allem, weil sie leicht gekühlt war. Sophie musste einen Eisbeutel darunter gelegt haben oder so. Einfach genial!

„Jetzt ist ja alles da“, merkte Jan an und schob sich einen Chip in den Mund.

„Eben“, stimmte Niklas zu.

Florian brach sich auch ein Stück Schokolade ab.

„Ich dachte, du möchtest keine?“, wunderte ich mich.

„Ach, irgendwie hab ich doch Lust drauf“, entgegnete er nur und lächelte mich an. „Vielleicht weil du so begeistert aussiehst.“

Gegen meinen Willen wurde ich rot. „Ach, tue ich das?“

„Irgendwie schon“, fiel Niklas auf.

„Man kann dir echt leicht 'ne Freude machen“, meinte Jan und grinste. „Beim nächstbesten Anlass schenk ich dir ein paar Tafeln Nussschokolade.“

Ich musste lachen. „Tja, aber Weihnachten ist schon vorbei.“

„Wann hast du Geburtstag?“, fragte er.

„Im Juni. Dauert also noch.“

„Wie alt bist du eigentlich?“, fiel Karolin ein.

„17“, antwortete ich. „Und ihr?“

„Ich auch“, antwortete sie. „Genau wie Sophie und Jan, stimmt's?“ Die beiden anderen nickten.

„Ich bin 18. Aber nicht mehr lange“, erzählte Niklas.

„Und ich werde bald 18“, fügte Florian hinzu.

„Wie bald?“, fragte ich.

„Am Freitag.“

„Was, schon in drei Tagen?“

„Genau“, stimmte er zu.

Wie ich ihn darum beneidete. Ich wollte auch bald volljährig sein. Mit Nele von hier verschwinden. Selbstständig sein. Klar, ich fühlte mich wohl hier, aber ... Oh nein. Ich fühlte mich wohl hier?! Das durfte ich nicht! Wieso fühlte ich mich wohl hier?! Diese Frage ließ sich leicht beantworten. Es war alles ganz einfach. Mit diesen Leuten umzugehen, mich bei ihnen wohlzufühlen, mit ihnen zu reden ... Es war so einfach. So entspannend. Und gleichzeitig kompliziert. Ich wollte hier doch keine Beziehungen aufbauen. Ich wollte in fünf Monaten verschwinden. Aber inzwischen war ich nur noch verwirrt. Weil ich selbst nicht mehr wusste, was ich wollte ...

Ungewollte Bindungen

„Kinder, wir müssen zur Schule! Kommt endlich!“, rief Bianca durchs Haus.

„Ja, ja“, murmelte ich.

Nele und ich hatten schon gefrühstückt und saßen nun in meinem Zimmer, um etwas zu reden. Meine kleine Schwester war nämlich verunsichert. Sie hatte schon fast Angst davor, in eine neue Klasse zu kommen.

Ich stand vom Bett auf und zog Nele ebenfalls auf die Beine. „Komm“, forderte ich sie auf. „Und mach dir keine Sorgen mehr. Die anderen Kinder sind sicher nett zu dir.“

„Meinst du wirklich?“, fragte sie eingeschüchtert.

Während wir die Treppen hinuntergingen, nahm ich sie bei der Hand. „Ja, das meine ich wirklich“, versicherte ich ihr. „Wie kann man so ein liebes Mädchen wie dich nicht mögen?“

Sie lächelte mich an. „Okay.“

An der Eingangstür standen nicht nur unsere brandneuen Schultaschen, sondern auch Bianca und Lorenz. Wir zogen unsere Schuhe und Jacken an. Jetzt ging's also los.

„Seid ihr so weit?“, erkundigte sich Bianca.

Ich nickte bloß. Nele rief: „Ja!“

„Wunderbar“, freute sich meine Mutter. „Nele, ich nehm dich gleich mit, wir laufen, ja? Der Weg ist wirklich kurz.“ Meine Schwester nickte.

„Und wir sollten jetzt auch fahren, Larissa“, wandte sich Lorenz an mich.

Ich wich seinem Blick aus und brummte zustimmend. Mit ihm hatte ich seit vorgestern Abend immer noch nicht geredet. Ich wollte es nicht. Er hatte mich so in die Ecke gedrängt, dass ich mich in seiner Gegenwart inzwischen richtig unwohl fühlte. Denn ich befürchtete, irgendwann würde er mich wieder zum Reden zwingen wollen. Obwohl ich mir lieber die Zunge rausschneiden würde, als in Worte zu fassen, was Gilbert uns angetan hatte.

Nele zupfte an meinem Ärmel und blickte mit ihren graugrünen Augen zu mir auf. „Tschüss, Lara."

Ich ging in die Hocke, um meine Schwester fest zu umarmen. „Hab einen schönen Tag, Schwesterchen. Heute Mittag sehen wir uns bestimmt wieder."

„Dann erzähl ich dir, was heute passiert ist", versprach sie.

Ich lächelte und hauchte ihr einen Kuss auf die Stirn. „Darauf freue ich mich jetzt schon."

Bianca betrachtete uns glücklich, Lorenz schmunzelte. Ich hatte völlig vergessen, dass die beiden uns beobachteten. „Gehen wir", forderte Lorenz mich auf.

Wortlos folgte ich dem Mann zum Auto. Es war ziemlich kalt draußen, außerdem lag viel Schnee. Ich setzte mich auf den Beifahrersitz und schnallte mich an, die Schultasche nahm ich auf den Schoß. Lorenz startete den Motor und fuhr los. Aus Pirk heraus, durch ein Dorf namens Schirmitz. Dort zeigte ein Wegweiser bereits an, dass wir bald Weiden erreichen würden. Auf der Fahrt herrschte Totenstille. Ich wollte nicht mit dem Mann neben mir reden, er wusste wahrscheinlich nicht, was er sagen sollte. Aber das kam mir nur gelegen. In ein paar Monaten sah ich ihn sowieso nie wieder.

„Entschuldige", brach er die Stille plötzlich. Überrascht blickte ich ihn an. „Ich wollte dich nicht so drängen. Als ich die ganzen Wunden gesehen hab, bin ich einfach wütend geworden", erklärte er. „Aber du musst nicht darüber reden, wenn du nicht willst. Falls du allerdings mal etwas loswerden möchtest, Bianca und ich haben immer ein offenes Ohr für dich. Okay?"

Damit hatte ich nicht gerechnet. „Schon gut", murmelte ich.

„Und wenn du nicht mit uns reden willst, kannst du auch gern zu einem Psychologen gehen", schlug er vor.

Ich schüttelte den Kopf. „Schon gut", wiederholte ich.

„Ich möchte wirklich nicht, dass du dich zu Hause unwohl fühlst", seufzte er.

Dafür müsste ich Pirk erst mal als Zuhause ansehen ...

„Keine Sorge. Ich komm klar."

Zweifelnd sah er mich von der Seite an. „Sicher?"

Ich nickte. „Ja."

Wieder wurde es ruhig im Auto. Ich blickte an mir herunter. Meine Klamotten sahen neu und modisch aus. Das Tuch von Sophie trug ich um den Hals, damit niemand Gilberts widerlichen Handabdruck sehen konnte. Die blauen Flecken in meinem Gesicht waren grüngelb geworden. Es sah furchtbar aus. Hoffentlich verschwanden die Flecken bald ganz und hoffentlich würde mich heute in der Schule niemand darauf ansprechen.

Plötzlich fuhr Lorenz rechts ran. „Wir sind da."

Vorsichtig schaute ich aus dem Fenster. Die Schule war im Vergleich zu meinem alten Gymnasium klein. Und es tummelten sich nicht halb so viele Schüler davor. Aber der mickrige Hof wirkte schon beinahe überladen. Manche Kinder, vor allem die jüngeren, machten Schneeballschlachten, die etwas älteren spielten trotz des kalten Wetters Fußball, wieder andere standen in Gruppen zusammen und unterhielten sich.

„Dann bis später", murmelte ich und öffnete die Tür, sodass kühler Wind ins Auto drang.

„Du schaffst den Rest sicher selbst?", vergewisserte er sich. „Ich soll wirklich nicht mitkommen?"

„Ins Sekretariat, meinen Stundenplan holen, in den Unterricht gehen", zählte ich auf. „Sollte kein Problem sein."

„Und nach Hause kommst du auch allein?"

„Buslinie vier. Haltestelle Pirk Rathaus oder Trebsauer Straße. Ja, ja."

Er nickte mir zu. „Dann viel Erfolg."

„Wird schon passen", meinte ich und stieg aus.

Ich nahm die Schultasche auf meinen Rücken und stapfte den Weg zur Eingangstür entlang. Als mir auffiel, dass mich einige andere Schüler anstarrten, senkte ich den Blick. Bestimmt hatten sie bei einer so kleinen Schule bemerkt, dass ich neu war. Oder meine Verletzungen im Gesicht erregten diese Aufmerksamkeit, das konnte auch sein. Mit gesenktem Kopf lief ich schnell zur Tür. Die Blicke, die ich noch immer spürte, machten mich verlegen. Ich wollte nicht angestarrt werden!

In der geräumigen Eingangshalle war es genauso – jeder, der an mir vorbeikam, glotzte mich an. Super. Und ich stand völlig planlos in der Halle, weil ich vergessen hatte, Lorenz zu fragen, wo das Sekretariat überhaupt war. Ich wusste nicht, wohin ich gehen sollte. Und ich kannte hier niemanden. Vielmehr sah ich niemanden, den ich kannte. Weder Sophie noch ihren Bruder oder Florian, Jan und Karolin. Unsicher blickte ich mich um. Wohin?

„Kann ich dir helfen?", fragte plötzlich jemand neben mir.

„Ähm, ich suche das Sekretariat", erklärte ich und drehte mich zu dem überraschend hilfsbereiten Jungen um. Als ich ihn erkannte, weiteten sich meine Augen. „Raphael?!"

Er grinste. „Du siehst aus, als hättest du 'nen Geist gesehen."

Sofort verengten sich meine Augen zu Schlitzen. „Lass mich bloß in Ruhe!"

„Ich wollte dir nur helfen", seufzte er. „Du stehst hier nämlich ziemlich planlos rum. Außerdem gaffen dich alle an. Ist bestimmt unangenehm."

„Du hast nichts anderes gemacht", zischte ich. „Gegafft und nachgefragt."

„Neugier ist ganz natürlich", verteidigte er sich. „Aber ein kleiner Tipp, überschmink die hässlichen Flecken wenigstens."

„Wenn ich Make-up besäße, würde ich das machen", fauchte ich ihn an. „Du verdammter Besserwisser!" Kaum sah ich diesen Kerl, kroch die Wut in mir hoch. Dieser Typ hatte mich tatsächlich zum Weinen gebracht. Er wusste mehr über meine Zeit in Berlin als alle anderen hier. Und er beunruhigte mich. Außerdem war er gemein, viel zu neugierig und eingebildet. Allein dass er gesagt hatte, ich hätte bestimmt verdient, was mir geschehen war ... Das würde ich ihm nie verzeihen, egal, wie oft er sich dafür entschuldigte.

Er ging nicht mehr auf mich ein. „Jetzt komm endlich, du wolltest doch zum Sekretariat, oder?", fragte er und setzte sich in Bewegung. Weil ich nicht wusste, was ich sonst tun sollte, folgte ich ihm. Er lief in den ersten Stock, vor einem Zimmer direkt bei der Treppe blieb er stehen. „Hier ist es."

„Danke", brummte ich. Ich wollte mich nicht bei ihm bedanken, aber mir blieb ja nichts anderes übrig. Er hatte mir immerhin geholfen.

Er nickte mir zu. „Schon gut. Wir sehen uns."

„Hoffentlich nicht", murmelte ich vor mich hin, als er mir den

Rücken zukehrte. Zu meinem Pech hatte er es gehört, er drehte sich abrupt wieder zu mir um und blickte mich finster an. „Zicke."

„Mistkerl", entgegnete ich sofort.

Raphael verdrehte die Augen, sagte aber nichts mehr und ließ mich endlich allein. Was dachte sich dieser Kerl bloß? Ich verstand ihn nicht. Und er regte mich auf.

Als ich das Sekretariat betrat, zeigte die Wanduhr kurz vor acht an. Ich war also pünktlich. Der kleine Raum wirkte voll, Schüler und Lehrer tummelten sich darin, zwei Frauen – vermutlich die Sekretärinnen – huschten eilig von einem Schrank zum nächsten und kümmerten sich um die Anliegen der Leute hier. Ich blieb vorerst an der Tür stehen, bis sich der Trubel gelegt hatte. Um kurz nach acht hatten alle außer den beiden Frauen und mir das Zimmer verlassen.

Die eine Sekretärin, eine recht junge Frau, sah mich abwartend an. In ihrem Blick lag ebenso Verwunderung, wahrscheinlich über mein Aussehen, doch sie sagte nichts dazu. „Und was brauchst du?"

„Ich heiße Larissa Kurz", stellte ich mich vor. „Ich gehe ab heute auf diese Schule und sollte mich hier melden."

Die junge Frau lächelte mich an. „Ah, du bist das. Komm doch her." Ich kam ein paar Schritte näher zu dem hüfthohen Tisch, hinter dem sie stand. Sie legte ein Blatt Papier so hin, dass ich es lesen konnte. „Das ist dein Stundenplan", erklärte sie. „Deine erste Stunde heute ist Geschichte."

Ich nickte. „Was ist das für ein Raum?", fragte ich. „E 07."

„Das ist im Erdgeschoss. Wenn du möchtest, kann ich dich gleich hinbringen", bot sie an. „Wir müssen nur kurz deine Daten abgleichen. Du weißt schon, Adresse, Telefonnummer und so."

„Okay", stimmte ich zu.

Die Formalitäten dauerten nicht lange, um Viertel nach acht brachte mich die nette Sekretärin bereits zu dem Zimmer, in dem ich nun Geschichte hatte. Das Schulhaus wirkte wie leer gefegt. Der Unterricht hatte längst begonnen.

„Hier ist es", sagte sie und deutete auf die Zimmertür. „E steht für Erdgeschoss, 07 ist die Raumnummer."

„Ergibt Sinn", entgegnete ich.

„Wenn du dich hier noch nicht zurechtfindest, halt dich einfach an deine Mitschüler", schlug sie vor. „Dann kommst du schon zum nächsten Raum."

„Gut. Danke für alles."

Sie lächelte mich an. „Keine Ursache. Und jetzt ab in den Unterricht. Deine Lehrerin weiß schon Bescheid, dass du im Laufe der Stunde kommst." Mit diesen Worten ließ sie mich allein.

Bevor ich an die Tür klopfte, atmete ich tief durch. Ich war nervös, klar. Gleich würde ich so viele fremde Leute treffen ... und alle würden mich anstarren, keine Frage. Bei den hässlichen Verletzungen im Gesicht. „Augen zu und durch", sagte ich mir und klopfte zweimal.

Es dauerte nicht lange, da öffnete eine ältere Lehrerin die Tür. Ich schätzte sie auf Ende 50, sie wirkte freundlich und lächelte mich an. „Larissa, nicht wahr?", fragte sie und schob ihre Brille ein Stück höher.

„G...genau", bestätigte ich.

Sie lachte. „Dann komm doch rein, nicht so schüchtern."

Ich nickte ihr zu und folgte ihr in das hell beleuchtete Zimmer. Es saßen gar nicht so viele Schüler hier wie befürchtet, 20 vielleicht. Die Tische in der hintersten Reihe waren leer. Neugierige Blicke musterten mich, sofort schaute ich zu Boden. Jetzt würden die anderen anfangen zu tuscheln. Warum ich so dürr war. Warum ich verletzt war. Was ich überhaupt in dieser Klasse machte.

„Lara!", jubelte plötzlich eine bekannte Stimme.

Ich sah wieder auf. „Sophie!", rief ich. Meine Nachbarin von gegenüber saß in der zweiten Reihe neben einem anderen Mädchen und grinste mich an. Ich lächelte ihr zu. Ein Glück. Ich kannte hier jemanden. Ich war in Sophies Klasse. Mir fiel ein riesiger Stein vom Herzen. Obwohl mich die anderen Schüler skeptisch anschauten, fühlte ich mich nicht allzu bloßgestellt, weil Sophie hier war.

„Cool, du bist bei uns!", stellte Florian fest.

Erst da bemerkte ich den blonden Jungen, er saß hinter meiner Nachbarin, hatte aber keinen Banknachbarn. Er zwinkerte mir zu, ich schmunzelte.

„Ach, ihr kennt euch schon?", wunderte sich die Lehrerin. „Das ist schön. Aber noch mal für alle: Das ist Larissa, eure neue Mitschülerin. Möchtest du irgendwas sagen?"

Ich schüttelte den Kopf. „Nicht wirklich."

Die Lehrerin lächelte verständnisvoll. „Dann such dir einfach einen Platz aus und versuch, dem Unterricht zu folgen, ja?"

„Klar", antwortete ich. „Ähm, eins nur. Wie heißen Sie?"

„Eva-Maria Franz", stellte sie sich vor. Okay, Frau Franz. Meine Geschichtslehrerin. Das sollte ich mir merken. „Dann setz dich doch, Larissa."

Wo sollte ich mich hinsetzen? Sophie hatte schon eine Banknachbarin. Blieb nur noch die letzte Reihe. Allein zu sitzen, störte mich nicht. Also ging ich durch die Reihen, bis ich an der letzten ankam. Doch bevor ich mich niederließ, wurde ich aufgehalten.

„Was machst du denn?", fragte Florian hörbar amüsiert. „Hock dich doch zu mir, bevor du allein da hinten rumgammelst."

Ach, richtig, der Platz neben Florian war frei. Super – ich konnte neben jemandem sitzen, den ich kannte! Ich lächelte ihn an. „Okay." Er räumte seine Schulsachen von meiner Tischhälfte, sodass ich meinen Block und meine Schreibsachen auspacken konnte.

Frau Franz machte mit dem Unterricht weiter. Es ging um Industrialisierung, doch ich hörte nicht wirklich zu. Ich sah mich kurz im Klassenzimmer um, ließ das aber schnell wieder bleiben, weil mich einige andere Schüler anschauten, und das mochte ich nicht.

„Voll cool, dass du bei uns bist", flüsterte Florian mir zu und lenkte mich somit von den neugierigen Blicken ab.

„Ich find's auch toll", gab ich zu.

Er grinste. „Dann haben wir genau denselben Stundenplan."

„Stimmt", fiel mir auf. „Dann können wir das mit dem Kung-Fu-Training besser absprechen."

„Perfekt. Oh, warte mal, hast du Englisch als Fremdsprache? Oder eine andere? Und welche Naturwissenschaft hast du? Welche Sportart? Und hast du Religion oder Ethik?", fragte er.

„Äh ... eins nach dem anderen", murmelte ich. „Ich hab Englisch, ja. Außerdem Bio und Chemie. In Sport hab ich Badminton gewählt. Ethik hab ich nicht, ich hab katholische Religion."

Er lächelte. „Dann sind wir außer in Sport und Reli überall zusammen."

Ich erwiderte sein Lächeln. „Klingt gut. Was hast du denn für Sport?"

„Schwimmen."

Unwillkürlich verzog ich das Gesicht. Schwimmen konnte ich nicht wählen. Bei meinen vielen Wunden würde ich mich sicher nicht im Badeanzug zeigen.

„Nicht deine Lieblingssportart, was?", lachte er.

Ich schüttelte den Kopf. „Gar nicht."

„Ich glaube, Sophie hat auch Badminton", erzählte er.

„Immerhin kenn ich schon jemanden", freute ich mich. „Hier in der Klasse, sogar in all meinen Kursen."

„Ach, du findest hier schnell Freunde. Unsere Klasse ist schwer in Ordnung", meinte er. „Keine Sorge."

„Warum hast du eigentlich allein gesessen?", fiel mir ein.

Er zuckte mit den Schultern. „Hat sich so ergeben. Ich fühle mich ohne Nachbarn wohler, würde ich sagen."

„Oh, das wusste ich nicht ... Ich hätte mich auch nach hinten setzen können", erwähnte ich.

„Blödsinn", winkte er ab. „Für dich mach ich 'ne Ausnahme."

„Das ist echt nett von dir."

„Habt ihr euch jetzt zur Genüge ausgetauscht?", fragte Frau Franz genervt.

„'tschuldigung", murmelten wir wie aus einem Mund.

Bis zum Ende der Stunde blieben wir still. Als es gongte, stürmte Sophie aber sofort zu uns. „Lara, du bist bei uns! Das ist der Wahnsinn!", freute sie sich.

„Ja, find ich auch", entgegnete ich.

„Aber morgen früh schmink ich dich", beschloss sie. „Daran hätte ich heute schon denken sollen."

„Sehr gute Idee", lobte Florian sie. „Dann fallen die Flecken nicht so auf. Wobei, sie machen dich immerhin farbenfroh, Lara."

Ich verdrehte die Augen. „Klar." Auch wenn ich nun genervt tat, ich freute mich über Sophies Vorschlag. Und darüber, dass weder sie noch Florian nach dem Ursprung der Verletzungen fragte. Die beiden hatten wirklich Taktgefühl.

„Du hast Glück, wir sind die ersten drei Stunden nur hier in dem Zimmer", plauderte Sophie. „Nach der Pause haben wir aber Raumwechsel. Wir können dich also rechtzeitig herumführen."

Ich nickte. „Super."

Noch bevor der nächste Lehrer ins Zimmer kam, wurden Sophie, Florian und ich von den anderen Schülern umringt. Alle sahen neugierig aus.

„Woher kommst du?“, wollte Sophies Banknachbarin wissen.

„Aus Berlin“, antwortete ich zögerlich.

„Wieso bist du aus Berlin in dieses Kaff gezogen?“, wunderte sich ein Schüler.

„Äh, das war eher Zufall ...“

„Und was hast du da im Gesicht? Das sieht schmerzhaft aus!“, kommentierte ein anderer.

„Ich bin die Treppe runtergefallen“, redete ich mich heraus. Wieso redeten alle mit mir? Immer wenn ich verletzt in meine alte Schule gekommen war, hatten mich meine Mitschüler ignoriert. Nur die Lehrer hatten nachgebohrt und denen hatte ich Ausreden aufgetischt. Aber die Jugendlichen hier interessierten sich für mich, jedenfalls kam es mir so vor. Und sie integrierten mich tatsächlich in ihre Gemeinschaft. Bis der nächste Lehrer das Zimmer betrat, erkundigten sie sich danach, wer ich war, wie es mir hier gefiel, ob ich Hilfe brauchte und so weiter. Wahnsinn. Aber natürlich machten sich einige darüber lustig, dass ich furchtbar aussah.

„Also, wenn ich's nicht besser wüsste, würde ich sagen, du arbeitest im Gruselkabinett“, lachte einer meiner Mitschüler.

„Oh ja, bei der Figur und den Verletzungen schon“, stimmte ein Mädchen zu.

„Als wolltest du Leute erschrecken“, merkte ein anderer Junge an.

Unbehaglich senkte ich den Blick wieder. „Tja ...“

„Hey, das ist echt nicht nett“, sprang Sophie ein und sah die anderen beleidigt an. „Ihr seid gemein.“

„Schon gut“, warf ich schnell ein. „Ich bin das gewohnt.“

„Das ist traurig“, merkte Florian an.

Überrascht sahen Sophie, ich und auch die meisten anderen aus der Klasse ihn an. „Was meinst du?“, fragte meine Nachbarin.

„Ich find's traurig, dass Lara sich so was anhören muss“, erklärte er und legte mir plötzlich einen Arm um die Schultern. Erfolgreich unterdrückte ich den Abwehrreflex und sah ihn nur fragend an. „So ein hübsches Mädchen sollte nicht beleidigt werden, finde ich.“

Mir klappte der Mund auf. Hatte er das gerade wirklich gesagt?

„Wow, Florian, jetzt gehst du aber ran", zog ihn einer der Schüler auf.

„Da hat sich wohl jemand verguckt", kicherte Sophies Banknachbarin.

„Nö, er hat doch recht", äußerte sich Sophie dann. „Ich seh auch keinen Grund, sich über Lara lustig zu machen."

Gerührt blickte ich sie und Florian an. „Danke, ihr zwei", flüsterte ich.

„War ja nur ein Spaß", verteidigte sich der Junge, der mich mit einer Attraktion im Gruselkabinett verglichen hatte. „Sorry."

Bevor jemand etwas sagen konnte, betrat ein pummeliger Mann das Zimmer. „Guten Morgen!", rief er.

„Juhu, Mathe", seufzte Sophie. „Bis nach der Stunde, Lara."

Ich nickte. „Bis später."

Florian nahm seinen Arm nun wieder von meinen Schultern und setzte sich auf seinen Platz. Ich tat es ihm gleich. „Danke noch mal", flüsterte ich.

„Ist doch kein Problem", entgegnete er. „Lass dich einfach nicht ärgern."

Bis zur Pause passierte nichts Besonderes. Doch dann schleppten mich Sophie und Florian in die völlig überfüllte Eingangshalle, um eine Führung mit mir zu veranstalten.

„Also, da hinten verkauft der Hausmeister in der Pause was zu essen", erzählte meine Nachbarin und deutete auf den überlaufenen kleinen Stand, an dem man sich Brote und Süßigkeiten holen konnte. „Und da geht's zur Mensa. In der Mittagspause gibt's da warmes Essen, aber ich empfehl dir, zum Bäcker gegenüber zu gehen. Das Essen in der Mensa ist ungenießbar!"

„Oh ja, alles schmeckt nach Pappe", bestätigte Florian. Es schüttelte ihn. „Du wirst kein zweites Mal was probieren ... Ich kapier nicht, wie die Unterstufler das Zeug ständig essen können."

Dann stürmten Karolin und Niklas zu uns, Hand in Hand. „Sind wir zu spät?", fragte das dunkelhaarige Mädchen hastig.

„Ach was", winkte Sophie ab. „Ihr seid voll pünktlich."

Niklas deutete auf seine Schwester, Florian und mich. „Sagt bloß, ihr seid alle in einer Klasse?"

„Ja, Lara ist zu uns gekommen", freute sie sich.

Karolin lächelte. „Wie schön."

„Du bist also in der 11b?", mischte sich eine Stimme hinter uns ein. Wir alle drehten uns zu Jan um, der nun auch bei uns stand.

Ich nickte. „Genau."

„Cool", kommentierte jemand, den ich noch gar nicht bemerkt hatte. Ungläubig starrte ich den schwarzhaarigen Jungen neben Jan an. Was wollte Raphael denn hier?

„Ach, schön, du bist auch da", stellte Sophie fest. „Ich hab gar nicht mit dir gerechnet, wo du uns gestern so schmählich im Stich gelassen hast."

Raphael fuhr sich durchs Haar. „Ich hab dir doch gesagt, dass ich heute komme. Und du weißt, dass ich jeden Dienstagabend Fußballtraining hab."

Niklas klopfte ihm auf die Schulter. „Die will dich nur ärgern."

Raphael grinste. „Wie immer eben."

Oh nein, gehörte Raphael etwa auch zu dieser Gruppe? Wieso er?!

„Wollen wir gehen?", schlug Karolin vor. „Wir müssen Lara noch so viel zeigen. Ach, es ist doch okay, wenn wir dich Lara nennen, oder?"

„Äh, sicher", antwortete ich. Was sollte ich auch sonst sagen?

„Dann los", beschloss Karolin und lief mit Niklas voran.

Die anderen zeigten mir alles – wo ich die Toiletten fand, in welchen Räumen wir Unterricht hatten, den Keller, die Chemiesäle im Erdgeschoss, den ersten Stock mit den Physiksälen, den zweiten Stock mit den Biologiesälen und den dritten Stock mit den Kunst- und Musikzimmern. Außerdem gab es in jeder Etage normale Klassenräume und einen Innenhof. An und für sich war das Kepler eine übersichtliche Schule.

„Alles verstanden?", fragte Jan nach der Tour. Ich nickte und bemühte mich, seine Ähnlichkeit mit Gilbert zu ignorieren.

„Dann gehen wir am besten, wir haben jetzt Latein", merkte Sophie an.

„Latein?", wiederholte ich und zog meinen Stundenplan aus der Tasche meiner Jeans. „Ich hab doch gar kein Latein. Ich hab Englisch."

„Ach, hoppla." Sie lachte. „Ich hab kein Englisch mehr, das hab ich in der Oberstufe abgelegt."

Raphael schüttelte den Kopf. „Und Latein behalten, du Verrückte. Wie kann man so was nur machen?"

Sie zuckte mit den Schultern. „Ich mag Latein eben lieber. Bis später, Leute!" Wir verabschiedeten uns von ihr, dann lief sie zu dem Zimmer, in dem sie gleich Unterricht haben würde.

Florian schaute mir über die Schulter, um meinen Stundenplan zu lesen. „Ach, du hast auch nur fünf Stunden?"

„Sieht ganz so aus."

„Wollen wir uns heute Nachmittag treffen?", bot er an. „Ich hätte Zeit."

Ach, richtig, wir wollten ja trainieren. „Gern", stimmte ich zu. „Wann und wo?"

„Sagen wir um vier bei mir? Wir haben ein Sportzimmer im Keller, das bietet sich an."

„Klingt gut. Aber du musst mir deine Adresse geben", antwortete ich.

„Schreib ich dir gleich im Klassenzimmer auf", versprach er. „Gehen wir zu Englisch? Die Pause ist gleich vorbei."

„Klar."

„Moment", wandte Raphael verwirrt ein. „Wovon redet ihr da?"

„Ich bringe Lara ein paar Kung-Fu-Griffe bei", erklärte Florian.

Der Schwarzhaarige nickte langsam. „Verstehe. Selbstverteidigung, was?"

„Das geht dich nichts an", zischte ich und kehrte ihm den Rücken zu. Neugieriger Idiot.

Florian lief mir hinterher. „Warte doch! Was ist denn los?"

„Ach, nichts."

Skeptisch musterte er mich. „Wirklich?"

„Ich kann Raphael nur nicht leiden", brummte ich.

Da lachte er. „Was hat er dir denn getan? Dasselbe wie immer?"

„Hä?"

„Na, dich angegraben und dich dann ignoriert, als du Interesse gezeigt hast?"

„So was macht er?", fragte ich entsetzt. „Der Typ ist ja noch mieser, als ich bisher dachte!"

„Ach, das war's nicht?“, wunderte Florian sich. „Was dann?“

„Er stellt zu viele Fragen“, seufzte ich. „Vor allem über Sachen, die ihn nichts angehen.“

„Verstehe ... Das sollte er echt nicht.“

„Also bitte“, entgegnete ich, „als würdest du mich nicht fragen wollen, warum ich so schlimm aussehe.“

„Natürlich will ich das fragen“, gab er zu. „Aber ich mach's nicht. Weil man dir anmerkt, dass du nicht darüber reden würdest.“

Ich lächelte halbherzig. „Na immerhin.“

Da grinste er mich an. „Ich helf dir lieber, indem ich dir zeige, wie du deinen Gegner beim nächsten Mal fertigmachst.“

Ich freute mich darüber, dass Florian so verständnisvoll war. „Das klingt gut!“

Die Englischstunde verging schnell, danach hatten wir nur noch Deutsch. Und in dieser Stunde war Sophie wieder bei uns.

„Na, wie war Englisch?“, erkundigte sie sich.

„Ganz gut“, antwortete ich. „Etwas langweilig. Und Latein?“

„Hat gepasst.“

„Also, ich fand's nicht langweilig“, merkte Florian an. „Ich hatte schließlich ein sehr lustiges Gespräch mit meiner neuen Banknachbarin.“ Ich musste lächeln, als er mich daran erinnerte. Bei der Diskussionsrunde hatten wir uns wirklich gut unterhalten.

„Aber echt, Flo, ich will mal erleben, dass du zu mir so nett bist“, merkte Sophie an. „Das bist du nämlich nie!“

Er grinste. „Blödsinn.“

„Doch, Lara hat voll die Sonderstellung bei dir“, neckte sie ihn und legte ihren Arm um meine Schultern.

„Sie ist eben meine zukünftige Schülerin“, entgegnete er.

Ich senkte den Blick. „Ach was ...“ Dass die beiden so vertraut mit mir umgingen, brachte mich in Verlegenheit. Und gleichzeitig freute es mich irgendwie.

„Oh, bevor ich's vergesse“, erwähnte Florian. „Am Freitag feier ich meinen Geburtstag. Um acht Uhr bei mir. Bist du dabei, Lara?“

„Oh ja, wir gehen zusammen hin, okay?“, schlug Sophie vor und strahlte mich an. „Das wird toll! Abgemacht, sie kommt mit“, beschloss meine Nachbarin für mich.

„Moment mal“, protestierte ich.

Florian schmunzelte. „Keine falsche Scheu, komm einfach vorbei. Es gibt was zu essen, es gibt Getränke und es kommen nicht allzu viele Leute."

„Ist ja gut", gab ich mich geschlagen.

„Oh, Frau Rösch ist da", stellte Sophie fest und huschte an ihren Platz.

Eins stand fest: Heute Mittag hatte ich Nele einiges von meiner neuen Schule zu erzählen. Hoffentlich war ihr erster Tag auch halbwegs gut gelaufen.

„Ich geh nicht mehr in die Schule!"

„Nele, bitte lass mich rein ..."

„Nein! Ich will nicht!"

Ich seufzte und lehnte mich an die verschlossene Zimmertür. Irgendetwas musste passiert sein. „Schwesterchen, lass uns reden", schlug ich vor. Aus dem Zimmer ertönte nur noch ein Schluchzen. Am liebsten hätte ich Nele sofort in den Arm genommen, doch sie ließ mich nicht rein.

„So ist sie schon, seit wir nach Hause gekommen sind", murmelte Bianca. Sie stand neben mir und sah mich besorgt an. „Aber von meinen Kollegen weiß keiner, was passiert ist. Und sie will nicht reden. Sie will nicht mal was zu Mittag essen."

„Wahrscheinlich hat sie Ärger mit ihren Klassenkameraden", vermutete ich. Ich war gerade erst mit dem Bus nach Hause gekommen und hatte mich schon aufs Mittagessen mit meiner kleinen Schwester gefreut. Mit so einer Katastrophe hatte ich nicht gerechnet.

„Was machen wir denn jetzt?", fragte Bianca.

„Überlass das mir", entgegnete ich. „Ich kümmer mich um Nele." In Gedanken fügte ich hinzu: „Wie immer."

Sie nickte. „Okay. Wenn du was brauchst, ruf mich. Ich bin unten. Und Lorenz müsste auch bald nach Hause kommen."

„Alles klar."

Sie ließ mich allein, ich setzte mich auf den Boden und lehnte mich mit dem Rücken an die Zimmertür. „Nele, hör mal zu", begann ich so laut, dass sie mich verstehen musste. „Ich weiß nicht, was heute los war. Aber ich möchte dir helfen. Das kann ich allerdings nur, wenn du mir sagst, was passiert ist."

„Nein!“, schrie sie.

Bedrückt starrte ich meine Hände an, die ich im Schoß liegen hatte. „Okay, du musst nicht reden. Aber hör mir zu“, bat ich. „Der erste Tag an einer neuen Schule sagt gar nichts aus. Ich hab heute zum Beispiel viele nette Leute getroffen und auch viele gemeine. Einer hat mir sogar gesagt, ich sähe aus, als würde ich im Gruselkabinett arbeiten.“

„Das stimmt nicht!“, protestierte sie sofort.

Ich lächelte. „Danke, Nele. Jedenfalls kommt es nicht drauf an, ob du dich heute sofort mit all deinen Mitschülern verstanden hast. Du bist ein wirklich wundervolles, hübsches, niedliches Mädchen. Und das wird jeder merken. Aber die anderen Kinder müssen dich erst mal besser kennenlernen. Ich weiß, wie toll du bist, aber ich bin ja auch schon seit acht Jahren bei dir.“

„Aber Fritz ist so böse“, schluchzte sie plötzlich. Aha. Da hatten wir den Übeltäter.

„Was hat er denn gemacht?“

„Er hat gesagt, ich bin hässlich.“ Sie schniefte. „Und dumm. Und dass mich keiner mag.“

„Du weißt doch, dass ich dich mag“, widersprach ich. „Also liegt er falsch.“

„Aber in der Klasse mag mich keiner!“, wimmerte sie.

„Hast du denn schon mit jedem geredet?“, fragte ich.

„Äh ... nein ...“

„Dann weißt du doch gar nicht, wer dich mag und wer nicht. Lass dir Zeit, um dich an deine Schule zu gewöhnen. Es ist alles neu, und hier ist es ganz anders als in Berlin. Aber wir schaffen das. Zusammen. Ich bin doch immer für dich da“, versprach ich ihr.

Da hörte ich ein leises Knacken hinter mir, Nele hatte endlich aufgesperrt. Ich beugte mich etwas nach vorne, damit ich nicht rückwärts ins Zimmer purzelte, als sie die Tür öffnete. Immer noch im Schneidersitz blickte ich zu meiner kleinen Schwester auf. Sie sah furchtbar fertig aus, ihre Augen waren rot und wässrig, ihre dunkelbraunen Haare hingen ihr in Strähnen ins Gesicht. Es tat richtig weh, sie so zu sehen. Das kleine Häufchen Elend schluchzte wieder auf. „Es war so blöd heute!“, jammerte sie. „Ich will nicht mehr in die Schule! Nie wieder! Ich hasse diese Schule!“

Behutsam griff ich nach ihrer Hand. „Lass dich nicht unterkriegen."

Neben mir ging sie auf die Knie. „Aber ..."

Sofort legte ich ihr meinen Zeigefinger auf die Lippen. „Kein *Aber*. Du bist ein großes Mädchen, Nele. Und ich weiß, dass du bald total beliebt sein wirst."

„Wie soll das gehen?", fragte sie hilflos und legte ihren Kopf auf meiner Schulter ab.

Ich strich ihr durchs Haar. „Du musst diesem Fritz zeigen, dass du dich von ihm nicht einschüchtern lässt. Weißt du noch, als du Raphael für mich angebrüllt hast?"

Sie nickte.

„Genau so musst du auch diesem Fritz zeigen, dass er sich nicht alles erlauben kann. Okay?"

Endlich brachte meine kleine Schwester ein Lächeln zustande. Sie weinte zwar immer noch, aber sie wirkte nicht mehr ganz so, als würde die Welt jeden Moment untergehen. Wir umarmten uns fest, Nele krabbelte auf meinen Schoß und schmiegte sich an mich. „Ich hab dich lieb, Lara", flüsterte sie.

„Ich dich auch", antwortete ich leise. „Und wenn du was auf dem Herzen hast, rede einfach mit mir, ja?"

Sie zögerte kurz. „Klar ..."

„Stimmt was nicht?", fragte ich misstrauisch. „Ist noch was anderes passiert?"

Hastig schüttelte sie den Kopf. „Nein." Nele schlug sich mit irgendeinem Problem herum, schon seit Längerem, da war ich mir sicher. Wieso wollte sie bloß nicht darüber reden?

„Das wird sie noch", beruhigte ich mich selbst. „Wenn sie so weit ist, wird sie sich mir anvertrauen. Wie immer."

Ich lächelte die Kleine an. „Hast du Hunger?"

„Total", gab sie zu.

„Dann lass uns essen. Ich verhungere nämlich gleich."

Sie stand auf. „Okay."

Ich streckte meinen Arm aus. „Hilfst du mir hoch?" Sofort ergriff sie meine Hand und zog daran. Mit dem anderen Arm stützte ich mich am Boden ab, sodass ich aufstehen konnte. „Na siehst du", merkte ich an, „so ein starkes Mädchen wie du muss doch keine Angst vor irgendeinem Fritz haben." Sie strahlte mich an und nickte. „Aber bevor wir zum Essen gehen", fiel mir ein, „musst du wieder so hübsch aussehen wie immer." Mit dem Ärmel meines Pullovers wischte ich ihr die restlichen Tränen aus dem Gesicht. „Viel besser. Jetzt bist du perfekt."

„Spielst du heute Nachmittag mit mir?", fragte sie auf dem Weg ins Esszimmer.

„Klar", stimmte ich zu. „Wollen wir einen Schneemann bauen? Das haben wir schon lange nicht mehr gemacht."

„Oh ja, das ist toll!", freute sie sich.

„Aber danach musst du deine Hausaufgaben machen, klar?" Sie nickte. Sehr gut. So konnte ich Nele aufmuntern und trotzdem nachher mit dem Bus zu Florian fahren. Während ich Kung-Fu lernte, würde Nele Hausaufgaben machen. Meine Aufgaben würde ich erledigen, sobald sie schlief.

„Da seid ihr ja", stellte Bianca erleichtert fest. Sie und Lorenz saßen am Esstisch, offensichtlich hatten sie auf uns gewartet.

„Alles okay?", erkundigte er sich.

„Ja", antwortete ich schnell. „Hat sich alles geklärt. Stimmt's, Nele?"

„Stimmt, Lara!"

Bianca lächelte uns an. „Ein Glück. Dann gibt's jetzt Essen!"

Ich fand es gut, dass weder sie noch Lorenz fragten, warum Nele sich in ihrem Zimmer eingesperrt hatte. Sie ließen uns den Freiraum, den wir brauchten.

Meine Schwester und ich setzten uns an den Esstisch, Bianca brachte unsere Teller. Diese Frau wollte mich wirklich mästen. Meine Portion Kartoffelsalat war doppelt so groß wie die von Nele, und mein Schnitzel sah auch größer aus. Aber bei dem Anblick lief mir das Wasser im Mund zusammen. Es schmeckte so gut, dass ich sogar einen Nachschlag schaffte.

„Und wie war dein erster Tag am Kepler?", fragte Lorenz mich dann.

„Ganz okay", entgegnete ich. „Ich bin in Sophies Klasse."

„Wie schön!" Bianca sah richtig glücklich aus. „Da hat sie sich bestimmt gefreut, nicht wahr?"

Ich nickte. „Schon."

„Habt ihr heute noch was vor?", erkundigte sie sich.

„Wir bauen einen Schneemann!", erzählte Nele aufgeregt.

„Guter Plan!", meinte Lorenz. „Im Garten liegt genug Schnee für drei davon!"

„Wie wär's, wenn wir euch helfen?", schlug Bianca vor und lächelte Nele und mich warm an. „Dürfen wir?"

„Äh …", murmelte ich zögerlich. Wieso wollten die beiden mit uns spielen? Waren sie nicht mit ihren supertollen Jobs beschäftigt oder so?

„Aber nur, wenn ihr das auch könnt", schränkte Nele ein.

„Wart's ab, ich baue die besten Schneemänner der Welt", lachte Lorenz.

„Das wird lustig", kicherte Bianca. „Aber, Lara, zuerst creme ich noch mal dein Gesicht ein. Die grünen Flecken sehen fast schlimmer aus als die blauen."

„Als würde dein Gesicht schimmeln", kommentierte Lorenz.

Entrüstet sah ich den dunkelblonden Mann an. „Geht's noch?"

Er lachte nur. „Tut mir leid."

Na ja, diese schlechten Witze waren mir lieber als weitere Fragen zu dem, was Gilbert mir angetan hatte.

Während Lorenz und Nele den Tisch abräumten, cremte Bianca mich ein. „Entschuldige", murmelte sie, als ich zusammenzuckte. „Ich will dir nicht wehtun, Lara, aber es hilft ja nichts …"

„Seit wann nennst du mich eigentlich Lara?", fiel mir auf. Bisher hatte sie doch immer Larissa zu mir gesagt.

Sie lächelte. „Der Spitzname ist niedlich. Er passt zu dir."

„Wenn du meinst", seufzte ich.

„Stört es dich, wenn ich dich so nenne?", fragte sie verunsichert.

„Mir egal."

Sie drehte den Deckel wieder auf die Tube mit der Creme und nahm mich auf einmal in den Arm. Erschrocken sah ich sie an, was sollte das denn jetzt? Bianca lächelte nur. „Ich hab dich lieb."

Mir klappte der Mund auf. „Was?"

Da ließ sie mich wieder los und zwinkerte mir zu. „Ich wollte nur, dass du das weißt."

Unwillkürlich färbten sich meine Wangen rot. Was sollte dieses Geständnis? Sie benahm sich, als wäre sie meine Mutter! Aber das war sie nicht. Ja, sie hatte mich zur Welt gebracht, aber sie hatte mich auch weggegeben. Und mit dieser Aktion hatte sie ihre Stellung als Mutter ebenso weggegeben. Warum auch immer. Hastig schüttelte ich den Kopf. Einerseits, um meine Verlegenheit loszuwerden, andererseits, um mich nicht länger nach dem Warum zu fragen. Es war völlig irrelevant. Es sollte mich nicht interessieren.

Tatsächlich gingen wir anschließend zu viert in den Garten, um einen Schneemann zu bauen. Ich wusste nicht recht, was ich sagen oder tun sollte. In der Gegenwart von Lorenz und Bianca fühlte ich mich einfach ... komisch.

„Okay!", rief die Frau. „Nele, wir bauen den Kopf, ja?"

Meine Schwester nickte. „Ja!"

„Dann machen wir den Rumpf, okay, Lara?", schlug Lorenz vor. Jetzt nannte er mich auch schon beim Spitznamen ...

„Warum nicht", seufzte ich.

Ohne ein weiteres Wort zu wechseln, rollten wir eine große Schneekugel zusammen. Was sollte ich mit Lorenz reden? Auf Small Talk hatte ich keine Lust, auf ernste Themen noch viel weniger. Doch plötzlich traf mich ein Schneeball.

„Erwischt!", jubelte Bianca.

Im nächsten Moment bekam sie selbst einen ab. „Volltreffer", kicherte Nele.

„Schneeballschlacht!", rief Lorenz ausgelassen und schnappte sich etwas Schnee, um ihn zu einem Ball zu formen.

Verwirrt blickte ich die drei an und rückte meine Mütze zurecht. Ernsthaft? Und wieder kassierte ich einen Treffer.

„Also, wenn du dich nicht wehrst, bist du am Ende der Depp", lachte Lorenz und grinste mich an.

Ich verengte die Augen zu Schlitzen. „Na warte!", zischte ich. Das Gefecht, das wir uns daraufhin lieferten, dauerte über eine halbe Stunde. Unser Vorhaben, einen Schneemann zu bauen, geriet dabei in Vergessenheit.

„Ich krieg dich!", drohte ich, während ich Bianca durch den großen Garten verfolgte. „Gleich hab ich dich!"

„Ich helf dir, Lara!", kicherte Nele und rannte mir hinterher.

„Ihr erwischt mich nicht!", rief Bianca übermütig und wich dem Ball aus, den ich auf sie geworfen hatte.

Erneut hob ich Schnee vom Boden auf, da traf Lorenz mich. „Ha!“, lachte er schadenfroh.

Abrupt drehte ich mich zu ihm um und pfefferte ihm meinen Ball direkt auf die Schulter. Sein grüner Schal wurde an der Stelle weiß, weil etwas Schnee daran hängen blieb. „Selber ha“, entgegnete ich spöttisch.

„Getroffen!“, jubelte Nele plötzlich.

„Oh nein“, jammerte Bianca. „Dabei bin ich so lange ausgewichen.“

Eines ließ sich nicht verleugnen – es machte Spaß. Letztendlich waren wir alle jedoch völlig durchnässt.

„Ab nach drinnen“, forderte Lorenz uns auf. „Jetzt gibt's eine Dusche, frische Klamotten und eine heiße Schokolade.“

„Oh ja!“, stimmte Nele zu.

„Das ... klingt echt gut“, keuchte ich erschöpft.

Bianca nickte. „Die Mädels gehen zuerst duschen, in der Zeit mach ich die heiße Schokolade“, beschloss sie.

Lorenz und Nele gingen schon vor, während Bianca und ich uns noch den Schnee von den Jacken und Hosen klopften.

„Jetzt haben wir gar keinen Schneemann gebaut“, fiel mir auf.

Bianca kicherte. „Dafür siehst du wie ein Schneemann aus. Du bist echt mies im Ausweichen, was?“

„Ach, halt die Klappe, Mama“, brummte ich.

Wie vom Blitz getroffen erstarrten wir beide. Hatte ich das gerade wirklich gesagt? Oh nein. Das durfte ich nicht gesagt haben! Wie konnte ich diese Frau *Mama* nennen? Ich Idiot!

Verunsichert blickten wir uns an. Gerade als ich „Das war nicht so gemeint!“ sagen wollte, lächelte sie, Tränen stiegen ihr in die Augen. Jetzt, da sie sich so freute, konnte ich diesen Satz unmöglich zurücknehmen.

„Gehen wir rein, Lara“, flüsterte sie erstickt. Ich nickte hastig. So unwohl hatte ich mich selten gefühlt. Ich kam mir dumm vor.

Auf dem Weg ins Haus legte Bianca mir einen Arm um die Hüfte und drückte mich kurz an sich. „Ich bin so froh“, wisperte sie mir zu. „Es ist schön, langsam eine Familie aufzubauen.“

„Versteh das nicht falsch“, murmelte ich. „Das ...“

„Ich weiß, du bist noch nicht so weit“, unterbrach sie mich.

„Aber irgendwann. Irgendwann wirst du's verstehen. Warum du nicht bei uns aufwachsen konntest. Warum wir erst jetzt für dich da sind. Und irgendwann wirst du dich hier zu Hause fühlen."

„Ich würde an deiner Stelle nicht damit rechnen", widersprach ich. Meine Familie bestand aus Nele und mir. Da hatte niemand sonst Platz. Und wir wollten auch niemanden sonst dabeihaben. Egal, wie nett, fürsorglich und hilfsbereit diese Leute waren.

Sie lächelte und ließ mich wieder los. „Du bist unsere Tochter, ganz egal, wie du darüber denkst. Und das wirst du immer bleiben."

Wortlos stapfte ich ins Haus, zog mir Schuhe, Jacke, Schal und Handschuhe aus und lief zur Treppe. Auf dem Weg erhaschte ich einen Blick ins Wohnzimmer und blieb abrupt stehen. Nele und Lorenz ... tanzten?! Zaghaft betrat ich den Raum, Bianca kam hinter mir her. Tatsächlich, das Radio lief und die beiden tanzten zu der Musik. Wobei Nele auf Lorenz' Füßen stand und sich tragen ließ. Die zwei sahen glücklich aus. Sie lachten.

Was ging hier nur vor sich? Lebten Nele und ich uns etwa hier ein? Das durften wir nicht! Das war nicht unser Zuhause! Das hier war nur eine Notunterkunft. Nichts anderes. Der einzige Ausweg, um nicht ins Kinderheim gesteckt zu werden. Ich machte auf dem Absatz kehrt und rannte die Treppen hoch.

„Lara, warte", rief Bianca mir hinterher. „Was hast du denn?"

„Ich gehe duschen", antwortete ich kurz angebunden.

Als ich die Tür vom Badezimmer hinter mir abgeschlossen hatte, raufte ich mir die Haare und ließ mich auf die Knie sinken. Wenn ich nichts unternahm, würde ich dieses Dorf und die Leute in meiner Umgebung in mein Herz schließen. Das durfte nicht passieren! Ich durfte nicht denselben Fehler machen wie bei Gilbert damals. Diesen Mistkerl hatte ich zunächst auch gemocht. Und dann hatte er mein ganzes Leben zerstört. Wer anderen vertraute, wurde verletzt. Ich wollte nicht so dumm sein, irgendjemandem außer Nele Vertrauen entgegenzubringen. Nie wieder. Nie wieder.

Auch wenn ich Bianca und Lorenz erschreckenderweise inzwischen mochte. Auch wenn ich ihnen dankbar war. Auch wenn ich ihre leibliche Tochter war. In fünf Monaten würde ich mit Nele von hier verschwinden. Definitiv.

Wahre Stärke

„Wo gehst du denn hin, Lara?", wunderte sich Lorenz.

„Ich bin verabredet." Wir hatten uns zufällig im Eingangsflur getroffen. Ich zog gerade meine Stiefel und die Jacke an, gleich musste ich den Bus nach Schirmitz nehmen.

Lorenz musterte mich skeptisch. „Mit wem?"

„Meinem Banknachbarn", antwortete ich genervt. „Florian. Aus Schirmitz."

Da grinste er. „Ach, Florian also? Und was habt ihr vor?"

Vorwurfsvoll sah ich ihn an. „Kannst du deine Nase bitte nicht in meine Angelegenheiten stecken?"

„Nun, ich wüsste gern, warum du auf die heiße Schokolade mit uns verzichtest. Und als dein V...Vormund hab ich ein gutes Recht zu fragen", entgegnete er.

„Wir haben eben ausgemacht, uns zu treffen. Und gleich verpass ich den Bus, kann ich also endlich gehen?", motzte ich ihn an.

Er seufzte leise. „Aber sicher. Ruf an, wenn du abgeholt werden musst."

„Ja, ja." Mit welchem Telefon denn? Ich besaß kein Handy, außerdem kannte ich die Telefonnummer der Winklers nicht. Aber bevor ich das erwähnte und dadurch noch später von hier wegkam, hielt ich lieber den Mund. Eilig verließ ich das Haus. Hoffentlich erwischte ich den Bus noch. Gerade als ich an der Haltestelle ankam, sah ich ihn um die Ecke fahren. Zu spät. Ich war tatsächlich zu spät gekommen! Was sollte ich denn jetzt machen? Ich konnte Florian nicht Bescheid geben, dass ich den Bus verpasst hatte. Klar, er würde es merken, wenn er mich wie besprochen an der Haltestelle abholte und ich nicht ausstieg. Aber ich wollte ihn nicht versetzen. Wie kam ich jetzt am schnellsten nach Schirmitz?

Bevor ich mit Lorenz fuhr, lief ich lieber. Dann würde ich zwar zu spät kommen, aber immerhin hätte ich auf dem Weg meine Ruhe.

Und ich wusste ja dank Florians Beschreibung, wo ich hinmusste. Ich seufzte leise. Dieser Tag war komisch. Erst die neue Schule, dann Neles Problem mit ihrem Klassenkameraden, die Schneeballschlacht mit Bianca und Lorenz – inklusive des unüberlegten Satzes meinerseits – und jetzt auch noch der verpasste Bus. „Vielleicht sollte ich mich einfach im Bett verkriechen und nie wieder aufstehen", dachte ich, während ich durch das Dorf lief. Aber das konnte ich natürlich nicht tun. Ich musste weitermachen. Für Nele.

Am Ortsausgang standen drei Leute herum. Besser gesagt, es standen zwei Mädchen, etwa in meinem Alter, neben einem Jungen, der auf einem Motorrad saß. Und sie redeten viel zu laut miteinander.

„Wieso hast du nie angerufen? Du hast es doch versprochen!", beschwerte sich das eine Mädchen.

„Mir hast du's auch versprochen!", motzte das andere.

„Aber ich hab euch von Anfang an gesagt, dass das mit uns nichts Ernstes ist", entgegnete der Junge genervt.

Ach du Schande, diese Stimme ... Raphael. Mit dem Motorradhelm hatte ich ihn nicht erkannt, aber er war es eindeutig. Ganz vorsichtig schlich ich weiter. In diese Sache wollte ich unter keinen Umständen involviert werden.

„Ach, Rapha, komm schon", säuselte eins der Mädchen dann. „Wollen wir nicht noch mal miteinander ausgehen?"

„Nein, geh mit mir aus!", verlangte die andere stattdessen.

„Lasst es gut sein", seufzte er. „Ihr nervt. Und ich muss jetzt endlich los, ich komm euretwegen zu spät zu meinem Kumpel."

Raphael war wirklich ein Frauenheld, fiel mir auf. Genau wie Sophie und Florian gesagt hatten. Möglichst unauffällig huschte ich an den dreien vorbei. Gerade als ich mich in Sicherheit glaubte, bemerkte mich dieser Idiot aber.

„Larissa", rief er. „Hey!" Ich warf ihm nur einen genervten Blick zu und ging weiter. Bloß weg hier. „Warte doch!", beschwerte er sich.

„Warum sollte ich?", fauchte ich. „Lass mich in Ruhe!"

„Was willst du denn mit der Gesichtsbaracke?", fragte das eine Mädchen hörbar angeekelt.

„Ja, echt, woher kennst du so ein Gerippe?", ergänzte das andere.

Vor Wut spannte ich meinen Kiefer an. Diese eingebildeten Weiber.

„Hört auf, sie zu beleidigen“, entgegnete Raphael verärgert. „Sie ist cooler als ihr beide zusammen. Und jetzt tschüss!“ Bei diesen Worten drehte ich mich zu ihm um. Hatte er das gerade wirklich gesagt? Hatte er mich in Schutz genommen? Er startete sein Motorrad und fuhr die kurze Strecke, bis er mich erreichte. „Wo willst du hin?“, fragte er.

Ich war zu perplex von seiner vorherigen Aussage, um ihn abzuwimmeln. „Äh, nach ... nach Schirmitz“, stammelte ich.

Er schmunzelte, das erkannte ich sogar durch das Visier seines Helms. „Und du willst dahin laufen?“

„Hab den Bus verpasst.“

„Steig auf“, bot er an und deutete auf den freien Platz hinter sich. „Ich nehm dich mit.“

„Nein, danke, ich hab keine Lust, dir was schuldig zu sein“, lehnte ich ab.

Er stand auf und holte unter seinem Sitz einen zweiten Helm hervor. „Laber keinen Müll. Du bist mir dafür nichts schuldig“, sagte er und drückte mir den gelben Helm in die Hand. „Und jetzt steig auf.“ Das Angebot war verlockend – so würde ich relativ pünktlich kommen. Aber das war es nicht wert, ausgerechnet mit Raphael zu fahren.

„Schon gut“, verneinte ich erneut.

„Hör mal“, flüsterte er, „du bist mir echt nichts schuldig. Im Gegenteil, du hast was gut bei mir. Diese Zicken werden mich nicht in Ruhe lassen, wenn ich jetzt nicht mit ’nem anderen Mädchen abdampfe.“

Okay, das Prinzip „Eine Hand wäscht die andere“ fand ich gut. Das erklärte auch, warum Raphael vorhin etwas Nettes über mich gesagt hatte. „In Ordnung“, stimmte ich zu und setzte den Helm auf. „Ich bin dein Frauen-Abschrecker und du fährst mich im Gegenzug zur Bushaltestelle Schirmitz Blütenstraße, ja?“

„Ach, willst du Flo besuchen?“, fragte er.

„Ja“, antwortete ich, als ich mich hinter ihn setzte. „Wir sind zum Training verabredet.“

„Cool, cool.“ Er drehte sich zu den beiden Mädchen um, die

immer noch am Ortsschild standen. „Ciao." Seine Stimmlage ließ den Abschied endgültig klingen. Und als er mit grollendem Motor losfuhr, stand fest, dass er die Mädchen soeben eiskalt abserviert hatte. Aber das ging mich nichts an.

Ein wenig unwohl fühlte ich mich schon während der Fahrt. Nicht, weil ich auf einem Motorrad Angst hatte, nein, das machte mir nicht viel aus. Aber es störte mich, dass ich mich an Raphael festhalten musste. Immerhin dauerte es nur wenige Minuten, bis wir die Haltestelle in Schirmitz erreichten. Schnell stieg ich ab und befreite mich von dem Helm. Da sah ich Florian, der zögerlich von der Bushaltestelle wegging.

„Florian!", rief ich. „Warte!"

Sofort drehte er sich um und grinste mich an. „Da bist du ja!" Er rannte zu Raphael und mir. „Ich dachte, du kommst nicht mehr."

„Bitte entschuldige, ich hab den Bus verpasst", erklärte ich. „Dann wollte ich hierher laufen, aber Raphael hat mich mitgenommen."

„Lag auf dem Weg", fügte der Schwarzhaarige schnell hinzu. Durch den Helm klang seine Stimme gedämpft. „Ich treff mich gleich mit Jan und Niklas in der Stadt, also musste ich sowieso durch Schirmitz."

Warum verheimlichte er Florian, dass er mich nur mitgenommen hatte, um die beiden Mädchen loszuwerden? Ach, egal.

Florian nickte. „Ach so, na dann. Wollen wir, Lara?"

„Klar", stimmte ich zu.

„Also, wir sehen uns", verabschiedete sich Raphael von uns.

Ich deutete nur ein Nicken an, Florian winkte ihm zu. „Tschüss." Anschließend fuhr Raphael davon.

„Sein Motorrad ist echt laut", merkte ich an.

„Oh ja, aber es ist sein ganzer Stolz", lachte Florian. Gemeinsam machten wir uns auf den Weg zu ihm nach Hause.

„Ist ja seine Sache, wenn er gern ein Organspender auf Rädern ist", entgegnete ich schulterzuckend.

„Du bist kein Fan von Motorrädern, kann das sein?"

„Ich hab nichts dagegen, auf einem mitzufahren, solange es nur eine kurze Strecke ist", antwortete ich. „Aber ich find's einfach zu gefährlich."

„Verstehe. So, wir sind da. Hier wohne ich." Ich warf einen Blick auf das Haus, vor dem wir standen. Es war zwar nicht so groß wie das von Bianca und Lorenz, aber ich fand es trotzdem riesig. Wie konnten sich die Leute hier alle so große Häuser leisten? Mit Vorgarten, Balkon, drei Stockwerken ... Und das als Einfamilienhaus!

„Wow", staunte ich.

„Ach, das sieht größer aus, als es ist", entgegnete Florian nur und schloss die Haustür auf. Im Eingangsbereich legten wir die Jacken und Schuhe ab. Die Innenausstattung war beeindruckend. Überall hingen Gemälde an den Wänden, große Spiegel, viele Lampen. Irgendwie schüchterte es mich ein.

„Möchtest du was trinken?", bot Florian an.

„Nein, danke", lehnte ich ab, während ich mich noch wie gebannt umsah.

„Beim Training wirst du was brauchen", meinte er. „Ich nehm einfach 'ne Flasche Wasser mit runter, ja?" Ich nickte zustimmend. „Warte kurz", bat er mich und verschwand durch eine Tür.

Ich atmete tief durch. Das alles war nicht meine Welt. Kaum hatte ich mich daran gewöhnt, wie prächtig es bei Lorenz und Bianca zu Hause war, kam ich in dieses Haus, das zwar kleiner, aber viel aufwendiger ausgestattet war.

„Wer bist du denn?", fragte mich plötzlich jemand.

Vor mir stand ein kleiner Junge, vielleicht acht oder neun Jahre alt. Er sah Florian ähnlich, hatte ebenso blonde Haare und dieselben Gesichtszüge, jedoch braune statt blauen Augen.

„Ich heiße Larissa", stellte ich mich vor. „Und wer bist du?"

„Bist du Florians Freundin?", wollte der Kleine wissen.

„Ja, sie geht in meine Klasse", antwortete Florian an meiner Stelle. Er hatte eine Flasche Wasser in der Hand und stand nun bei uns. „Lara, das ist mein Bru..."

„Du siehst aber komisch aus!", unterbrach ihn der Kleine. „So ein grünes Gesicht. Und so hässliche Flecken am Hals."

Am Hals? Wie konnte er die Würgemale sehen? Sofort griff ich dahin. Das Tuch, das ich mir umgebunden hatte, war verrutscht. Oh nein ... Schnell richtete ich es wieder.

„Sei nicht so unhöflich", ermahnte Florian seinen Bruder. „Entschuldige dich."

Der Kleine streckte ihm die Zunge raus. „Ganz bestimmt nicht."

„Fritz, ich warne dich!"

„Fritz?", wiederholte ich. Mir kam eine ganz bestimmte Vermutung. „Gehst du etwa auf die Grundschule Pirk? In die dritte Klasse?"

„Woher weißt du das?", fragte der Junge erstaunt.

Sofort verengten sich meine Augen zu Schlitzen. „Du bist also der, der meine Schwester zum Weinen gebracht hat."

„Bitte was?", wunderte sich Florian. „Wovon redest du, Lara?"

Ich drehte mich zu meinem Mitschüler um. „Meine kleine Schwester Nele hat sich heute weinend in ihrem Zimmer eingesperrt, weil ein Fritz aus ihrer Klasse gemein zu ihr war."

„Ja, das klingt nach meinem Bruder", brummte er.

„Ich hab nur die Wahrheit gesagt", maulte der Kleine. „Nele ist doof. Und voll hässlich!"

Ich beugte mich zu diesem unverschämten Bengel runter. „Hör mal gut zu", zischte ich. „Wenn du noch mal gemein zu meiner Schwester bist, wirst du das bereuen. Kapiert?"

„Du kannst mich mal!", entgegnete er.

Da zog Florian ihn am Ohr. „Fritz, du wirst dich morgen bei Laras Schwester entschuldigen, haben wir uns verstanden? Und bei Lara entschuldigst du dich auch noch!"

„Nein! Lass mich los!"

Florian ließ ihn los und sah ihn gleichgültig an. „Wie du willst. Dann nehme ich dich eben nicht mehr mit, wenn ich in die Stadt gehe."

Augenblicklich zuckte Fritz zusammen. „Nein, warte, es tut mir leid!"

„Sag das nicht mir", motzte Florian.

Der Kleine ging einen Schritt auf mich zu. „Es tut mir leid", murmelte er.

„Es ist alles okay, wenn du dich auch bei Nele entschuldigst und ab jetzt nett zu ihr bist", antwortete ich.

„Aber ich mag sie nicht", jammerte er.

„Du kennst sie doch gar nicht! Gib ihr 'ne Chance."

„Das solltest du wirklich", redete Florian auf seinen Bruder ein. „Ein Mädchen mit einer so tollen Schwester ist bestimmt nett."

Da fing der Kleine plötzlich an zu grinsen. „Flo hat sich verknallt! Flo hat sich verknallt!“

„Red keinen Blödsinn“, seufzte mein Mitschüler. „Geh spielen oder sonst was. Und entschuldige dich morgen!“ Immerhin hörte Fritz nun auf seinen großen Bruder und ließ uns allein.

„Dass der Kerl, der meine Schwester zum Weinen gebracht hat, ausgerechnet dein Bruder ist“, murmelte ich. „So ein Zufall.“

„Immerhin konntest du ihn dafür zusammenstauchen“, lachte Florian. „Fritz ist manchmal zu eingebildet, er hört auch nicht gerne auf andere. Aber eigentlich ist er ganz lieb. Wenn er will.“

„Ich hoffe nur, er ist ab jetzt netter zu Nele. Es hat ewig gedauert, bis ich sie überreden konnte, aus ihrem Zimmer zu kommen“, seufzte ich.

Florian setzte sich in Bewegung Richtung Treppe. „Du und deine Schwester steht euch ziemlich nahe, oder?“, fragte er, als wir in den Keller gingen.

Ich lächelte. „Sie ist mein Ein und Alles.“

„Wenn sie in die dritte Klasse geht, ist sie acht, oder? Selten, dass Geschwister mit so einem großen Altersunterschied so gut klarkommen“, merkte er an.

„Unter gewissen Umständen muss man sich eben aufeinander verlassen können“, antwortete ich gedankenverloren. „Wenn man nur einander hat und sich beschützen muss, dann ...“ Sofort verstummte ich. Was erzählte ich da? Gleich berichtete ich Florian auch noch von Gilbert, oder was?! Ich musste die Klappe halten! „Vergiss es“, nuschelte ich schnell.

„Schon gut“, entgegnete er. „Du musst es nicht erklären.“

Einen Moment lang blickten wir uns an. „Danke“, flüsterte ich.

Er zwinkerte mir zu. „Kein Problem.“

Wir erreichten den Raum, von dem Florian mir bereits erzählt hatte. Auf dem Boden lagen Matten. Ein Laufband, Gewichte und ein Crosstrainer standen an den Wänden des Zimmers.

„Ist das riesig!“, rief ich.

„Ja, wir sollten genug Platz zum Trainieren haben“, meinte Florian amüsiert.

Hoffentlich konnte ich mich in meinen Klamotten gut genug bewegen. Ich trug die einzige Sporthose, die ich besaß, außerdem ein weites T-Shirt und eine ebenso weite Jacke. Auch Florian hatte Sportsachen an, allerdings eine Hose von Adidas und ein Shirt von Puma. Markenkleidung.

„Also, ich zeig dir einfach, wie du dich bei bestimmten Angriffen wehrst, ja?"

Ich nickte. „Das ist perfekt."

Ohne Vorwarnung griff er nach meinen beiden Handgelenken. Ich unterdrückte einen Schrei und starrte mein Gegenüber nur an. Dieser Griff war so fest ... Wie sollte ich mich da befreien?!

Er lächelte mich an. „Es ist ganz einfach. Mach, was ich sage." Kurz erklärte er mir, wie ich mich mithilfe meiner Ellbogen aus dem Griff befreien konnte. Und überraschenderweise klappte es reibungslos.

„Das ist ja total leicht", stellte ich fest.

„Genau", stimmte er zu. „Diese Techniken sind darauf ausgelegt, dass du fast keinen Kraftaufwand hast."

Wir wiederholten diesen Griff einige Male, dann zeigte Florian mir, wie ich am effektivsten mit der Faust schlagen konnte. Auch das Ausweichen vor einem Schlag übten wir. Allerdings zeigte er mir anschließend eine Technik, deren richtige Ausführung ich einfach nicht meisterte, egal, wie oft wir sie wiederholten: Florian rannte auf mich zu, um mich zu packen und umzuwerfen. Eigentlich sollte ich seinen Schwung dazu nutzen, um ihn auf den Boden zu schmeißen, aber jedes Mal riss er mich von den Füßen. Auf Dauer tat es richtig weh, immer wieder zu Boden zu fallen. Als ich erneut auf dem Rücken landete, blieb ich liegen und atmete schwer. Ich war völlig fertig. Nur mühsam richtete ich mich so weit auf, dass ich auf den Matten saß.

Florian schaute zu mir runter. „Noch mal", forderte er mich auf.

„Ich bekomm das nicht hin", keuchte ich.

Er ging vor mir in die Hocke, sodass wir auf Augenhöhe waren. „Dass ich dich schon wieder umgeworfen hab, liegt nicht daran, dass ich stärker oder schwerer bin als du", erklärte er ruhig. „Im Gegenteil, das würde dir sogar helfen, wenn du rechtzeitig reagieren würdest. Aber du zögerst immer wieder. Warum?"

Unbehaglich blickte ich zu Boden und zog die Beine an, um meine Knie mit den Armen zu umfassen. „Weil ... weil ich mich jedes

Mal so erschrecke. Und weil ich denke, dass ich keine Chance gegen dich hab. Ich bin zu schwach."

Er schüttelte den Kopf. „Blödsinn. Das redest du dir nur ein. Es geht hier nicht um Muskeln, es geht hier nur um Technik. Und etwas Selbstvertrauen könnte dir auch nicht schaden."

„Ich bin einfach nicht so stark wie du", nörgelte ich trotzig.

So langsam, dass ich mich nicht mal erschreckte, griff er nach meinem Kinn, um es leicht anzuheben. Nun musste ich ihm direkt in die Augen schauen, über denen teilweise ein paar blonde Haarsträhnen hingen. „Lara, du musst dir nur eins klarmachen. Wahre Stärke hat nichts mit deinen Muskeln zu tun. Sie kommt von innen, sagt mein Trainer immer."

Ich schob die Augenbrauen zusammen. „Das versteh ich nicht", gab ich zu.

Er lächelte. „Wenn du dir selbst zutraust, mich abzuwehren, dann schaffst du das auch. Wenn du aber von vornherein denkst, dass du keine Chance hast, wirst du jedes Mal wieder auf dem Boden landen."

„Versuchen wir's noch mal", beschloss ich. „Jetzt geb ich mir mehr Mühe."

Er stand auf und hielt mir seine Hand hin. „Los geht's."

Ich ließ mich von ihm auf die Beine ziehen und wischte mir den Schweiß von der Stirn. Es war ziemlich warm hier. Auch Florian atmete schon schwerer, doch er wirkte nicht ganz so erschöpft wie ich.

„Du solltest die Jacke ausziehen", riet er mir. „Es ist warm genug hier unten, findest du nicht?"

„Ach, nein, passt schon", winkte ich ab. Bevor ich meine Jacke auszog und er die Verletzungen an meinen Armen sah, schwitzte ich lieber noch mehr.

Er seufzte leise. „Lara, egal, wie deine Arme aussehen, ich werde dich weder anstarren noch nachfragen. Aber so behinderst du dich selbst beim Training."

Erschrocken blickte ich ihn an. „W...wie kommst du darauf ..."

„So wie dein Gesicht aussieht, ist ja wohl klar, dass der Rest deines Körpers ebenfalls was abgekriegt hat", entgegnete er und lächelte schief, schon beinahe ein wenig mitleidig.

Es wäre wirklich besser, wenn ich ohne Jacke trainieren würde. Aber dann sähe Florian alles, die Prellungen, die Schnittwunden, die grünen und blauen Flecken. Mit zitternden Fingern strich ich mir ein paar meiner hellbraunen Haarsträhnen hinters Ohr. „Du würdest starren", flüsterte ich. „Glaub's mir."

„Lass es drauf ankommen", forderte er mich auf.

Florian und Sophie waren vermutlich die einzigen Menschen, vor denen ich freiwillig im T-Shirt stehen würde. Also beschloss ich, auf ihn zu hören. Im Notfall konnte ich mich wieder anziehen. Zögerlich öffnete ich den Reißverschluss und schlüpfte aus der Jacke, die ich hinter mich auf den Boden warf. Als mein Blick auf meine Arme fiel, verzog ich das Gesicht. Sie waren dünn, knochig und verletzt. Und Florian konnte sie nun sehen. Aber er sagte kein Wort dazu. Er starrte sie einen Moment lang wie hypnotisiert an, schüttelte anschließend hastig den Kopf und blieb still. Ich senkte den Blick zu Boden. Ein wenig bloßgestellt fühlte ich mich schon. Gerade als ich meine Jacke doch wieder anziehen wollte, schon allein, weil die Stille unerträglich war, umarmte er mich plötzlich.

„Florian, was ...", murmelte ich und versteifte mich sofort. Behutsam drückte er mich an sich und strich mir über den Rücken. Nachdem sich mein schneller Herzschlag wieder verlangsamt hatte, lehnte ich meine Stirn an seine Schulter. Diese Umarmung fühlte sich anders an als Gilberts. Sie fühlte sich beruhigend an.

Für ein paar Sekunden blieben wir einfach so stehen, dann ließ Florian mich wieder los und lächelte mich an. „Machen wir weiter?"

Ich nickte bloß. Ich brachte einfach nicht den Mut auf, ihn zu fragen, was die Umarmung zu bedeuten hatte. Aber eigentlich konnte ich es mir denken. Er hatte mich entweder aus Mitleid umarmt, oder um mich zu beruhigen. Aus den Augenwinkeln blickte ich zu ihm hinüber. Er wirkte nicht anders als zuvor, nicht besonders geschockt, nicht aufgeregt. Er streckte sich bloß, sodass er noch größer erschien, als er bereits war.

„Na dann los", kündigte er an und lief auf mich zu.

Und diesmal schaffte ich es. Als er seine Arme um mich schlang, packte ich seinen Oberarm, drehte mich um meine eigene Achse, benutzte eines meiner Beine als Stolperfalle und schleuderte ihn zu Boden.

Florian stand sofort wieder auf. „Na also, es geht doch!", lobte er mich.

Begeistert lächelte ich ihn an. „Ich hab's geschafft!", freute ich mich.

„Gleich noch mal!"

Nachdem ich ihn drei weitere Male umgeworfen hatte, machten wir eine Pause. Immerhin trainierten wir seit über einer Stunde. Wir setzten uns auf den Boden, er trank aus der Wasserflasche, ich atmete tief durch. „Willst du auch?", fragte er und hielt mir die Flasche hin.

„Oh ja, gerne", stimmte ich zu und nahm ihm das Wasser ab, um etwas davon zu trinken.

„Gleich ist es halb sechs", stellte er nach einem Blick auf sein Handy fest. „Wie lange wollen wir noch machen?"

„Also lange halt ich nicht mehr durch", stellte ich fest. „Vielleicht verschieben wir die anderen Techniken auf die nächste Stunde?"

Er nickte. „Können wir. Wann willst du das nächste Mal üben?"

„Morgen haben wir so lange Unterricht", merkte ich an. „Das wird etwas knapp. Übermorgen feierst du Geburtstag ... Wie wär's mit Sonntag?"

„Das passt gut. Gibst du mir deine Handynummer?", fragte er. „Dann können wir uns schreiben, wenn du wieder den Bus verpasst."

„Ähm, ich hab kein Handy", gestand ich.

Überrascht sah er mich an. „Ernsthaft? Das gibt's doch nicht", lachte er. „Ein Teenager ohne Handy! Jetzt hab ich alles gesehen."

Ich stimmte in sein Lachen ein. „Bisher haben mir Festnetztelefone gereicht."

„Verstehe."

„Weißt du, wann der nächste Bus nach Pirk fährt?", wollte ich wissen.

„Sekunde." Er tippte auf seinem Handy herum, bis auf dem Display der Fahrplan erschien. „In 'ner Viertelstunde."

„Perfekt, dann nehm ich den", beschloss ich. Da fiel mir noch etwas ein. „Was wünschst du dir eigentlich zum Geburtstag?" Ich konnte auf der Party schlecht ohne Geschenk aufkreuzen. Außerdem musste ich dringend Geld verdienen, um in einigen Monaten selbstständig zu sein. Hoffentlich fand ich hier schnell einen Nachhilfeschüler oder so.

„Du musst mir nichts schenken", entgegnete er. „Ich freu mich schon, dass du überhaupt kommst."

„Aber ich kann doch nicht mit leeren Händen dastehen", protestierte ich.

Er lächelte schief. „Wenn du drauf bestehst, dann bring mir Nussschokolade mit."

„Nussschokolade?", wiederholte ich. „Sicher?"

Er nickte. „Ja."

„Okay", stimmte ich zu und stand auf. „Aber jetzt sollte ich los. Bevor ich den Bus noch mal verpasse. Ich bezweifle, dass ich wieder Raphael auf seinem Motorrad treffe."

„Ich bring dich noch zur Haltestelle", bot Florian an.

„Oh, danke, das ist echt nett."

„Keine Ursache", winkte er ab. „Du würdest alleine wahrscheinlich nicht mal hinfinden, oder?"

„Möglich", gab ich zu. „Ich hab mir den Weg nicht gemerkt ..."

Er lachte. „Macht ja nichts. Komm."

Dass ich hier so viele hilfsbereite Menschen auf einem Haufen traf, war schon sonderbar. Aber irgendwie schön.

Wir gingen zusammen zur Haltestelle, bald kam auch der Bus. Ich stieg ein, kaufte eine Fahrkarte und setzte mich an den nächstbesten Fensterplatz. Florian winkte mir noch zu, bevor er nach Hause ging. Ich winkte zurück. Heute hatte ich wirklich viel gelernt. Viele Arten, mich zu verteidigen, aber noch einiges mehr. Ich hatte gelernt, dass ich mir mehr zutrauen musste, um mich selbst zu beschützen. Und dass es hier tatsächlich Menschen gab, denen man vertrauen konnte. Selbst wenn man niemandem vertrauen wollte ...

„Und ihr glaubt nicht, was Mirko dann gemacht hat", lachte Karolin. „Er hat Frau Rösch einen angebissenen Apfel gegen den Kopf geworfen!"

„Genial", grölte Florian. „So was wollte ich schon immer mal machen."

„Frau Rösch ist aber auch eine Zicke", äußerte sich Sophie.

„Aber sie ist heiß", wandte Jan ein.

Raphael nickte. „Definitiv."

„Findet ihr?", wunderte sich Karolin.

„Du bist heißer", flüsterte Niklas ihr so laut ins Ohr, dass alle es hören konnten.

Florian grinste. „Oh, oh, da kotzt schon wieder jemand Sonnenschein aus."

„Sagst gerade du", entgegnete Niklas. „Wer hat denn seinen Arm schon wieder um Lara gelegt?"

„Ja, wirklich", kicherte Sophie. „Ihr seht aus wie ein Pärchen."

Ich schrumpfte auf meinem Stuhl noch mehr zusammen. Ich hatte Florian schon zehnmal gesagt, er sollte mich nicht umarmen, aber er ignorierte mich.

„Ach was, meine einzig wahre Liebe ist Raphael", konterte er.

Der Schwarzhaarige, der neben ihm saß, stieg sofort auf den Scherz ein und breitete die Arme aus. „Oh, Süßer, komm her."

Florian ließ mich los, um sich in Raphaels Arme zu werfen. „Ich liebe dich!"

„Ich dich auch!"

Niklas und Jan lachten lauthals, Sophie und Karolin kicherten, ich beobachtete die beiden leicht verwirrt. So eine gemeinsame Mittagspause konnte wirklich chaotisch sein.

Florian zog heimlich sein Handy aus der Hosentasche, um auf die Uhr zu schauen. Wenn ein Lehrer das sah, würde er ihm das Telefon abnehmen. „Ich muss los", stellte er fest. „In zehn Minuten hab ich Sport."

„Das wird knapp", merkte Sophie an.

„Ach, ich schaff das schon", meinte er. „So weit ist die Schwimmhalle nicht weg. Bis morgen, Leute!" Er zog seine Jacke an, schnappte sich seine Schultasche und ging los.

„So ein komischer Junge", dachte ich, als ich ihm hinterherblickte. Aber gleichzeitig sehr, sehr nett.

„Hey, Lara, hast du jetzt nicht auch Reli?", fragte mich Jan.

Ich nickte, vermied es aber, ihm in die dunkelgrünen Augen zu schauen. „In Zimmer 147, wenn ich mich nicht täusche."

„Cool, wir sind im selben Kurs", bemerkte er.

Sophie grinste mich an. „Die Stunde haben wir dann wohl alle zusammen."

„Stimmt, ich bin auch in dem Reli-Kurs", bemerkte Karolin.

„Tja, wir haben jetzt Musik", seufzte Niklas. „Das wird stinklangweilig."

„Oh ja", pflichtete Raphael ihm bei und fuhr sich durchs Haar.

„Na los, gehen wir", forderte Sophie uns auf. „Ach, übrigens, Lara, willst du dich in Reli neben mich setzen? Links von mir sitzt zwar Karo, aber der Platz rechts ist noch frei."

„Gerne!", stimmte ich sofort zu.

Wir nahmen unsere Schultaschen und gingen gemeinsam in den ersten Stock. Niklas und Raphael mussten noch zwei Etagen höher.

Als ich im Klassenzimmer meinen Block auspackte, fiel mein Blick auf die zwei Tafeln Nussschokolade, die ich vor Schulbeginn gekauft hatte. Wirklich praktisch, dass es direkt bei der Schule einen Discounter gab. Bezahlt hatte ich mit dem Essensgeld, das Bianca mir für die Mittagspause gegeben hatte. Auf eine Mahlzeit zu verzichten, fiel mir nicht schwer, daher hatte ich lieber Florians Geburtstagsgeschenk gekauft.

Die Doppelstunde Religion zog sich hin, aber ich konnte dabei mit Sophie und Karolin quatschen. Als wir endlich Schulschluss hatten, fuhren Sophie und ich zusammen mit dem Bus nach Pirk.

„Wie war eigentlich dein Kung-Fu-Training gestern?", erkundigte sie sich auf der Fahrt. „Du hast gar nichts davon erzählt."

„Es war gut", antwortete ich. „Florian ist ein guter Trainer. Außerdem macht es wirklich Spaß."

Sie grinste breit. „Sag mal, bahnt sich da was zwischen euch an?"

„Äh, was?"

„Na, du weißt schon, läuft was zwischen euch?", half sie mir auf die Sprünge.

Ich schüttelte den Kopf. „Wie kommst du darauf?"

„Na, ihr versteht euch so gut. Und Florian legt immer wieder seinen Arm um dich", sagte sie aufgeregt. „Das heißt doch was!"

Ich lächelte halbherzig. „Nicht wirklich. Ich glaub, er will mich nur necken."

„Sicher?", hakte sie nach.

„Sicher", bestätigte ich. Als hätte ich den Nerv, mir einen Freund zu suchen. Ich hatte schon genug mit Nele und der Schule zu tun. Außerdem suchte ich nach einem Job, was nicht einfach war, weil

Bianca und Lorenz es mir verboten hatten. Und nach allem, was Gilbert mir angetan hatte, wollte ich niemandem zu nahe kommen.

„Aber Flo ist besser als Raphael", grübelte sie vor sich hin.

„Hä?"

„Na ja, Raphael spielt nur mit Mädchen", erzählte sie. „Er ist der geborene Weiberheld. Er ist ein toller Kumpel, aber als fester Freund völlig ungeeignet. Zum Glück hat Niklas mich gewarnt, bevor ich mich in ihn verknallt hab."

„Du hättest dich beinahe in Raphael verknallt?", wiederholte ich ungläubig.

Sie nickte. „Du musst zugeben, er sieht gut aus. Und er kann charmant sein!"

„Charmant? Davon hab ich nichts gemerkt", schnaubte ich.

„Du kannst ihn nicht ausstehen, was?", kicherte sie.

„Er ist zu arrogant, egozentrisch und neugierig."

„Aber er gibt sich wirklich Mühe, nett zu dir zu sein", merkte sie an. „Er flirtet nicht mal mit dir. Das ist schon ein echtes Wunder."

Ich verdrehte die Augen. „So wie ich aussehe, würde niemand mit mir flirten."

„Ach was, du bist nicht hässlich, Lara. Nur etwas zu dünn."

„Und total lädiert."

Sie lächelte. „Aber nicht mehr lange, wetten?"

„Ist ja egal. Danke noch mal, dass du heute früh extra vorbeigekommen bist, um mich zu schminken", wechselte ich das Thema. „Das hat mir ziemlich viele nervige Blicke erspart."

„Mach ich doch gerne", winkte sie ab. „Außerdem konnte ich dadurch mit dir und Lorenz mitfahren, statt den Bus zu nehmen."

„Kannst du gerne jeden Morgen", bot ich an. „Hat Lorenz auch gesagt."

Sie lächelte. „Gern."

„Was schenkst du Florian eigentlich?", fiel mir ein. „Also, zum Geburtstag?"

„Niklas und ich haben für einen Gutschein von der Thermenwelt und eine DVD zusammengelegt", erzählte sie. „Und du?"

„Nussschokolade."

Sie runzelte die Stirn. „Wie bist du denn auf die Idee gekommen?"

„Er hat mir gesagt, er hätte gern welche."

Sie schmunzelte. „Ah ja. Ach, bevor ich's vergesse, möchtest du auf der Karte unterschreiben? Wir haben alle zusammen eine gestaltet."

„Ähm, wenn das okay ist", murmelte ich.

„Sicher! Flo freut sich bestimmt, wenn wir alle unterschreiben."

„Okay. Ah, wir müssen raus", bemerkte ich. Mit unseren Schultaschen sprangen wir aus dem Bus und schlenderten zu unseren Häusern.

Sophie lächelte mich an. „Dann sehen wir uns morgen früh, ja?"

Ich nickte. „Bis morgen."

Bevor wir hineingingen, umarmte sie mich plötzlich. Verdattert erwiderte ich die Umarmung. „So sagt man richtig Tschüss!", lachte sie. „Bis morgen!" Perplex winkte ich ihr hinterher, ich brachte kein Wort heraus. Wieso gingen diese Leute hier bloß so vertraulich mit mir um? Sie kannten mich noch keine Woche, sie wussten nicht viel von mir. Und trotzdem ...

„Laraaa!", begrüßte Nele mich begeistert, als ich das Haus betrat.

Ich nahm meine kleine Schwester in den Arm, erleichtert darüber, dass sie gut gelaunt wirkte. „Nele! Wie war dein Tag?"

„Toll!", erzählte sie. „Die anderen in der Klasse sind eigentlich echt nett! Wir haben in der Pause zusammen Fangen gespielt!"

„Das ist schön", freute ich mich, während ich Jacke und Stiefel auszog. „Und hat Fritz dich wieder geärgert?"

Sie schüttelte den Kopf. „Er hat sich entschuldigt."

Ich lächelte die Kleine an. „Klasse!"

„Spielen wir mit Garfield und Platsch?", fragte sie dann. Nele liebte diese Katzen wirklich.

„Können wir machen", stimmte ich zu.

Lorenz war noch nicht zu Hause, Bianca saß bei den beiden Katzen im Wohnzimmer und schaute fern. Es lief gerade Ice Age. Die Frau lächelte mich an. „Hallo, Lara."

„Hi."

„Wie war's in der Schule?"

„Okay." Ich bemühte mich, so einsilbig wie möglich zu antworten. Hoffentlich vergaß Bianca dann, dass ich sie gestern *Mama* genannt hatte.

Doch anscheinend störte sie das nicht. „Wollt ihr mitschauen?“, schlug sie vor.

„Oh ja!“, rief Nele und setzte sich neben sie aufs Sofa. Platsch hob sie auf ihren Schoß, um den Kater zu streicheln. „Ice Age ist toll!“

„Warum nicht“, murmelte ich und setzte mich an Biancas andere Seite. Neben Nele war nämlich kein Platz mehr. „Ich hab eh nichts vor.“

„Was haltet ihr davon, wenn ich einen kleinen Snack mache?“, fragte Bianca. Wie aufs Stichwort knurrte mein Magen. Wie peinlich ... Sie kicherte und stand vom Sofa auf. „Das klingt nach einem *Ja*!“

Während sie in der Küche werkelte, rutschte ich einen Platz auf, sodass ich neben Nele saß. Es dauerte nicht lange, da kam Bianca mit einem großen Teller Obst wieder. Apfelstücke, Clementinen, Bananen und Weintrauben.

„Haut rein!“

Das ließ ich mir nicht zweimal sagen. Ich war richtig hungrig, und das Obst war genau das Richtige. Es schmeckte köstlich.

Als Lorenz nach Hause kam, gesellte er sich zu uns. Wir verbrachten den ganzen Abend zu viert – wir aßen, schauten noch einen Film, unterhielten uns über alles Mögliche, von Katzen bis hin zu Sport, und saßen im Wohnzimmer zusammen. Wie eine Familie.

Ich lag lange wach im Bett, nachdem wir diese Runde aufgelöst hatten. Ich kam nicht zur Ruhe. Meine Gedanken wanderten immer wieder zum heutigen Abend. Was wir gemacht hatten ... zusammen.

Die letzten Nächte hatte ich immerzu an Gilbert und Saskia gedacht. Doch heute drehte sich alles um meine Eltern. Ich zog mir die Bettdecke über den Kopf und biss aus lauter Verzweiflung in mein Kissen.

Verdammt, ich konnte Bianca und Lorenz nicht hassen! Ich wollte es, ich wollte sie hassen, mehr als alles andere. Aber es war unmöglich. Ich fühlte mich wohl bei ihnen, sosehr mich das frustrierte. Ich fühlte mich, als wäre ich ... zu Hause. Wie damals bei Saskia und Wolfgang. Ich fühlte mich langsam so, als wären Bianca und

Lorenz wirklich meine Eltern, obwohl sie mich zur Adoption freigegeben hatten. Als wären sie Neles und meine Eltern. Als hätten sie einen wichtigen Platz in unserer kleinen Familie eingenommen.

„Da bist du ja, Engelchen. Ich dachte schon, du kommst gar nicht mehr nach Hause." Dunkelgrüne Augen musterten mich eindringlich, abfällig blickte ich zurück.

„Seit du dich hier eingenistet hast, hab ich kein Zuhause mehr", zischte ich.

Gilbert lachte nur. „So streitlustig heute? Soll mir recht sein."

Mir war egal, was er damit meinte. Ich wollte nur schnell in mein Zimmer. Weg von diesem Mistkerl, der seit zwei Jahren hier wohnte. Um ihm so lange wie möglich aus dem Weg zu gehen, war ich heute extra bis fünf Uhr in der Schule geblieben und hatte gelernt. Draußen war es noch hell, kein Wunder im Sommer. Doch trotz des strahlenden Sonnenscheins durchzogen Rauchschwaden die kleine Berliner Wohnung. Gilbert musste mal wieder eine ganze Packung verqualmt haben. „Lass mich einfach in Ruhe", brummte ich und ging an ihm vorbei.

Doch er ließ mich nicht aus dem Wohnzimmer entwischen. Er baute sich im Türrahmen auf und lächelte bedrohlich. Das gefiel mir nicht. „Ich bin genau in der richtigen Stimmung für eine Auseinandersetzung", verkündete er. „Außerdem bin ich so allein. Saskia und deine Schwester sind beim Einkaufen. Mir ist langweilig. Also leiste mir doch etwas Gesellschaft."

Oh, oh. Ich war allein mit ihm in der Wohnung? Diese Situation war neu. Was sollte ich tun? Ich kam nicht an ihm vorbei, um mich in Neles und meinem Zimmer einzuschließen. Die Haustür konnte ich nun auch nicht mehr erreichen. Dieser Mistkerl hielt mich in diesem Raum gefangen. „Ich habe noch zu tun", entgegnete ich so ruhig wie möglich und ging langsam vor dem Wohnzimmertisch auf und ab. „Du hältst es schon allein aus."

Obwohl ich bestimmt drei Meter Sicherheitsabstand zu Gilbert eingehalten hatte, erreichte er mich innerhalb von wenigen Sekunden und rammte mir seine Faust ins Gesicht. Leise keuchte ich auf. Der Schlag hatte gesessen, mein Kopf pochte und ich schmeckte sogar etwas Blut im Mund. Wahrscheinlich von der Innenseite meiner Wange. Mit aller Macht unterdrückte ich den Reflex, an die schmerzende Stelle zu greifen. Ich durfte nicht zeigen, dass Gilbert mir wehgetan hatte. Das würde ihm nur gefallen.

„Wage es nicht, mir zu widersprechen!", brüllte er mich an. „Ich bin immerhin dein Stiefvater!"

Bitter lachte ich auf. „Diesen Titel hast du nicht verdient. Ich würde nicht mal unterschreiben, dass du ein Mensch bist." Ihn zu besänftigen, wäre vergebliche Mühe, das wusste ich inzwischen. Warum sollte ich also nett zu ihm sein? Es machte bestimmt keinen Unterschied, ob wir allein waren oder nicht. Saskia kam mir sowieso nie zu Hilfe, wenn er mich verprügelte.

„Von einer 15-Jährigen muss ich mir so was nicht anhören", grollte er und schlug erneut zu. Diesmal in meine Magengrube.

Augenblicklich krümmte ich mich. Verdammt, das tat weh! Ich streifte mir die Schultasche ab und ließ sie neben mich auf den Boden fallen. Sie wurde langsam zu schwer, außerdem konnte ich ohne sie schneller flüchten, sobald sich die Gelegenheit dazu bot.

„Lassen wir's gut sein", seufzte ich. „Ich muss Hausaufgaben machen."

Plötzlich verwandelte sich Gilberts wütende Fratze in ein geradezu erschreckend freundliches Lächeln. „Ach, Engelchen, dafür hast du später auch noch Zeit. Bleib doch etwas hier."

Das bedeutete nichts Gutes. Er hatte irgendetwas vor. Ich schluckte schwer und zwang mich, seinem Blick nicht auszuweichen.

Lässig fuhr er sich durchs dunkle Haar und kam ein paar Schritte näher, sodass ich zurückwich. „Wir könnten uns so schön die Zeit vertreiben. Also kümmer dich später um die Schule."

Gilbert jagte mir eine Höllenangst ein. Wie dieser große, durchtrainierte Kerl vor mir stand und mich in die Ecke drängte ... Doch ich zeigte ihm nicht, wie verschreckt ich war; jedenfalls hoffte ich, dass er es mir nicht anmerkte.

„Ich werde jetzt in mein Zimmer gehen", sagte ich ruhig.

Er schüttelte den Kopf. „Das glaube ich nicht."

Mein Herz raste und mir wurde schwindlig. Was sollte ich tun? Nervös kaute ich auf meiner Unterlippe herum. Mir fiel nichts ein, mein Kopf war wie leer gefegt, der hämmernde Schmerz und die Angst füllten ihn komplett aus.

„Wie wär's, wenn du einfach ein braves Mädchen bist und auf mich

hörst? Dann werde ich Saskia zwei Tage lang nicht anfassen", schlug er vor.

Meine Adoptivmutter wenigstens kurzzeitig vor seiner Brutalität zu schützen, klang zu schön, um wahr zu sein. Es musste einen Haken geben. Skeptisch und trotzig zugleich starrte ich ihn an. „Was willst du von mir?"

„Bring mir ein kaltes Bier aus der Küche und such neue Batterien für die Fernbedienung", verlangte er.

„Das ist alles?", fragte ich ungläubig.

Er nickte. „Und leiste mir beim Fernsehen Gesellschaft, bis die anderen zurückkommen."

Das klang machbar. „Na gut", willigte ich zögerlich ein. „Und dafür lässt du Saskia in Ruhe?"

„Für zwei Tage", bestätigte er.

Beinahe hätte ich gelächelt. Das war überraschend einfach. Ich hätte Gilbert etwas Schlimmeres zugetraut. Und natürlich hatte mein Bauchgefühl recht. Aber das wurde mir erst einen Moment später klar. Er trat einen Schritt zur Seite, sodass ich zur Wohnzimmertür gehen konnte, um ihm sein Bier zu holen. Aber als ich an ihm vorbeikam, packte er mich plötzlich und klammerte meinen Oberkörper mit seinen Armen ein.

„Was soll das?", kreischte ich. „Lass mich los!"

„Du glaubst doch nicht wirklich, dass ich mich mit einem Bier und deiner Gesellschaft zufriedengebe, oder?", fragte er amüsiert.

Verdammt. Ich war total auf ihn hereingefallen. Hastig versuchte ich, mich aus seinem Griff zu befreien, doch es gelang mir nicht. Ich trat ihm auf die Füße, warf meinen Kopf zurück, schrie und zappelte, aber das störte ihn nicht mal.

„Nein, Engelchen, ich hab heute was anderes mit dir vor", lachte er. „Und glaub mir, diesen Tag wirst du nie vergessen!"

Ich atmete immer unregelmäßiger. Dieses Versprechen würde er halten. Was auch immer er vorhatte, ich würde es nie vergessen. „Lass mich los!", rief ich erneut. „Sofort!"

„Wie du willst", entgegnete er.

Mir entgleisten die Gesichtszüge. Er hörte auf mich? Ernsthaft?

Tatsächlich ließ er mich los, er schubste mich auf das unbequeme, alte Sofa. Ich konnte mich nicht rechtzeitig auffangen und landete bäuchlings darauf. Bevor ich mich aufrichten konnte, stützte sich Gilbert mit einem Knie auf meinem Rücken ab.

„Na, hast du's bequem?", fragte er hämisch.

Dass sein Knie sich genau in eine Prellung vom Tag zuvor bohrte, ignorierte ich so gut wie möglich. Ich atmete hastig, weil mein Gesicht in den muffigen Sofabezug gedrückt wurde, und überlegte fieberhaft, wie ich mich aus dieser Lage befreien konnte. „Ich hab schon bequemer gelegen", zischte ich.

„Ich finde, du liegst gut so", merkte er an und berührte mit seinen Händen meine Schultern. „Das ist perfekt."

„Ach ja?" Obwohl ich wütend klingen wollte, merkte man mir die Angst an.

In Gilberts Stimme hörte ich sein widerliches Grinsen geradezu. „Oh ja", hauchte er mir ins Ohr und ließ seine Hände genüsslich langsam zwischen das Sofa und meine Brust wandern, um mich zu betatschen.

Angeekelt verzog ich das Gesicht. „Nimm deine Hände da weg!", brüllte ich.

Da verlagerte er sein ganzes Gewicht auf meinen Rücken, sodass mir beinahe Tränen in die Augen geschossen wären. „Du hast mir nichts zu sagen", fauchte er. „Und jetzt dreh dich zu mir um."

Sofort schüttelte ich den Kopf. Das konnte er vergessen.

„Engelchen, letzte Warnung", flüsterte er. „Dreh dich um."

„Nein!", schrie ich. Würde ich mich jetzt umdrehen, würde er mich nicht nur an der Brust anfassen. Da ließ ich mich lieber zusammenschlagen, als seine gierigen Finger auch nur für eine Sekunde zu ertragen.

„Wie du willst!" Gilbert klang mehr als nur wütend. „Dann eben auf die harte Tour, Engelchen!" Er löste den Druck von meinem Rücken, griff jedoch im selben Augenblick nach meiner Schulter, um mich schwungvoll umzudrehen. Ehe ich mich versah, landete seine Faust erneut in meinem Gesicht. Doch damit nicht genug, er schlug wieder zu. Und wieder. Ins Gesicht. In die Magengrube. Immer abwechselnd, bis ich mich keinen Millimeter mehr bewegen konnte. Nicht mehr lange und ich würde bewusstlos werden, das merkte sogar er.

„Das sollte reichen", meinte er zufrieden. „Du sollst ja nicht in Ohnmacht fallen, sonst verpasst du das Beste."

Ich zitterte am ganzen Körper, vor Schmerzen und vor Angst. Gil-

bert würde mich nie in Ruhe lassen, das wusste ich. Er würde mich nie verschonen. Also machte ich mich für das Schlimmste bereit. Obwohl ich mental mehr oder weniger darauf eingestellt war, reagierte ich noch, als er meine Handgelenke packte. „Nein! Nein!", rief ich.

Er verengte seine Augen zu Schlitzen. „Hast du immer noch nicht genug?", zischte er und griff in seine Hosentasche.

Oh nein. Was denn jetzt?

Er zog sein Taschenmesser heraus und klappte die Klinge auf. Ganz langsam schob er den linken Ärmel meines Pullovers runter. Ich zappelte wie verrückt, in der Hoffnung, das Schlimmste verhindern zu können. Aber Gilbert schnitt mir unbeirrt in die Haut. Ich keuchte auf und biss die Zähne zusammen. Der Schnitt brannte, außerdem bahnte sich ein Rinnsal Blut seinen Weg über meinen ausgestreckten Arm. Als ich versuchte, Gilbert wegzuschubsen, goss ich nur noch mehr Öl ins Feuer. Es wäre das Beste gewesen, mich einfach gar nicht zu bewegen. Wutentbrannt starrte er mich an, dann kniete er sich mit einem Bein neben mich aufs Sofa, mit dem anderen auf meinen rechten Oberschenkel. Vor Schmerz verdrehte ich die Augen, ich sah schon schwarze Flecken und bunte Lichter statt der Zimmerdecke. Aber das war ihm egal.

Gilbert umklammerte mit der einen Hand meine beiden Handgelenke über meinem Kopf, mit der anderen schnitt er mir immer wieder in die Unterarme, bis er zufrieden war. „Jetzt bist du aber brav, oder Engelchen?", fragte er und lächelte mich an. Ich wollte ihm ins Gesicht spucken. Aber ich konnte mich nicht rühren.

„Doch, ich glaube, jetzt hast du deine Lektion gelernt. Du wirst brav sein, nicht wahr?" Er lachte auf. „Jetzt, da du nicht mal mehr reden kannst."

„Nicht weinen!", ermahnte ich mich. „Nicht weinen, Larissa! Egal was passiert!"

Gilbert ließ meine Handgelenke wieder los, doch meine Arme schmerzten zu sehr, um sie zu bewegen. Schlaff hingen sie oberhalb meines Kopfes über die Armlehne des Sofas. Einatmen. Ausatmen. Einatmen. Ausatmen. Ich musste mich dazu zwingen. Mit trübem Blick sah ich zu Gilbert. Er grinste immer noch begeistert und wischte sein blutiges Taschenmesser an meinem Pulli ab, bevor er es in seine Hosentasche steckte. Dann beugte er sich so nah über mich, dass ich seine Körperwärme spürte. Abstoßend.

„Lass uns etwas Spaß haben", flüsterte er mir ins Ohr.

Ich wollte protestieren, aber aus meiner Kehle kam nur ein Wimmern. Konnte ich von all den Verletzungen nicht einfach bewusstlos werden? Während Gilbert die eine Hand unter mein Oberteil schob, nestelte er mit der anderen an meinem Gürtel herum, bis er ihn geöffnet hatte. Er zögerte keine Sekunde, auch den Knopf und den Reißverschluss meiner Jeans zu lösen. Schnell drehte ich den Kopf zur Seite. Ich wollte es nicht sehen. Ich wollte nicht sehen, wie er mir nun die Jeans auszog. Wie er seine Hose ebenfalls beiseitewarf. Wie er seinen widerlichen ...

Oh Gott, ich wollte nicht mal daran denken. Auch wenn ich aus zahlreichen vorangegangenen Nächten genau wusste, was mir blühte. Das hier war anders. Es war das erste – und einzige – Mal, dass er mich am helllichten Tag mitten in der Wohnung vergewaltigte. Und es war auch das schmerzhafteste Mal. Bevor er sein Vorhaben vollendete, schob er mir Pullover und T-Shirt so hoch, dass er meinen Oberkörper ganz sehen konnte. „Du magst ja etwas dürr sein, aber irgendwie steh ich drauf", lachte er und fuhr mit seiner Nasenspitze von meinem Bauchnabel bis hoch zu meinem Schlüsselbein. Ich unterdrückte einen Würgereiz. Wie ich es hasste. Wie ich diesen Mann hasste. Wie ich es hasste, dass ich schwächer war als er. Gleich würde es so weit sein, das wusste ich. Ich versuchte, ruhig zu atmen, aber ich schaffte es nicht. Das Einzige, was ich noch tun konnte, war, die Augen zu schließen und an etwas anderes zu denken.

„Tut mir leid, dass ich das so verkürzen muss, aber ich möchte nicht mehr warten", hauchte er mir ins Ohr. Sein Atem stank nach Alkohol. „Außerdem sind wir bestimmt nicht mehr lange so ungestört."

Moment mal! So nicht! Auf keinen Fall so!

„K...k...", stammelte ich und sah ihn eindringlich an. „K..."

„Was hast du, Engelchen?", fragte er gespielt besorgt. „Stimmt was nicht?"

„K...kon...kondom", keuchte ich.

Seine Augen weiteten sich, sofort griff er in seinen Geldbeutel am Boden. „Oh, brav, du denkst mit. Das hätte ich glatt vergessen. Danke, Engelchen." Gott sei Dank. Ich konnte alles ertragen, aber wenn ich von diesem Teufel auch noch schwanger wäre, würde ich definitiv zum Strick greifen.

„So, jetzt aber", kündigte er einige Sekunden später an.

Ich hatte die Augen längst wieder geschlossen und das Gesicht zur Sofalehne gedreht. Hoffentlich ging es schnell. Mit aller Kraft dachte ich an den Wandertag im Kletterpark, den wir in der Grundschule gemacht hatten. Es war ein schöner Ausflug gewesen. Mit lauter netten Menschen. Ohne den Geruch nach Alkohol und Zigaretten. Ohne diese Schmerzen. Und ohne das Gefühl, speien, weinen und schreien zu wollen.

Panisch schreckte ich hoch, senkrecht saß ich im Bett. Ich atmete hektisch, laut und unregelmäßig. Ein Traum. Nur ein Traum von früher. Von vor zwei Jahren. Es war lange her. Nichts, woran ich noch denken sollte. Ich fühlte mich elend. Mir war schlecht und ich hatte das Bedürfnis, lange und ausgiebig zu duschen. Aber ich durfte mich von einer Erinnerung nicht unterkriegen lassen! Es war alles okay. Es ging mir gut.

Oder auch nicht.

Ich vergrub das Gesicht in meinen Handflächen. Wieso war ich Gilbert immer unterlegen gewesen? Wieso war ich schwächer als er? Stärke hatte nicht zwingend etwas mit Muskelkraft zu tun, hatte Florian das nicht gesagt? Stärke bedeutete Selbstvertrauen oder so ähnlich. Vielleicht war ich gar nicht schwächer als Gilbert. War nicht eigentlich dieser Teufel der Schwache, weil er sich ausschließlich von seinen kranken Trieben kontrollieren ließ?

Egal. Ich wollte nicht darüber nachdenken.

Ich atmete noch mal tief durch und legte mich wieder hin. Es war schwer, sich zu beruhigen, aber ein Gedanke gab mir in diesem Moment Kraft. Ich war nicht in Berlin bei Gilbert. Ich war in Pirk bei Nele, Bianca und Lorenz. Bei liebevollen Menschen, die mir nichts Böses wollten.

Erschreckende Wahrheiten

„Mach die Augen zu und halt die Hand auf!"

Misstrauisch blickte ich Bianca an. „Warum?"

„Mach einfach!", drängelte sie.

Seufzend ergab ich mich, schloss die Augen und hielt ihr meine Hände hin. Was hatte sie denn jetzt vor? Ich war gerade erst zur Tür reingekommen, froh darüber, dass ich den Schultag überstanden hatte. Und kaum dass ich meine Jacke abgelegt hatte, war Bianca zu mir gestürmt.

„Überraschung!", rief sie und ließ etwas in meine offenen Hände fallen.

Es fühlte sich leicht an. Und kühl. Verwundert sah ich es mir an. Ein Handy. Das war ein Handy.

„Was ...", murmelte ich.

Bianca lächelte und spielte nervös an ihrem Pferdeschwanz herum. „Du wirst es brauchen, glaub's mir. Sonst können wir dich nie anrufen. Und du kannst im Notfall niemanden erreichen."

„D...danke!", stammelte ich fassungslos.

„Die Handynummern von Lorenz und mir sind schon eingespeichert. Außerdem die Festnetznummer von hier", erzählte sie. „Jetzt brauchst du nur noch die Nummern deiner Freunde."

Ich nickte langsam. „Wow ... Aber du kannst mir doch nicht einfach ein Handy schenken. Ohne jeden Anlass!", protestierte ich. So ein teures Geschenk konnte ich nicht annehmen.

„Doch, kann ich", entgegnete sie und wuschelte mir durchs Haar. „Keine Widerrede, freu dich doch einfach."

„Tue ich ja", versicherte ich ihr und strich mir die wirren Strähnen wieder zurecht. „Aber so ein teures Geschenk ..."

Sie legte mir den Zeigefinger auf den Mund. „Kein Wort mehr. Steck's ein und komm zum Mittagessen."

Ich lächelte zaghaft. „Danke", flüsterte ich und folgte ihr ins

Esszimmer. Meine Schultasche ließ ich an der Haustür stehen, das Handy schob ich in meine Hosentasche. Unglaublich ...

Nele und Lorenz saßen bereits am Esstisch, sie unterhielten sich über Neles Schultag. Meine kleine Schwester strahlte regelrecht, Lorenz lachte fröhlich. Die beiden wirkten geradezu harmonisch.

„Ah, Lara, willkommen zurück!", begrüßte Lorenz mich.

„Hi", murmelte ich.

„Na, gefällt dir dein neues Handy?", fragte er und grinste mich an.

„Es ... es ist toll", gestand ich.

„Ich hab auch eins bekommen!", rief Nele und hielt ein kleines silbernes Handy hoch. „Ist das nicht voll schön?"

„Und wie", bestätigte ich. „Gibst du mir deine Nummer?"

„Ja, und du musst mir deine geben!"

Ich lächelte sie an und setzte mich an den Tisch. „Selbstverständlich."

Es war erleichternd zu wissen, dass ich meine kleine Schwester nun jederzeit erreichen konnte. Dank Bianca und Lorenz. Dank ihrer Großzügigkeit. Nele und ich tauschten Nummern aus, während Bianca zwei große Töpfe auf den Esstisch stellte. Lorenz brachte die Salatschüssel.

„Ich hoffe, ihr habt Hunger! Heute gibt's Kartoffeln, Sauerkraut und Kassler!", verkündete Bianca stolz.

Meine Schwester und ich sahen sie gleichermaßen verwirrt an. „Kassler?"

„Oje, oje, das kennt ihr nicht?" Entsetzt schüttelte sie den Kopf. „Das ist Fleisch. Und ihr werdet es lieben!"

Lorenz lächelte uns an. „Probiert es einfach."

Tatsächlich schmeckte das Essen gut. Und mal wieder ließ ich zu, dass Bianca mir eine zweite riesige Portion auf den Teller schaufelte. „Damit du zu Kräften kommst", merkte sie dabei an und zwinkerte mir zu.

„Ich werde schon nicht umkippen", murmelte ich.

„Trotzdem, ein paar Kilos mehr kannst du vertragen", meinte Lorenz.

Unbehaglich blickte ich auf meinen Teller. „Ich weiß."

„Aber du siehst schon viel besser aus als vor einer Woche", stellte er fest. „Die Verletzungen in deinem Gesicht verblassen langsam. Wie steht's mit deinem Hals? Sieht man die Abdrücke noch?"

Ich zuckte mit den Schultern. „Ein wenig, ja."

„Ach, das wird schon", ermutigte Bianca mich. „Du siehst toll aus, Lara! Und du auch, Nele!"

Meine kleine Schwester strahlte. „Danke!"

Sogar ich konnte für einen kurzen Moment nicht verbergen, wie gerührt ich war. „Du siehst toll aus, Lara!" Das hatte mir noch nie jemand so ernsthaft gesagt, dass ich es geglaubt hatte. Außer Bianca eben.

„Was habt ihr heute noch vor?", fragte Lorenz in die Runde.

„Ich muss ein Bild für Kunst malen", erzählte Nele. „Und eine Geschichte für Deutsch schreiben."

Bianca lächelte sie an. „Aber es ist doch Wochenende. Du musst nicht alles auf einmal machen."

„Dann will ich mit Lara spielen!", beschloss die Kleine.

Ich nickte. „Können wir gern machen", stimmte ich zu. „Aber heute Abend bin ich auf einer Geburtstagsfeier."

Lorenz sah mich erstaunt an. „Bei wem denn?"

„Florian", antwortete ich zögerlich. „Er ist heute 18 geworden und feiert. Sophie und Niklas nehmen mich mit."

„Das wird bestimmt ein netter Abend", meinte Lorenz. „Aber beim nächsten Mal, wenn du so was vorhast, gibst du uns bitte früher Bescheid."

Ja, vielleicht hätte ich das schon mal erwähnen sollen. „Äh ... okay."

„Wie kommst du zurück nach Hause?", wollte Bianca wissen.

„Auch mit Sophie und Niklas, denke ich."

„Wenn ich dich abholen soll, ruf einfach an, ja?", bot Lorenz an.

Unwillkürlich musste ich lächeln. Ich zog das Handy aus meiner Hosentasche und hielt es hoch. „Das kann ich ja jetzt jederzeit."

Bianca und Lorenz erwiderten mein Lächeln. „Aber komm nicht zu spät, klar?", fiel Bianca ein. „Mitternacht ist das Höchste der Gefühle!"

„Geht klar."

„Räumen wir ab", schlug Lorenz vor. „Oder hat noch jemand Hunger?"

Nele, Bianca und ich schüttelten den Kopf. Ich würde keinen Bissen mehr hinunterbekommen. Wenn das so weiterging, hatte ich in ein paar Wochen vielleicht schon wieder Normalgewicht.

„Na dann los", forderte Lorenz uns auf. Er erhob sich von seinem Stuhl und schnappte sich einen der Töpfe. „Zusammen sind wir schneller."

Recht bald hatten wir die Küche aufgeräumt, alles sah blitzblank aus. „Was machen wir jetzt?", fragte ich meine kleine Schwester.

Sie lächelte mich an. „Erzählst du mir eine Geschichte?"

Ich nickte. „Klar. Gern."

„Wir könnten auch alle zusammen was spielen", schlug Bianca vor. „Was haltet ihr von *Mensch ärgere dich nicht*? Das ist doch perfekt für uns vier."

Neles graugrüne Augen leuchteten regelrecht auf. „Oh ja!"

„Von mir aus", seufzte ich. Eigentlich wollte ich mal wieder mit meiner Schwester allein sein. Auch um herauszufinden, was sie so beschäftigte. Aber gut, dann eben ein gemeinsamer Spielenachmittag.

Lorenz baute das Spielbrett auf dem Wohnzimmertisch auf, wir setzten uns alle zusammen aufs Sofa.

„Ich will Rot!", rief Nele sofort.

„Okay. Welche Farbe nimmst du, Lara?", fragte Lorenz.

„Äh ... Blau", antwortete ich.

„Dann nehme ich Grün", verkündete Bianca. „Und du bekommst Gelb, Schatz."

„Ist mir recht", entgegnete ihr Mann und holte noch einen Würfel aus der Schachtel. „Wer die höchste Zahl würfelt, darf anfangen."

Wir spielten über zwei Stunden – es dauerte ewig, bis einer von uns gewann, weil wir uns gegenseitig ständig aus dem Spiel warfen. Aber es war lustig. Wir redeten viel dabei, Bianca stellte uns wieder etwas Obst hin, außerdem tranken wir heiße Schokolade. So einen harmonischen Familiennachmittag hatte ich noch nie erlebt, nicht mal mit Saskia und Wolfgang.

„Ach, Lara", fiel Lorenz beim Spielen ein, „hast du eigentlich schon deinen Führerschein gemacht?"

Ich schüttelte den Kopf. „Von welchem Geld denn?"

„Das dachte ich mir“, murmelte er. Dann redete er wieder deutlicher. „Es gibt hier eine richtig gute Fahrschule, möchtest du dich da anmelden? Es ist schon wichtig, Auto fahren zu können. Meinst du nicht?“

Dieses Angebot haute mich um. Lorenz und Bianca würden mir die Fahrschule bezahlen? Den Führerschein? So etwas Teures, zusätzlich zu dem Handy und den vielen Klamotten, die ich schon bekommen hatte?! „Das ... das ist doch zu teuer“, widersprach ich.

„Ums Geld musst du dir keine Gedanken machen“, winkte Bianca sofort ab.

Lorenz nickte. „Wir wissen schon, was wir tun.“

„Ich würde ... ich würde gern lernen, Auto zu fahren“, gestand ich.

Die beiden lächelten mich an. „Dann kannst du ab Montag direkt zu den Theoriestunden gehen. Die sind zweimal wöchentlich, immer Montag und Mittwoch“, erzählte Lorenz.

„Wow, du lernst Auto fahren?“, staunte Nele. „Das ist cool!“

Unwillkürlich lächelte ich. „Ja, irgendwie schon.“ Kurz blieb ich still, würfelte und ging mit einer meiner Figuren vier Felder weiter. Dann fiel mir noch etwas ein. „Aber ich zahle mit. Ihr könnt das nicht alles übernehmen!“

„Ach, Lara, du hast doch kein Geld. Und du musst uns nichts zahlen“, widersprach Bianca.

„Ja, ich hab kein Geld“, stimmte ich zu. „Darum will ich mir ja einen kleinen Job suchen. Nachhilfe geben, Zeitungen austragen, kellnern, irgendwas! Ich muss doch selbst was verdienen.“

„Nein“, protestierte Lorenz entschieden. „Du musst erst mal wieder auf die Beine kommen und dich von allem, was passiert ist, erholen. Du wirst nicht arbeiten, das haben wir dir schon mal gesagt.“

„Aber ...“

„Kein *Aber*“, unterbrach er mich. „Wir haben euch aufgenommen, wir sorgen für euch. Wenn du Geld brauchst, sag uns einfach Bescheid.“

Oh Mann, wie sollte ich so bloß genug Geld verdienen, um in ein paar Monaten selbstständig zu sein? Was mich jedoch viel mehr beschäftigte, war die Tatsache, dass ich immer seltener daran dachte, nach meinem Geburtstag von hier zu verschwinden.

„Außerdem bekommt ihr ab jetzt wöchentlich Taschengeld", erzählte Bianca.

„Taschengeld?", wiederholten Nele und ich wie aus einem Mund.

Sie nickte. „Klar. Für dich gibt's zehn Euro, Lara, und für dich fünf, Nele."

Wöchentlich zehn Euro, ohne etwas dafür zu tun? Ernsthaft?

Lorenz lächelte uns an. „Das sollte doch reichen, oder?"

„Das ist der Wahnsinn!", rief ich. „Wie könnt ihr so viel Geld für uns ausgeben? Das können wir nicht annehmen."

Schon beinahe traurig blickte Bianca mich an. „Dir würde für die letzten Jahre viel mehr zustehen, Lara."

Natürlich wusste ich, wovon sie redete. Davon, dass sie und Lorenz mich als Baby weggegeben und sich somit einige Kosten gespart hatten. Aber trotzdem. Genau genommen waren sie Fremde, und dennoch investierten sie so viel in mich und auch in Nele, die nicht mal ihre leibliche Tochter war.

„Danke", flüsterte ich nur.

Bianca, die neben mir saß, legte mir sanft ihren Arm um die Schultern. „Ich danke dir", entgegnete sie leise. „Weil du uns eine Chance gibst, den größten Fehler aller Zeiten wiedergutzumachen."

Ich musste mir auf die Zunge beißen – einerseits, um nicht vor Rührung zu weinen, andererseits, um nicht zu fragen, warum mich die beiden zur Adoption freigegeben hatten. Schließlich hatte ich mir vorgenommen, dass mir der Grund egal war.

„Nele, du bist dran", erinnerte Lorenz meine Schwester.

„Ach ja", rief sie und würfelte schnell. Sie bekam die lang ersehnte Eins. „Ich hab gewonnen!", jubelte sie und strahlte mich an. „Hast du das gesehen, Lara? Ich hab gewonnen!"

Ich lächelte sie an. „Glückwunsch, Schwesterchen!"

Lorenz wuschelte ihr über den Kopf, Bianca ebenso. „Gut gemacht!"

Unauffällig musterte ich die beiden. Ich wusste nämlich, dass sie – wie ich auch – absichtlich verloren hatten, um Nele eine Freude zu machen. Genau wie sie alles taten, um uns nach diesen vier Jahren in der Hölle ein glückliches und unbeschwertes Leben zu ermöglichen. Vielleicht musste ich sie nicht hassen. Vielleicht durfte ich sie mögen. Vielleicht würde es mich nicht enttäuschen, ihnen zu vertrauen. Ob ich es versuchen sollte? Ob ich Bianca und Lorenz eine Chance geben sollte, anstatt stur daran festzuhalten, in ein paar Monaten spurlos zu verschwinden?

Halbherzig lächelte ich. Tat ich das nicht schon längst? Ich gab ihnen bereits eine Chance. Ich redete viel mehr mit ihnen, als ich ursprünglich gewollt hatte. Und auch wenn ich es mir nicht gerne eingestand, ich vertraute ihnen ein klein wenig. So liebevolle Menschen wie meine Eltern konnte ich nicht hassen. Auch wenn sie mich nach meiner Geburt weggegeben hatten. Ich atmete tief durch. Hoffentlich ging das gut. Hoffentlich beging ich keinen riesigen Fehler, wenn ich ihnen vertraute.

„Da bin ich!"

„Sophie, du bist viel zu früh", stellte ich fest. „Was machst du denn jetzt schon hier? Die Party fängt erst in einer Stunde an."

Das aschblonde Mädchen lief an mir vorbei ins Haus und schmiss ihre Jacke über einen der Kleiderhaken. „Na, ich muss dich doch hübsch machen!"

Unwillkürlich lächelte ich. Dass sie einfach so daran dachte, war wirklich lieb. „Ach so. Mit dir selbst bist du ja schon fertig. Du siehst echt gut aus", merkte ich an.

Sie strahlte mich an. „Danke!"

Sophie sah heute tatsächlich noch hübscher aus als sonst. Die Haare zu einem Pferdeschwanz gebunden, den Pony geglättet, modisch mit Jeans, Top und langärmliger Bluse bekleidet, perfekt geschminkt. Neben ihr wirkte ich bestimmt jämmerlich.

„Keine Ursache", winkte ich ab.

Kurz musterte sie mich von oben bis unten. „Du musst was anderes anziehen", beschloss sie dann. „Du kannst nicht dieselben Sachen wie heute in der Schule tragen. Wir suchen dir ein Outfit raus, dann mach ich deine Haare und schmink dich, okay?"

Ihr Enthusiasmus steckte mich an. „Aye, aye", lachte ich.

„Auf geht's!", rief sie und zog mich hinter sich her in mein Zimmer. „Und du musst noch die Karte unterschreiben."

Während sie sich durch meinen Kleiderschrank wühlte, setzte ich meinen Namen auf Florians Geburtstagskarte. Niklas, Jan, Karolin, Raphael und Sophie hatten schon unterschrieben.

„So, das ist perfekt", verkündete Sophie und hielt mir einige Klamotten hin. Eine schwarze Jeans, ein weißes Shirt und einen blauen Pullover.

„Ich verlass mich einfach mal auf dich", entgegnete ich und nahm die Sachen.

Sie zwinkerte mir zu. „Das kannst du jederzeit."

Im Bad zog ich mich schnell um, dann kehrte ich in mein Zimmer zurück, in dem Sophie auf mich wartete. Mit einem Lockenstab. Sie grinste. „Du bekommst jetzt eine richtige Mähne. Ich hab extra meinen Lockenstab mitgebracht."

„Ich bin ja mal gespannt, ob das bei meinen dünnen Haaren hält", gab ich zu bedenken.

„Lass mich nur machen!"

Sophie vollbrachte wahre Wunder. Meine Locken sahen richtig gut aus, das Make-up verdeckte alle grünlichen Flecken in meinem Gesicht, sogar die Würgemale konnte man nicht mehr erkennen.

„Perfekt", stellte sie letztendlich fest. „Und genau pünktlich. Wir sollten los!"

„Tausend Dank", sagte ich. „Also, dass du dir so viel Zeit dafür genommen hast und alles ..."

Sie lächelte. „Ist doch selbstverständlich."

Nein, das war es eigentlich nicht. Aber für so einen großherzigen Menschen wie sie vielleicht schon.

Zusammen gingen wir nach unten. Bevor ich mit Sophie das Haus verließ, verabschiedete ich mich von Bianca und Lorenz, die mir einen schönen Abend wünschten. Nele schlief bereits.

„Ich bringe nur schnell die Schminke und meinen Lockenstab zurück in mein Zimmer", verkündete Sophie. „Dann schleife ich Niklas aus dem Bad – ich wette, er ist immer noch nicht fertig. Und dann fahren wir."

Ich nickte. „Ist okay. Ich warte hier draußen. Etwas frische Luft tut ganz gut."

„Bin gleich wieder da!"

„Mein Geschenk!", fiel mir siedend heiß ein. „Ich hab das Geschenk für Florian in meinem Zimmer liegen lassen!"

„Dann hol es schnell, wir treffen uns wieder hier", beschloss Sophie.

Eilig liefen wir zu unseren jeweiligen Häusern. Ich zog meinen Schlüssel aus der Hosentasche, in der ich auch das neue Handy verwahrte, und betrat das Haus. Es war praktisch, einen eigenen Schlüssel zu haben. Das ersparte mir zu klingeln. Zwei Stufen auf einmal nehmend rannte ich die Treppe hoch und in mein Zimmer. Auf dem Schreibtisch lagen die eingepackten Schokoladentafeln. Ich schnappte sie mir und verließ den Raum wieder.

Eigentlich wollte ich nun zu Sophies Einfahrt laufen, doch da hörte ich etwas. Bianca und Lorenz unterhielten sich in ihrem Schlafzimmer, das direkt neben meinem Zimmer lag. Natürlich, ihre Privatgespräche gingen mich nichts an. Aber ich hörte meinen Namen. Also blieb ich stehen und lauschte kurz.

„Hast du auch das Gefühl, dass Larissa langsam auftaut?", fragte Bianca.

„Ja", stimmte Lorenz zu. „Aber sie schleppt immer noch viel mit sich herum. Es müssen einige grauenhafte Jahre gewesen sein."

„Ich wünschte, sie würde darüber reden", seufzte Bianca. „Egal mit wem, Hauptsache, sie redet es sich mal von der Seele."

„Dieses Monster von Gilbert muss ihr Unaussprechliches angetan haben", zischte Lorenz. „Wenn ich den jemals in die Finger kriegen sollte, dann gnade ihm Gott!"

„Reg dich nicht auf, Schatz", beruhigte Bianca ihn. „Es ist wichtiger, jetzt für Lara und Nele da zu sein, als über Rache nachzudenken. Der Mistkerl ist ja nun hinter Gittern."

Ich schluckte, als ich das hörte. Wollte ich wirklich hier stehen bleiben? Es war nicht richtig, die beiden zu belauschen. Doch ich rührte mich nicht.

„Und ich finde es schön, unsere Kleine hier zu haben", fuhr sie fort. „Und auch Nele ist ein richtig süßes Mädchen."

Ich war also ihre *Kleine*? Ah ja.

„Ich hab nicht mehr damit gerechnet, überhaupt jemals Kinder bei uns im Haus zu haben", erwiderte Lorenz mit sanfter Stimme. „Ich bin froh, dass alles gut ausgegangen ist. Dass wir Lara wieder aufnehmen konnten, und Nele auch."

Bianca seufzte leise. „Es tut mir so leid, dass wir keine Kinder mehr bekommen können."

Meine Augen weiteten sich. Was?!

„Du kannst doch nichts dafür“, tröstete Lorenz sie. „Dass diese dumme Krankheit solche Auswirkungen hatte ...“

Bianca war nach einer Krankheit unfruchtbar geworden?

„Wir wollten so viele Kinder haben“, schluchzte sie.

„Wir haben doch jetzt zwei ganz wunderbare Kinder.“

Ich konnte es nicht fassen. Das war wie ein Schlag mitten ins Gesicht. Eine Mischung aus Wut, Trauer und Enttäuschung machte sich in mir breit. So war das also. Nele und ich waren der Ersatz für die Wunschkinder, die Bianca und Lorenz nicht bekommen konnten. Die beiden hatten uns nicht aus Güte und Fürsorge aufgenommen. Sondern nur, weil sie Kinder wollten. Und na klar, warum nicht einfach die Tochter zurückholen, die man früher nicht gewollt hatte? Da man nun keine anderen Kinder mehr bekommen konnte, war sie ja wieder gut genug!

Ich hatte mich noch nie so betrogen gefühlt wie in diesem Augenblick. Und ich Idiot hatte den beiden vertraut. Hatte sie schon als Familie angesehen. Was für ein Fehler. Am liebsten wäre ich einfach wortlos verschwunden, doch stattdessen ließ ich meiner angestauten Wut freien Lauf. „Das ist also der Grund“, zischte ich.

Abrupt verstummten Bianca und Lorenz. „Lara?“, fragte er zaghaft.

Meine Hände zitterten, darum ballte ich sie zu Fäusten. „Jetzt verstehe ich endlich, warum ihr zwei so verwahrloste Kinder aufgenommen habt“, sagte ich so ruhig wie möglich. „Als billigen Ersatz für eure Wunschkinder.“

Die beiden kamen aus dem Zimmer, ein paar Schritte von mir entfernt blieben sie stehen. Verunsichert und schuldig starrten sie mich an. „Was ... was machst du denn hier?“, stammelte Bianca.

Ich spürte, wie mir die Hitze in die Wangen schoss. „Nur darum habt ihr uns hergeholt, nicht wahr? Aus reiner Selbstsucht! Weil ihr keine andere Möglichkeit hattet, Kinder zu bekommen. Da war ich auf einmal wieder gut genug! Aber hättet ihr selbst noch Kinder kriegen können, wäre euch völlig egal gewesen, was mit Nele und mir passiert!“, schrie ich.

„Nein, Lara, du verstehst das völlig falsch“, entgegnete Lorenz. „Ihr seid uns nicht egal! Und ihr seid kein billiger Ersatz!“

„Spart euch die Ausreden!“, fauchte ich. „Ich hab genug gehört.

Ihr seid grauenhaft! Oberflächlich! Egoistisch! Ich ... ich ... ich hasse euch!" Mit diesen Worten rannte ich die Treppe runter und stürzte aus dem Haus. Dass Bianca und Lorenz mir hinterherriefen, ignorierte ich. Auch Biancas markerschütterndes Schluchzen ließ mich kalt. Weg hier. Nur weg.

Niklas und seine Schwester warteten schon, sie wirkten ungeduldig. „Da bist du ja endlich!", begrüßte Sophie mich. „Wo bleibst du denn?"

„Tut mir leid", murmelte ich.

Skeptisch musterte sie mich. „Du siehst total fertig aus. Was ist los?"

„Gar nichts", wimmelte ich sie ab. „Fahren wir."

Eigentlich war ich nicht in der Verfassung, jetzt auf eine Feier zu gehen. Aber alles war besser, als bei Bianca und Lorenz zu bleiben. Ich stieg zu Sophie und Niklas ins Auto, doch ich brachte die ganze Fahrt über keinen Ton heraus. Als hätte ich einen Kloß im Hals. Meine Gedanken kreisten nur um das, was mir soeben klar geworden war. Bianca und Lorenz hatten mich belogen. Mich betrogen. Mir etwas vorgemacht. So getan, als sei ich ihnen wichtig. Und ich hatte es geglaubt. Ich Idiot.

Erst als Niklas am Straßenrand vor Florians Haus parkte, wachte ich aus meiner Trance wieder auf. Ich schüttelte heftig den Kopf. Ich durfte mir nicht anmerken lassen, wie wütend und durcheinander ich war. Ich musste mich für ein paar Stunden zusammenreißen!

„Lara, bist du echt in Ordnung?", fragte Sophie, während wir nebeneinander zum Haus gingen. „Dich beschäftigt doch was."

„Ist schon gut", winkte ich ab und zwang mich zu einem Lächeln. Betrübt sah sie mich an, bohrte aber zum Glück nicht weiter nach.

Niklas klingelte, es dauerte nicht lange, bis Florian die Tür öffnete. „Alles Gute zum Geburtstag noch mal!", rief Sophies Bruder ihm direkt zu.

Florian lachte. „Danke! Schön, dass ihr da seid. Kommt rein."

Beim Reingehen gaben wir ihm seine Geschenke, dann zogen wir Jacken und Schuhe aus und folgten ihm in den Keller. In einer Art Partyraum spielte Musik, aber man konnte sich trotzdem unterhalten. Lautes Reden war zu hören, das Licht war gedimmt. Und es befanden sich an die 30 Leute hier unten, die meisten standen in Gruppen herum, manche saßen auf den wenigen Stühlen. Hatte Florian nicht gesagt, es sollte eine kleine Feier sein? Oder verstand man hier so etwas als kleine Feier? Es war so voll ...

„Wollt ihr was trinken?", fragte Florian. Er deutete auf einen langen Tisch, der eine Seite des Raumes komplett einnahm. „Hier steht alles, bedient euch einfach! Es gibt auch Snacks."

„Wirklich cool", merkte Sophie an, als sie sich umsah. „Geniale Atmosphäre."

Florian grinste. „Danke."

„Ist Raphael schon da?", erkundigte sich Niklas.

Unser Gastgeber nickte. „Da hinten, bei den drei Mädels."

„Ist ja typisch", lachte Sophie. „Kaum sieht Raphael ein Mädchen, geht er auf die Jagd."

„Ich sag ihm mal *Hi* und stör ihn ein bisschen", beschloss Niklas und bahnte sich seinen Weg durch den gut gefüllten Raum.

„Holen wir uns 'ne Cola?", schlug Sophie vor.

Ich nickte. „Können wir."

Florian begleitete uns, als wir uns die Getränke holten.

„Willst du deine Geschenke gar nicht aufmachen?", wunderte sich Sophie und deutete auf die beiden Päckchen, die er noch immer festhielt.

„Oh, doch, sollte ich", entgegnete er und machte sich ans Werk. „Wie cool! Den letzten James-Bond-Film wollte ich mir schon lange mal ansehen. Und ein Gutschein für die Thermenwelt!"

„Niklas und ich dachten uns, dass dir das gefallen würde", kicherte Sophie. „Es gibt auch noch eine zweite Karte. Hier, nimm."

Florian nahm das Geschenk und schaute Sophie an. „Das ist toll", meinte er. „Danke!"

Diese lächelte ihn an. „Keine Ursache."

„So, und jetzt Laras Geschenk." Er grinste mich an. „Wobei, ich kann mir schon fast denken, was drinnen ist."

Ich zwang mich erneut zu einem Lächeln und trank einen Schluck Cola aus meinem Plastikbecher. Ehrlich gesagt konnte ich mich gerade auf gar nichts konzentrieren. Ich dachte nur an Bianca und Lorenz, obwohl ich es nicht wollte. Außerdem machte mich die Musik im Zimmer total verrückt, genauso wie die vielen Leute, die ich nicht mal kannte. Ein weiteres Mal ließ ich meinen Blick durch den Raum schweifen. Einige der Gäste kamen mir bekannt vor, aus unserer Klasse und allgemein aus der Schule. Andere hatte ich noch nie gesehen.

„Nussschokolade! Ich wusste es", freute sich Florian. „Danke, Lara."

Ich nickte ihm zu. „Schön, wenn's dir gefällt."

Er legte seinen Arm um mich und drückte mich kurz an sich. Dann ließ er mich gleich wieder los. „Es ist perfekt."

Nun kamen Raphael, Niklas und Karolin zu uns. Ich hatte die Freundin von Sophies Bruder noch gar nicht bemerkt.

„Na, was macht ihr so?", fragte Raphael, der sich nun Wasser in seinen Becher einschenkte.

„Rumstehen", entgegnete Sophie. „Und ihr?"

„Also, Karo und ich haben Raphael gerade die Tour versaut", lachte Niklas.

„Idiot", brummte der Schwarzhaarige und boxte seinem Kumpel gegen den Oberarm. „Sie wollte mir grad ihre Nummer geben!"

Karolin grinste ihn schadenfroh an. „Pech gehabt."

Plötzlich spürte ich eine Vibration. Verwirrt griff ich in meine Hosentasche. Erst da fiel mir das Handy wieder ein. Das Handy, das Bianca und Lorenz mir geschenkt hatten. Am liebsten hätte ich es gegen die Wand geworfen oder darauf herumgetrampelt. Aber das brachte ich nicht fertig. Warum auch immer, ich konnte es nicht. Das Display zeigte an, dass Bianca mich anrief. Ich drückte den Anruf weg und schob das Handy zurück in die Tasche. Als ob ich jetzt mit ihr reden wollte. Ich hatte nichts weiter zu sagen. Aber dank dieses Anrufs kroch nun wieder die Wut in mir hoch. Ich hätte den beiden nicht vertrauen sollen. Ich sollte hier niemandem vertrauen und mit niemandem etwas zu tun haben. Ich musste für Nele da sein, mehr zählte nicht. Ich sollte hier einfach alle Bande kappen und wieder so schlicht und zurückgezogen leben wie früher. Kurz sah ich mich noch mal um. Ich gehörte doch gar nicht hierher. Ich passte nicht zu diesen fröhlichen, netten, sorglosen Leuten. Ich lebte in einer völlig anderen Welt. In einer grausamen, verstörenden Welt.

„Es hat geklingelt", bemerkte Florian. „Entschuldigt mich kurz."

„Na, willst du dein Glück noch mal versuchen, Raphael?", fragte Niklas seinen Kumpel. „Da hinten stehen noch ein paar Mädchen."

„Keine Lust mehr", brummte mein Nachbar. „Jetzt hast du mir den Spaß versaut, du Trottel."

„Ach, nicht so nachtragend", lachte Niklas und klopfte ihm auf die Schulter.

„Ist ja nicht so, als würdest du lange brauchen, um die nächste Handynummer zu bekommen", meinte Sophie und lächelte ihn aufmunternd an.

Handynummer ... Unwillkürlich dachte ich wieder an Bianca und Lorenz. Daran, dass sie mir das Mobiltelefon geschenkt hatten. Dass sie für mich sorgten. Dass sie mich schamlos belogen hatten. Ich war so dumm. Dumm, ihnen auch nur für einen Moment geglaubt zu haben. Nur noch mit halbem Ohr lauschte ich dem Gespräch, doch ich tat so, als würde ich wirklich zuhören. Die anderen sollten mir schließlich nichts anmerken.

„Der Letzte ist auch endlich da!"

Ich blickte auf. Florian war zurückgekommen, mit Jan im Schlepptau. Das Ebenbild von Gilbert winkte einmal in die Runde.

„Du bist ganz schön spät", merkte Raphael an. „Wo warst du?"

„Am Computer. Konnte nicht weg", antwortete Jan.

„Alter Zocker", neckte ihn Karolin.

Jan zuckte nur mit den Schultern. „Und wenn schon. Dafür hab ich gewonnen."

„Unser Nerd", kicherte Sophie.

„Total", stimmte ihr Bruder zu.

„Nicht meine Welt", schoss mir wieder durch den Kopf. Ich gehörte nicht hierher. Ich hatte mit diesen Leuten nichts gemeinsam. Ich sollte abhauen, bevor mich auch Sophie, Florian und die anderen so enttäuschten wie Bianca und Lorenz eben. Es wäre besser, nichts mit ihnen zu tun zu haben. Es wäre sicherer.

„Man sieht ihm gar nicht an, dass Jan so ein Computerfreak ist, oder was meinst du, Lara?", fragte mich Sophie.

„Ich muss hier weg", murmelte ich.

Verwirrt blickte sie mich an. „Was?"

„Ich muss hier weg!", rief ich. „Das ist doch Irrsinn! Ich hab hier nichts verloren!"

Schnell kehrte ich den anderen den Rücken und lief Richtung Zimmertür. Sophie rannte mir hinterher und hielt mich am Arm fest. „Lara, warte! Was hast du denn plötzlich?" Auch Raphael, Niklas, Karolin, Florian und Jan kamen mir hinterher. Sie sahen mich fragend, schon beinahe verständnislos an. Einige der anderen Partygäste wurden nun ebenso auf diese Szene aufmerksam.

„Sophie, egal, wie man's sieht, es ist dumm, Freundschaften zu schließen! Es wäre nur enttäuschend. Ich hab nichts mit euch gemeinsam."

„Das stimmt doch gar nicht!", protestierte sie.

„Du weißt, dass es stimmt", flüsterte ich und befreite mich aus ihrem Griff.

Sie schüttelte den Kopf und blickte mich traurig an. „Was ist denn plötzlich in dich gefahren?"

„Allein bin ich besser dran!", rief ich wütend. Wütend auf Bianca und Lorenz, wütend auf das sorglose Leben der anderen hier, wütend auf meine eigene Schwäche. „Ihr lasst mich doch sowieso fallen, wenn ihr merkt, wie ... kaputt ich eigentlich bin!" Nach diesen Worten rannte ich weg, so schnell ich konnte. Aus dem Zimmer, aus dem Haus, in die kühle Nachtluft.

Ich atmete tief ein und aus, unterdrückte ein Schluchzen und ging am Gehweg auf und ab. Es war richtig so. Es war das einzig Richtige. Ich durfte hier niemandem nahekommen, ich durfte mich hier mit niemandem anfreunden. Je weniger Kontakte ich hatte, umso leichter konnte ich in fünf Monaten mit Nele verschwinden. Umso unwahrscheinlicher war es, dass ich noch mal enttäuscht und betrogen werden würde. Obwohl es erst ungefähr zehn Uhr abends war, war es stockdunkel. Ohne die Straßenlaternen hätte man nichts gesehen. Mein Atem wurde zu kleinen weißen Wölkchen, ich schob die Hände in meine Jackentaschen.

„Ab nach Hause", dachte ich. Bitter lächelte ich. Welches Zuhause? Ich hatte keins. Ich hatte nur eine vorübergehende Bleibe. Langsam trottete ich den Weg entlang. Vielleicht schaffte ich es innerhalb einer halben Stunde nach Pirk. Wenn ich bis dahin nicht erfror. Hoffentlich schliefen Bianca und Lorenz schon. Ich wollte ihnen nicht begegnen. Am liebsten würde ich sie überhaupt nicht mehr sehen.

„Warte! Larissa, warte!“

Sofort zuckte ich zusammen. Wieso folgte mir nach diesem Drama, das ich gerade veranstaltet hatte, jemand? Und wer? Mir klappte der Mund auf, als ich Raphael sah. Er war vermutlich der Letzte, mit dem ich gerechnet hätte. Ich brachte kein Wort heraus und verharrte wie angewurzelt. Was wollte er hier draußen?

Vor mir blieb er stehen, nur ein paar Schritte trennten uns voneinander. „Du kannst nicht allein im Dunkeln nach Pirk laufen“, sagte er ruhig.

„Kann ich schon“, entgegnete ich. Meine Stimme klang rau.

Er schüttelte den Kopf. „Das ist zu gefährlich.“

„Und wenn schon.“

„Lass mich dich heimfahren“, bat er.

Verwundert sah ich ihn an. „Was?“

„Lass mich dich heimfahren“, wiederholte er. „Ich kann dich unmöglich allein durch die Dörfer laufen lassen.“

„Was interessiert's dich?“, maulte ich ihn an. „Ich kann auf mich selbst aufpassen. Warum redest du überhaupt noch mit mir?!“

Unbeirrt ruhten seine blauen Augen auf mir. „Weil ich weiß, dass du nicht ernst gemeint hast, was du gesagt hast. Das wissen wir alle.“

„Ich habe es ernst gemeint!“, rief ich. „Jedes Wort!“

„Wie auch immer“, wechselte er das Thema, „lass mich dich heimfahren. Wenn ein Mädchen nachts alleine herumläuft, kann alles Mögliche passieren. Das ist dir doch klar, oder?“

Ich schluckte. Daran hatte ich nicht gedacht. Ich könnte einem Kerl wie Gilbert begegnen. Ich könnte überwältigt, überfallen oder vergewaltigt werden. Kaum dass Raphael mir das bewusst gemacht hatte, zitterten meine Knie. „Ich ... ich komm schon k...klar“, stammelte ich.

Er schüttelte den Kopf. „Stell dich nicht stur. Ich fahr dich nur nach Hause. Ich werde auch nicht fragen, warum du so ausgeflippt bist. Okay?“

Wieso tat er das für mich? Wieso machte er mir keine Vorwürfe, weil ich die Stimmung auf der Party ruiniert und den anderen schreckliche Sachen an den Kopf geworfen hatte? Ich verstand es einfach nicht.

Zögerlich nickte ich. „O...okay." Schweigend gingen wir zu seinem Motorrad, das er in Florians Auffahrt abgestellt hatte. Er warf mir wieder seinen Zweithelm zu und setzte sich seinen auf. Als ich mir den Kopfschutz ebenfalls übergestülpt hatte, nahm ich hinter ihm auf der Maschine Platz.

Tatsächlich wechselten wir kein Wort miteinander. Raphael fragte mich nicht aus. Er brachte mich bis vor die Haustür, packte meinen Helm wieder unter seinen Sitz und lächelte schief.

„Danke", flüsterte ich, als wir vor der Eingangstür standen.

Er klopfte mir behutsam auf die Schulter. „Keine Ursache. Wir sehen uns."

Ich steckte den Schlüssel ins Schloss. „Vermutlich."

„Oh, warte, nur eins", fiel ihm ein. „Kann ich bei euch kurz das Bad benutzen? Ich hau danach gleich ab, ich zieh einfach die Tür hinter mir zu, ja?"

„Klar", stimmte ich zu. Das war wohl das Mindeste, nachdem er mich hierher gebracht hatte.

Drinnen zog ich mir Jacke und Schuhe aus, auch meinen Schal hängte ich weg. Raphael war bereits im Badezimmer direkt bei der Haustür verschwunden. Er kannte sich hier ziemlich gut aus. Wahrscheinlich war er in diesem Haus schon oft ein und aus gegangen.

„Klar, schließlich wollten Bianca und Lorenz schon immer Kinder in diesem Haus haben", dachte ich. Nur mich hatten sie weggegeben, weil ich nicht in ihr ach so perfektes Leben gepasst hatte. Augenblicklich wurde ich wieder wütend. Ich atmete tief ein und wieder aus. Es war die Aufregung nicht wert. Ich war kein Musterkind. Ich machte Probleme, ich hatte viele Ängste, die mich auf Schritt und Tritt begleiteten, ich war unfähig, mit anderen Menschen außer Nele klarzukommen. Da passte ich natürlich nicht in das perfekte Leben von Bianca und Lorenz. Wieso behielten sie mich eigentlich? Wären sie mit einem braven, unschuldigen Kind aus dem Kinderheim nicht zufriedener?

„Es ist egal!", erinnerte ich mich wieder. „Halt die nächsten paar Monate hier aus, Larissa, und verschwinde dann! Mach dir keine Gedanken mehr über die Beweggründe dieser Betrüger."

„Ah, Lara, da bist du ja", riss mich eine helle Stimme aus meinen Gedanken.

Entgeistert starrte ich Bianca an. Sie und Lorenz standen vor mir im Eingangsflur. Ich hatte sie nicht mal kommen gehört. Mit zu Schlitzen verengten Augen musterte ich die beiden. Ich sagte kein Wort. Bianca blickte mich eindringlich an. Ihre Augen wirkten rot, als hätte sie geweint. „Wir müssen reden. Dringend."

„Ich hab euch nichts zu sagen", flüsterte ich.

„Komm mit ins Wohnzimmer", bat Lorenz. „Setzen wir uns hin und bereden das Ganze in Ruhe."

„Kein Bedarf."

„Sollen wir das lieber morgen vor Nele klären?", fragte er gereizt.

Wütend schnaubte ich. Ach, jetzt nutzten die beiden auch noch meine einzige Schwachstelle aus? Genau wie Gilbert immer. Großartig! Diese Heuchler! Taten so, als wäre ich ihnen wichtig, zwangen mich aber dazu, ihren Befehlen Folge zu leisten. Widerwillig ging ich mit den beiden ins Wohnzimmer. Mitten im Raum blieben Bianca und Lorenz stehen, ich lehnte mich gegen den Türrahmen. Wenigstens ein bisschen Abstand wollte ich zu den beiden einhalten, und das merkten sie auch. Aber sie kommentierten es nicht.

„Hör mal, Lara", setzte Bianca an. „Ich weiß, du hast vorhin etwas gehört, was man leicht falsch verstehen kann."

„Was soll ich da falsch verstanden haben?", zischte ich. „Ihr könnt keine Kinder mehr bekommen und nur darum habt ihr Nele und mich zu euch geholt."

„Nein, Lara!", protestierte sie. „Wir wollten für euch da sein! Wir wollten euch eine Familie bieten!"

„Ihr könnt euch euer dummes Vater-Mutter-Kind-Spiel sparen!", rief ich. „Wir sind keine Familie, nur weil ich angeblich eure leibliche Tochter bin!"

„Lara, ich hab dich zweifelsohne zur Welt gebracht", redete Bianca auf mich ein. „Du bist unsere kleine Tochter."

„Tu nicht so, als würdest du mich kennen", forderte ich. „Ihr seid Fremde für mich, und das werdet ihr immer bleiben. Wann wart ihr denn jemals da, als ich euch wirklich gebraucht hätte?" Meine Stimme zitterte. „Ihr habt doch keine Ahnung, was ich durchgemacht habe."

„Dann erklär es uns endlich!", verlangte Lorenz. „Dann sag endlich, was dir dieses Monster in den letzten Jahren angetan hat!"

„Als würde euch das wirklich interessieren", zischte ich. „Hört endlich auf, Interesse für mich zu heucheln. Ihr seid doch nur an eurem perfekten Leben mit eurer perfekten Familie in eurem perfekten Haus interessiert! Da hat meine kaputte Psyche sowieso keinen Platz!"

Fassungslos starrten mich die beiden an. „Nein!", widersprach Bianca entschieden.

Lorenz kam ein paar Schritte näher und griff nach meinen Schultern. „Lara, wir wollen für unsere Tochter da sein. Verstehst du das nicht? Wir wollen uns um dich kümmern, das hat nichts damit zu tun, ob wir Kinder kriegen können oder nicht. Und wenn wir zehn Kinder im Haus hätten, wir hätten dich und Nele trotzdem aufgenommen."

Ich schüttelte seine Hände ab. „Ihr könnt mir viel erzählen."

„Bitte", flehte Bianca, „bitte sag uns, wie wir dir helfen können. Was wir für dich tun können."

„Ihr könnt gar nichts tun!", schrie ich. „Außer ihr könnt die Vergangenheit ungeschehen machen, und das bezweifle ich!"

„Es war ein Fehler, dich wegzugeben", schluchzte Bianca. „Aber wir hatten keine Wahl!"

„Wer's glaubt, wird selig."

Lorenz sah mich traurig an und fuhr sich nervös durchs blonde Haar. „Lara, wir waren zu jung! Deine Mutter war 16, als du auf die Welt gekommen bist. Ich war 17. Wir sind noch zur Schule gegangen. Wie hätten wir da für ein Kind sorgen sollen?"

Ich schwieg.

„Unsere Eltern waren von Anfang an gegen unsere Beziehung." Bianca schniefte laut und holte ein Taschentuch aus ihrer Jeans. „Als sie dann auch noch von meiner Schwangerschaft gehört haben, sind sie ausgeflippt! Ich dachte wirklich, mein Vater würde Lorenz umbringen. Und ..." Ihre Stimme erstarb.

„Es war mehr oder weniger ein Unfall", fuhr ihr Mann fort. „Aber trotzdem wollten wir dich behalten. Wir hatten nur nicht die Mittel dazu. Unsere Eltern hätten uns keinen Cent gegeben. Oder besser gesagt keinen Pfennig." Das war also der Grund? Darum hatten sie mich weggegeben? Das überraschte mich doch ein wenig. Ich war mir sicher gewesen, dass es nicht am Geld gelegen hatte.

„Seit dem Studium habe ich nichts mehr mit meinen Eltern zu tun“, erzählte Lorenz. „Und auch zu Biancas Eltern haben wir keinen Kontakt mehr.“

Noch immer sprach ich nicht. Ich wusste nicht recht, was ich sagen sollte.

„Also bitte, Lara, bitte glaub nicht, dass wir dich nicht wollten! Wir haben sogar jede Woche bei Saskia angerufen und nach dir gefragt“, schluchzte Bianca.

Meine Augen weiteten sich. „Was?!“

Lorenz nickte. „Und jede Woche hat sie uns versichert, alles sei bestens.“

„Wir haben ihr geglaubt“, murmelte Bianca. „Wir hätten nie gedacht, dass bei euch zu Hause so schreckliche Dinge passieren. Wir haben nicht mal von Gilberts Existenz gewusst.“

Ich konnte es kaum glauben. Die beiden hatten sich so oft nach mir erkundigt? Und Saskia hatte so getan, als wäre alles in Ordnung – wie immer. Obwohl seit ihrer zweiten Hochzeit überhaupt nichts in Ordnung gewesen war.

„Hätte Saskia auch nur ein Wort gesagt, hätten wir dich und Nele sofort da rausgeholt“, flüsterte Lorenz. „Das schwöre ich.“

Beinahe glaubte ich ihm. Beinahe wären mir sogar die Tränen gekommen, aber wie üblich hielt ich sie zurück. „Uns hat aber niemand da rausgeholt“, entgegnete ich mit zitternder Stimme und zusammengeballten Fäusten. „Uns hat niemand geholfen. Rausgekommen sind wir erst, als dieser Teufel Saskia umgebracht hat. Und das war ein viel zu hoher Preis!“

„Es ist grauenhaft, was du durchstehen musstest“, murmelte Bianca. „Was du mit ansehen musstest. Und wir wollen dir helfen, darüber hinwegzukommen.“

Nach diesen Worten sah ich rot. Meine in den letzten Jahren angestaute Wut brach aus. Obwohl ich die folgenden Sätze gar nicht sagen wollte, sprudelten sie wie eine Fontäne aus mir heraus. „Es ist grauenhaft? Ihr wollt mir helfen?“, wiederholte ich. Ich merkte selbst, wie schrill und hysterisch ich gerade klang. „Was wollt ihr denn bitte tun? Die Narben werden bleiben! Die Erinnerung wird bleiben! Und die Angst wird auch immer bleiben! Ich kann’s euch gerne zeigen! Und dann sagt mir, wie ihr mir helfen wollt!“

Während die beiden mich verunsichert anblickten, riss ich mir den Pullover über den Kopf und warf ihn beiseite, sodass sie meine Arme sehen konnten. Meine vernarbten, knochigen, grüngelb gefärbten Arme. Ich deutete auf die vielen verblichenen Schnittwunden. „Das war Gilberts Taschenmesser", schrie ich. „Die Prellungen kommen übrigens nicht nur davon, dass er mich die Treppe runtergestoßen hat. Das sind auch Abwehrverletzungen von seinen Schlägen. Aber die eigentlichen Anzeichen für seine Schläge sind eher hier." Ich zog mein T-Shirt bis zur Brust hoch, sodass Bianca und Lorenz die vielen inzwischen grünlichen Flecken sehen konnten. „Und ja, ich weiß, dass man meine Rippenknochen sieht. Das liegt daran, dass Gilbert unser ganzes Geld für Wodka, Bier und Zigaretten ausgegeben hat." Ich richtete mein Shirt wieder. „Woher die Würgemale an meinem Hals und die Prellungen im Gesicht stammen, muss ich nicht extra erklären, oder?" Ich zitterte am ganzen Körper und atmete unregelmäßig. Aber es gab kein Zurück mehr. Jetzt sollten Bianca und Lorenz erfahren, was passiert war. Damit sie endlich begriffen, dass sie überhaupt nichts tun konnten.

„Meine Beine sehen noch schlimmer aus", fuhr ich fort. „Da hab ich nicht nur Prellungen und Schnittwunden, sondern auch noch die verdammte Brandnarbe. Aber hey, Gilbert hatte eben Lust, seine Zigarette auf meinem Oberschenkel auszudrücken." Bitter lachte ich auf. „Aber es ist ja nicht so, als hätte Gilbert Saskia und mich in den letzten vier Jahren nur alle paar Tage ungestraft verprügelt. Das wäre gar nichts."

Bianca und Lorenz stand die Fassungslosigkeit ins Gesicht geschrieben. Sie weinte inzwischen richtig, schluchzte immer wieder auf und klammerte sich an ihren Mann. Er spannte den Kiefer an und ballte die Hände zu Fäusten, ein echtes Bild der Wut.

Und dann sagte ich etwas, von dem ich gedacht hatte, dass ich es niemals in Worte fassen könnte. „Nein, die Schläge hätte ich irgendwie verkraften können. Aber er hat mich drei Jahre lang, drei verdammte Jahre lang vergewaltigt, wann immer er Lust dazu hatte! 178-mal!" Vollkommen entsetzt starrten mich die beiden an. „Ja, ich hab mitgezählt! 34-mal davon hat er mich gefesselt und geknebelt, weil ich mich gewehrt habe. Ihr könnt euch nicht mal vorstellen, wie das gewesen ist. Wie es war, jede Nacht wach im Bett zu liegen und Angst zu haben, dass er heute wieder kommt. Und Saskia hat alles gewusst! Sie hat alles mitbekommen! Aber sie hat nie was gesagt. Sie hat immer so getan, als wäre Gilberts Verhalten ihre Schuld. Und sie hat uns nie beschützt. Auf Nele hab ich aufgepasst. Auf mich hat niemand aufgepasst. Und als Saskia mich dann tatsächlich zum ersten Mal in Schutz genommen hat, hat dieser Teufel sie vor meinen Augen umgebracht!"

„Larissa", schluchzte Bianca. „Oh mein Gott, Larissa, wie ..." Lorenz umarmte sie fest. Es sah aus, als würden sich die beiden gegenseitig Halt geben. Aber warum brauchten sie Halt? Diese Dinge hatte ich erlebt, nicht sie. Dass ich sie damit so schockierte, wunderte mich ein wenig. Vielleicht hätte ich es ihnen doch nicht erzählen sollen.

„Wenn er nicht im Gefängnis wäre, würde ich ihn eigenhändig umbringen", zischte Lorenz dann. „Dieses Monster ist doch kein Mensch!"

„Wie ... wie hast du ... das durchgestanden?", fragte Bianca.

Ich senkte den Blick gen Boden. „Ich musste für Nele da sein. Ich musste sie vor diesem Teufel beschützen."

Langsam kam Bianca ein paar Schritte näher, Lorenz auch, bis die beiden direkt vor mir standen.

„Lara, du bist mit Abstand das tapferste Mädchen, das ich kenne", flüsterte Bianca. „Das tapferste und das stärkste Mädchen."

Ich vermied es, den beiden in die Augen zu schauen. Ich schämte mich so. Im Nachhinein hätte ich mich ohrfeigen können, dass ich ihnen in einem Wutanfall alles verraten hatte. Schemenhaft bemerkte ich, dass Lorenz' Arm auf mich zukam. Sofort hielt ich mir schützend beide Hände vors Gesicht und zuckte zusammen, weil ich einen Schlag erwartete. Als mir klar wurde, dass vor mir Lorenz und nicht Gilbert stand, ließ ich die Arme langsam wieder sinken.

Traurig blickten Bianca und Lorenz mich an. Ich rechnete jetzt mit einer Predigt à la „Du musst keine Angst haben", aber damit irrte ich mich. Meine Eltern umarmten mich fest. Sie drückten mich an sich, Bianca strich mir über den Rücken, Lorenz legte sein Kinn auf meinem Kopf ab. „W...was ...", stammelte ich.

„Es ist alles in Ordnung", flüsterte Lorenz. „Wir sind da. Und wann immer du Angst hast, komm einfach zu uns."

Unwillkürlich schossen mir Tränen in die Augen.

„Du musst nicht mehr alles alleine schultern", versicherte mir Bianca leise. „Du bist nicht mehr alleine."

Ich schluchzte auf und weinte so heftig, wie ich seit Jahren nicht mehr geweint hatte. Aus Trauer, aus Wut, aus Angst, aus Rührung, einfach wegen allem. Weil es zu viel war. Weil ich nicht mehr konnte.

Bianca hauchte mir einen Kuss auf die Stirn, Lorenz reichte mir ein Taschentuch. Bis ich mich beruhigt hatte, ließen mich die beiden nicht los. Sie umarmten mich fest, gaben mir Halt, redeten mir beruhigend zu und trösteten mich. Sie waren wirklich für mich da. Sie schlugen sich mit meinen Problemen herum. Sie ... wollten nicht einfach ein perfektes Kind. Sie wollten mich. Das glaubte ich ihnen nun. „Danke", schluchzte ich und schnäuzte mir die Nase. „Danke!"

Mit ihrem Ärmel wischte Bianca mir die Tränen aus dem Gesicht. „Können wir dir irgendwie helfen, darüber hinwegzukommen?"

„Das habt ihr schon", antwortete ich mit schwacher Stimme.

„Sag uns einfach, wenn du etwas brauchst", bot Lorenz an. „Wenn wir dir helfen können oder du etwas loswerden musst."

„Mehr hab ich eigentlich nicht zu erzählen", flüsterte ich.

„Was du gesagt hast, ist auch schon mehr als genug", murmelte Bianca und drückte mich noch mal fest an sich.

Ich atmete tief durch. „Ich bin okay." Jedenfalls für den Moment. „Ich bin nur müde."

„Ja, es ist langsam Zeit fürs Bett", pflichtete Lorenz mir bei.

„Ich geh mal hoch", kündigte ich an. „Gute Nacht."

„Gute Nacht", wünschten mir die beiden wie aus einem Mund.

Ich lächelte zaghaft, dann flüchtete ich aus dem Wohnzimmer. Ich war völlig durcheinander. Aufgewühlt. Verunsichert. Nun kannten Bianca und Lorenz die ganze Geschichte. Nun wusste ich, dass sie mich nicht nur zu sich geholt hatten, weil sie keine Kinder mehr bekommen konnten. Nun hatte ich mich ihnen geöffnet, vor ihnen geweint. Ich fühlte mich verletzlich. Aber irgendwie glaubte ich, dass es kein Fehler gewesen war. Dass ich ihnen doch ein wenig vertrauen konnte.

Als ich durch den Eingangsflur zum Treppenhaus lief, bemerkte ich etwas. Oder eher jemanden. Raphael lehnte an der Wand neben der Haustür, den Blick auf den Boden geheftet, kopfschüttelnd, ansonsten wie versteinert.

„Was machst du denn noch hier?", fragte ich entsetzt. Hatte er nicht gehen wollen, sobald er im Bad fertig war?! Schnell wischte ich mir mit beiden Handflächen übers Gesicht. Hoffentlich sah er mir nicht an, dass ich geweint hatte. Aber Raphael schaute gar nicht auf, er reagierte nicht mal auf meine Frage. „Bist du echt so lange im Bad gewesen? Du wolltest doch zurück auf die Party, oder nicht?"

Endlich hob er den Kopf. Doch als ich seinen Blick sah, schluckte ich. In seinen blauen Augen standen das Mitleid und der blanke Horror. Das konnte nur eins bedeuten.

„Du hast uns belauscht?" Meine Stimme war nicht mehr als ein Hauchen. Das durfte nicht wahr sein. Ich konnte es nicht fassen. Er durfte nichts von dem Gespräch eben mitbekommen haben!

Unbehaglich sah er mich an. „178-mal?", flüsterte er.

Ich vergrub mein Gesicht in den Handflächen. Oh Gott. Er hatte alles gehört. „Wie konntest du lauschen?", warf ich ihm vor, als meine Stimme mir wieder gehorchte. „Was bildest du dir ein?!"

„Es ... es tut mir leid", murmelte er. „Ich wollte es nicht, aber ... ich konnte nicht gehen."

Plötzlich kam ich mir neben ihm so klein vor. Ich schaute zu ihm hoch. „Das ging dich aber nichts an."

„Es tut mir wirklich leid", wiederholte er. „Ich verspreche dir, ich werde es niemandem verraten. Und ich werde es nicht gegen dich verwenden. Okay?"

„Oh Gott", seufzte ich. „Das darf einfach nicht wahr sein ..." Dass Bianca und Lorenz nun das ganze Ausmaß von Gilberts Taten kannten, war eine Sache. Aber dass Raphael auch davon wusste ...

„Kann ich das wieder gutmachen?", fragte er vorsichtig.

„Ja, hau ab!", verlangte ich. „Sofort!"

„Lara, ich mein's ernst, ich will mich dafür entschuldigen."

„Dann geh!", zischte ich. „Wir können wann anders reden. Aber Bianca und Lorenz werden jeden Moment aus dem Wohnzimmer kommen und merken, dass du da bist. Dann ist hier die Hölle los." Und das musste nicht sein. Diese Angelegenheit wollte ich lieber in

Ruhe mit ihm klären. Irgendwann. Schon beinahe erleichtert sah er mich an. „Geht klar. Ich melde mich bei dir."

Ich öffnete die Haustür. „Ja, ja. Und jetzt raus!"

Er schlüpfte nach draußen, winkte mir noch kurz zu und setzte sich auf sein Motorrad. Gerade noch rechtzeitig schloss ich die Tür. Bianca und Lorenz kamen nämlich in ebendiesem Moment aus dem Wohnzimmer.

„Wolltest du nicht ins Bett?", wunderte sich Bianca.

Ich deutete zur Tür vom Bad. „Ich musste noch mal dringend." Ich nickte den beiden noch einmal zu, bevor ich schnell die Treppen hochlief.

So ein verrückter Abend. Unglaublich.

Ich putzte mir die Zähne, zog meinen Schlafanzug an und legte mich ins Bett. Was sollte ich nur von dieser Situation halten?

Bianca, Lorenz und Raphael wussten nun alles. Mit meinen Eltern hatte ich mich wieder versöhnt, aber Sophie und den anderen hatte ich schreckliche Sachen vorgeworfen, aus lauter Wut auf Bianca und Lorenz. Inzwischen bereute ich meine Worte. Inzwischen wollte ich nicht mehr nach meinem Geburtstag abhauen. Aber meine Freundschaften hatte ich nun im Keim erstickt. Ich Idiot.

Seufzend drehte ich mich auf die andere Seite und zog mir die Decke über den Kopf. Wie sollte das alles nur weitergehen?

Freundschaft

Als ich aufwachte, schien helles Licht in mein Zimmer. Verschlafen blinzelte ich und setzte mich auf. Ich gähnte und streckte mich ausgiebig. Wie spät es wohl war? Der Wecker auf meinem Nachtschrank zeigte zehn Uhr vormittags an. Ich hatte ziemlich lange geschlafen. Da fiel mir etwas auf: Jemand lag eingerollt neben mir. Nele. Sie musste sich nachts zu mir ins Bett geschlichen haben. Sanft strich ich ihr durchs Haar. „Nele, ist alles okay?", fragte ich leise. Sie brummte nur, was mich zum Lächeln brachte. Immerhin schlief sie ruhig. Um sie nicht zu wecken, blieb ich liegen, deckte uns ordentlich zu und nahm sie in den Arm.

Wie meine Eltern und ich heute wohl miteinander umgehen würden? Nach dem gestrigen Gespräch hatte sich definitiv etwas verändert. Zum Positiven.

„Lara?", murmelte Nele.

Oh, sie war aufgewacht. „Ja?"

Meine kleine Schwester rieb sich die Augen und blickte mich an. Dann lächelte sie und drückte mich fest. „Guten Morgen!"

„Guten Morgen", wünschte ich ihr und erwiderte die Umarmung. „Wann bist du denn in mein Bett gekommen? Ich hab dich gar nicht bemerkt."

„Weiß ich nicht mehr", antwortete sie.

„Ist alles okay mit dir?", fragte ich skeptisch. „Hast du schlecht geschlafen?"

„Erst schon, aber bei dir nicht mehr", antwortete sie fröhlich.

„War's ein Albtraum?" Zögerlich nickte sie. „Willst du ihn mir erzählen?"

Sofort schüttelte sie den Kopf. „Nicht so wichtig."

Ich seufzte leise. „Wann erzählst du mir nur, was mit dir los ist?"

„Es ist gar nichts los", entgegnete sie trotzig. „Erzählst du mir eine Geschichte?", fragte sie stattdessen.

Ich lächelte sie an. „Klar. Das hab ich schon viel zu lang nicht mehr gemacht, was?"

„Oh ja!", stimmte sie zu. „Was mit Tieren!"

„Okay. Mit Tieren ..." Kurz grübelte ich, dann fiel mir etwas ein. „Diesmal geht's um einen kleinen Frosch", begann ich. „Der kleine Frosch hat ganz allein gelebt und kannte keine anderen Frösche. Er bewohnte einen schönen Teich im Garten eines Bauernhauses und genoss das schöne Sommerwetter. Aber eines Tages schaute er sein Spiegelbild im Wasser an und fragte sich: *Wer bin ich eigentlich?*"

„Weil er noch nie einen anderen Frosch gesehen hat, oder?", warf Nele ein.

„Ganz genau", bestätigte ich. „Er kannte zwar viele andere Tiere vom Hof, aber keinen Frosch. Also lief er zu den Ställen, um die anderen Tiere zu fragen. Zuerst kam er bei den Kühen an. *Weißt du, wer ich bin?*, fragte er eine der großen Kühe. *Bin ich vielleicht wie du?* Aber die Kuh schüttelte den Kopf. *Nein, bestimmt nicht. Ich bin viel stärker als du!* Also ging der Frosch weiter, bis er den Schweinestall erreichte. Vor dem ältesten Schwein blieb er stehen. *Weißt du, wer ich bin? Bin ich vielleicht wie du?*, wollte er von dem Schwein wissen. Das Schwein lachte. *Auf keinen Fall! Ich bin viel schwerer als du!* Enttäuscht zog der kleine Frosch weiter. Da traf er den Hahn vom Bauernhof und stellte ihm dieselbe Frage: *Weißt du, wer ich bin? Bin ich vielleicht wie du? Nein, ich bin viel schöner als du*, antwortete der Hahn und ließ den kleinen Frosch einfach stehen."

„Das ist gemein!", rief Nele.

Ich schmunzelte. „Ja, aber der kleine Frosch hat nicht aufgegeben. Er hat auch noch den Schäferhund, die Fliegen und das Pferd gefragt. Doch jedes Mal haben ihm die anderen Tiere gesagt, er sei anders als sie. Traurig kehrte der Frosch zu seinem Teich zurück und schaute sein Spiegelbild im Wasser an. *Wer bin ich bloß?*, seufzte er. *Das kann ich dir sagen!*, rief plötzlich jemand. Es war die Katze, die es sich in der Sonne am Teich bequem gemacht hatte. Erwartungsvoll sah der Frosch sie an. *Wirklich? Ja. Komm mit, dann zeig ich's dir*, antwortete sie. Die Katze lief voraus, der Frosch hüpfte ihr hinterher. Er konnte es gar nicht erwarten zu erfahren, wer er war! Nach ein paar Minuten blieb die Katze an einem anderen Teich stehen. *Hier sind ganz viele wie du*, sagte sie. Er bedankte sich bei der

Katze für ihre Hilfe, dann lief sie zurück. Zaghaft sah er sich um. Da entdeckte er einen anderen Frosch, der gerade eine Fliege fing. Der kleine Frosch konnte es gar nicht fassen, dass es tatsächlich jemanden gab, der so aussah wie er. Er brachte all seinen Mut auf und hüpfte zu dem anderen Frosch. *Wer bist du?*, fragte er ihn. *Bist du vielleicht wie ich?* Der andere Frosch nickte. *Wir sehen uns so ähnlich, natürlich bin ich wie du! Wir sind beide Frösche. Gibt es hier noch andere wie uns?*, wollte der kleine Frosch aufgeregt wissen. *Ganz viele. Wir wohnen hier alle zusammen.* Dem kleinen Frosch schossen Freudentränen in die Augen. *Darf ich auch bei euch wohnen? Natürlich*! Und so nahmen ihn die anderen Frösche bei sich auf. Endlich wusste der kleine Frosch, wer er war und wo er hingehörte."

„Und er hat glücklich mit seiner Familie am Teich gelebt!", fügte Nele hinzu.

Ich nickte. „Genau. Weißt du auch, was das bedeutet?", fragte ich. Nele sah mich unsicher an. „Das heißt, egal, wie lange man suchen muss, irgendwann findet man seine Familie", erklärte ich.

Da strahlte die Kleine. „Das ist schön! Meinst du, wir finden unsere Familie auch?"

Kurz blickte ich aus dem Fenster. „Ich glaube, das haben wir schon."

„Hä?"

Bevor ich Nele verraten konnte, was ich damit meinte, meldete sich eine helle Stimme an der Tür zu Wort. „Das ist die süßeste Geschichte, die ich seit Langem gehört habe."

„Bianca!", rief ich überrascht.

Die Brünette lächelte mich an. „Guten Morgen. Ich wollte euch Schlafmützen gerade wecken, dabei wart ihr schon wach."

„Guten Morgen", wünschten wir ihr.

Sie kam zu uns und setzte sich auf die Bettkante. „Du kannst toll erzählen", lobte sie mich. „Denkst du dir die Geschichten selbst aus?"

Ich nickte verlegen. „Ja. Was mir gerade einfällt."

„Lara erzählt die schönsten Geschichten!", meinte Nele.

„Das glaub ich dir", entgegnete Bianca. „Habt ihr Hunger? Wir haben mit dem Frühstück auf euch gewartet, aber jetzt wird's wirklich Zeit."

„Wir kommen sofort", versprach ich. „Wir ziehen uns nur schnell um."

Sie nickte und stand auf. „Dann kommt ins Esszimmer. Es gibt Schokohörnchen und Brezeln mit Sonnenblumenkernen."

Nele lief in ihr Zimmer, um sich umzuziehen. Auch ich machte mich fertig und griff einfach nach der nächstbesten Jeans, einem Shirt und einem Pullover. Dass mein Outfit farblich nicht perfekt zusammenpasste, war mir egal.

Auf der Treppe traf ich meine kleine Schwester wieder. Gemeinsam betraten wir das Esszimmer. Bianca und Lorenz saßen schon am Tisch, sie las gerade die Zeitung, er goss sich eine Tasse Kaffee ein. Wir setzten uns zu den beiden.

„Guten Morgen", wünschte ich Lorenz.

Er lächelte erst mich und dann Nele an. „Morgen, ihr zwei! Habt ihr gut geschlafen?" Wir nickten.

Bianca legte die Zeitung beiseite. „Tee, heiße Schokolade, Kaffee oder Saft?", fragte sie uns.

„Saft", antwortete Nele. „Und ein Schokohörnchen."

„Ich hätte gern einen Tee", bat ich. „Und eine Brezel."

„Kommt sofort", versprach sie und stand auf, um die Getränke zu holen.

Als ich ihr hinterherblickte, fiel mir auf, wie hübsch sie aussah. Nicht nur wegen ihrer gepflegten Haare oder ihrer guten Figur, vielmehr weil sie vor Freude strahlte. Genau wie Lorenz.

Ich musste lächeln. Warum auch immer, es gefiel mir, die beiden so glücklich zu sehen. Auch Nele wirkte rundum zufrieden, vor allem, als sie begeistert in ihr Hörnchen biss. Doch, ich war mir ziemlich sicher. Nele und ich hatten unsere Familie gefunden.

Während des Frühstücks klingelte es an der Tür. „Wer ist das denn?", wunderte sich Bianca.

„Also, ich erwarte niemanden", merkte Lorenz an und erhob sich. „Ich gehe mal schauen. Vielleicht die Zeugen Jehovas."

Ich schob mir das letzte Stück Brezel in den Mund und trank meinen Tee aus. Auch Nele war fertig mit dem Essen.

„Wollt ihr noch was?", bot Bianca an. „Es ist noch jede Menge da."

Nele schüttelte den Kopf. „Ich bin satt."

„Ich bekomm auch keinen Bissen mehr runter", antwortete ich.

Nachdem ich jahrelang nur wenig und unregelmäßig gegessen hatte, fiel es mir nicht leicht, drei regelmäßige und große Mahlzeiten zu vertilgen. Ich bekam mittags immer so viel, dass ich morgens unmöglich mehr als eine Brezel essen konnte.

„Lara, komm mal her!", rief Lorenz von der Tür. „Du hast Besuch."

Überrascht blickte ich auf. Besuch? Für mich? Wer denn bitte? „Ach, vermutlich Raphael", fiel mir ein. Er wollte bestimmt noch mal über gestern reden. Ich schluckte. Hoffentlich konnte ich das kurz und schmerzlos hinter mich bringen. Zögerlich stand ich auf. „Ich komme!" Was sollte ich ihm überhaupt sagen? Würde Raphael mir noch mehr Fragen stellen? Das Gespräch konnte lustig werden ... Mit einem flauen Gefühl im Magen ging ich zur Tür, an der Lorenz mich erwartete. Er nickte mir zu und ließ mich dann mit meinem Besuch allein. Wie erwartet stand Raphael vor der Tür. Aber nicht alleine.

Bevor ich auch nur ein Wort sagen konnte, fiel Sophie mir um den Hals und umarmte mich fest. „Du dumme Kuh!", rief sie. „Wie kannst du so was sagen, abhauen und erwarten, dass wir dich in Ruhe lassen!" Sie ließ mich los. „Mach das nie wieder, hörst du?"

„Ja, echt, du darfst uns nie wieder so erschrecken", pflichtete Karolin ihr bei. Florian und Jan sagten nichts, nickten aber.

„Ausrasten ist ja schön und gut, aber danach musst du uns doch wenigstens 'ne Chance geben, auch was zu sagen", lachte Niklas.

Raphael lächelte mich nur wortlos an.

Verdattert blickte ich in die Runde. „Was ... was macht ihr denn alle hier?"

„Glaubst du, wir können die Sache von gestern Abend so stehen lassen?", fragte Sophie und schüttelte den Kopf. „Auf keinen Fall! Wenn eine Freundin plötzlich solche Sachen sagt, muss man drüber reden."

Ich hatte einen dicken Kloß im Hals. Trotz allem, was ich ihnen an den Kopf geworfen hatte, standen sie hier und wollten mit mir reden. Mir eine zweite Chance geben.

Florian schnippte mir gegen die Stirn. „Hey, schau nicht so traurig drein. Es ist doch alles okay."

„Aber ... aber ich hab so ... dumme Sachen gesagt“, stammelte ich.

„Raphael hat uns das meiste schon erklärt“, winkte Karolin ab. Alarmiert schaute ich den Schwarzhaarigen an, er schüttelte unauffällig den Kopf. Gut, er hatte ihnen also nicht gesagt, was er gestern mitgehört hatte.

„Eben. Du hattest ’nen miesen Tag und bist ausgeflippt. Das macht Karo alle vier Wochen“, erzählte Niklas lässig. „Nach ihrer Periode kannst du echt die Uhr stellen.“

Dafür rammte seine Freundin ihm einen Ellbogen in die Seite. „So ausführlich musst du nun auch nicht werden“, zischte sie.

Er grinste. „Sorry.“

„Und zu dem, was du gesagt hast“, merkte Sophie an, „du gehörst sehr wohl in unsere Gruppe. Und niemand ist alleine besser dran! Wir würden dich nie einfach so fallen lassen, wir wissen doch alle, dass du irgendwas Schlimmes erlebt hast. Aber deshalb würden wir dich nie im Stich lassen, du Trottel.“ Sie blickte mich trotzig und liebevoll zugleich an. „Ich will, dass du unsere Freundin wirst! Oder bleibst, wie auch immer. Das wollen wir alle.“ Die anderen nickten, um ihre Aussage zu bekräftigen.

„Oh, Sophie, bitte hör auf“, flehte ich. „Wenn du noch ein Wort sagst, heul ich los.“

Sie lächelte mich an und umarmte mich noch mal. Diesmal erwiderte ich die Geste. „Also, nimmst du zurück, was du gesagt hast?“, fragte sie.

„Ja!“, rief ich sofort. „Ja, ich nehme alles zurück! Und es tut mir leid! Ich hab keine Ahnung, was in mich gefahren ist. Die letzten Tage war einfach zu viel, glaube ich. Und ich bin ausgerastet.“

„Schon gut“, winkte Florian ab. „Jetzt ist meine Party wenigstens in aller Munde. Das war das absolute Highlight.“

„Es tut mir leid“, flüsterte ich. „Ich wollte keinen solchen Aufstand machen.“

„Ist doch alles wieder in Ordnung“, meinte Raphael.

Mit den Lippen formte ich ein tonloses „Danke“. Hätte er den anderen nicht erzählt, dass ich einen schlechten Tag gehabt hatte, wäre dieser Besuch vielleicht nie zustande gekommen. Er lächelte mich nur an.

Sophie und ich ließen uns wieder los. „Wollt ihr reinkommen?", bot ich an.

„Wenn du Zeit hast, gerne", stimmte Karolin zu.

Ich nickte. „Ich will's euch erklären. Also, warum ich so 'nen Rappel hatte." Jedenfalls die grobe Situation wollte ich ihnen anvertrauen. Nachdem sie mir eine zweite Chance gegeben hatten, verdienten sie eine Erklärung.

Sophie lächelte mich an. „Okay."

Ich gab noch schnell Nele und meinen Eltern Bescheid, dass ich kurz mit meinen Freunden reden würde, dann kehrte ich zu den anderen zurück. Gemeinsam gingen wir in mein Zimmer. Sophie, Raphael, Niklas und Karolin nahmen auf meinem Bett Platz, Florian und Jan auf den beiden Stühlen am Schreibtisch, ich setzte mich auf den Sessel.

„Dein Zimmer ist total cool!", stellte Karolin fest.

„Ja, echt schön eingerichtet", pflichtete Jan ihr bei.

„Das haben Lorenz und Bianca gemacht", entgegnete ich.

„Also, schieß los", forderte Sophie mich auf. „Was war los?"

Ich seufzte leise und zog die Beine an, um meine Knie mit den Armen zu umfassen. „Mich hat einfach die Gesamtsituation fertiggemacht. Ich war total verunsichert, außerdem hatte ich Angst, ihr würdet mich nicht mehr mögen, sobald ihr meine ... äh, Hintergrundgeschichte kennt. Und obendrein tue ich mich sowieso schwer, Leuten zu vertrauen."

„Wie kommst du auf so eine Idee?", fragte Sophie verständnislos.

„Und was für eine Hintergrundgeschichte meinst du?", wollte Florian wissen.

„Also, ich hab jetzt nicht vor, euch zu erzählen, woher meine Verletzungen kommen", kündigte ich an. „Aber ich wollte euch erklären, warum meine Schwester und ich hier wohnen." Die anderen nickten nur, ohne etwas zu sagen. Sie ließen mir die Zeit, die ich brauchte, um alles zu erklären. Und auch wenn es mir schwerfiel, ich wollte sie einweihen, weil diese sechs Personen mir das Gefühl gaben, dass ich Freunde hatte.

„Bianca und Lorenz sind meine Eltern."

Verwirrte Blicke ruhten auf mir. „Klar sind sie deine Eltern, sie haben dich schließlich aufgenommen", murmelte Sophie.

Ich schüttelte den Kopf. „So meine ich das nicht. Die beiden sind meine leiblichen Eltern."

„Was?!", riefen alle außer Raphael.

„Nicht so laut", bat ich die anderen. „Nele weiß nichts davon, dass sie meine Adoptivschwester ist."

„Wie ... also was ...", stammelte Florian. „Hä?"

„Ich bin direkt nach meiner Geburt adoptiert worden", erzählte ich. „Seitdem habe ich bei meinen Adoptiveltern in Berlin gelebt. Meine richtigen Eltern kannte ich nicht. Dann kam irgendwann Nele zur Welt. Aber es ist viel passiert und ... vor acht Tagen ist Saskia, also meine Adoptivmutter, gestorben", flüsterte ich.

„Krass", murmelte Jan.

Das konnte er laut sagen.

„Ich hatte keine Ahnung, wie es weitergehen sollte. Vor allem wollte ich nicht, dass Nele ins Kinderheim muss. Und da sind plötzlich Bianca und Lorenz aufgetaucht." Ich lächelte. „Verdammt, war ich überfordert, als ich erfahren hab, dass die beiden meine leiblichen Eltern sind. Wie auch immer, sie haben uns aufgenommen. Aber das Ganze hat mich umgehauen! Und gestern hab ich mich mit den beiden gestritten, ich war so wütend, dass ich dann auch noch euch gegenüber ausgerastet bin ... Es tut mir leid." Jetzt, da ich es den anderen verraten hatte, nahm ich diese Wahrheit auch selbst immer mehr an. Bianca war meine Mutter, Lorenz mein Vater. Nicht nur biologisch. Ich sah die beiden tatsächlich als meine Eltern an. Ich akzeptierte sie langsam.

Eine Zeit lang herrschte Stille. Die anderen blickten mich nur verdutzt an. Mit diesen Neuigkeiten hatten sie offensichtlich nicht gerechnet.

„Entschuldigung angenommen!", durchbrach Sophie dann das Schweigen.

„Definitiv", pflichtete Florian ihr bei.

Niklas grinste mich an. „Das ist die beste Ausrede, die man für einen Ausraster haben kann."

Schüchtern lächelte ich. Ein Glück, zwischen meinen neuen Freunden und mir war alles in Ordnung. „Okay. Da das Ganze nun raus ist, fände ich einen Themawechsel toll", merkte ich an. „Wie war's gestern Abend noch auf der Feier?"

Sofort gingen die anderen auf meine Frage ein. Sie erzählten mir, was passiert war, wer sich betrunken und im Vorgarten übergeben hatte, wie lange es gedauert hatte, bis der Raum wieder aufgeräumt war und so weiter. Außerdem tauschten wir alle Handynummern aus. Da ich nun auch eins hatte, musste ich das ausnutzen. So konnten wir uns immer schnell absprechen und jederzeit erreichen. Irgendwie cool. Nach einer Weile klopfte es an meiner Zimmertür. „Ja?", rief ich. Die Klinke wurde heruntergedrückt und meine kleine Schwester steckte ihren Kopf durch einen schmalen Spalt. Überrascht sah ich sie an. „Nele, was ist los?"

„Darf ich mich zu euch setzen?", fragte sie zaghaft.

Noch bevor ich zustimmen konnte, winkten meine Freunde sie herein. „Klar, komm her!", antwortete Sophie.

„Nur keine falsche Scheu", lachte Karolin.

Ein Lächeln schlich sich auf Neles Gesicht, sie huschte ins Zimmer und kletterte auf meinen Schoß. Sanft legte ich meine Arme um sie. „Ist dir wohl langweilig?", erkundigte ich mich.

Sie nickte und schmiegte sich mit dem Rücken an mich. „Total! Ohne dich ist es immer langweilig."

„Deine Schwester ist süß!", meinte Karolin.

„Wer seid ihr alle? Wie heißt ihr?", fragte Nele und sah sich um. „Also, dich kenne ich", fiel ihr auf. Sie zeigte auf Sophie. „Und dich auch." Nun deutete sie auf Raphael. „Du bist der Blödmann, den Lara nicht ausstehen kann."

Augenblicklich brachen alle außer Raphael, Nele und mir in schallendes Gelächter aus. „Göttlich!", rief Niklas. „Kinder sind manchmal echt genial!"

„Wahnsinn, Raphael sieht total entsetzt aus", lachte Florian.

„Kindermund tut Wahrheit kund", zitierte Karolin schadenfroh.

„Frechheit!", beschwerte sich Raphael dann.

„Also, inzwischen finde ich ihn ganz okay", erklärte ich meiner Schwester. „Er ist netter, als ich dachte."

Mit großen Augen sah sie mich an. „Echt?"

„Echt."

Sie lächelte. „Na gut. Und wie heißt ihr jetzt alle?"

Die anderen stellten sich Nele vor. Wir redeten noch lange, aßen zu Mittag und verbrachten den ganzen Tag zusammen. Als wir nicht mehr im Zimmer sitzen wollten, machten wir eine Schneeballschlacht im Garten. Die anderen bezogen meine kleine Schwester voll ein und ließen sie mitspielen. Nicht nur Nele hatte sichtlich Spaß. Auch ich genoss diese Zeit sehr. Ich war immer noch überwältigt von dem Gefühl, echte Freunde gefunden zu haben. Es machte mich ... glücklich. Erst abends machten sich die anderen auf den Weg nach Hause. Nele war schon zu Bianca und Lorenz ins Esszimmer gegangen, ich brachte meine Freunde zur Haustür.

„Unsere Verabredung zum Training morgen steht noch, oder?", erkundigte sich Florian.

Ich nickte. „Unbedingt! Wann soll ich da sein?"

„So gegen drei?", schlug er vor.

„Geht klar. Dann bis morgen!"

Alle umarmten mich zum Abschied. Alle. Sophie, Florian, Karolin, Niklas, Jan und Raphael. Mit einem Lächeln auf den Lippen schloss ich die Haustür hinter ihnen und ging ins Esszimmer. Mein Magen knurrte schon ein wenig.

Bianca und Lorenz lächelten mich an, als ich mich an den Tisch setzte. „Und, hattest du einen schönen Tag?", wollte meine Mutter wissen.

„Oh ja", bestätigte ich. „Es war lustig. Stimmt's, Nele?"

„Voll!", rief sie fröhlich.

„Es ist schön, dass du so nette Freunde gefunden hast", merkte Lorenz an.

„Finde ich auch", flüsterte ich. Vor allem, weil ich niemals damit gerechnet hätte. Ich hätte nie gedacht, jemals so tolle Menschen kennenzulernen. Und damit meinte ich nicht nur meine neuen Freunde, sondern auch meine Eltern.

„Ich bin müde", murmelte Nele nach dem Essen.

Ich schmunzelte. „Kein Wunder, so viel, wie du heute herumgerannt bist."

„Geh doch ins Bett", schlug Bianca vor.

Nele rieb sich die Augen und nickte. „Bringst du mich, Lara?"

Ich stand vom Esstisch auf. „Na klar, Schwesterchen. Komm."

Nachdem ich sie ins Bett gebracht hatte, blieb ich noch bei ihr sitzen. Es dauerte nicht lange, bis Nele eingeschlafen war. Bevor ich ihr Zimmer verließ, küsste ich sie noch auf die Stirn. Sie hatte mich schon lange nicht mehr darum gebeten, sie ins Bett zu bringen. Sie hatte bis gestern Nacht auch schon länger nicht mehr bei mir im Bett geschlafen. Was machte der Kleinen bloß solche Sorgen? Seufzend stand ich von ihrer Bettkante auf und schloss leise die Zimmertür. Ob Nele bald mit mir reden würde? Ich lief die Treppen runter, zurück ins Esszimmer, um meinen Eltern beim Abräumen zu helfen. Doch sie waren schon fertig.

„Möchtest du die Nachrichten mit uns schauen?", fragte Lorenz.

„Klar, warum nicht", stimmte ich zu und setzte mich zu ihm und Bianca ins Wohnzimmer. Dass ich genau zwischen den beiden auf dem Sofa saß, machte mich etwas nervös. Aber sie hielten ein wenig Abstand zu mir, sodass es okay war.

Bianca machte den Fernseher an. „Noch vier Minuten, dann geht's los", stellte sie fest. „Bin ja mal gespannt, ob was Neues passiert ist."

„Wohl kaum", entgegnete Lorenz. „Die Große Koalition bringt nichts zustande genau wie jede andere Regierung, und der Geheimdienst der USA hört immer noch Privatgespräche ab."

„Wahrscheinlich", seufzte Bianca.

Da brummte mein Handy. Ich zog es aus der Hosentasche und las die SMS, die ich soeben bekommen hatte.

Hi!
Du hast Dienstag doch auch Badminton, oder? Hast du danach aus? Dann könnten wir reden, wie ausgemacht.
Raphael.

Ach, richtig, das Gespräch mit Raphael hatte ich schon wieder verdrängt. Aber ich musste es hinter mich bringen. Nach allem, was er gehört hatte, musste ich ihm wenigstens das Versprechen abringen, dass er es niemandem erzählen und mich niemals darauf ansprechen würde.

Hey!
Ja, ich hab nach Badminton aus. Wo wollen wir uns treffen?
Larissa

Es dauerte nicht lange, da kam schon seine Antwort.

Ich würd vorschlagen, wir setzen uns auf 'nen Kaffee ins Beanery. Ich kann dich danach heimfahren.

Das klang okay.

Gut, dann machen wir's so.

Nachdem ich die letzte Nachricht abgeschickt hatte, steckte ich mein Handy wieder ein. Genau pünktlich zum Beginn der Nachrichten. Wie Lorenz vermutet hatte, war nichts Besonderes in der Welt passiert. Das dachte ich jedenfalls bis zur letzten Tagesmeldung.

„Der Todesfall von Saskia H. sorgt in Berlin für Aufruhr", berichtete der Nachrichtensprecher. „Ihr Mann, Gilbert H., steht unter Verdacht, sie und seine Stieftochter jahrelang misshandelt und seine Frau letztendlich umgebracht zu haben. Er wurde bereits festgenommen."

Meine Hände fingen an zu zittern. Was sollte das? Wieso wurde davon in den Nachrichten berichtet? Aus den Augenwinkeln heraus bemerkte ich, dass Bianca sich erschrocken die Hand vor den Mund hielt.

„Obwohl er von einer Augenzeugin schwer belastet wird, fand gestern seine erste Haftprüfung statt."

Haftprüfung? Was sollte das sein?

„Damit kommt er nicht durch!", brüllte Lorenz aufgebracht.

Ich war zu gebannt von den Worten des Sprechers, um auf etwas anderes zu achten. „Gilbert H. beteuert seine Unschuld in sämtlichen Punkten der Anklage und beabsichtigte daher, durch die Prüfung aus der Untersuchungshaft entlassen zu werden."

Unmöglich. Dieser Teufel glaubte doch nicht wirklich, nach all seinen Taten jemals wieder freigelassen zu werden, oder?!

„Dies ist jedoch abgelehnt worden."

Gott sei Dank.

Mir wurde übel, als ich das alles hörte. Aber es kam noch schlimmer. Denn nun wurde eine Aufnahme gezeigt. Von Gilbert in Handschellen, den zwei Polizisten aus einem Auto ins Gericht hineinführten. Als ich diesen Mann auf dem großen Flachbildfernseher sah, biss ich die Zähne fest zusammen und unterdrückte einen Würgereiz. Vor meinen Augen verschwamm plötzlich alles. Da legte Bianca ihren Arm um meine Schultern. Lorenz griff nach meiner Hand. Die beiden sagten kein Wort, sie hielten mich nur fest. Dankbar lächelte ich sie an, was sie erwiderten.

Ich lenkte meine Aufmerksamkeit zurück auf den Fernseher. Gilbert wirkte erstaunlich ruhig. Er ging sehr langsam, blickte sich gründlich um und hielt den Kopf hoch. Neben ihm sahen die beiden Polizisten richtig klein aus. Gilbert wirkte weit entfernt, so anders als sonst. Ruhig. Gefasst. Schon beinahe erhaben. Und, von seinen Bartstoppeln abgesehen, ungewohnt gepflegt. Er sah schon beinahe gut aus. Menschlich. Als der Bericht endlich vorbei war und das Bild von Gilbert verschwand, fühlte ich mich regelrecht erlöst. Ich atmete tief durch. Vorbei.

„Er wird nie wieder aus dem Gefängnis kommen", schnaubte Lorenz ungehalten und drückte meine Hand noch mal fest, bevor er sie losließ.

„Ganz bestimmt nicht!", pflichtete Bianca ihm bei. „Du musst dir keine Sorgen machen, Lara."

„Schon gut", antwortete ich leise. In den Nachrichten lief nun der Sport, doch ich hörte nicht zu. „Ich treffe mich morgen übrigens wieder mit Florian", wechselte ich das Thema. „Um drei Uhr bei ihm."

Zum Glück gingen meine Eltern darauf ein. „Was habt ihr denn vor?", wollte Lorenz wissen.

„Dasselbe wie Mittwoch", entgegnete ich. „Er bringt mir Kung-Fu bei."

Überrascht sahen die beiden mich an. „Kung-Fu?", wiederholte Bianca.

Ich nickte. „Selbstverteidigung. Kann nicht schaden."

„Das ist super von Florian", meinte Lorenz.

„Ich find's auch gut", stimmte ich zu. „Irgendwie fühl ich mich besser, wenn ich weiß, dass ich mich verteidigen kann."

„Soll ich dich vielleicht fahren?", bot Bianca an. „Sonntags fahren die Busse hier nur alle 40 Minuten."

„Oh, das wäre dann vielleicht ganz gut. Wenn du die Zeit hast“, schränkte ich ein. „Sonst kann ich auch laufen.“

„Du läufst ganz bestimmt nicht nach Schirmitz“, erhob Bianca Einspruch. „Ich fahre dich, keine Frage.“

Nach dem Wetterbericht stand ich vom Sofa auf. „Ich geh dann mal hoch. Ich muss noch Hausaufgaben machen.“ Bianca und Lorenz nickten mir zu.

Ich lief in mein Zimmer und schaltete das Licht an. Womit sollte ich am besten anfangen? Englisch, Mathe oder Deutsch? „Mathe“, beschloss ich. „Das Schlimmste zuerst.“

Es wunderte mich ein wenig, dass ich so ruhig blieb, nachdem ich den Bericht von Gilbert in den Nachrichten gesehen hatte. Doch es ging mir relativ gut. Ich setzte mich an meinen Schreibtisch, schlug das Mathematikbuch auf und machte mich an die Hausaufgaben. Als ich nicht weiterkam, kaute ich auf meinem Kugelschreiber herum. So eine blöde Aufgabe. Da brummte mein Handy schon wieder. Dankbar für die Ablenkung zog ich es aus meiner Hosentasche und las die SMS von Raphael.

Schau mal aus dem Fenster. ;-)

Verwirrt schob ich die Augenbrauen zusammen; was sollte das denn? Ich drehte mich auf dem Stuhl zum Fenster um. Draußen war es längst dunkel, doch ein hell erleuchtetes Fenster lag meinem direkt gegenüber. Ich konnte problemlos in das Zimmer dort schauen und erblickte ein wohlbekanntes Gesicht. Raphael grinste mich an und winkte mir zu. Unwillkürlich musste ich lachen. Ernsthaft? Unsere Zimmer lagen sich gegenüber, sodass man jederzeit beim anderen reinschauen konnte? Ich winkte zurück und tippte dabei eine Antwort an ihn.

Ist mir gar nicht aufgefallen, dass dein Zimmer direkt gegenüber ist!

Er nahm sein Handy und las meine Nachricht, das konnte ich beobachten. Dann schmunzelte er und tippte etwas.

Tja, mir auch nicht. Aber jetzt wissen wir's. Du solltest die Vorhänge zuziehen, wenn du dich umziehst. ;-)

Empört und doch belustigt schüttelte ich den Kopf.

Danke für die Warnung, Perversling. :-P

Ich sah ihn lachen, dann brummte mein Handy schon wieder.

Ich wollte nur fair sein. ^.^ Na dann, schönen Abend noch!

Dir auch. Wir sehen uns in der Schule.

Wir winkten uns noch mal zu, dann widmete ich mich wieder der Matheaufgabe. Irgendwie hatte mir dieses *Gespräch* Spaß gemacht. Der ganze Tag war schön gewesen. Die Zeit mit meiner Familie, die Zeit mit meinen Freunden, einfach alles. Und am meisten freute ich mich darüber, dass ich heute tatsächlich Freundschaften geschlossen hatte. Echte Freundschaften. Hoffentlich würde ich diese wundervollen Menschen niemals wieder verlieren.

„Hey, da ist der Freak von Flos Feier!"
„Das ist doch die, die so ausgeflippt und abgehauen ist!"
„Die muss echt Probleme haben. Voll gestört!"
Als ich das Lästern und Kichern hinter meinem Rücken hörte, senkte ich den Kopf. Ich hätte mir ja denken können, dass mich in der Schule einige von den Partygästen wiedererkannten. Bis zur kleinen Pause war nichts passiert. Aber nun fing das Gerede an. Ich stand gerade mit Sophie, Florian und Raphael an einer Heizung im zweiten Stock. Die anderen waren noch nicht da. Wir hatten uns ganz normal unterhalten und Raphael von der bescheuerten Mathe-Ex vorhin erzählt. Doch nun konnte man das Tuscheln um uns herum nicht überhören. Dennoch ignorierten wir es und redeten einfach weiter. Bald kamen auch Niklas und Karolin dazu.
„Wo ist Jan heute eigentlich?", wunderte sich Sophie.
„Krank", antwortete Niklas. „Hat er mir heute früh jedenfalls geschrieben. Er hat sich 'ne Erkältung eingefangen."

Meine Nachbarin verzog das Gesicht. „Ist ja blöd."

Als wir wieder das Flüstern hinter uns vernahmen, unterbrachen wir das Gespräch. „Warum steht die eigentlich noch bei Flo und den anderen rum? Ich meine, mit so einem Spinner wollen die doch bestimmt nichts zu tun haben."

„Ja, echt! Eigentlich ist Flo doch viel zu cool für diesen Freak."

Toll. Ich war der Freak. Da hatte ich mir einen schönen Ruf eingebrockt. Aber eines fiel mir auf – Florian schien ziemlich beliebt zu sein. Das zeigte mir nicht nur das Gerede. Immerhin waren viele Leute auf seine Party gekommen und es gab kaum jemanden in unserem Jahrgang, der ihn bei einer Begegnung nicht grüßte.

„Und wie die aussieht! Voll gruselig."

„Ja, hast du letzte Woche die ganzen blauen Flecken gesehen? Übel!"

„Bestimmt ist sie ausgeflippt und hat sich geprügelt."

Konnte das nicht einfach aufhören? Ja, ich hatte mich sonderbar verhalten, aber das musste man nicht so ausbreiten, erst recht nicht direkt hinter mir! Am besten redete ich weiter mit meinen Freunden, dann konnte ich nicht so genau zuhören ...

„Würde ich ihr zutrauen, so wie die drauf ist."

„Jetzt reicht's aber!", brüllte plötzlich jemand neben mir und brachte die Lästermäuler damit zum Schweigen. Überrascht sah ich Raphael an, der sich zu den drei Mädchen und zwei Jungs hinter uns umgedreht hatte. Ich erkannte die fünf Schüler sogar. Sie gingen alle in meine Klasse.

Raphael warf ihnen wütende Blicke zu, die die fünf unsicher erwiderten. „Könnt ihr mal die Klappe halten?", zischte er. „Eure Meinung interessiert uns nicht! Und wenn ich noch einmal das Wort *Freak* höre, tauch ich euch mit dem Kopf in die nächstbeste Kloschüssel!" Wow, Raphael nahm mich gerade in Schutz, oder?

Die beiden Jungen schluckten schwer. „Nicht schon wieder", murmelte einer.

„Genau", meldete sich nun auch Niklas zu Wort. „Das letzte Mal, dass er das mit dir gemacht hat, war in der Grundschule. Wird mal wieder Zeit, oder?"

Ach du Schande – Raphael kannte den Kerl? Und er hatte ihn echt mal in eine Kloschüssel getunkt?!

„Wie dumm seid ihr eigentlich, dass ihr in Hörweite lästert?“, motzte Karolin.

„So was von peinlich“, warf Sophie ihnen vor. „Außerdem, glaubt ihr echt, wir lassen zu, dass ihr so über unsere Freundin redet?“

Gerührt blickte ich meine Freunde an. Sie stauchten diese Idioten zusammen, was ich mich nicht getraut hatte. Unglaublich.

Eines der drei Mädchen verdrehte die Augen. „Ach bitte, nach der Nummer auf Flos Party ist doch klar, dass darüber gelästert wird.“

„Eben“, bekräftigte ein anderes. „Das hat Flo den Abend doch voll versaut. Hab ich recht, Flo?“

„Das kann ich mir wirklich nicht länger anhören“, erwiderte mein Banknachbar, der bis dahin still geblieben war. Er stieß sich von der Heizung ab, an die er sich gelehnt hatte, und ging ein paar Schritte auf unsere Mitschüler zu. Mit seinen blauen Augen musterte er sie verächtlich. „Ihr benehmt euch wie der letzte Abschaum. Nur um eins mal klarzustellen: Ihr habt kein Recht, meine Freundin lächerlich zu machen.“

Gerade sein ruhiger Tonfall klang bedrohlich. Die Lästermäuler wirkten total eingeschüchtert. „Dass ich euch überhaupt eingeladen habe, war ein Riesenfehler. Wird nicht wieder vorkommen. Und wenn ihr jetzt nicht augenblicklich verschwindet, werde ich wirklich wütend.“ So schaurig hatte ich Florian noch nie erlebt. Dass er auch eine solche Seite hatte, wunderte mich bei diesem freundlichen Jungen ein wenig. Doch seine Worte verfehlten ihre Wirkung nicht. Die fünf sagten keinen Ton mehr, gingen weg und ließen uns in Ruhe.

„Flos dunkle Seite hat mal wieder die Oberhand gewonnen“, lachte Niklas. „Sehr cool. Das hat's voll gebracht.“

„Endlich sind die Spinner weg“, brummte Raphael.

Florian lehnte sich wieder an die Heizung. „Ich hasse solche Leute“, zischte er.

„Als Schulliebling kannst du's dir echt leisten, so fies zu werden“, merkte Sophie an. Florian zuckte nur mit den Schultern.

„Schulliebling?“, wiederholte ich.

Sophie sah mich überrascht an. „Ach, wusstest du das nicht? Flo ist nicht nur unser Klassensprecher, er ist auch zum ersten Schulsprecher gewählt worden. Raphael ist übrigens der zweite Schulsprecher."

„Wahnsinn!", staunte ich. „Ich hatte keine Ahnung, dass ihr zwei so beliebt seid."

„Ach was", antworteten die beiden wie aus einem Mund und grinsten sich dann an.

Ich lächelte kurz in die Runde. „Jedenfalls danke! Also, für eure Hilfe und so."

„Ist doch selbstverständlich", meinte Sophie und umarmte mich. Dabei war es doch Raphael gewesen, der als Erster für mich eingetreten war ... Ach, egal. Meine Freunde hatten mich alle in Schutz genommen, nur das zählte.

„Bist du okay?", erkundigte sich Raphael bei mir.

Ich nickte. „Klar, was sollte sein?"

„Mach dir einfach keine Gedanken darum, was die Idioten gesagt haben", entgegnete er. Machte er sich etwa Sorgen um mich?

„Genau", pflichtete Florian ihm bei und legte mir seinen Arm um die Schultern, „wir wissen schließlich, was Freitagabend los war."

Ich lächelte. „Danke, Leute."

Sophie zwinkerte mir zu. „Wir sind immer für dich da, Lara. Ehrensache!"

„Aber", wandte Raphael ein, „jetzt sollten wir zum Unterricht. Wir sind nämlich zu spät. Die Pause ist schon vorbei."

„Ach du Schande!", rief ich. „Dann los!"

Ein schlagendes Herz

„Jetzt macht schon! Baut die Netze auf und beeilt euch ein bisschen! Wir sind hier nicht im Altersheim!“, meckerte der Sportlehrer. Einige Schüler rannten herum, um alles für die Sportstunde vorzubereiten. Der Lehrer, ein komplett weißhaariger Mann mit Brille und Schnauzbart, schaute ihnen verärgert dabei zu.

„Aye, aye, Drill Sergeant“, murmelte Sophie.

„Der ist ja krass drauf“, stellte ich fest.

Sie lachte. „Oh ja. Herr Specht kennt keine Gnade, nicht mal bei einer Sportart wie Badminton. Sein Aufwärmprogramm besteht aus 50 Liegestützen.“

Entsetzt starrte ich sie an. „Ernsthaft?!“

Sie nickte. „Und keiner kommt daran vorbei.“

Hilfe! Rein körperlich schaffte ich nicht mal fünf Liegestützen. Ich war zu schwach dafür ... Im Gegensatz zu Sophie sah ich in meinen Sportklamotten auch nicht toll aus. Sie machte eine super Figur in der kurzen Hose und dem T-Shirt, ihre Haare hatte sie zu einem Zopf gebunden. Ich wirkte verloren in meiner zu großen Kleidung, meine Haare hingen über meine Schulter, weil ich mein Haargummi vergessen hatte. Wie ich Sport hasste ... Ich hatte extra Badminton gewählt, um meine körperlichen Defizite verstecken zu können. Aber unter diesen Umständen würde mir das nicht gelingen.

„Wollt ihr nicht beim Aufbauen helfen?“, fragte plötzlich jemand. Wir drehten uns um, Raphael stand dort, wie wir mit einem Badminton-Schläger in der Hand, und grinste breit. „Herr Specht gibt euch zehn Extraliegestützen, wenn er euch faulenzen sieht“, warnte er uns.

„Blödsinn“, winkte Sophie ab.

„Ist das eigentlich normal, dass beim Sport Elft- und Zwölftklässler zusammen unterrichtet werden?“, wollte ich wissen.

Raphael nickte. „Kommt oft vor. Weil die Kurse sonst nicht groß genug sind. Es sollen mindestens 20 Schüler in einem Kurs sein."

„Und wie viele sind wir hier?"

„Mit dir 25", antwortete Sophie.

Oh, eine ungerade Zahl? Ob ich dann überhaupt einen Trainingspartner finden würde? In Berlin war ich immer die Letzte gewesen, die in ein Team gewählt wurde. Warum sollte mich also hier jemand als Gegner beim Badminton wollen?

„Wir spielen zusammen, mach dir keine Sorgen", sagte Sophie.

Überrascht sah ich sie an. „Wie ..."

Sie grinste. „Du sahst so besorgt aus."

„Dann muss ich mir wohl einen neuen Gegner suchen", stellte Raphael fest.

„Du findest schon jemanden", entgegnete Sophie ungerührt. „Immerhin verlier ich dann nicht mehr ständig. Gegen dich hat ja niemand eine Chance."

Er fuhr sich durchs Haar. „Tja, ich bin einfach zu gut."

„Und was macht ihr da?", grollte eine Stimme plötzlich neben uns.

„Wir haben unserer neuen Mitschülerin gerade erklärt, wie der Sportunterricht hier läuft", antwortete Raphael sofort. Er war erstaunlich schnell darin, sich Ausreden auszudenken.

„Ach, bist du ... Larissa Kurz?", fragte Herr Specht nach einem Blick auf seine Klassenliste.

„Ja, genau", stimmte ich zu.

Er musterte mich kurz von oben bis unten. „20 Liegestützen", sagte er und verschwand so plötzlich, wie er erschienen war.

Irritiert schüttelte ich den Kopf. „Hä?"

„Freu dich!", rief Sophie und klopfte mir auf die Schulter. „Du musst nur 20 machen, keine 50."

„Echt? Das ist ja cool!", jubelte ich.

„So brutal er manchmal ist, Herr Specht zwingt niemanden zu etwas, was er nicht kann", merkte Raphael an. „Und bei deinem Untergewicht ist klar, dass du keine 50 Liegestützen schaffst."

Ich zuckte mit den Schultern. „Tja."

„Aufwärmen!", schrie der Lehrer durch die Sporthalle. „Los, los, los!"

„Es gibt keine Gnade", seufzte Sophie und legte ihren Schläger auf die Bank, die an einer der Hallenwände stand. Raphael und ich taten es ihr gleich, dann machten wir wie alle anderen Schüler auch unsere Liegestützen. In der Zeit, in der die anderen 50 Liegestütze schafften, gelangen mir bloß 18. Das war so demütigend ...

„Ach, es fällt sicher niemandem auf, wenn ich zwei Wiederholungen auslasse", dachte ich und richtete mich wie die anderen Schüler auf.

Da stand plötzlich Herr Specht neben mir. Er schüttelte den Kopf. „Noch zwei." Zählte der Kerl etwa mit?!

Zähneknirschend quälte ich mich durch die letzten beiden Liegestütze. Ich war jetzt schon total am Ende, dabei fing der Sportunterricht doch erst noch an.

„Alles okay?", fragte Sophie besorgt.

Ich nickte und wischte mir mit dem Jackenärmel den Schweiß von der Stirn. „Ja klar", keuchte ich. „Alles gut."

„Zweierteams bilden und Aufschläge üben!", kommandierte der Lehrer anschließend. „Raphael, mach die Jalousien wieder hoch! Verdammte Technik, kaum scheint die Sonne, wird alles abgedunkelt!"

Während Sophie und ich – wegen meiner Verfassung sehr langsam – uns einen Platz auf dem Spielfeld suchten, ging Raphael zur Eingangstür.

„Was will er denn da?", fragte ich meine Freundin.

„Da ist der Schalter für die Jalousien", erklärte Sophie. „Alles Technik. Aber sie funktioniert nie."

„Ach so."

„Hey, ist es Absicht, dass das Kabel aus der Wand guckt?", rief Raphael dem Sportlehrer zu.

„Keine Ahnung, wer soll denn bei dieser verdammten Technik noch den Durchblick behalten?", motzte Herr Specht. „Mach einfach die Jalousien hoch."

„Geht klar."

Mit gerunzelter Stirn blickte ich zu Raphael. Das mit dem losen Kabel klang gefährlich. Bestimmt war etwas kaputt. Als der Schwarzhaarige den Schalter berührte, sprühten plötzlich Funken. Ich riss die Augen auf. „Pass auf!", rief ich.

Doch die Warnung kam zu spät. Ein lauter Schrei erfüllte die Halle, Raphael flog ein Stück nach hinten und blieb reglos auf dem Boden liegen. Er atmete nicht mehr.

„Saskia, mach die Augen auf! Atme! Wach auf!", flehte ich verzweifelt. Meine Adoptivmutter lag vor mir auf dem Boden im Badezimmer. Triefnass. Ohne Atmung. Ohne Puls. „Was hast du mir ihr gemacht?", schrie ich Gilbert an. Ich konnte es nicht fassen. Doch trotz all meiner Panik zwang ich mich dazu, ruhig zu bleiben. Ich musste einen kühlen Kopf bewahren, sonst konnte ich Saskia nicht retten. Und das musste ich einfach! Dieser Teufel stand neben dem mit Wasser gefüllten Waschbecken und wirkte ein wenig hilflos. Nicht gerade geschockt, aber doch überrascht. Ich kniete mich über Saskias zierlichen Körper und öffnete vorsichtig ihren Mund. Kein Wasser darin. Okay. Dann los.

„Ich hab sie doch nur ein bisschen untergetaucht", murmelte Gilbert.

„Mistkerl!", beschimpfte ich ihn. „Du hast sie ertränkt!"

Zum Glück wusste ich, wie man eine Herz-Lungen-Reanimation machte. Ich hatte mich darüber schon vor Monaten im Internet informiert – als mir klar geworden war, zu welchen Brutalitäten Gilbert imstande war.

„Sie ist selbst schuld!", motzte er. „Wie kommt sie auf die Idee, dass ich heute mit ihr essen gehen will, nur weil unser Hochzeitstag ist? Pah!"

Herzdruckmassage, Herzdruckmassage, Herzdruckmassage ... Mit meinem vollen Gewicht drückte ich auf die richtige Stelle von Saskias Brustkorb. Oder besser gesagt, ich hoffte, dass es die richtige Stelle war. „Du bist ein Monster", zischte ich, bevor ich mich an die Mund-zu-Mund-Beatmung machte. Dabei hob und senkte sich Saskias Brustkorb. Das bedeutete immerhin, dass die Luft ihre Lungen füllte. Ich schien alles richtig zu machen. Aber Saskia schlug die Augen immer noch nicht auf... Wieso? Was sollte ich machen? Sie musste doch atmen!

„Bitte, wach auf", jammerte ich, während ich wieder zur Herzdruckmassage überging. Tränen stiegen mir in die Augen, ich atmete hektisch. „Saskia, wach auf! Atme wieder!"

„Jetzt mach sie schon wieder heile!", verlangte Gilbert von mir.

Als wäre seine Frau ein kaputter Gegenstand. Als hätte nicht er sie aus einem lächerlichen Grund ertränkt.

Ich ignorierte seinen Kommentar und konzentrierte mich auf das, was ich im Internet gelesen hatte. Mund-zu-Mund-Beatmung, Herzdruckmassage, immer wieder. Abwechselnd. Und noch mal. Die Tränen liefen mir nun über die Wangen. Wieso regte Saskia sich nicht? Als ich wieder Druck auf ihr Herz ausübte, zuckte sie plötzlich. Sie riss die Augen auf, hustete, spuckte Wasser und atmete hastig. „Saskia!", rief ich erleichtert. „Du lebst!"

Desorientiert blickte sie sich um. Sie hatte offensichtlich keine Kraft, um sich aufzusetzen. Sie war völlig geschwächt, außerdem hockte ich noch rittlings auf ihr. Leise seufzend legte ich den Kopf in den Nacken und atmete tief durch. Ich hatte mich noch nie so sehr gefreut, Saskia keuchen zu hören und ihre Augen zu sehen. Sie lebte.

„Verdammt, du Idiot, atme endlich!", schrie ich Raphael an. Ich hockte über ihm, meine Knie rechts und links neben seiner Hüfte auf dem Boden abgestützt. Er hatte immer noch keinen Puls, auch keine Atmung. Die anderen Schüler aus dem Sportkurs umringten uns, Herr Specht ebenso. Keiner von ihnen hatte reagiert, ich war sofort zu ihm gestürmt und hatte unverzüglich mit der Herz-Lungen-Reanimation begonnen. Der Lehrer hatte immerhin den Notarzt informiert. Nach der Herzdruckmassage fuhr ich mit der Mund-zu-Mund-Beatmung fort. Ich dachte gar nicht nach, ich handelte nur.

„Er atmet nicht!", wimmerte eine Schülerin. „Er ist tot! Er ist tot!"

„Klappe!", fuhr ich sie an. „Noch hat er 'ne Chance."

Ich hatte es damals mit 13 geschafft, jemanden wiederzubeleben, warum also nicht auch jetzt? Solche Zweifel störten nur. Meine Nerven waren auch ohne das Gejammer auf den billigen Plätzen angespannt genug.

Wieder von vorne. Und noch mal. Nach dem vierten Durchgang wurde ich wirklich unruhig. War der Stromschlag zu heftig gewesen? Konnte ich Raphael etwa nicht retten? Verdammt, ich musste es schaffen! Er hatte mir so oft geholfen, ich durfte nicht versagen. Er musste wieder atmen! Er musste leben!

Aber sein Herz schlug immer noch nicht ...

Egal! Noch mal. Und wieder.

„Geht das überhaupt so?“, fragte ein Schüler neben mir leise.

„Sie macht alles richtig“, flüsterte Herr Specht. „Sie macht es sogar richtig gut. Aber es passiert nichts ...“

Mit aller Kraft drückte ich auf Raphaels Brustkorb. Dann wieder Beatmung, die Luft füllte deutlich seine Lungen.

„Du willst mich doch nur ärgern!“, brüllte ich Raphael während der nächsten Massage an. „Wach! Endlich! Auf! Sofort!“ Und wie aufs Kommando öffnete er seine Augen. Er atmete flach, aber er atmete! Sein Herz schlug wieder. Mit einem erleichterten Lächeln ließ ich mich von ihm runtergleiten und setzte mich neben ihn auf den Boden. Mit so viel Action hatte ich heute nicht gerechnet.

„Raphael! Du lebst!“, rief Sophie. Ihre Stimme klang erstickt, vermutlich, weil sie weinte. Auch die anderen Schüler riefen etwas, doch ich hörte dem Durcheinander nicht zu. Ich atmete nur tief durch und umfasste meine Knie mit den Armen, um meinen Kopf darauf zu legen. Ich war erschöpft. Kaum zu glauben, dass die Erfahrungen, die ich wegen Gilbert gemacht hatte, mal nützlich sein konnten.

Der Sportlehrer ging neben Raphael in die Hocke. „Bleib liegen“, wies er ihn mit zitternder Stimme an. „Der Krankenwagen kommt jeden Moment.“

„Was ... was ist passiert?“, stammelte Raphael.

„Du hast einen elektrischen Schlag abbekommen“, erzählte der Lehrer. „Aber zum Glück konnte Larissa dich wiederbeleben.“

Raphaels Augen wanderten suchend durch den Raum.

„Sie sitzt rechts neben dir“, half Sophie ihm.

Er blickte mich an, doch seine blauen Augen wirkten trübe. „Danke ...“ Er klang so schwach, dass es mir beinahe wehtat, ihn so zu hören.

„Schon gut“, winkte ich ab. Meine Stimme war rau, mein Herz raste immer noch und meine offenen Haare waren schweißnass. Diese wenigen Minuten hatten mich völlig fertiggemacht. Aber nicht nur, weil ich an Saskias Atemstillstand damals denken musste. Sondern weil ich echte Angst um Raphael gehabt hatte. Skeptisch zog er die Augenbrauen zusammen, er sah mich angestrengt an. Was sollte dieser Blick bedeuten? Unvermittelt kullerte eine Träne über meine Wange.

Ach du Schande! Hastig wischte ich sie weg, bevor jemand sie sehen konnte. Wieso war mir zum Heulen zumute? Wieso die Träne? Ich hatte ihn doch gerettet. Also gab es keinen Grund dafür.

Sophie kam zu mir und setzte sich auch auf den Boden, um mich fest zu umarmen. „Lara, du bist eine echte Heldin!"

„Das hätte jeder gemacht", winkte ich ab, erwiderte die Umarmung aber. Der Halt tat in diesem Moment gut.

„Aber nicht jeder hätte es geschafft", wandte Herr Specht ein. Anerkennend lächelte er mich an. „Das war große Klasse. Ich hätte es nicht besser machen können."

Verlegen wandte ich den Blick ab. „Schon okay." Da fiel mir auf, dass Raphaels rechte Hand leicht verbrannt war. Klar, von dem Stromschlag. Das tat bestimmt weh. „Aber immerhin lebt er", sagte ich mir. „Immerhin lebt er."

Sophie legte ihren Kopf auf meine Schulter, während wir uns immer noch umarmten. Sie seufzte leise. „Ich hatte solche Angst", murmelte sie.

„Ich auch", flüsterte ich. So leise, dass es niemand hörte. Eines ging mir nicht aus dem Kopf. Es war selbstverständlich, dass ich sofort versucht hatte, Raphael zu retten. Aber warum hätte ich es mir definitiv nicht verzeihen können, wenn mir die Rettung nicht gelungen wäre?

Mit einem lauten Knall wurde die Tür aufgerissen. Schnelle Schritte kamen näher; der Klang von Schuhen mit hohen Absätzen.

„Raphael!", rief die Frau, als sie an sein Krankenbett stürzte. „Oh Raphael, Schatz!" Sie schluchzte auf, Tränen rannen ihr übers Gesicht. „Wie geht's dir? Wie konnte das passieren?"

„Alles okay, Mama", antwortete Raphael leise und griff mit links nach ihrer Hand. „Nicht weinen. Ich bin in Ordnung."

Sophie und ich wechselten einen mitleidigen Blick. Raphaels Mutter sah sehr, sehr ängstlich aus. Verständlicherweise.

Nach dem Unfall war der restliche Sportunterricht ausgefallen. Herr Specht, Sophie und ich hatten Raphael ins Krankenhaus begleitet. Der Lehrer hatte, nachdem die ersten Formalitäten erledigt waren, sofort Raphaels Mutter benachrichtigt. Anschließend war er gegangen. Und nun stand Renate neben dem Bett ihres Sohnes und weinte bitterlich. Sophie und ich hatten uns auf die beiden Stühle im Zimmer gesetzt. Wir wollten Raphael nicht allein lassen, auch wenn er vor lauter Erschöpfung kein Wort geredet hatte.

Aber jetzt stand ich auf. „Wir gehen mal kurz raus", flüsterte ich. Es wäre nicht richtig, Mutter und Sohn keine Privatsphäre zu lassen. Sophie sah das anscheinend genau so, jedenfalls erhob auch sie sich. Weder Renate noch Raphael schienen uns zu realisieren, also huschten wir aus dem Zimmer. Wir nahmen nur die Jacken mit, unsere Schultaschen ließen wir dort. Nachher würden wir noch einmal vorbeischauen.

„Mir ist echt das Herz stehen geblieben", seufzte Sophie, als wir durch das Weidener Klinikum spazierten.

Eigentlich war ja Raphaels Herz stehen geblieben, aber das sollte ich wohl lieber nicht erwähnen. „Ich war auch total geschockt", antwortete ich stattdessen.

„Aber du hast reagiert. Also, richtig gut reagiert!"

Tja, Übung. Aber das sollte ich besser auch nicht sagen. „Intuitiv halt."

„Gehen wir nach draußen in den Garten?", schlug Sophie vor. „Da stinkt es nicht so nach Desinfektionsmittel und wir können uns die Beine vertreten."

„Frische Luft ist jetzt genau das Richtige", stimmte ich zu.

Wir redeten nicht viel, während wir spazieren gingen. Doch wir hakten uns beieinander ein und schlenderten durch den Garten. Unter unseren Füßen knirschte der Schnee.

„Sollten wir den anderen Bescheid geben?", fragte Sophie nach einer Weile.

„Können wir. Sie wollen es bestimmt wissen", vermutete ich.

Mit ihrer freien Hand zog sie ihr Handy aus der Hosentasche. Den anderen Arm wollte sie offensichtlich nicht von mir lösen. Als mir das in den Sinn kam, musste ich lächeln. „Meinst du, das kann ich so abschicken?", erkundigte sich Sophie und zeigte mir die Nachricht.

Hey Leute,
pures Chaos! Raphael hat grad in Sport 'nen Stromschlag bekommen. Zum Glück konnte Larissa ihn wiederbeleben! Jetzt liegt

er im Klinikum. Wird wohl etwas dauern, bis er entlassen wird. Morgen besuchen wir ihn alle zusammen nach der Schule, ja?

„Das ist okay, aber lass den dritten Satz weg“, bat ich.

Sie schüttelte den Kopf und schickte die Rundnachricht ab. „Vergiss es, die anderen sollen ruhig wissen, dass du ein Lebensretter bist!“

„Ich stehe nicht so gerne im Rampenlicht“, murmelte ich.

Sie lächelte mich an. „Aber du hast es verdient.“

„Wenn du meinst ...“

„Oh, ich sollte meine Eltern noch schnell anrufen“, fiel ihr ein. „Die wundern sich sonst, wo ich so lange bleibe.“

„Das sollte ich vielleicht auch machen“, grübelte ich. Also lösten wir unsere Arme wieder voneinander und gingen ein paar Schritte auseinander, um in Ruhe telefonieren zu können.

Ich rief Bianca an, weil ich nicht wusste, ob Lorenz nicht noch in der Praxis war und arbeitete. Schon nach dem zweiten Klingeln hob sie ab. „Lara, was ist los?“, fragte sie verdutzt.

„Hi“, begrüßte ich sie. „Ich wollte nur Bescheid geben, dass ich heute erst später nach Hause komme. Ich bin im Krankenhaus, in Sport gab es einen Unfall und ...“

„Was ist passiert?“, unterbrach sie mich aufgeregt. „Geht es dir gut?“

Oh, das verstand sie jetzt aber völlig falsch. „Ganz ruhig, mir ...“

Wieder fiel sie mir ins Wort. „Oh Gott, ich fahre sofort los! In welchem Zimmer liegst du? Halt nein, rede lieber nicht zu viel, das sagen die mir an der Rezeption schon! Warte auf mich, ich bin in einer Viertelstunde bei dir!“

„Mama, hör mir zu!“, rief ich. Dass ich dieses Wort benutzte, erreichte genau die beabsichtigte Wirkung. Bianca verstummte und ließ mir Gelegenheit zu reden. „Es geht mir gut. Es ist Raphael, der im Krankenhaus liegt. Er hat einen ziemlich starken Stromschlag abbekommen“, erzählte ich.

„Oh Schreck“, murmelte sie. „Wie geht's ihm?“

„Den Umständen entsprechend ganz gut. Er ist ziemlich geschockt, aber seine Mutter ist jetzt da.“ Kurz zögerte ich. „Ich würde gern noch eine Weile dableiben, wenn das okay ist.“

„Sicher. Ruf an, wenn ich dich abholen soll.“

„Danke. Kannst du Nele sagen, dass ich später komme?“, bat ich. „Und dass es mir leidtut?“

„Natürlich, mach ich“, versicherte sie mir.

Ich legte auf und steckte das Handy wieder ein. Sophie war inzwischen auch fertig mit ihrem Telefonat.

„Gehen wir noch mal rein?“, schlug ich vor.

Sie nickte. „Ja, unbedingt.“

Wir kehrten in Raphaels Zimmer zurück. Es standen zwar zwei Betten in dem Raum, doch das andere war leer. Noch hatte er den Luxus, das Zimmer für sich zu haben. Wobei er das in seinem angeschlagenen Zustand wahrscheinlich nicht wirklich wahrnahm. Renate saß auf seiner Bettkante, die beiden redeten leise.

„Jetzt fahr wieder zurück zur Arbeit“, forderte Raphael seine Mutter auf.

„Ich kann dich hier doch nicht alleine lassen!“, protestierte sie. Hatten die beiden nicht gemerkt, dass Sophie und ich angeklopft und das Zimmer betreten hatten?

„Doch, bevor du gefeuert wirst, kannst du das schon. Ich komm klar“, beruhigte er sie.

„Aber ...“

„Kein *Aber*. Ich bin ja nicht allein. Lara und Sophie sind da.“

Renate seufzte und strich ihr dunkles Haar zurück. „Dann muss ich mich wenigstens noch bei Larissa bedanken, bevor ich fahre.“

„Blödsinn“, mischte ich mich ein.

Sie drehte sich erschrocken zu mir um. Immerhin weinte sie nicht mehr. Als sie mich sah, stand sie hastig vom Bett auf und eilte zu mir. Ohne Vorwarnung umarmte sie mich plötzlich. Und es kostete mich all meine Selbstbeherrschung, nicht reflexartig auszuweichen. „Danke!“, rief sie. „Larissa, du hast meinen Sohn gerettet! Danke!“

„Ach was“, presste ich unter ihrem festen Griff hervor. Ich fühlte mich wie gerädert – meine Verletzungen waren zwar größtenteils verheilt, aber eine solche Umarmung tat trotzdem gewaltig weh. „Das war selbstverständlich.“

Sie ignorierte meinen Einwand. „Ich weiß gar nicht, wie ich dir danken soll.“ Endlich ließ sie mich los.

Erleichtert atmete ich auf. „Sie müssen sich nicht bedanken.“

„Bitte sag *du* zu mir", entgegnete Renate und lächelte mich an.

„Gut, du musst dich wirklich nicht bedanken."

„Wir reden wann anders weiter", beschloss sie. „Ich muss jetzt los. Aber wir besprechen das noch."

Bitte nicht ... Was sollte diese übertriebene Dankbarkeit? Als ich Saskia zurück ins Leben geholt hatte, hatte sich niemand bedankt, nicht mal sie selbst. Ich hatte im Nachhinein oft vermutet, dass sie die Rettung bereut hatte. Dass sie es leid gewesen war, von Gilbert misshandelt zu werden. Aber wir hatten nie darüber geredet. Wir hatten es totgeschwiegen. Wie alles andere auch.

Renate lief aus dem Zimmer. Sie schien gewaltig im Stress zu sein.

„Na, kannst du langsam wieder reden?", erkundigte sich Sophie und trat zu Raphael ans Bett. „Geht's dir etwas besser?"

Er nickte. „Ich ... bin etwas fertig. Aber sonst geht's."

Auch ich stellte mich zu Sophie und musterte Raphael kurz. Er war blass, wirkte müde und bewegte sich praktisch nicht. Seine schwarzen Haare sahen wirr aus, seine sonst so durchdringenden Augen matt. Seine rechte Hand lag verbunden auf der Bettdecke.

Sophie lächelte ihn an. „Komm einfach schnell wieder auf die Beine, ja?"

„Ich werde mich anstrengen", versprach er und bemühte sich um ein kleines Lachen. Es klang eher nach einem Krächzen.

„Du solltest schlafen", riet ich ihm. „Dein Körper muss sich erholen."

„Schlafen klingt toll", murmelte er und schloss die Augen.

Sophie und ich warteten noch eine Weile, bis Raphaels Atmung ruhig und gleichmäßig wurde. Dann schnappten wir leise unsere Schultaschen und schlichen auf Zehenspitzen aus dem Raum. Die Tür schlossen wir beinahe geräuschlos hinter uns.

„Mal sehen, wie's ihm morgen geht", seufzte Sophie auf dem Weg ins Freie.

Ich dachte daran, wie gut Saskia sich nach einem Tag Bettruhe erholt hatte. Sie hatte sich sehr zusammengerissen, um Gilberts Tat zu verschleiern, klar, aber es war ihr nach dem ersten Tag schon merklich besser gegangen. „Bestimmt besser", antwortete ich darum.

Sophie nickte. „Ich hoffe es. So, mal schauen, wann der nächste Bus fährt."

„Bianca hat vorhin angeboten, mich abzuholen", erzählte ich. „Sie würde dich bestimmt mitnehmen."

„Oh, das ist super", freute sich Sophie.

Schnell rief ich Bianca an, damit sie uns abholte. Es dauerte nicht lange, bis sie kam und am Gehweg vor dem Krankenhaus parkte. Sie ließ das Fenster runter. „Springt rein!"

Nebeneinander setzten Sophie und ich uns auf die Rückbank. Viel redeten wir nicht mehr, dieser Vorfall hatte uns beide geschafft, und Bianca verstand das.

Zu Hause aß ich nur noch zu Abend, redete kurz mit Nele und legte mich dann gleich ins Bett. Die Hausaufgaben würde ich wann anders machen. Jetzt brauchte ich Ruhe. Sofort fielen mir die Augen zu.

Ein fälliges Gespräch

Am nächsten Morgen fühlte ich mich wieder fitter. Ich duschte schnell, zog mir Jeans, T-Shirt und einen feuerroten Pullover an, flocht mir zwei Zöpfe und warf einen Blick in den Spiegel. Gestern bei der Herz-Lungen-Reanimation hatten mich meine offenen Haare nämlich gestört. Okay, es war höchst unwahrscheinlich, dass ich heute noch mal in eine solche Lage geriet, aber mit den Zöpfen rechts und links fühlte ich mich ein bisschen wohler. Abgesehen von den verblassten gelbgrünen Flecken im Gesicht sah ich passabel aus. Und diese hässlichen Stellen würde Sophie nachher für mich verschwinden lassen, wie jeden Morgen vor der Schule. Ich lief nach unten ins Esszimmer, wo Lorenz bereits saß und in der Zeitung blätterte. Nele und Bianca sah ich nirgends.

„Guten Morgen“, wünschte ich ihm.

Er drehte sich zu mir um und öffnete den Mund zu einer Antwort, da stürmte meine kleine Schwester ins Zimmer und warf sich auf mich.

„Nele!“, rief ich erschrocken. „Was machst du denn da?“

Sie kicherte und umklammerte meine Hüfte fest. Von unten grinste sie zu mir hoch. „Guten Morgen!“

Über ihren Elan musste ich lächeln. Ich beugte mich zu ihr hinunter und umarmte sie. „Guten Morgen, Schwesterchen.“

„Du siehst total hübsch aus! Machst du mir auch solche Zöpfe?“, fragte sie.

Ich nickte. „Klar, wenn du willst. Komm, wir gehen ins Bad.“

„Ebenfalls guten Morgen!“, rief Lorenz uns noch hinterher, als wir die Treppen nach oben liefen.

Im Badezimmer stellte Nele sich vor den Spiegel, sodass ich ihr bequem zwei Zöpfe flechten konnte. Ihr stand die Frisur viel besser als mir.

„Danke!“, freute sie sich. „Das ist toll!“

Die Kleine erwärmte mir jedes Mal wieder das Herz. Ich mochte es sehr, sie so glücklich zu sehen. „Gern geschehen. So, ab zum Frühstück!“

Wir gingen zurück ins Esszimmer. Bianca saß inzwischen bei Lorenz am Tisch, die beiden unterhielten sich. Lorenz hatte sogar die Zeitung weggelegt. Er sah seine Frau völlig perplex an. „Nicht dein Ernst!“

„Doch, hat Renate mir gerade eben erzählt!“, bekräftigte Bianca. „Unglaublich, was? Vor allem, dass sie gestern nichts gesagt hat.“

„Was ist denn los?“, fragte ich, als Nele und ich uns an den Tisch setzten. Sofort musterten meine Eltern mich eindringlich. Was hatten die beiden denn?

„Du hast Raphael das Leben gerettet und erwähnst es nicht mal?“, rief Lorenz entsetzt.

Ach, darum ging es ... Ich trank einen Schluck aus dem Saftglas, das vor mir stand. „Das ist doch nicht wichtig“, entgegnete ich. „Er atmet. Mehr interessiert nicht.“

„Aber das ist großartig!“, widersprach Bianca. „Darauf muss man stolz sein.“

Nein, ich war nicht stolz darauf. Ich hatte Saskia so oft gerettet, aber stolz war ich deswegen nicht. Dadurch hatte ich es Gilbert schließlich ermöglicht, sie wieder und wieder zu verprügeln. Klar, das mit Raphael war anders – ihn hatte ich nicht gerettet, nur damit er gleich wieder in Gefahr geraten konnte. Aber trotzdem. Meine schlechten Erfahrungen mit Saskias Rettungen dämpften jeden Stolz einfach.

„Du hast Raphael das Leben gerettet?“, staunte Nele.

Hilflos zuckte ich mit den Schultern. „Ja, irgendwie schon.“

Sie strahlte mich an. „Meine große Schwester ist die Beste!“

„Das ist sie“, stimmte Bianca zu und lächelte erst Nele und dann mich an. „Sie ist eine Heldin.“

„So ein Blödsinn“, seufzte ich und nahm mir eine Scheibe Brot aus dem kleinen Körbchen auf dem Tisch. „Macht doch nicht so einen Wirbel, bitte!“

Bianca schmunzelte, sagte aber zum Glück nichts mehr. Dafür brachte mich nun meine kleine Schwester noch mehr in Verlegenheit. „Und sie ist unbesiegbar!“, rief Nele.

Ich stöhnte auf. Natürlich fand ich es toll, dass ich für meine Schwester so was wie eine Heldin war. Ich wollte immer für sie da sein und auf sie aufpassen. Aber solche Aussagen machten mich verlegen.

„Sie kann einfach alles!", fuhr die Kleine fort. „Sie hat mir auch die Haare heute gemacht."

„Das sind wirklich schöne Zöpfe", merkte Bianca an und lächelte Nele zu.

Mit gesenktem Kopf schmierte ich mir Butter auf die Brotscheibe. Hoffentlich sah niemand, dass sich meine Gesichtsfarbe gerade dem Rot meines Pullovers anglich.

„Ich finde, du hast großartig reagiert", meldete sich Lorenz zu Wort.

„Wie es jeder getan hätte", murmelte ich. Es war keine große Sache. Warum machten meine Eltern bloß so eine Sensation daraus? Das musste doch nicht sein. Das Klingeln erlöste mich aus dieser peinlichen Situation – Sophie war da, um mich zu schminken. Ein Glück. Sofort sprang ich vom Tisch auf und eilte zur Tür.

Meine Nachbarin von gegenüber strahlte mich an. „Morgen!"

„Guten Morgen", wünschte ich ihr.

Sie hielt einen Abdeckstift, eine Puderdose und Wimperntusche hoch. „Wollen wir?"

Ich nickte. „Na klar, komm rein."

Wie immer brauchte Sophie nicht lange, um mich wieder *menschlich* aussehen zu lassen. „Es geht immer schneller", merkte sie an. „Bald sind die Flecken ganz weg, dann brauchst du gar kein Make-up mehr."

„Darauf freue ich mich jetzt schon", entgegnete ich. Wenigstens im Gesicht und am Hals wollte ich Gilberts Andenken loswerden. Dass die Narben nicht verschwinden würden, war mir klar.

„Lara, Sophie!", rief Lorenz von unten. „Kommt ihr? Wir müssen los!"

„Wir kommen!", antwortete meine Freundin und packte die Schminksachen in ihre Schultasche.

Zusammen liefen wir nach unten, zogen Schuhe und Jacken an und verabschiedeten uns von Nele und Bianca. Ich umarmte meine kleine Schwester ganz fest. „Bis später. Hab einen schönen Tag."

Auf der Fahrt unterhielten Lorenz und Sophie sich über gestern. Über Raphael und den Stromschlag und mal wieder über mein Handeln. Nervig. Ich war erleichtert, als Lorenz endlich an der Schule parkte und wir ausstiegen. „Jetzt hab ich Ruhe“, dachte ich.

Von wegen.

Auf dem Weg zum Klassenzimmer kamen uns einige Schüler entgegen. Und sie verhielten sich äußerst merkwürdig. „Guten Morgen, Larissa!“, begrüßte mich ein Schüler aus der Parallelklasse.

„Guten Morgen!“, rief mir ein Mädchen zu, das ich nicht kannte. Und so ging das weiter. Es hörte einfach nicht auf. Lauter Elft- und Zwölftklässler, sogar ein paar jüngere Schüler sprachen mich an.

„Ah, Larissa, hey!“

„Starke Nummer gestern!“

Verwirrt sah ich Sophie an, die nur grinste. „Was soll das denn?“ Bis gestern hatte fast niemand mit mir geredet, von meinem Freundeskreis mal abgesehen. Warum taten jetzt alle so, als würden sie mich kennen?

„Ich würde sagen, deine heldenhafte Rettung von gestern hat sich rumgesprochen“, lachte sie.

„Oh nein ...“

„Larissa, hi!“, begrüßte mich ein Mädchen am Klassenzimmer.

Ich erkannte die Schülerin – sie war eine von denen, die am Montag so lautstark über mich gelästert hatten. Die zwei anderen Mädchen und die beiden Jungen stellten sich zu ihr.

„Es tut uns wirklich leid, was wir über dich gesagt haben. Schwamm drüber, ja?“, fuhr das Mädchen fort. „Du bist echt der Wahnsinn! Wir hatten ja keine Ahnung, was du drauf hast.“ Misstrauisch blickte ich zwischen den fünf Schülern hin und her.

„Die Heuchelei könnt ihr euch sparen“, meckerte Sophie sie an.

„Aber ...“

„Nichts *Aber*“, unterbrach eine tiefe Stimme das Mädchen. Florian stand nun auch bei uns. „Vorgestern lästert ihr über sie und heute wollt ihr ihre besten Freunde sein? Etwas zu spät, findet ihr nicht? Verzieht euch.“ Daraufhin ließen uns die fünf in Ruhe. Zum Glück. Ihr komisches Verhalten hatte mich wirklich irritiert.

Plötzlich legte Florian seinen Arm um mich. „Lara, der Hammer! Das ist meine Banknachbarin!“

Ich verdrehte die Augen und löste mich aus der Umarmung. „Schon gut."

„Sie ist etwas schüchtern", kicherte Sophie.

„Völlig zu Unrecht", meinte Florian.

„Können wir das Thema bitte ruhen lassen?", flehte ich. „Ich kann's nicht mehr hören! Ich hab nichts Besonderes gemacht!"

„Okay, okay, ich versuche, es nicht mehr zu erwähnen", versprach Sophie. „Du solltest aber damit rechnen, heute noch öfter davon zu hören."

Leider hatte sie recht damit. Nicht nur meine Freunde, sondern auch Lehrer und andere Schüler sprachen mich darauf an. Als ich nach der fünften Stunde endlich Schulschluss hatte, flüchtete ich regelrecht aus dem Klassenzimmer.

Florian begleitete mich, er hatte auch schon aus. „Wollen wir gegenüber beim Bäcker warten?", schlug er vor. „Dann können wir uns was Warmes zu trinken holen."

Ich nickte. „Alles ist besser, als in der Schule zu bleiben." Schließlich mussten wir noch eine Schulstunde warten, bis die anderen freihatten und wir alle zusammen zum Krankenbesuch gehen konnten.

„Du magst Aufmerksamkeit echt nicht, was?", fragte Florian, während wir an der roten Ampel standen.

„Das ist einfach zu viel Trubel", seufzte ich. Netterweise ließ er das Thema daraufhin fallen. Die Ampel wurde grün und wir überquerten die Straße.

„Treffen wir uns trotzdem zum Kung-Fu?", erkundigte er sich.

„Wenn wir nicht zu lange im Krankenhaus bleiben, dann gerne", stimmte ich zu. „Wir können uns ja abends treffen, so um acht."

„Gute Idee, das machen wir", beschloss er.

In der kleinen Bäckerei schlug uns eine angenehme Wärme entgegen. Hier drinnen merkte ich erst, wie kalt es draußen gewesen war.

„Einen Cappuccino", bestellte Florian bei der freundlich wirkenden Verkäuferin.

„Sonst noch einen Wunsch?", fragte sie.

Ich musterte die Tafel, auf der das Angebot der Heißgetränke stand. Irgendwie fand ich das zu teuer. 1,80 Euro für einen Tee, dafür konnte ich mir eine ganze Packung Teebeutel kaufen. Schade nur, dass es hier keinen Karamell-Macchiato gab. Den würde ich gerne mal wieder trinken.

„Ja, eine Nussschnecke noch", antwortete Florian und bezahlte die Bestellung. Er setzte sich mit seinen Sachen schon mal an einen der Tische. Die Bäckerei war leer, wir hatten also freie Platzwahl. Er entschied sich für den hellsten Tisch, den Platz direkt am Fenster.

„Was hätten Sie denn gerne?", wollte die Verkäuferin nun wissen.

„Einen Früchtetee." Sie gab mir das Getränk, ich bezahlte und setzte mich Florian gegenüber.

„Willst du nichts essen?", wunderte er sich.

Ich schüttete ein Päckchen Zucker in den Tee und rührte ihn mit dem kleinen Plastiklöffel um. „Gerade nicht." Eigentlich hätte ich sogar gerne was gegessen, aber der Tee war schon so teuer gewesen. Mehr Geld wollte ich nicht ausgeben.

„Magst du ein Stück?", bot er an und deutete auf die Nussschnecke auf seinem Teller. „Die ist echt gut."

„Ich glaub, ich hab seit vier Jahren keine Nussschnecke mehr gegessen", lachte ich. „Ich weiß gar nicht, ob ich sie mag oder nicht."

Entsetzt sah er mich an und riss ein Stück ab, um es mir zu geben. „Dann wird's Zeit! Hier, probier ruhig."

Ich schmunzelte. „Okay, danke", stimmte ich zu und nahm das Stück entgegen. Das Gebäck fühlte sich klebrig an. Aber es schmeckte himmlisch! Ich hatte wohl wirklich eine Schwäche für süße Sachen, das war mir seit meinem Weggang aus Berlin deutlich aufgefallen. Ich leckte mir sogar den Zuckerrest von den Fingern. „Lecker!", rief ich begeistert.

Florian lachte und schob mir seinen Teller rüber. „Hau rein."

Erstaunt sah ich ihn an. „Du kannst mir doch nicht die ganze Nussschnecke geben", protestierte ich.

„Doch, kann ich", entgegnete er. „Ich hol mir einfach noch eine."

„Wie viel hat die gekostet?", fragte ich.

Er schenkte mir einen anklagenden Blick. „Völlig egal, ich hab sie dir spendiert und Ende."

„Wow ... danke", murmelte ich verlegen.

Er grinste. „Keine Ursache."

Mir hatte noch nie ein Mitschüler etwas spendiert. Florian war erstaunlich großzügig. Er brachte mir Kung-Fu bei, er schenkte mir eine Nussschnecke und er verlangte überhaupt nichts dafür. Nachdem er sich ein zweites Gebäckstück gekauft hatte, setzte er sich wieder zu mir. Bis die anderen Schulschluss hatten, blieben wir in der Bäckerei sitzen und unterhielten uns. Florian erzählte mir total verrückte, lustige Geschichten über seine Familie, vor allem über seinen kleinen Bruder, der ständig Streiche spielte oder sonstigen Ärger machte. Ich fand es toll, ihm zuzuhören. Solche Geschichten konnte ich nicht erzählen. Es hatte keine lustigen Geschehnisse in meiner alten Familie gegeben.

„Und dann ist er voll in die Brennnesseln gerannt, obwohl ich ihn noch gewarnt hab. Fritz hat sich tagelang gekratzt, das war echt nicht schön anzusehen."

Ich verzog das Gesicht. „Das muss wehgetan haben."

„Oh ja, er ... Hey, schau mal, da ist Niklas", bemerkte Florian.

Da ich mit dem Rücken zum Fenster saß, musste ich mich umdrehen. „Stimmt, und Karolin auch."

Florian setzte seine schwarze Mütze auf, unter der nur noch die Spitzen seiner blonden Haare hervorschauten. „Dann gehen wir mal!" Recht bald hatte sich unsere kleine Gruppe zusammengefunden und wir machten uns auf den Weg ins Krankenhaus.

„Echt praktisch, dass das Kepler so nah am Klinikum liegt", merkte ich an.

Jan nickte. „Zu Fuß sind's nur zehn Minuten."

Plötzlich legte Florian mir beim Laufen seinen Arm um die Schultern. „In welchem Zimmer ist Raphael eigentlich?"

Ich kommentierte diese Geste gar nicht erst. Schließlich wusste ich inzwischen aus Erfahrung, dass Florian seinen Arm nicht mehr wegnehmen würde. Aus den Augenwinkeln heraus sah ich zu ihm. Musste es nicht unbequem sein, so zu gehen? Er war zwar ein bisschen größer als ich, aber nicht viel. Da war es doch aufwendig, den Arm so hoch zu halten. Na ja, seine Sache.

„Ich weiß die Zimmernummer gar nicht", antwortete Sophie. „Auf jeden Fall im zweiten Stock."

„Wir finden schon wieder hin", versicherte ich den anderen.

„Das ist die Hauptsache", meinte Florian.

„Sag mal, ist dein Arm da angewachsen oder warum lässt du Lara nicht mehr los?", lachte Karolin.

Florian grinste. „Ich bin so stolz auf sie, ich kann einfach nicht anders." Ich seufzte leise.

Sophie legte ihren Arm plötzlich um meine Taille und zog mich von Florian weg zu sich. „Jetzt gehört sie mir!"

„Hey!", beschwerte sich Florian. „Das war gemein!" Unwillkürlich musste ich lachen. Ich legte meinen Arm auch um Sophie.

„Siehst du, Lara hat mich viel lieber als dich", zog sie ihn auf.

Beleidigt verschränkte Florian die Arme vor der Brust. „Frechheit."

Schon standen wir vor dem Krankenhaus. Während wir zu Raphaels Zimmer gingen, blieben wir leise, um die anderen Patienten nicht zu stören. Sophie klopfte an die Tür und trat ein, gefolgt von allen anderen. Ich blieb etwas abseits stehen, nachdem ich die Tür hinter mir geschlossen hatte. Das Zimmer war schon klein genug, da musste ich mich nicht zu allen anderen drängeln. Außerdem war ich müde. Zu viel Trubel um eine Selbstverständlichkeit ...

Raphael saß aufrecht im Bett, sein Handy in der Hand. Als wir hereinkamen, drehte er sich zu uns um und lächelte. Er sah im Gegensatz zu gestern erholt aus, nicht mehr so schrecklich blass und erschöpft. Es schien ihm besser zu gehen. Ein Glück.

Er hatte das Zimmer noch immer für sich allein. Die Bettdecke lag am unteren Bettrand, anscheinend waren ihm seine Sportklamotten warm genug. Komisch. Ich fror hier etwas, sogar mit Pullover und einer dicken Winterjacke.

„Leute!", begrüßte Raphael uns überrascht und legte sein Handy beiseite. „Wie cool! Ihr seid da!"

Karolin nickte. „Natürlich sind wir das."

„Dachtest du etwa, wir kommen dich nicht besuchen, wenn du im Krankenhaus liegst?", entgegnete Niklas kopfschüttelnd.

„Wie geht's dir denn?", fragte Sophie.

„Du siehst besser aus, als ich dachte", merkte Florian an.

Raphael nickte langsam. „Mir geht's okay. Am liebsten würde ich mir jetzt die Beine vertreten, aber ich muss noch liegen bleiben. Warum auch immer."

„Vielleicht weil du ungefähr, hm, zwei Minuten nicht mehr geatmet hast", wandte Sophie ein. „Ist besser, wenn du dich ausruhst."

„Es ist nur so langweilig hier", erzählte er und zupfte an seinem schwarzen Haar herum. „Es ist nichts los. Gut, meine Mutter kommt morgens und abends vorbei und ich kriege drei Mahlzeiten am Tag. Aber das war's auch schon."

„Darum sind wir jetzt hier", sagte Jan und setzte sich auf die Bettkante. „Mit uns wird dir sicher nicht langweilig!"

Raphael lachte. „Das glaub ich euch aufs Wort."

Sophie setzte sich neben Jan aufs Bett, Niklas und Karolin hockten sich auf die andere Seite. Florian blieb am Fußende stehen und stützte sich dort auf die silberne Bettstange.

Ich bewegte mich nicht von der Tür weg, gedankenverloren starrte ich in die Luft. Das letzte Mal, als ich im Krankenhaus gelegen hatte, war nach Saskias Tod gewesen. Beim vorletzten Mal hatte mich eine Lehrerin dorthin gebracht, weil ich im Unterricht umgekippt war. Kein Wunder nach sechs Tagen ohne Essen. Und das Mal davor hatte Gilbert mich verprügelt und Saskia so getan, als wäre ich wegen eines dummen Unfalls tagelang bewegungsunfähig im Krankenbett gelegen. Nicht gerade meine schönsten Erinnerungen. Wie so ziemlich alle Erinnerungen an mein Leben in Berlin.

„Lara, was machst du denn da drüben?", riss Sophie mich aus meinen Gedanken. Sie winkte mich zu sich. „Komm doch her."

Erst da schien Raphael aufzufallen, dass ich auch mitgekommen war. „Ich hab mich schon gewundert, wo du bist", merkte er an.

Zögerlich trat ich ein paar Schritte näher, bis ich neben Florian am Ende des Bettes stand. „Es sah eben nur so eng aus, darum hab ich etwas Abstand gehalten", erklärte ich.

„Musst du doch nicht", entgegnete Florian. „Für dich rücken wir gerne noch etwas enger zusammen."

Ich lächelte schief. „Na ja, so viel Platz brauche ich auch nicht."

„Stimmt, du bist die Dünnste von uns", kicherte Karolin.

Raphael musterte mich kritisch, sagte aber nichts.

„Eigentlich hat Lara noch offiziell einen Applaus verdient", äußerte sich Niklas. „Oder was meint ihr?"

Nein! Nahm das denn kein Ende?

Karolin nickte. „Finde ich schon."

Ich schüttelte den Kopf. „Finde ich nicht ..."

„Lasst es mal gut sein, ich glaube, sie hat genug", erhob Florian Einspruch. „Unsere Lehrer haben sie heute auch schon den ganzen

Tag genervt. Und es ist nur noch eine Frage der Zeit, bis es obendrein in der Zeitung steht. Gönnt ihr mal 'ne Atempause."

Überrascht sah ich den blonden Jungen an. Er hatte wirklich begriffen, wie sehr mich der ganze Trubel frustrierte. „Danke", flüsterte ich.

Er zwinkerte mir zu. „Keine Ursache."

„Klar, entschuldige", meldete sich Niklas beschämt zu Wort. „Ich wusste nicht, dass du heute schon so damit genervt worden bist."

„Konntest du ja nicht wissen", beruhigte ich ihn.

Ab diesem Moment wurde der Nachmittag richtig entspannt. Wir leisteten Raphael Gesellschaft und unterhielten uns. Gegen fünf Uhr nachmittags wurde es draußen bereits dunkel. Der Winter war wirklich eine düstere Zeit, in meinen Augen jedenfalls. Allerdings mochte ich es, wenn eine weite Fläche mit weißem Schnee bedeckt war. Unangetastet. Das gefiel mir am Winter.

„Sag mal, Lara, hörst du eigentlich zu?", fragte mich Jan plötzlich.

Ertappt sah ich den Jungen an, wandte jedoch schnell den Blick ab, als ich an seinen dunkelgrünen Augen hängen blieb. Ich hasste es, an Gilbert denken zu müssen, wenn ich Jan betrachtete. Und ich hasste es, dass ich mich gerade überhaupt nicht konzentrieren konnte. Ich schweifte ständig ab. „Tut mir leid, ich bin ziemlich müde", entschuldigte ich mich.

„Sieht man", antwortete er.

„Wollen wir bald heimfahren?", schlug Sophie vor.

„Also, lange kann ich nicht mehr hierbleiben", merkte Niklas an. „Zu viele Hausaufgaben ..."

„Ja, es ist schon spät geworden", stimmte Florian zu und schaute auf seine Armbanduhr. „Kurz nach sechs."

Ich spielte mit den Spitzen eines meiner Zöpfe zwischen Daumen und Zeigefinger. „Bei mir zu Hause gibt's bald Abendessen."

„Bei mir auch", seufzte Jan.

„Dann solltet ihr euch auf den Weg machen", riet uns Raphael. „Ihr müsst ja erst noch zum ZOB und 'nen Bus erwischen." Sophie, Jan, Niklas und Karolin standen vom Bett auf.

Florian lächelte. „Hilft ja nichts. Gehen wir."

„Morgen kommen wir wieder", versprach Sophie.

„Das find ich super", freute sich Raphael. Wir verabschiedeten uns und gingen zur Zimmertür. Bevor Sophie und ich als Letzte den Raum verließen, drehten wir uns noch mal um und winkten dem Schwarzhaarigen zu. „Moment mal!", fiel ihm da ein. „Lara, hast du noch kurz Zeit?"

Fragend sah ich ihn an. „Wofür?"

„Ich muss mit dir reden."

Ich verzog das Gesicht. „Jetzt sofort?"

„Wäre mir am liebsten", bestätigte er.

„Aber dann erwischt sie keinen Bus mehr", wandte Sophie ein. „Der letzte fährt etwa um sieben, glaube ich."

„Ich würde heute gerne noch heimkommen", sagte ich.

„Meine Mutter kommt um sieben, dann kann sie dich nach Pirk mitnehmen", schlug er vor.

„Was ist denn so wichtig, dass es nicht warten kann?", wollte Sophie wissen.

„Na ja, ohne Lara würde ich jetzt nicht hier liegen", entgegnete er. „Und ich würde gerne mit ihr reden."

Das kaufte ich ihm nicht ab – vermutlich ging es um die Unterhaltung, die ich ihm versprochen hatte, nachdem er mein Gespräch mit Bianca und Lorenz gehört hatte.

Sophie nickte langsam. „Macht Sinn."

„In Ordnung", stimmte ich zu. „Dann bis morgen früh, ja?"

Meine Freundin lächelte mich an und umarmte mich. „Genau, bis morgen."

„Tschüss, Leute!", rief ich nach draußen, wo die anderen warteten.

Florian steckte seinen Kopf durch die Tür. „Bleibst du noch da?"

„Ja, Raphael will noch mit mir reden", erklärte ich.

„Oh. Okay. Dann wird das mit dem Training heute nichts mehr, oder?"

Das Kung-Fu-Training! Daran hatte ich nicht mehr gedacht. Zerknirscht sah ich ihn an. „Leider nicht, entschuldige."

„Hey, macht nichts", winkte er ab. „Wir machen was Neues aus."

„Unbedingt!"

Nachdem ich mich von allen verabschiedet hatte, ging ich zurück zu Raphael. Einen Schritt vom Bett entfernt blieb ich stehen und schaute zu ihm runter. „So, was gibt's?", fragte ich. „Du willst nicht wirklich über die Wiederbelebung reden, oder?"

„Doch, unter anderem", antwortete er und bedeutete mir näher zu kommen.

Skeptisch musterte ich ihn, trat aber noch einen Schritt näher. Schneller, als ich es in seinem Zustand von ihm erwartet hätte, beugte er sich plötzlich zu mir und schlang seine Arme um meine Hüfte. „Was wird das?", rief ich entsetzt.

Er überging meine Frage, er flüsterte nur: „Danke."

Eine Weile herrschte Stille, wir verharrten in dieser ungewöhnlichen Position. Unschlüssig blickte ich zu Raphael, der mich weiterhin festhielt und seinen Kopf an meinen Bauch lehnte.

„Ist schon gut", sagte ich leise und tätschelte seinen Kopf. Sein dunkles Haar fühlte sich unerwartet weich an. Moment mal, was machte ich da?! Das war Raphael und nicht meine Schwester! Schnell zog ich die Hand zurück. Als mir klar wurde, dass Raphael mich gerade umarmte, fühlte ich mich unwohl. Genauso, wie ich es nicht mochte, dass Florian dauernd seinen Arm um mich legte. Allgemein wurde ich nicht gerne angefasst, nachdem Gilbert das so oft getan hatte, das würde sich nicht so bald ändern. Deshalb trat ich vorsichtig einen Schritt nach hinten, was Raphael dazu brachte, die Umarmung zu lösen. Fragend sah er mich an. „Ich mag das nicht besonders", erklärte ich. „Also, angefasst zu werden."

Er nickte. „Ich kann mir denken, warum."

Wieder kehrte Stille ein. Unangenehme Stille.

„Willst du dich setzen?", bot Raphael an und deutete auf sein Bett. „Du stehst schon seit Stunden hier rum."

„Ja, gerne", stimmte ich zu und setzte mich neben ihn auf die Kante. „Also, worüber willst du reden?" Unwillkürlich wurde ich leiser. „Ich meine, du hast ja sowieso alles gehört."

Raphael schnaubte. „Ich würde lieber im Beanery bei 'nem Kaffee quatschen, aber so bald komm ich hier wohl nicht raus." Er lächelte schief und betrachtete seine eingebundene Hand.

Ach, richtig, wir hatten ja gestern nach dem Sportunterricht in ein Café gehen wollen. Das hatte ich schon wieder vergessen. „Ja, ich fänd's auch entspannter, wenn ich einen Karamell-Macchiato hätte", murmelte ich.

„Karamell-Macchiato?“, wiederholte er amüsiert. „So was magst du?“

Ich nickte. „Ich glaube langsam, ich mag so ziemlich alles, was süß ist.“

Er grinste. „Ah ja.“

Erneut schwiegen wir. War ich etwa hiergeblieben, nur um neben ihm zu sitzen und ein Blickduell auszufechten?

Er nahm sein Handy und tippte etwas, dann legte er es zurück auf den Nachtschrank und sah mich wieder an. „Hast du eigentlich eine Sanitäterausbildung oder so?“, brach Raphael plötzlich die Stille.

Ich schüttelte den Kopf. „Nein. Nichts dergleichen.“

„Wie konntest du ... mich dann retten?“, wunderte er sich.

„Du kennst die Geschichte von Gilbert ja sowieso schon im Großen und Ganzen“, seufzte ich. „Einmal hat er meine Adoptivmutter fast ertränkt. Ich hab sie wiederbelebt.“

Er sah mich unbehaglich an. „Verstehe.“

„So, jetzt komm zum Punkt“, bat ich. „Ich will das hinter mich bringen. Was willst du wissen?“

„Wie lange willst du die Geschichte vor den anderen geheim halten?“

„Solange ich kann“, antwortete ich sofort. „Ich hab nicht vor, damit hausieren zu gehen.“

„Meinst du nicht, irgendwann wird es sowieso herauskommen?“, entgegnete er.

Ich schüttelte den Kopf. „Warum sollte es?“

„Nur so ein Gefühl. Sag mal, hieß deine Adoptivmutter Saskia, äh ... H. oder so?“, fragte er auf einmal.

Meine Augen weiteten sich und mein Mund klappte auf. „W...w... wie ... w...woher?“, stammelte ich.

Er tippte mit den Fingerspitzen auf seinem weißen Bettlaken herum. „Dachte ich's mir doch.“

Ich konnte es nicht fassen. „Woher weißt du das?“

„Samstagabend gab's in den Nachrichten einen Bericht über einen Vorfall in Berlin“, erzählte er. „Das klang ein wenig nach deiner Geschichte. Und als ich den Kerl gesehen hab ...“ Er unterbrach sich selbst.

Ich schlang meine Arme um mich und hüllte mich dabei enger in meine dicke Jacke. „Was dann?“, fragte ich leise.

„Ich weiß auch nicht, ich musste an Jan denken.“

Erst sah ich ihn überrascht an, dann musste ich schmunzeln. „Ja, ich finde auch, dass Jan ... ihm sehr ähnlich sieht.“

„Was wiederum erklärt, warum du Jan gegenüber etwas distanzierter bist als bei den anderen“, ergänzte Raphael.

„Das hast du gemerkt?“, wunderte ich mich.

„Das haben wir alle“, antwortete er.

Unbehaglich senkte ich den Blick zu Boden. „Mist ...“ Ich wollte Jan nicht benachteiligen, nur weil er mich an Gilbert erinnerte. Aber offensichtlich tat ich das unbewusst.

„Tja, entweder du erzählst den anderen, warum du zu Jan anders bist, oder du benimmst dich normal“, riet Raphael mir.

„Ich werde mich bemühen“, seufzte ich.

„Hey, vielleicht hilft's ja, dass Jan demnächst 'ne Brille bekommt“, fiel ihm ein. „Die ändert sein Aussehen bestimmt.“

„Wirklich?“ Ein kleines Lächeln schlich sich auf mein Gesicht. „Das ist gut.“

„Weißt du, es würde dir echt helfen, mal mit den Menschen zu reden. Mir leuchtet ja ein, dass du nach ... allem nicht mehr so kommunikativ bist“, räumte er ein. „Aber wenn du Jan mal gesagt hättest, dass er dich an jemanden erinnert, mit dem du schlechte Erfahrungen gemacht hast, wäre er nicht so irritiert gewesen. Mir sagst du ja auch, dass du nicht gerne angefasst wirst.“

Ich dachte über seine Worte nach. „Du könntest sogar recht haben.“

„Natürlich hab ich recht“, lachte er.

„Vielleicht sollte ich Florian dann auch mal sagen, dass er mich nicht ständig umarmen soll“, grübelte ich.

Raphael schmunzelte. „Das ist halt Flos Art, dich einzubinden.“

„Wie meinst du das?“, fragte ich.

„Na ja, Flo weiß, dass er ziemlich beliebt ist“, erklärte er. „Seien wir mal ehrlich, wenn man dich das erste Mal sieht, schließt man dich nicht gleich ins Herz ...“ Das konnte ich schlecht bestreiten. „Und indem er zeigt, dass du viel mit ihm zu tun hast, bringt er die anderen dazu, dich zu akzeptieren, wenn auch nur unterbewusst.“

„Meinst du, dass er sich so viel dabei denkt?", wunderte ich mich.

„Ich bin mir sicher."

Raphael kannte ihn gut, also konnte er mit seiner Vermutung durchaus richtig liegen. Und das würde bedeuten, dass Florian tatsächlich der wohl netteste Junge war, den ich jemals kennengelernt hatte. „Sag mal, kann ich dich auch was fragen?", bat ich.

„Nur zu."

„Warum hast du mich fotografiert, als wir uns das erste Mal getroffen haben?" Das wollte ich schon lange wissen. Inzwischen kannte ich Raphael etwas besser und ich konnte mir nicht vorstellen, dass er so etwas Blödes gemacht hatte, nur weil er meine Verletzungen so außergewöhnlich fand.

„Ich wollte die Stimmung auflockern. Ja, ich weiß, es war eine bescheuerte Art und der Versuch ist total nach hinten losgegangen. Aber in dem Moment dachte ich mir, die Stimmung ist so angespannt, mach irgendwas Dämliches. Dann lachen die Neuen bestimmt", murmelte er und zupfte an dem Kopfkissen herum, an das er sich lehnte.

„Du bist echt ein Idiot", lachte ich.

„Hey, so was sagt man nicht zu jemandem, der im Krankenhaus liegt", motzte er. „Das ist nicht nett!"

„Du bist auch nicht immer nett", entgegnete ich amüsiert.

„Touché."

„Aber eigentlich bist du ganz in Ordnung", merkte ich an.

Er lächelte. „Da bin ich aber erleichtert."

„Ganz ehrlich: Dass du mich belauscht hast, fand ich ätzend. Aber dass du dichthältst, ist echt anständig", gab ich zu.

„Du bist auch nicht so eine zickige Drama-Queen, wie ich ursprünglich dachte", sagte er. „Am Anfang fand ich dich einfach nur unerträglich."

„Das sagst gerade du", schnaubte ich.

„Na ja, du hast dich schon ganz schön aufgeführt. Wie war das noch gleich?" Er überlegte kurz. „Ach ja! Du hast keine Ahnung, wovon du redest! Du bist viel zu behütet aufgewachsen, um irgendwas davon zu verstehen!", zitierte er mich.

„Du hast mich total auf die Palme gebracht", nahm ich mich in Schutz. „Und genau genommen stimmt es doch auch."

Er schüttelte den Kopf. „Nur weil ich nicht durch die gleiche Hölle gegangen bin wie du, heißt das noch lange nicht, dass ich in einer perfekten Welt lebe."

Zweifelnd sah ich ihn an. „Was meinst du?"

Eine ganze Weile antwortete er nicht. Er starrte nur auf die zerwühlte Bettdecke an seinem Fußende und atmete tief durch. Vermutlich steckte eine sehr schmerzhafte Geschichte hinter seinen Worten. Ich wollte ihn nicht zwingen, mir diese zu verraten.

„Schon gut, du musst es nicht erzählen", sagte ich.

„Doch, doch, das ... das bin ich dir schuldig", meinte er. „Ich kenne ja auch deine schlimmsten Erfahrungen."

„Nein", widersprach ich. „Du bist mir nichts schuldig, Raphael. Es ist okay. Sag's mir oder sag's mir nicht, aber wenn, dann bitte freiwillig und nicht, weil du dich dazu verpflichtet fühlst."

Er lächelte schief. „Okay, ich möchte dir die Kurzfassung erzählen. Das reicht wahrscheinlich."

Ich strich mir eine Ponysträhne vor den Augen weg. „Okay."

„Als ich 14 war, ist mein Erzeuger abgehauen. Er hat meine Mutter und mich wegen einer anderen Frau sitzen lassen." Seine Gesichtszüge verfinsterten sich, grimmig ließ er seinen Blick zum Fenster schweifen. „Natürlich wegen einer jüngeren. Unterhalt bekommen wir fast keinen von dem Arschloch. Und meine Mutter muss wie eine Verrückte arbeiten, damit wir über die Runden kommen. Das bisschen, das ich neben der Schule bei McDonald's verdiene, ist auch keine große Hilfe."

Schon allein die Tatsache, dass er von seinem *Erzeuger* sprach, machte deutlich, was für eine Wut er auf seinen Vater hatte. Und in Anbetracht seiner Lage konnte ich das nachvollziehen. Weil ich nicht wusste, was ich sagen sollte, nahm ich seine gesunde Hand und drückte sie. Verunsichert blickte ich ihn an.

Er bemühte sich um ein Lächeln und erwiderte den Druck. „Ist lange her", sagte er dann.

„Wissen die anderen davon?"

„Klar, die haben es live miterlebt", erzählte er. „Wir sind ja schon ziemlich lange befreundet."

„Wie oft arbeitest du denn bei McDonald's?", wechselte ich das Thema.

„Dreimal die Woche", antwortete er. „Viel mehr Zeit hab ich leider nicht. Schule, Fußballtraining, Freunde. Da kann ich nicht viel öfter arbeiten."

„Dreimal die Woche ist doch ziemlich oft", meinte ich. Wir lösten unsere Hände wieder. „Als ich noch Nachhilfe gegeben hab, war das nur einmal die Woche."

„Du hast mal Nachhilfe gegeben?"

Ich nickte. „In Deutsch und Englisch."

„Nicht schlecht. Du bist eben ein Lehrerkind", lachte er.

„Also bitte, meine Mutter ist Grundschullehrerin. Das ist was ganz anderes", stellte ich klar. „Was arbeitet deine Mutter eigentlich?"

„Ich bin Köchin", meldete sich eine helle Stimme an der Tür zu Wort.

„Mama, du bist ja schon da!", wunderte sich Raphael.

Ich drehte mich um, Renate kam gerade auf uns zu mit zwei Getränkebechern in der Hand. Ihre kurzen dunklen Haare sahen wirr aus, was sie ein wenig gestresst wirken ließ.

Sie lächelte uns an. „Hallo, ihr zwei."

„Hallo", antworteten wir wie aus einem Mund.

„Wie geht's dir, Schatz?"

Raphael nickte. „Ganz gut. Ich würde gern hier rauskommen."

„Nichts da", verneinte sie. „Erst wenn die Ärzte es erlauben."

„Schon klar", seufzte er. Da fiel sein Blick auf die beiden Becher. „Sind das ..."

Seine Mutter lächelte. „Ja, ich hab deine Bestellung mitgebracht. Ich lehne mich mal ganz weit aus dem Fenster und vermute, dass der Milchkaffee für dich ist." Sie reichte ihm den Becher.

„Genau", stimmte er zu und nahm das heiße Getränk. „Und der Karamell-Macchiato ist für Lara." Überrascht sah ich zwischen ihm und seiner Mutter hin und her. Raphael grinste. „Du hast doch vorhin gesagt, du hättest gerne einen. Da hab ich meiner Mutter geschrieben, ob sie uns die Getränke mitbringen kann."

Renate reichte mir den heißen Becher. „Hier."

„D...danke", stammelte ich verdutzt. „Das ist echt nett von euch."

„Nach allem, was du für Raphael getan hast, ist das doch das

Mindeste“, meinte sie. „Ich nehme dich nachher auch gerne mit nach Pirk.“

Ich lächelte sie an. „Vielen Dank.“

Zusammen blieben wir noch eine Weile bei Raphael sitzen und unterhielten uns über unverfängliche Themen. Schule, Heißgetränke, Renates Arbeit in einem kleinen gutbürgerlichen Restaurant in der Innenstadt. Es war ein entspannter Abend. Ich lachte ungewöhnlich viel für meine Verhältnisse. Aber Renate und Raphael waren auch eine lustige Gesellschaft. Und so warmherzig.

„Aber jetzt sollten wir fahren“, beschloss Renate und stand auf. „Es ist schon fast acht. Bianca und Lorenz warten bestimmt schon auf dich, oder Larissa?“

Bianca und Lorenz! Die beiden hatte ich völlig vergessen. Und vor allem: Nele wartete bestimmt auf mich! Ich sprang sofort vom Bett auf.

„Willst du so schnell von mir weg?“, zog Raphael mich auf.

Ich streckte ihm die Zunge raus. „Na klar, was sonst?“

Er grinste. „Das ist nicht nett.“

„Nein, ernsthaft, meine kleine Schwester wartet bestimmt auf mich“, murmelte ich. „Und meine Eltern auch.“

„Weiß ich doch“, lachte er. „Es war cool, dass du so lange geblieben bist.“

Ich lächelte schief. Das Gespräch hatte ich ihm schließlich versprochen, es war fällig gewesen. Und nun verstand auch ich ihn ein wenig besser. „War ein netter Abend. Noch mal danke für den Karamell-Macchiato. Der war himmlisch!“

Raphael winkte mir kurz zu. „Dann tschüss.“

Seine Mutter umarmte ihn zum Abschied, dann folgte ich ihr zum Parkplatz, auf dem ihr Auto stand. Draußen war es kalt, dunkel und ungemütlich. Ganz anders als in Raphaels Zimmer. Wieso fror ich heute eigentlich die ganze Zeit? In der Schule, im Krankenhaus, draußen und sogar im Auto ...

„Larissa, ich weiß, du kannst es vermutlich nicht mehr hören“, sagte Renate auf der Fahrt nach Hause, „aber ich möchte mich noch mal bei dir bedanken.“

„Das ist echt nicht nötig“, versicherte ich.

„Doch! Für dich war es vielleicht nichts Besonderes, aber für mich ... bedeutet es sehr viel." Plötzlich wurde sie leiser. „Raphael ist alles, was ich habe. Wenn du ihn nicht wiederbelebt hättest ... Oh Gott, ich will es mir gar nicht vorstellen. Nein, ich will nicht daran denken!"

Stumm musterte ich den Autositz, auf dem ich saß. Erst nach einer langen Zeit antwortete ich. „Ich hätte es mir nie verziehen, wenn ich's nicht geschafft hätte", flüsterte ich.

Aus den Augenwinkeln heraus sah ich Renate lächeln. „Aber das hast du."

„Zum Glück."

„Möchtest du mal zu uns zum Abendessen kommen, wenn Raphael aus dem Krankenhaus entlassen wird?", fragte sie. „Du würdest es ewig bereuen, meinen Schweinebraten nicht zu probieren."

„Ähm, okay, warum nicht", nahm ich die Einladung an. „Klingt lecker."

„Sehr schön!", freute sie sich. „So, wir sind da."

Ich stieg aus dem Auto und holte meine Schultasche aus dem Fußraum, bevor ich die Tür zuschlug. „Danke fürs Mitnehmen."

„Gern geschehen. Gute Nacht, Larissa."

„Gute Nacht." Hastig lief ich nach Hause. Ich hatte noch einige Hausaufgaben zu machen. Für das Kung-Fu-Training wäre heute wirklich keine Zeit mehr gewesen. Aber dieser Tag hatte sich gelohnt. Ich kannte Raphael nun besser, und ehrlich gesagt mochte ich den Jungen, der mir auf seine schräge Art half. Ich sah ihn mit völlig anderen Augen als früher. Auch über Florian hatte ich etwas Neues erfahren. Er war nicht nur unglaublich großzügig, er war großherzig. Zuverlässig. Mitfühlend. Und ich hatte mir fest vorgenommen, Jan gegenüber normaler zu sein. Doch, dieses Gespräch war sinnvoll gewesen. Ich lächelte. Schließlich verstand ich meine neuen Freunde nun besser.

Der nötige Rückhalt

„Steh auf!"
„Ich kann nicht mehr!"
„Irrelevant. Steh auf!"
„Mir tut aber alles weh!"
„Das wird deinen Gegner nicht interessieren."

„Flo, jetzt reicht's aber", mischte Sophie sich ein. „So erbarmungslos musst du auch wieder nicht werden."

„Sie will sich doch verteidigen können. Dann muss sie sich etwas anstrengen", stellte Florian klar und strich sich die schweißnassen Haare zurück.

Laut keuchend lag ich auf dem Boden, alle viere von mir gestreckt. Ich konnte mich nicht mehr bewegen. Lose Strähnen aus meinem Pferdeschwanz hingen mir ins Gesicht, doch ich konnte sie nicht zur Seite streichen. Meine Arme fühlten sich tonnenschwer an und schmerzten, weil ich mich gegen Florians Schläge verteidigt hatte. Auch meine Beine waren unendlich schwer, genau wie mein restlicher Körper. Ich war heute so oft umgeworfen worden, dass ich mich nun nicht mehr aufrichten konnte.

Sophie ging neben mir in die Hocke und musterte mich besorgt. „Ist euer Training etwa immer so heftig?"

Ich deutete ein Kopfschütteln an. „Noch nie so schlimm wie heute."

„Da hab ich mir ja echt den richtigen Tag zum Zuschauen ausgesucht ..." Sie reichte mir die Hand. „Komm, ich helf dir."

Dankbar lächelnd ergriff ich ihre Hand. Dass ich meinen Arm überhaupt bewegen konnte, war schon ein Wunder. Aber das Aufstehen gelang mir trotz Sophies Hilfe nicht. Wie ein nasser Sack plumpste ich zurück auf die Matte.

„Flo hat dich echt fertiggemacht", stellte sie beunruhigt fest.

„Dafür hab ich einiges gelernt", murmelte ich. Florian war ein netter Kerl – er trainierte mich so hart, damit ich mich selbst verteidigen konnte. Und dass er außergewöhnlich freundlich war, wusste ich spätestens seit letzter Woche. Seit meinem Gespräch mit Raphael.

In dieser Woche war nicht viel passiert. Meine Freunde und ich hatten Raphael täglich im Krankenhaus besucht und Jan hatte eine Nerdbrille bekommen, die sein Erscheinungsbild in meinen Augen weitaus weniger bedrohlich machte. Ich hatte einige Stunden Kung-Fu gehabt und ich fror immer noch oft. Außerdem ging ich regelmäßig zur Fahrschule, heute Abend würde ich auch wieder hingehen. Bald durfte ich sogar meine erste praktische Stunde machen.

„Na gut, genug für heute", beschloss Florian und kniete sich zu mir. „Du hast lange durchgehalten. Zwei Stunden. Neuer Rekord."

„Danke", keuchte ich.

Er reichte mir ein Handtuch. „Willst du dich abtrocknen? Also, wenn's dich nicht stört, dass ich mir den Schweiß damit schon abgewischt hab."

„Egal, Hauptsache was zum Abtrocknen", entgegnete ich und nahm das Tuch.

„Sophie, weißt du, wie spät es ist?", fragte er.

Sie schaute auf ihr Handy. „Gleich fünf."

Florian nickte. „Okay, dann hab ich noch 'ne halbe Stunde, bis ich meinen Bruder abholen muss."

„Was macht Fritz denn?", erkundigte ich mich.

„Er besucht einen Freund", erzählte er. „Hier im Dorf. Und weil's schon dunkel ist, hole ich ihn zur Sicherheit ab."

„Das ist echt nett von dir", meinte Sophie.

„Ach was", winkte er ab. „So, Lara, festhalten." Verwirrt sah ich ihn an. Da griff er mir plötzlich unter die Arme und zog mich in einer fließenden Bewegung – anscheinend völlig mühelos – wieder auf die Beine. Er grinste mich an. „Na also, du kannst ja doch noch stehen."

Ich musste lachen. „Ja, aber meine Knie sind total wackelig."

„Gehen wir hoch und trinken 'nen Schluck", schlug er vor.

„Oh ja, ich hab auch langsam Durst", stimmte Sophie zu.

Gemeinsam setzten wir uns in Florians Esszimmer. Er schenkte uns allen ein Glas Cola ein, dann holte er eine Bäckertüte und setzte sich zu uns an den Tisch. „Bevor ich's vergesse, das ist für dich", sagte er und gab mir die Tüte.

Überrascht sah ich ihn an. „Was ist das?"

„Mach's auf."

Als ich die Nussschnecke in der Tüte entdeckte, musste ich lächeln. „Wie cool! Danke, Flo!"

Er grinste. „Als kleine Entschuldigung für das harte Training."

„Ach, du wusstest schon vorher, dass du mich heute fertigmachen willst?", fragte ich amüsiert und biss in das Gebäckstück.

Sophie knuffte ihn am Oberarm. „Wie süß von dir."

Er streckte ihr die Zunge raus. „Halt die Klappe."

Wir brachen alle drei in schallendes Gelächter aus. Wahnsinn, wie wohl ich mich hier inzwischen fühlte. Ich dachte immer seltener an Gilbert und ich kam langsam mit Saskias Tod klar, auch wenn ich mir immer noch Vorwürfe deswegen machte. Nele ging es sichtlich gut, sie wirkte fröhlich und lebhaft. Vielleicht hatte ich mich doch getäuscht und sie kämpfte mit keinem Problem. Jedenfalls schien alles derzeit friedlich zu sein. Mit Bianca und Lorenz verstanden wir uns gut. Nele hatte die beiden wirklich ins Herz geschlossen, und auch ich mochte sie. Obwohl ich sie eigentlich hatte hassen wollen – genau wie jeden anderen hier. Glücklich blickte ich auf die Nussschnecke in meiner Hand, zu Florian und dann zu Sophie, die für mich langsam eine beste Freundin wurde. Nein, ich konnte die Menschen hier nicht hassen. Ich genoss mein neues Leben. Berlin lag hinter mir. Und je mehr Zeit verging, umso besser ging es mir. Nicht nur körperlich. Die blauen Flecken waren verheilt, die Prellungen taten kaum noch weh. Aber vor allem psychisch fühlte ich mich besser.

„In zehn Minuten fährt ein Bus nach Pirk", merkte Sophie an. „Nehmen wir den?"

Ich nickte. „Ja, das passt gut. Ich esse nur noch auf."

Florian lächelte. „So viel Zeit muss sein."

Bald verabschiedeten wir uns von Florian und fuhren zurück. Ich war noch keine Viertelstunde zu Hause, dann musste ich schon zur Fahrschule. Erst um halb zehn kam ich abends zurück. Zum Glück musste ich keine Hausaufgaben mehr machen. Aber leider hatte ich meine Schwester heute kaum gesehen. Normalerweise verbrachte ich viel mehr Zeit mit ihr, und diese Zweisamkeit fehlte mir. Hoffentlich konnte ich morgen wieder mit ihr spielen. Erschöpft legte ich mich ins Bett und schloss die Augen. Innerhalb von Sekunden schlief ich ein.

„Lara! Lara! Laaaaaaaaraaaaaaaaaa! Laaaaaaaaaaaraaaaaaaa!", kreischte eine panische Stimme.

Augenblicklich schreckte ich hoch. „Nele!", rief ich. Ich strampelte meine Bettdecke beiseite und rannte ins Nebenzimmer. In der Dunkelheit stolperte ich beinahe, außerdem stieß ich mit dem Knie gegen den Türrahmen und mir tat jedes Glied vom Training weh. Aber das war egal. Nele hatte nach mir geschrien. Hastig stürmte ich zu ihrem Bett und setzte mich. Nur schemenhaft erkannte ich meine kleine Schwester, sie zitterte und wimmerte laut.

Ich machte das Nachttischlicht an. Geblendet schloss ich die Augen, doch ich zwang mich, sie wieder zu öffnen. Nele sah furchtbar aus. Tränen strömten über ihr Gesicht, ihre Haare fielen wirr über ihre Schultern, die graugrünen Augen hatte sie angstvoll aufgerissen. Und sie kauerte sich zusammen wie ein verschreckter Igel.

„Schwesterchen, was ist los?", fragte ich besorgt und nahm das weinende Häuflein Elend fest in die Arme. Sie klammerte sich an mich und krallte sich mit ihren Fingern in das Oberteil meines Schlafanzugs. Außer einem Schluchzen brachte sie nichts heraus. Beunruhigt sah ich die Kleine an. Was hatte sie bloß? Vor ein paar Stunden hatte ich noch gedacht, dass alles in Ordnung wäre. Dass ich mir Neles Problem nur eingebildet hatte. Aber damit lag ich falsch. Ihr Problem war real. Eindeutig.

„Was ist los?", rief eine aufgeregte Stimme an der Tür.

Ich drehte mich um; Bianca und Lorenz waren von Neles Schrei wohl ebenfalls aufgewacht. In ihren Schlafanzügen kamen sie nun ins Zimmer. Beide sahen sehr verschlafen und dennoch alarmiert aus. „Ich weiß es nicht", antwortete ich.

Bianca setzte sich zu mir aufs Bett und strich Nele durchs Haar. „Was hast du denn?" Wieder schluchzte meine kleine Schwester nur. Lorenz ging vor dem Bett in die Hocke und betrachtete Nele sorgenvoll.

„Hast du schlecht geträumt?", flüsterte ich.

Sie nickte, und es schüttelte sie merklich.

„Wovon hast du geträumt?", fragte Lorenz ruhig.

Nele schüttelte heftig den Kopf. Sie wollte nicht reden. Beruhigend wiegte ich sie hin und her wie ein kleines Kind. Ich summte leise eine Melodie – das erste Lied von meinem MP3-Player. Ein entspannendes Lied. Eines, das sie schon oft beruhigt hatte. Endlich wurde ihre Atmung wieder regelmäßig. Immerhin. Bianca und Lorenz tauschten einen besorgten Blick. Sie wirkten ratlos. Genau wie ich mich gerade fühlte.

„Alles ist gut", wisperte ich Nele ins Ohr. „Ganz egal, was du geträumt hast, ich bin da. Ich beschütze dich. Dir kann nichts passieren."

„Aber dir passiert was!", wimmerte sie. „Dir passiert immer was!"

Hatte sie das etwa geträumt? Dass mir etwas geschehen war? Verdutzt sah ich sie an. „Wie kommst du darauf?", fragte ich. „Schau doch – es geht mir gut. Mir passiert nichts."

Lange Zeit sagte Nele nichts mehr, sie weinte nur. Ich strich ihr sanft durchs Haar und wiegte sie weiterhin. Die Digitaluhr auf dem Nachtschrank zeigte 02:57 an. Kein Wunder, dass ich mich wie erschlagen fühlte. Aber das machte nichts. Ich musste Nele beruhigen.

Lorenz streichelte ihren Rücken. „Lara ist okay, siehst du? Du musst keine Angst haben."

Bianca nickte. „Es war nur ein böser Traum."

„Nein!", schrie Nele. „Ich hab's gesehen! Und gehört!"

„Was hast du gesehen?", hakte ich vorsichtig nach. „Was hast du gehört?" Sie wimmerte laut, darum küsste ich sie auf die Stirn. Mit tränennassen Augen blickte sie mich an. Dann brach sie wieder in Schluchzen aus. „Nele, was schleppst du mit dir herum?", seufzte ich. „Rede mit mir! Wie lange muss ich dich denn noch fragen?"

„Er hat dir wehgetan", flüsterte sie. „Du hast geschrien. Nein! Nein! Immer wieder …"

Ich biss die Zähne zusammen. Okay, sie sprach von Gilbert. Aber was genau hatte sie mitbekommen? War es nur ein Traum oder … Oh nein. Bitte nicht. Sie durfte nicht mit eigenen Augen gesehen haben, was dieser Teufel mit mir gemacht hatte, egal worum es ging.

„Was hat er gemacht?", fragte Lorenz. Er klang erstaunlich gefasst, doch seine geballten Fäuste offenbarten seine Wut.

„Er hat gesagt, Lara soll sich nicht wehren und still sein", erzählte Nele mit rauer Stimme. „Damit ich nichts merke. Aber ich war wach ..."

Sofort zuckte ich zusammen, meine Augen weiteten sich und mein Mund wurde trocken. Ich hatte das Gefühl, alles in mir zog sich zusammen. Sie hatte nachts etwas mitbekommen. Nachts. Ausgerechnet nachts! Da hatte Gilbert nur eine Sache mit mir gemacht. Die schlimmste Sache.

„Oh Gott", stöhnte Bianca und vergrub das Gesicht in den Handflächen. Lorenz legte wortlos einen Arm um seine Frau, einen um Nele und mich.

Ich drückte meine Schwester noch enger an mich. „Erzähl weiter." Ich musste wissen, was genau sie gesehen hatte.

Nele schniefte laut. „Ich weiß nicht weiter ... Es war so dunkel. Aber er hat dir wehgetan, das weiß ich!"

Dem Himmel sei Dank. Sie wusste nicht, was passiert war. „Und wann war das?"

„Kurz bevor wir umgezogen sind ..."

Immerhin hatte sie es nicht früher mitbekommen. „Du musst dir keine Sorgen machen", redete ich auf Nele ein. „Ja, Gilbert hat mich in dieser Nacht verletzt. Er hat mich geschlagen. Aber dann ist er wieder gegangen, es war nicht so schlimm." Ich log sie nicht gerne an, aber die Wahrheit durfte sie unter keinen Umständen erfahren. Bianca und Lorenz sahen das anscheinend genauso, jedenfalls sagten sie nichts.

„Wirklich?", fragte Nele ängstlich.

Ich lockerte die Umarmung, um ihre Tränen mit meinem Ärmel wegzuwischen. „Wirklich. Und jetzt hab keine Angst mehr, Schwesterchen, mir geht's gut. Niemand tut mir mehr weh."

Sie schlang ihre Arme um meinen Hals. „Aber er hat dir wehgetan! Und er hat Mama wehgetan!"

Ja, Saskia ... Saskia hatte nicht so viel Glück gehabt wie ich ... „Er kann niemandem mehr wehtun", beruhigte ich sie.

„Mama fehlt mir", schluchzte sie.

Mit aller Macht unterdrückte ich die aufkommenden Tränen „Mir auch ..."

„Oh Kinder", seufzte Bianca betrübt und umarmte uns fest. Lorenz tat es ihr gleich. Nun waren wir ein großer, verschlungener Haufen Menschen, der auf Neles Bett saß. Aber die Umarmungen meiner Eltern beruhigten mich.

„Saskia ist immer bei euch“, sagte Lorenz irgendwann ruhig. Er lächelte uns an. „Sie ist genau hier.“ Er tippte erst Nele und dann mir auf die linke Brusthälfte. Ich seufzte nur leise, doch meine Schwester sah Lorenz mit großen Augen an.

„Genau“, stimmte Bianca ihm zu. „Deine Mama passt immer auf dich auf, auch wenn du sie nicht siehst, Nele.“

„Und ich bin immer in deiner Nähe“, fügte ich hinzu.

Meine Schwester wischte sich mit einer Hand die Tränen aus dem Gesicht. „Ich hab dich so lieb, Lara!“

Ich drückte sie fest. „Ich hab dich auch lieb, Nele. Sehr sogar.“

„Bleibst du immer bei mir?“, fragte sie bang.

„Natürlich“, versprach ich. „Ich lasse dich nicht allein, Schwesterchen. Ich bleibe auch bei dir, bis du wieder eingeschlafen bist.“

Sie nickte und kuschelte sich an mich. „Bleibt ihr auch da?“

Bianca und Lorenz brauchten eine Sekunde, bis ihnen auffiel, dass Nele mit ihnen geredet hatte. „Versprochen“, antwortete Bianca gerührt.

„Wir werden keinen Schritt von deiner Seite weichen“, beruhigte Lorenz sie.

„Aber jetzt legst du dich wieder richtig hin“, wies ich sie an.

Wir lösten unseren Menschenhaufen, damit Nele schlafen konnte. Ich legte mich neben sie, nachdem ich sie zugedeckt hatte, und nahm sie dabei in den Arm. Bianca und Lorenz setzten sich auf die Bettkante an ihrer anderen Seite.

Es brauchte 30 Minuten, eine kleine Geschichte und viel beruhigendes Summen, bis Nele endlich schlief. Geschafft. Das Schlimmste war überstanden. Meine Schwester atmete ruhig. Erst einige Zeit nachdem sie eingeschlafen war, wagte ich es, meinen Arm vorsichtig unter ihrem Kopf wegzuziehen und das Nachttischlicht zu löschen. Geräuschlos stand ich auf, genau wie meine Eltern. Wir schlichen uns aus dem Zimmer und schlossen die Tür hinter uns.

„Wie konnte sie das nur mitbekommen?“, seufzte ich und presste mir Daumen und Zeigefinger gegen die Schläfen.

Bianca nahm mich behutsam in den Arm. „Sie hat nicht alles beobachtet“, machte sie mir Mut. „Oh Lara, du zitterst ja ... Komm, ich mache einen heißen Tee. Dann setzen wir uns kurz hin und reden, ja?“

Ich nickte und strich mein Haar zurück. „Kann nicht schaden.“

Mit drei dampfenden Tassen Tee setzten wir uns mitten in der Nacht an den Esstisch. Bianca hatte extra das Deckenlicht gedimmt, damit es nicht so sehr blendete.

„Nele hat in den letzten Jahren mehr gemerkt, als ich dachte“, murmelte meine Mutter. „Vermutlich auch mehr, als sie uns erzählt hat.“

„Aber wie?“, fragte ich verzweifelt. „Ich hab doch wirklich alles getan, damit sie das nicht mit ansehen muss.“

„Kinder sind sehr aufmerksam“, entgegnete Lorenz. „Es wundert mich nicht, dass sie einiges mitbekommen hat.“ Ich legte meine beiden Hände um die heiße Tasse und seufzte leise. „Hör mal, Lara“, fuhr mein Vater fort, „das ist nur ein Vorschlag, aber ich denke, dass es helfen würde.“

Fragend sah ich ihn an. „Was?“

„Einer meiner Kollegen ist Kinderpsychologe, und zwar ein wirklich guter. Es täte Nele bestimmt gut, hin und wieder mit ihm zu reden“, antwortete er.

Ich starrte auf den roten Tee in meiner Tasse und überlegte. Ja, Nele hatte ein paar Probleme, über die sie nicht mal mit mir sprach. Sie vermisste Saskia schrecklich, sie hatte Albträume, sie stand furchtbare Ängste aus. „Und das würde ihr wirklich helfen?“, vergewisserte ich mich.

Lorenz nickte. „Davon bin ich überzeugt.“

„Dann versuchen wir's“, beschloss ich. „Hauptsache, es geht ihr besser.“

„Ich gebe ihm gleich morgen Bescheid“, versprach er. „Was ist mit dir?“

Verwirrt schob ich die Augenbrauen zusammen. „Was soll mit mir sein?“

„Du hast in den letzten Jahren auch nicht gerade die schönsten Erfahrungen gemacht“, sagte Lorenz. „Möchtest du nicht auch mit meinem Kollegen reden? Sei es über Gilbert oder über Saskia.“

Entschieden schüttelte ich den Kopf. „Nicht nötig. Ich werde nur dahin gehen, wenn Nele sich allein nicht traut. Aber ich selbst brauche keine Hilfe."

„Aber du vermisst Saskia doch auch", wandte Bianca ein. „Du denkst doch bestimmt auch oft an die letzten Jahre."

„Bei mir ist das anders. Ja, ich vermisse Saskia. Aber für mich ist sie schon vor vier Jahren gestorben." Ich trank einen kleinen Schluck Tee. „Und über Gilbert will ich nicht reden. Ich komme klar." Unbehaglich musterten meine Eltern mich. „Hört mal", begann ich, „ich finde es gut, wenn Nele Hilfe bekommt. Sie ist so jung, sie weiß gar nicht, was sie denken soll. Aber ich war in dem Moment erwachsen, als Gilbert das erste Mal ausgerastet ist. Ich möchte das Ganze nicht aufarbeiten und totreden. Ich möchte hier neu anfangen." Kurz zögerte ich, bevor ich den letzten Satz aussprach. „Mit euch als Familie." Jetzt hatte ich es doch tatsächlich gesagt. Ich hatte Bianca und Lorenz offenbart, dass ich sie als meine Eltern annahm. Gerührt blickten mich die beiden an.

„In Ordnung", stimmte Lorenz schließlich zu. „Aber wenn du Hilfe brauchst ..."

„... kann ich mit euch reden", beendete ich seinen Satz. „Nicht mit irgendeinem fremden Psychologen."

Bianca nahm meine Hand. „Ich hab dich lieb, meine Kleine."

Ich lächelte schief. Nein, noch war ich nicht bereit, darauf zu antworten. Aber vielleicht irgendwann.

„Hast du eigentlich auch Albträume?", wollte Lorenz anschließend wissen.

„Selten", log ich.

Er wirkte erleichtert, weil er mir glaubte. „Na immerhin."

Ich musste gähnen, schnell hielt ich mir meine freie Hand vor den Mund.

„Wir sollten wieder schlafen gehen", meinte Bianca. „Du musst in der Schule fit sein, und bald ist schon Aufstehzeit."

Ich nickte und trank die letzten paar Schlucke Tee aus. Gemeinsam gingen wir wieder in den ersten Stock. Wir wünschten uns gegenseitig eine gute Nacht und meine Eltern verschwanden in ihrem Schlafzimmer. Bevor ich mich auch im Bett verkroch, warf ich einen Blick in Neles Zimmer. Alles ruhig, meine Schwester schlief. Sehr gut. Ich legte mich in mein Bett und deckte mich zu.

Doch es dauerte lange, bis ich zur Ruhe kam. Und der Schlaf war wenig erholsam.

Es gab nur ein Wort, um mich perfekt zu beschreiben – todmüde. Ich sah fertig aus, ich gähnte ständig, meine Augen fielen immer wieder zu, aber es half nichts. Ich hatte Schule. Auch Nele, Bianca und Lorenz wirkten erschöpft. Die letzte Nacht hatte uns allen nicht gerade gutgetan.

„Ich kann jetzt nichts essen“, murmelte ich. „Ich bin zu müde.“

„Lara, du musst was frühstücken“, redete Bianca auf mich ein.

„Ich kann doch die Brezel für die Pause einpacken“, schlug ich vor und gähnte ausgiebig. „Ich kippe schon nicht um. Außerdem hat Lorenz auch nur einen Kaffee getrunken.“

„Wenn ich müde bin, bekomme ich kein Frühstück runter“, seufzte mein Vater. Beinahe brachte ich ein Schmunzeln zustande. Da waren wir uns wohl ähnlich.

„Na gut, ich packe dir was zu essen in deine Schultasche“, gab Bianca nach.

Ansonsten redeten wir an diesem Morgen fast gar nicht. Nele schlief beinahe über ihrer Schüssel Müsli ein, Lorenz starrte in seine Kaffeetasse, Bianca klopfte sich immer wieder gegen ihre eigenen Wangen, um sich wach zu halten. Und ich ärgerte mich darüber, dass ausgerechnet heute der erste Tag war, an dem ich ungeschminkt zur Schule ging. Meine dunklen Augenringe würde ich also nicht loswerden. „Ich sollte mir Make-up anschaffen“, dachte ich, „dann kann ich mich selbst schminken.“

Als Lorenz mich an der Schule absetzte, stapfte ich mit schweren Schritten in die Eingangshalle. Wie sollte ich heute bloß den Unterricht überstehen? Ich hatte immerhin acht Stunden ...

„Lara, guten Morgen!“, begrüßte Florian mich fröhlich.

Überrascht blickte ich auf. Florian, Sophie, Niklas und Jan standen in der Halle direkt neben der Eingangstür. „Morgen“, murmelte ich und ging zu ihnen.

„Jetzt fehlt nur noch Karolin!“, stellte Florian fest.

Wieso war er so gut gelaunt? Ich hasste fröhliche Menschen am Morgen, wenn ich mich vor Müdigkeit kaum auf den Beinen halten konnte.

Sophie musterte mich besorgt. „Alles okay? Du siehst müde aus."

„Wenig geschlafen", antwortete ich knapp.

„Ah, Karolin, guten Morgen", rief Florian und winkte auch die Letzte im Bunde zu uns. „Jetzt sind alle da."

„Morgen", begrüßte sie uns. „Was ist los? Du bist so gut gelaunt."

„Das werdet ihr gleich auch sein!", freute Florian sich. Seine blauen Augen wanderten von einem zum anderen. „Seid ihr schon gespannt?"

„Tu mir einen Gefallen und halt die Klappe", seufzte ich.

Eigentlich hatte ich das eher zu mir selbst gesagt, doch Sophie hatte mich gehört. „Ja, mir geht seine Stimmung auch etwas auf die Nerven", kicherte sie.

„Würdest du uns jetzt bitte erklären, was los ist?", fragte Niklas.

Florian grinste uns an. „Dann würde ich aber die Überraschung verderben."

„Dir ist schon klar, dass du nervst?", merkte Jan an und schob die schwarz umrandete Brille höher. Seit er sie trug, hatte er die Angewohnheit, sie ständig höher auf die Nase zu schieben.

„Mir egal", trällerte Florian.

„Ich geh dann mal zum Klassenzimmer", brummte Jan.

„Nichts da!" Florian stellte sich vor ihn. „Du musst hier warten."

„Ich muss gar nichts."

„Doch!"

„Nein!"

„Jan, du bleibst hier!"

„Warum sollte ich?"

„Na, weil du mich sonst verpassen würdest", lachte eine andere Stimme.

„Raphael!", riefen wir alle gleichzeitig.

Der Schwarzhaarige grinste in die Runde. „Ich bin wieder da!"

„Du bist also die Überraschung", stellte Niklas begeistert fest. „Mann, es ist cool, dass du wieder auf den Beinen bist."

„Wann bist du denn aus dem Krankenhaus entlassen worden?", wunderte sich Sophie.

„Gestern Nachmittag", antwortete er. „Dann hab ich gleich Flo angerufen und als Komplizen angeheuert. Ich wollte euch überraschen."

Karolin lächelte. „Das ist dir gelungen."

„Und dir geht's echt wieder gut?", fragte Jan.

Raphael nickte. „Ich hätte es keinen Tag länger im Bett ausgehalten."

„Und seid ihr jetzt immer noch genervt von mir?", fragte Florian schmunzelnd.

Niklas klopfte ihm auf die Schulter. „Ja, aber wir verzeihen dir."

„Du hast echt genervt!", lachte Sophie. Die anderen, inklusive Raphael, stimmten in ihr Lachen ein. Nur Florian wirkte beleidigt, und ich konnte nicht mal meine Mundwinkel hochziehen.

Raphael sah mich fragend an. „Alles klar mit dir?"

„Müde."

„Wie kommt's?"

„Wenig geschlafen."

„Ich halt dich im Unterricht schon wach", versprach Florian und legte seinen Arm um meine Schultern.

„Das klingt nach einer Drohung", seufzte ich.

Bis zur kleinen Pause hielt ich irgendwie durch. Wir standen wie so oft an einer Heizung im zweiten Stock, die anderen unterhielten sich, ich knabberte lustlos an meiner Brezel. Nicht nur die Müdigkeit machte mir zu schaffen, sondern auch die Sorge um Nele. Ob es der Kleinen gerade gut ging? Ob sie wieder Angst hatte?

„Was hast du denn?", flüsterte mir plötzlich jemand ins Ohr. Ich zuckte zusammen und sah Raphael erschrocken an. Er redete so leise, dass man ihn kaum hören konnte. „Du bist doch nicht nur müde, oder?"

Ich seufzte. Wieso durchschaute er mich eigentlich so problemlos? „Es ist wegen Nele", wisperte ich. „Sie ... ach, nicht so wichtig." Das wollte ich jetzt nicht erzählen. Nicht hier in der Schule, nicht vor den anderen, die nichts von Gilbert wussten.

Und das merkte Raphael anscheinend. „Reden wir in der Mittagspause", schlug er vor. „Wir könnten uns in die Osthalle setzen, die ist immer ziemlich leer. Da rennen höchstens mal ein paar Fünftklässler durch." Das Angebot klang verlockend. Ich würde gerne mit jemandem reden, aber konnte ich Raphael das wirklich erzählen? Na ja, er wusste sowieso schon alles. Also sprach nichts dagegen.

„Dann treffen wir uns nach der sechsten Stunde unten in der Eingangshalle“, beschloss er, nachdem ich zugestimmt hatte.

„Und was sagen wir den anderen, warum wir uns nicht zu ihnen setzen?“

„Ich lass mir was einfallen“, versprach er.

Wenn das mal funktionierte ...

„Was tuschelt ihr da eigentlich?“, fragte Karolin argwöhnisch. Sie grinste. „Ihr wirkt ganz schön geheimnistuerisch.“

„Nichts, nichts“, winkte ich schnell ab und knabberte wieder an meiner Brezel.

„Gönn den beiden Turteltauben doch ihre Privatsphäre“, ermahnte Niklas seine Freundin grinsend.

„Geht's noch?“, rief Raphael. „Turteltauben? Hallo? Und das gerade von dir?“

Sophies Bruder lachte. „Ist dir das etwa peinlich?“

„Hör auf mit dem Mist“, motzte Raphael.

Ich schüttelte nur resigniert den Kopf.

Sophie kicherte. „Als ob Lara und Raphael was anfangen würden.“

„Nur über meine Leiche“, brummte ich.

Raphael schluchzte gekünstelt auf. „Du bist so herzlos, Lara!“

„Oh, Liebster, nicht weinen“, redete Florian beruhigend auf ihn ein. „Du hast doch mich!“ Die beiden Jungen umarmten sich stürmisch, woraufhin wir alle lachten. Kaum zu glauben. Für ein paar Minuten hatte ich mich doch tatsächlich unbeschwert gefühlt.

Am Anfang der Mittagspause trafen wir uns alle in der Eingangshalle, nur Niklas und Raphael fehlten noch.

„Wollen wir in der Schule bleiben?“, fragte Jan. „Oder gehen wir mal wieder zu dem Asiaten in der Altstadt?“

„Hm, ich hab schon lange keine gebratenen Nudeln mehr gegessen“, fiel Sophie auf. „Das wäre mal wieder toll.“

„Keine schlechte Idee“, fand auch Karolin.

Florian nickte. „Ich bin dabei.“

Das war ja schon fast perfekt – wenn die anderen essen gingen, konnte ich mich ungestört mit Raphael unterhalten.

Sophie lächelte mich an. „Und du, Lara?“

„Ich passe“, gähnte ich. „Hab keinen Hunger.“

„Ach, komm schon!“, jammerte sie.

„Was ist denn hier los?“, wunderte sich Niklas, der gerade mit Raphael zu uns getreten war.

„Wir wollen zum Asiaten gehen, aber Lara hat keinen Hunger“, erklärte seine Freundin und schmiegte sich an ihn.

Er umarmte sie. „Oh, das ist cool, wir sind ewig nicht mehr da gewesen.“

„Aber ohne Lara macht mir das keinen Spaß“, schmollte Sophie. „Ich will bei ihr bleiben.“

Ich lächelte verlegen und strich ihr über den Arm. „Geh ruhig. Ich hab ohnehin was vor.“

Erstaunt sah sie mich an. „Was denn?“

„Wir wollten uns auf ’nen Kaffee zusammensetzen und quatschen“, mischte sich Raphael ein und hielt zwei Getränkebecher hoch. Mir klappte der Mund auf, hatte er mir etwa schon wieder ein Getränk geholt?

„Was habt ihr Turteltauben denn zu besprechen?“, neckte Karolin ihn. Gleichzeitig verdrehten wir die Augen. Der Spitzname nervte uns wohl beide.

„Ach, lass sie doch. Raphael muss sich eben noch bei seiner Heldin bedanken“, meinte Niklas. Mir entging der verschwörerische Blick nicht, den er mit Raphael austauschte.

Karolin nickte. „Oh, verstehe.“

„Aber beim nächsten Mal kommst du mit, ja?“, fragte Sophie.

„Versprochen“, antwortete ich.

Sie beugte sich zu mir, um mir etwas ins Ohr zu flüstern. „Und gleich in Reli musst du mir verraten, was er mit dir bereden wollte.“ Zögerlich nickte ich. Na toll. Jetzt durfte ich mir eine Ausrede einfallen lassen, schließlich wollte ich etwas mit ihm bereden, nicht umgekehrt. Ich brauchte sein offenes Ohr, nicht er meines.

Nachdem die anderen sich auf den Weg zum Essen gemacht hatten, gingen Raphael und ich in die sogenannte Osthalle, die an jeder Wand mit langen Bänken ausgestattet war. Eine Gruppe von jüngeren Schülern spielte Fangen, ansonsten hielt sich niemand dort auf. Wir setzten uns auf eine der Bänke an der breiten Fensterfront. Von dort aus konnte man den schneebedeckten Schulhof und einige im Freien spielende Schüler sehen. Es war hell hier, das aufgeregte Schreien der herumlaufenden Kinder erfüllte die Halle. „Hier, für dich." Raphael hielt mir einen der Becher hin.

Unsicher griff ich danach. „Danke … aber du kannst mir doch nicht dauernd was zu trinken ausgeben."

„Klar kann ich", entgegnete er amüsiert.

„Das ist doch nicht nötig", protestierte ich. Der Geruch aus dem Becher ließ mir das Wasser im Mund zusammenlaufen. Mein Lieblingsgetränk. Ein Karamell-Macchiato.

„Ich dachte mir, du wärst ein bisschen entspannter, wenn du was zu trinken hast", erklärte er.

Da fiel mir ein, dass der Bäcker gegenüber dieses Getränk gar nicht verkaufte. „Woher hast du den eigentlich so schnell bekommen?", wunderte ich mich.

„Niklas und ich hatten Freistunde und waren in der Innenstadt", antwortete er und nippte an seinem Getränk. „Auf dem Rückweg hab ich beim Beanery haltgemacht."

Ich schnupperte erneut an dem Becher in meiner Hand. „Danke."

„Ach, keine Ursache", winkte er ab, als wäre es nichts Besonderes. Dabei war es das. Raphaels Familie hatte nicht so viel Geld, das wusste ich. Und trotzdem spendierte er mir einfach einen bestimmt ziemlich teuren Karamell-Macchiato. Warum bloß? Wollte er tatsächlich die Situation auflockern oder hatte er das Gefühl, wegen der Wiederbelebung in meiner Schuld zu stehen? „Du machst das aber nicht, weil du glaubst, du bist mir was schuldig, oder?", vergewisserte ich mich.

Er schüttelte den Kopf. „Nein, ich wollte dir einfach nur 'ne Freude machen."

Ich lächelte ihn an. „Das hast du geschafft."

„Na also." Er grinste und streifte sich die Jacke ab, um sie neben sich auf die Bank zu legen. „Ist dir hier drinnen nicht warm?"

„Nein, ich friere in letzter Zeit ständig", seufzte ich. „Darum behalte ich die Jacke sogar im Unterricht an."

„Es ist etwas kälter geworden", gab er zu. „Aber doch nur draußen."

Ich zuckte mit den Schultern. „Bin einfach nicht so gut isoliert."

„Ach, wenn du jetzt anfängst, immer mehr Süßigkeiten zu essen, wirst du im Handumdrehen dick“, lachte er. Ich musste schmunzeln. So ein seltsamer, netter Kerl. „Also, was ist mit deiner Schwester?“, wechselte er abrupt das Thema.

Leise seufzte ich und legte beide Hände um den warmen Becher. Ich fixierte den Boden, um Raphael beim Reden nicht in die Augen sehen zu müssen. Mein offenes Haar fiel dabei wie ein Vorhang vor mein Gesicht. „Sie hatte gestern Nacht einen Albtraum“, erzählte ich gedämpft. „Das ist zwar nichts Ungewöhnliches, aber diesmal war es schlimmer. Ich hab mir schon seit Wochen gedacht, dass irgendwas mit ihr nicht stimmt. Jetzt weiß ich auch, was es ist.“ Ich konnte nicht weitersprechen. Stattdessen atmete ich tief durch und trank einen Schluck. Der angenehme Geschmack beruhigte mich ein wenig.

„Was hat sie denn?“, hakte Raphael vorsichtig nach.

Die Kinder, die Fangen spielten, rannten gerade durch die große Doppeltür nach draußen. Auf einmal wurde es still hier. „Wir ... wir haben uns in Berlin das Zimmer geteilt. Unsere Wohnung war nicht allzu groß“, erklärte ich. „Und als ... Gilbert einmal ... nachts hereingekommen ist ...“ Ich atmete noch mal durch. „Du weißt schon, warum, da ...“ Ich konnte einfach nicht darüber reden. Es war zu schrecklich, dass Nele in dieser Nacht wach geworden war. Dass sie es miterlebt hatte. Während ich zerknirscht auf meinen Becher starrte, griff Raphael nach einer meiner zitternden Hände. Sanft hielt er sie fest, ohne ein Wort zu sagen. Schon beinahe scheu blickte ich auf. Seine blauen Augen ruhten auf mir, mitfühlend und abwartend. Doch, ich wollte es loswerden. Wenn ich mit jemandem reden konnte, dann mit Raphael. Mit dem Einzigen, der meine Situation kannte und mich ein wenig verstand. Der mich im Gegensatz zu meinen Eltern nicht therapieren, sondern mir einfach nur zuhören wollte. „Nele war wach“, flüsterte ich. „In dieser einen Nacht war sie wach.“

„Ach du Scheiße“, murmelte Raphael. „Hat sie alles gesehen?“

Ich schüttelte den Kopf. „Zum Glück nicht. Es war zu dunkel. Aber sie hat ihn reden gehört, sie hat gehört, wie ich versucht habe, mich zu wehren ... Und davon hat sie ständig diese Albträume.“

Raphael verzog das Gesicht. „Immerhin weiß sie nicht, was passiert ist.“

„Ich hab sie angelogen, als sie mich gestern Nacht gefragt hat." Ich drückte Raphaels Hand fester, was er erwiderte. „Ich hab behauptet, Gilbert hätte mich nur geschlagen. Sie hat mir geglaubt, denke ich jedenfalls."

„Ist besser so", entgegnete er. „Also, sie anzulügen, ist auf jeden Fall besser, als ihr die Wahrheit zu sagen."

Ich nickte langsam und trank etwas. „Wie sollte ich ihr denn erklären, was er da mit mir gemacht hat? Das ... das kann ich einfach nicht!"

Beruhigend strich er mir über den Handrücken. „Das musst du auch gar nicht. Sie ist acht, das würde sie nicht mal verstehen."

„Ich befürchte, sie versteht viel mehr, als ich ihr zutraue. Sie hat in den letzten Jahren mehr von Gilberts Taten mitbekommen, als ich gedacht habe." Hastig senkte ich den Kopf wieder, damit meine Haare mein Gesicht verdeckten. Mir stiegen gerade Tränen in die Augen und ich wollte nicht, dass Raphael mich weinen sah. Nicht mal gestern Nacht hatte ich geweint, warum also jetzt?! „Sie hat solche Angst", flüsterte ich. „Sie vermisst ihre Mutter. Und ich kann ihr überhaupt nicht helfen."

Lange Zeit sagte Raphael nichts. Ich hörte, wie er etwas auf die Bank stellte, dann griff er nach meinem Becher und nahm ihn mir aus der Hand. Wieder stellte er etwas ab. Wahrscheinlich hatte er die beiden Getränke beiseitegeräumt. Ich blickte nicht auf, sondern kniff bloß die Augen fest zusammen, um die Tränen zurückzuhalten. Aber ich schaffte es nicht. Da strich Raphael mir plötzlich das Haar hinters Ohr. Erschrocken schaute ich ihn an, traurig erwiderte er meinen Blick. Oh nein. Jetzt sah er mich weinen. Aber er kommentierte es nicht. Er zog mich in seine Arme und hielt mich fest, mehr nicht. Er hielt mich einfach nur fest. „Du hilfst ihr doch schon, indem du immer für sie da bist", flüsterte er.

Laut schluchzte ich auf und erwiderte seine Umarmung. Ach, verdammt. Ich war nicht nur zu schwach, um meine Schwester von ihren Ängsten zu erlösen, ich schaffte es nicht mal, mich selbst zu beruhigen. Das gelang mir nur dank Raphaels Hilfe.

„Mehr ist nicht nötig", fuhr er fort und strich mir sanft über den Rücken. Seine Stimme klang vollkommen ruhig. „Du machst es genau richtig." Diese Worte taten so unendlich gut. Ich konnte zwar immer noch nicht aufhören zu weinen, doch ich fühlte mich ein wenig besser.

Die restliche Pause redeten wir nicht mehr. Raphael hielt mich nur in seinen Armen, ich lehnte mich an ihn. Suchte Halt bei ihm und beruhigte mich ganz langsam wieder. Seine Umarmung war so warm. Und so behutsam. Erst der Gong brachte uns dazu, uns wieder zu regen. Zögerlich lösten wir die Umarmung, blieben aber noch kurz sitzen. „Danke“, flüsterte ich.

Raphael lächelte und hielt mir ein Taschentuch hin. „Gern geschehen.“ Ich wischte mir die restlichen Tränen aus dem Gesicht und putzte mir die Nase, dann stand ich auf und atmete tief durch. Der Unterricht ging weiter. Ich musste mich zusammenreißen.

„Oh, verdammt, jetzt sind die Getränke kalt.“ Raphael lachte. „Ach, egal.“

„Daran hab ich gar nicht mehr gedacht“, gab ich zu, als ich meine Schultasche wieder auf den Rücken nahm.

Er machte eine wegwerfende Handbewegung und stand auf. „Ist nicht schlimm. Es war sowieso nicht mehr viel drin.“

Ich musste nun in den ersten Stock, Raphael in den dritten. Gemeinsam gingen wir zur Osttreppe. Auf dieser Seite lief außer uns niemand nach oben. „Geht's dir wieder besser?“, fragte er auf dem Weg.

Ich nickte. „Auf jeden Fall. Danke für alles.“

„Schon gut. Ach, was ich dich noch fragen wollte“, fiel ihm ein, „hast du heute Abend Zeit?“

Überrascht sah ich ihn an. „Ich denke schon. Wofür denn?“

Er grinste. „Meine Mutter will ein kleines Festessen machen, weil ich endlich aus dem Krankenhaus entlassen wurde“, erklärte er. „Und du bist herzlich eingeladen. Deine Familie auch.“

Richtig, von dem Essen hatte Renate mir letzte Woche schon berichtet. „Ich darf Nele mitbringen?“, vergewisserte ich mich begeistert.

„Klar. Meine Mutter lädt Bianca und Lorenz ja auch ein.“

Das fand ich super; so kam Nele auf andere Gedanken und ich konnte Zeit mit ihr verbringen. „Ich freu mich schon.“

„Wird bestimmt schön“, meinte Raphael. „Dann bis heute Abend. Um sieben.“

Ich blieb stehen, weil wir den ersten Stock nun erreicht hatten. „Bis heute Abend!", verabschiedete ich mich. Raphael lächelte mich an und nickte, dann lief er weiter. Mit einem viel besseren Gefühl als heute Vormittag ging ich in den Unterricht.

„Und, was habt ihr besprochen?", fragte Sophie neugierig, als ich mich zu ihr setzte. „Was wollte er dir sagen?"Auch Karolin beugte sich zu mir herüber und sah mich gespannt an.

„Nichts Besonderes eigentlich", behauptete ich. „Wir haben nur 'nen Kaffee getrunken und über Freistunden geredet. Und über das kalte Wetter. Und er hat meine Familie und mich heute zum Abendessen zu sich eingeladen."

„Wie langweilig", seufzte Karolin. „Ich dachte, es wäre was Spannendes."

„Ach, Raphaels Mutter bekocht euch?" Sophie schmunzelte. „Ihr Glückspilze! Das wird bestimmt lecker."

Ich nickte. „Denke ich auch, sie ist ja Köchin von Beruf."

„Es gibt nichts Besseres als ihren Schweinebraten", schwärmte Sophie und spielte mit einer aschblonden Haarsträhne herum.

„Ich glaube, den gibt's heute Abend sogar", fiel mir wieder ein.

„Unfair", jammerte sie und lachte dann. „Das wird wohl ein richtiges Festmahl."

Ich lächelte. „Wenn du so schwärmst, bekomme ich noch Hunger."

„Ich kann nicht anders, als so zu schwärmen. Es ..."

„Ruhe und hinsetzen! Sofort", rief unsere Religionslehrerin plötzlich durchs Klassenzimmer. „Wir fangen an." Widerwillig unterbrachen wir das Gespräch.

„So, zurück zu den Religionskritikern", fuhr die Lehrerin fort. „Larissa, komm doch nach vorne und erzähl uns, wer die beiden Kritiker sind, über die wir letzte Stunde geredet haben."

Ach du Schande, jetzt wurde ich auch noch ausgefragt? Dabei war ich mit dem Kopf gerade ganz woanders. Ich stand auf und ging nach vorne zur Lehrerin. „Konzentration", ermahnte ich mich. Das Thema war schließlich nicht schwer, ich hatte gelernt.

„Marx und Feuerbach", antwortete ich.

Sie nickte. „Beschreibe die Grundzüge ihrer Religionskritik, außerdem die Vor- und Nachteile davon."

Die Abfrage endete für mich mit 14 Punkten. Eine glatte Eins, obwohl mir derzeit so viel im Kopf herumschwirrte. Na also.

Als ich mich wieder hinsetzte, hielt Sophie ihren Daumen hoch. „Spitze!“, lobte sie mich.

Während der restlichen Doppelstunde passte ich nicht mehr auf. Ich dachte nur noch an die vorherige Mittagspause. Eines wurde mir klar. Es gab wirklich niemanden, dem ich mehr anvertraute als Raphael. Weil ich wusste, er hörte mir zu. Weil ich wusste, er therapierte mich nicht. Weil ich wusste, dass ich mich auf ihn verlassen konnte.

Rendezvous mit Folgen

„Und wie war das Abendessen bei Raphael?“

„Du hast nicht zu viel versprochen, der Braten war köstlich“, schwärmte ich.

Sophie nickte. „Hab ich ja gesagt!“

„Meine kleine Schwester war richtig begeistert“, erzählte ich. „Ich hab noch nie erlebt, dass sie so viel gegessen hat.“

„Es hat ja auch meine Mutter gekocht“, mischte Raphael sich plötzlich ein. Überrascht drehten wir uns ihm um. Sophie und ich standen, wie am Morgen zuvor, neben der Eingangstür in der Schule. Von den anderen war niemand bei uns. Niklas und Karolin waren zwar schon da, hatten aber die traute Zweisamkeit gesucht und uns stehen lassen. Bis zum Unterrichtsbeginn plauderten Sophie, Raphael und ich, dann gingen wir zu unseren Klassenzimmern.

„Komisch, dass Florian und Jan nicht da sind“, merkte Sophie an. „Wo bleiben die wohl?“

„Vielleicht haben sie uns in dem Getümmel in der Eingangshalle nicht gesehen und sind schon im Unterricht“, vermutete ich.

„Möglich.“

Tatsächlich trafen wir Florian am Klassenzimmer. „Hey, wo seid ihr gewesen?“, fragte er uns.

„Unten beim Eingang“, antwortete Sophie. „Und du?“

Er runzelte die Stirn. „Komisch, ich hab euch gar nicht gesehen. Na ja. Ach, Lara, können wir uns heute etwas später treffen? Ich gehe mit Jan und Raphael in die Stadt, das könnte etwas dauern.“

„Klar“, stimmte ich zu. „Wann soll ich denn zum Training kommen?“

„Wie wär's um sechs Uhr?“

„Okay.“

„Oh, ich muss dich auch noch was fragen“, fiel Sophie ein. Sie schnappte sich meinen Arm und zog mich ein paar Schritte von unseren Mitschülern weg. Florian schaute uns verwirrt hinterher.

„Was ist denn los?", wunderte ich mich.

Sie lächelte beschämt. „Hast du morgen Zeit? Ich muss dir unbedingt was erzählen. Und ich brauche deinen Rat."

Verblüfft nickte ich. „Ist in Ordnung ..."

Erleichtert sah sie mich an. „Danke! Dann komm ich morgen so um ... zwei Uhr zu dir. Niklas darf das auf keinen Fall hören."

„Also, jetzt bin ich wirklich gespannt." Ich lächelte schief. „Ich hoffe nur, ich kann dir überhaupt helfen."

In diesem Moment wusste ich noch nicht, dass ich selbst am nächsten Tag Sophies Rat brauchen würde, aber beim abendlichen Kung-Fu-Training mit Florian wurde mir das deutlich klar.

„Okay, letzte Runde, dann fangen wir was Neues an", beschloss mein Trainer, der sich gerade mit einem Handtuch den Schweiß abwischte.

Ich nickte und rückte meine Jacke zurecht. „Geht klar."

„Lara, zieh die blöde Jacke endlich aus", forderte Florian mich auf. „Du bist doch schon völlig durchgeschwitzt." Leise seufzte ich. Er hatte recht. Und er wusste längst, wie meine Arme aussahen. Also warf ich meine Jacke hinter mich. Florian verzog keine Miene, als er meine vernarbten Arme sah. Er fuhr sich durchs blonde Haar und streckte sich dann. „Können wir?"

„Ja, leg los", stimmte ich zu.

Er wartete eine Weile, sodass ich nicht erahnen konnte, wann er mich angriff. Dann plötzlich stürmte er ohne Vorwarnung auf mich zu und holte zum Schlag aus. Aber ich reagierte schnell genug – ich trat einen Schritt zur Seite, griff mit der einen Hand nach seinem Ellbogengelenk, mit der anderen nach dem Handgelenk. Während ich ihn an seinem Arm nach vorne zog, rammte ich ihm mein Knie in den Magen. Sofort krümmte er sich, was ich nutzte, um ihn in die Kniekehle zu treten. Als er daraufhin zu Boden sank, umfasste ich Florians Kopf und deutete mit meinem freien Ellbogen einen Schlag auf seine Nase an. Dann ließ ich ihn wieder los.

Florian erhob sich. „Wie aus dem Lehrbuch", kommentierte er stolz. Er hielt sich mit einer Hand den Magen und grinste. „Aber beim nächsten Mal musst du nicht ganz so fest treten."

„Tut mir leid, ich wollte dir nicht wehtun", entschuldigte ich mich kleinlaut.

„Schon gut, ich bin nicht aus Zucker", winkte er ab. „So, eine Übung können wir heute noch machen. Aber dann reicht's, oder hältst du noch länger durch?"

„Eine Übung noch", antwortete ich. Kurz zögerte ich, doch dann entschloss ich mich, es zu wagen. „Kannst du mir was Bestimmtes zeigen?"

Überrascht sah er mich an. „Klar, was willst du lernen?"

„Ähm, das ist ... irgendwie, na ja, schwer zu erklären", stammelte ich. „Ich wüsste gern, wie ich mich vom Boden befreie. Wenn mein Gegner praktisch ... über mir kniet."

„Meinst du, wenn du schon zu Boden gegangen bist und dein Gegner weiter auf dich einschlägt?", erkundigte er sich.

Ich schüttelte den Kopf. „Nein, nicht ganz ..."

„Zeig's mir mal", bat er und legte sich rücklings auf den Boden.

Bevor ich zur Tat schritt, atmete ich tief durch. Ich musste es wissen. Ich musste wissen, wie ich mich aus dieser Lage befreien konnte. Darum nahm ich all meinen Mut zusammen. Ich kniete mich über Florian, wie Gilbert sich immer über mich gekniet hatte. Meine Beine stützte ich rechts und links von seiner Hüfte auf dem Boden ab, sodass ich rittlings auf ihm saß. Florian ließ mich einfach machen. Dann griff ich nach seinen Handgelenken, drückte sie über seinem Kopf auf den Boden und hielt sie dort mit einer Hand fest. Mein Mitschüler musterte mich skeptisch. Aber ich war noch nicht ganz fertig. Mit einem Knie blieb ich auf dem Boden, mit dem anderen stützte ich mich vorsichtig auf seinen Oberschenkel.

„Wie befreit man sich aus dieser Situation?", fragte ich leise. „Also, wenn man wirklich fest aufs Bett, äh ... nein, auf den Boden gedrückt wird, nicht so leicht, wie ich es jetzt mache."

Florian wirkte fassungslos, er brachte keinen Ton heraus. Deswegen fühlte ich mich noch unwohler als zuvor, ich ließ ihn los und stand schnell wieder auf. Er setzte sich langsam aufrecht hin, mit den Händen stützte er sich auf dem Boden hinter sich ab. „Vergewaltigungs-Pose", murmelte er und schaute mir direkt in die Augen. „Wirklich?"

Plötzlich schoss mir das Blut in den Kopf. Meine Wangen wurden feuerrot und ich wandte den Blick ab. „Weißt du, wie man sich daraus befreit oder nicht?“, flüsterte ich.

Als er antwortete, klang seine Stimme entschlossen, aber auch ein wenig wütend. „Knie dich wieder über mich. Wir üben das, bis du's sogar im Schlaf kannst.“ Erleichtert sah ich ihn an.

Es dauerte fast eine Dreiviertelstunde, bis ich die Technik beherrschte. Aber dann fiel es mir richtig leicht, mich zu befreien. Gut, die ersten paar Versuche waren schlimm gewesen – einerseits, weil ich schon beinahe eine Panikattacke bekam, sobald Florian sich über mich beugte, andererseits, weil es nicht gerade einfach war. Aber letztendlich klappte es.

Nach dem Training blieben wir im Übungsraum sitzen, nebeneinander auf dem Boden an die Wand gelehnt. Florian reichte mir die Wasserflasche, ich trank etwas, dann gab ich sie ihm zurück. Während wir die Befreiung aus dieser Lage geübt hatten, hatten wir nur über die richtige Technik geredet. Doch nun kam die Frage, die ich befürchtet hatte.

„Ist dir das mal passiert?“ Florian schraubte die Flasche wieder zu und stellte sie auf den Boden. „Warst du schon mal in so einer ... Situation?“

Ich nickte langsam. „Sonst hätte ich wohl kaum danach gefragt.“

Er legte mir einen Arm um die Schultern und zog mich an sich, sodass mein Kopf an seiner Schulter lehnte. Unschlüssig, ob ich zurückweichen sollte oder nicht, verharrte ich in dieser Position. „Wann war das?“, wollte er wissen. „Und wer macht so was?“

Unbehaglich musterte ich den Boden. „Ich will nicht darüber reden.“

„Konntest du dich noch rechtzeitig befreien?“ Ich schüttelte den Kopf. Nein, Gilbert hatte es geschafft. Jedes Mal wieder. Er war stark gewesen, ich hatte kaum Kraft gehabt und Florians Tricks noch nicht gekannt. Wie hätte ich mich also befreien sollen? Florian drückte mich fest. Immerhin sagte er nichts mehr dazu, er schaute bloß auf die gegenüberliegende Wand und spannte den Kiefer an. Ich blickte kurz zu ihm, in sein wütendes Gesicht, fixierte dann aber wieder den Boden.

„Sag mal, hast du morgen Abend schon was vor?“, fragte er plötzlich.

„Nein, wieso?“

„Hast du Lust, ins Kino zu gehen?“ Er lächelte mich an. „Es läuft ’ne Komödie, die ziemlich gut sein soll. Ich war noch nicht drin, der Film heißt *Fack ju Göhte*.“

Dankbar für diesen Themawechsel lächelte ich. „Das klingt toll.“

„Dann hol ich dich morgen Abend ab, okay?“, schlug er vor. „Ich darf ja endlich alleine fahren.“

„Okay. Haben die anderen den Film auch noch nicht gesehen?“, erkundigte ich mich. „Dann könnten wir alle zusammen gehen.“

Lautstark atmete Florian aus, dann lachte er. „Du machst mich fertig, Lara.“

Verwirrt sah ich ihn an. „Was hab ich denn getan?“

„Ich hab dich ins Kino eingeladen, nicht die anderen“, erklärte er amüsiert.

Mir klappte der Mund auf. Sollte das ein Date sein?! Ich hatte gedacht, Florian wollte mit mir ins Kino gehen, um mich abzulenken. „Ach … so“, murmelte ich. Was sollte ich jetzt machen? Absagen? Zusagen? Oder täuschte ich mich und es war kein Date, sondern einfach nur ein Treffen unter Freunden?

„Larissas Vater ist da!“, rief eine helle Stimme durchs Haus. Ich hatte es gar nicht klingeln gehört.

„Alles klar, danke!“, antwortete Florian laut. Er stand auf und hielt mir die Hand hin, um mich wieder auf die Beine zu ziehen. Verunsichert sah ich ihn an, er zwinkerte mir zu.

Oh Gott. Was sollte ich bloß tun?

Zusammen gingen Florian und ich hoch ins Erdgeschoss. „Dann bis morgen“, verabschiedete er sich von mir, als ich meine Schuhe und die Jacke anzog. „Ich hol dich um halb acht ab, okay?“

Unschlüssig nickte ich. „Geht klar …“ Eins stand fest – morgen musste ich dringend mit Sophie reden! Denn diese Entwicklung gefiel mir gar nicht.

„Ich hab mich total in Jan verliebt!“

„Was?!“ Ungläubig starrte ich Sophie an. Hatte sie das gerade wirklich gesagt?

„Ich bin so verknallt, das ist furchtbar“, jammerte sie. „Ich muss ständig an ihn denken!“

„Du bist ... in jemanden verliebt, den du selbst immer als Computerfreak bezeichnest?", vergewisserte ich mich.

Sie nickte. „Er ist halt der süßeste Computerfreak der Welt ..."

„Krass ..." Wir saßen uns auf meinem Bett gegenüber, beide im Schneidersitz. Mein Wecker zeigte kurz nach zwei Uhr an, Sophie war direkt nach dem Mittagessen zu mir gekommen. Nun hatte sie nach meinen Händen gegriffen und drückte sie fest.

„Ich weiß nicht, was ich machen soll! Ich will mit ihm zusammenkommen, aber ich hab Angst, dass das Ganze unsere Gruppe kaputt macht, wenn es nicht funktioniert", gab sie zu bedenken.

Darüber hatte Florian wahrscheinlich nicht mal nachgedacht, als er mich gestern ins Kino eingeladen hatte.

„Wenn du wirklich in ihn verliebt bist, solltest du's versuchen", antwortete ich, nachdem ich kurz darüber nachgedacht hatte. „Außerdem, nur weil ihr einmal ausgeht, ist ja nicht gleich eure Freundschaft ruiniert, oder?"

Sie lächelte. „Meinst du?"

Ich nickte. „Versuch dein Glück. Ich kenne Jan nicht so gut wie dich, und ich hab keine Ahnung, was er von dir denkt, aber mehr als schiefgehen kann's nicht, stimmt's?" Ihr schien viel daran zu liegen, und mir war klar, dass sie etwas Bestätigung suchte.

Sie sah erleichtert aus. „Ja, stimmt."

„Aber ich hab echt keine Ahnung von Beziehungen", warnte ich sie. „Also bin ich vielleicht nicht unbedingt der richtige Ansprechpartner. Karolin könnte dir bestimmt besser helfen."

Sie schüttelte den Kopf. „Ich will aber mit dir reden! Und zwar nicht nur, weil Karolin es meinem Bruder erzählen würde."

Es ehrte mich, dass sie sich bloß mir anvertrauen wollte. Obwohl ich keine große Hilfe war. Obwohl ich mich noch nie verliebt hatte. Ich lächelte sie an. „Das freut mich."

„Okay, ich schreib ihm später mal eine SMS und frag ihn, ob wir was unternehmen wollen", beschloss Sophie.

„Viel Glück", wünschte ich ihr. „Sag mal ... kann ich dich auch nach einem Rat fragen?"

„Natürlich!", stimmte sie sofort zu. „Was ist denn los?"

„Ich glaube ... Florian hat mich zu einem Date eingeladen", murmelte ich.

Sophies Augen weiteten sich. „Was?!"

„Er will heute Abend mit mir ins Kino gehen", erzählte ich. Hilflos sah ich sie an. „Er holt mich ab, er lädt mich ein und er hat betont, dass er das nicht mit der ganzen Gruppe machen will, sondern nur mit mir."

„Oh! Mein! Gott!"

„Und ich weiß nicht, was ich machen soll", fuhr ich fort. „Ich hab mich nicht getraut, ihm abzusagen."

„Das ist ja der Hammer!", rief sie begeistert. „Flo hat noch nie ein Mädchen nach 'nem Date gefragt."

Entsetzt sah ich sie an. „Dadurch fühle ich mich nicht gerade besser", jammerte ich und vergrub das Gesicht in meinen Händen.

„Magst du ihn etwa nicht?", wunderte sich Sophie. Sie strich mir über die Schulter. „Ich dachte, ihr versteht euch gut."

Ich blickte wieder auf. „Ja, wir verstehen uns gut, aber ... ich ... ich bin doch nur mit ihm befreundet."

Sophie kicherte. „Noch. Lass es doch einfach auf dich zukommen."

Zweifelnd schaute ich auf meine Bettdecke. „Meinst du?"

„Ja, lass dich einfach drauf ein", riet sie mir. „Im besten Fall seid ihr einer Meinung – entweder, dass was aus euch wird oder eben nicht – und im schlimmsten Fall redet ihr ein paar Tage nicht miteinander."

Ich nickte langsam. „Na gut. Ich versuch's. Aber ich hab kein gutes Gefühl bei der Sache ..."

„Weißt du was, wir machen jetzt was aus", sagte Sophie.

Verwundert schob ich die Augenbrauen zusammen. „Was denn?"

In dem Moment wurde meine Zimmertür geöffnet und Bianca kam herein. „Na, ihr zwei", begrüßte sie uns. „Braucht ihr was? Snacks, Getränke oder so?" Sophie seufzte genervt; diese Unterbrechung kam genau zur falschen Zeit.

„Nein! Mama, du störst!", motzte ich. „Raus!"

Erschrocken sah sie mich an, dann schmunzelte sie. „Entschuldigung", kicherte sie. „Ich bin schon weg."

„Also, was willst du mit mir ausmachen?", fragte ich, nachdem Bianca mein Zimmer wieder verlassen hatte.

„Dass wir beide unser Glück versuchen", antwortete sie. „Du

gehst zu deinem Date mit Flo und ich frage Jan heute auch nach einem Treffen. Heute Abend rufen wir uns zusammen und erzählen uns gegenseitig, was passiert ist, okay?"

Ich lächelte. „Einverstanden. Ich denke, so um elf bin ich wieder zu Hause."

„Ruf mich an, sobald du aus dem Kino zurückkommst, ja?"

„Mach ich. Aber du darfst auch nicht kneifen", schärfte ich meiner Freundin ein. „Du musst Jan heute nach einem Date fragen."

„Fest versprochen!"

„Hoffentlich geht das alles nicht furchtbar schief ...", seufzte ich. Wie Sophie gesagt hatte – wenn die Beziehungen untereinander zu kompliziert wurden, würde unsere kleine Gruppe vielleicht kaputt gehen.

Sophie griff wieder nach meinen Händen und schenkte mir einen ermutigenden Blick. „Wir schaffen das!"

Im Nachhinein bereute ich fast, dass ich mich darauf eingelassen hatte. Ich wollte kein Date. Ich wollte keinen festen Freund. Ich wollte nur anfangen, ein normales Leben zu führen. Aber jetzt hatte ich es versprochen. Ich würde mit Florian ausgehen und abwarten, was passierte. Vielleicht war es gar kein Date. Vielleicht wollte er nur einen entspannten Abend mit mir verbringen.

„Stellst du dich schon mal da an?", fragte Florian und deutete zu der Kasse, an der Popcorn, Knabbereien und Getränke verkauft wurden. „Dann hole ich unsere Karten."

„Mach ich", stimmte ich zu.

Die Schlange an der Popcorn-Ausgabe war erschreckend lang, die gesamte Halle des Kinos war randvoll mit Menschen. Es war laut und eng hier, doch ich schlängelte mich zwischen den herumstehenden Leuten bis zur Kasse durch, wo ich mich anstellte. Während ich wartete, sah ich mich im Kino um. Überall hingen Filmplakate an den Wänden ebenso wie das Logo des Kinos. Die Leute quetschten sich von der einen Seite der Eingangshalle zur anderen, manche drängelten sich an den Schlangen vor – oder versuchten es zumindest –, einige unterhielten sich und andere schienen auf ihre Begleitung zu warten. Plötzlich fiel mein Blick auf den Rock, den ich trug. Sophie hatte mich für diesen Abend nicht einfach nur herausgeputzt, nein, sie hatte mir sogar ein paar ihrer Klamotten und ihre schwarze Handtasche geliehen.

„Der Jeansrock! Darunter schwarze Leggins! Als Oberteil nimmst du einen roten Pullover, aber keinen Kapuzenpulli! Hier, die Handtasche! Und dann mache ich dir Locken und schmink dich", hatte sie gesagt. „Flo wird seine Augen nicht von dir lassen können!"

Tja, Florian hatte tatsächlich bereits angemerkt, dass ich heute Abend hübsch aussah. Aber ansonsten war alles entspannt. Keine Annäherung, keine komischen Gespräche, einfach ein netter Abend. Sehr erleichternd.

„Hey, du bist ja fast schon dran", stellte Florian fest, als er sich zu mir in die Schlange gesellte.

Ich nickte. „Ja, zum Glück. Hast du die Karten bekommen?"

Er hielt zwei Tickets hoch. „Sogar hinten in der Mitte."

„Da haben wir ja die beste Sicht!", freute ich mich.

„Oh ja." Kurz musterte er mich. „Wobei du wahrscheinlich sowieso keine Probleme hast, wenn vor dir etwas größere Leute sitzen, oder?"

„Du doch auch nicht, du bist sogar noch etwas größer als ich", entgegnete ich.

„Stolze 1,85 Meter", lachte er. „Aber immer noch zwei Zentimeter kleiner als Raphael. Wie groß bist du eigentlich? Eins achtzig?"

„Nicht ganz. 1,78 Meter."

Er grinste. „Neben dir sehen Sophie und Karo voll klein aus."

Ich zuckte mit den Schultern. „Ich wäre auch lieber etwas kleiner." ... „Und mädchenhafter", fügte ich in Gedanken hinzu. „Nicht so groß und schlaksig."

„Warum? Ich find's cool, dass du so groß bist", merkte er an und legte seinen Arm um meine Schultern. „Die Höhe ist total bequem."

Ich musste lachen. „Wenn du meinst."

„Was hätten Sie denn gerne?", fragte die Verkäuferin.

„Einmal großes Popcorn und eine große Cola", orderte Florian. Während die Frau die Bestellung herrichtete, drehte er sich zu mir. „Ist doch okay, oder magst du lieber Chips?"

Ich schüttelte den Kopf. „Süß ist immer gut."

„Dachte ich mir." Nachdem er bezahlt hatte, nahm er die Tüte mit dem Popcorn und den großen Becher Cola. Wir kämpften uns durch die Menge, bis wir vor dem Kinosaal standen, in dem gleich der Film abgespielt werden würde.

„Und ich soll echt nichts dazuzahlen?“, vergewisserte ich mich.

„Was wäre das für ein Date, wenn du bezahlen würdest?“, fragte er und schüttelte den Kopf. „Nichts da.“

Date. Es war ein Date. Neeein! Ich kämpfte gegen den Drang an, schreiend wegzulaufen, und rang mich zu einem Lächeln durch. „Na gut ...“

„Gehen wir rein?“, fragte er.

„Ja, klar.“ Beim Film mussten wir immerhin nicht reden. Wir konnten auf die Leinwand schauen und still sein. Wir fanden schnell unsere Plätze. Obwohl ich ein wenig fror, zog ich meine Jacke aus. Wenn ich sogar hier drinnen die Jacke trüge, würde ich später draußen nur noch mehr frieren.

Florian stellte die Cola und das Popcorn zwischen uns. „Greif einfach zu, wenn du was willst.“ Erst da fiel mir auf, dass wir uns sogar ein Getränk und einen Strohhalm teilen würden. Ach du Schande ... Ich würde heute Abend eher wenig trinken. Auf einen indirekten Kuss konnte ich verzichten – das hier war schließlich kein unverbindliches Training, es war ein richtiges Date. Und das beunruhigte mich.

Als der nur halb volle Saal abgedunkelt wurde und die Vorschau begann, lehnte ich mich in meinem bequemen Sitz zurück. Hoffentlich würde sich diese unangenehme Atmosphäre noch ändern. Der Film fing an, das letzte Gemurmel im Saal erstarb. Und ich hatte selten so gelacht! Der Film war verrückt und voller Klischees, aber wirklich lustig. Es machte richtig großen Spaß, ihn anzuschauen. Vor allem, weil Florian und ich ständig dumme Kommentare machten und Popcorn aßen.

„Wenn der rauskommt, hol ich mir die DVD“, flüsterte Florian.

„Lohnen würd sich's“, kicherte ich und griff zeitgleich mit ihm in die Popcorn-Tüte, sodass sich unsere Finger berührten.

Im Schein der Leinwand sah ich Florian lächeln. Er zog seine Hand zurück und deutete auf die Tüte. „Entschuldige. Nach dir.“

Erleichtert erwiderte ich sein Lächeln und nahm mir etwas Popcorn. „Danke. Jetzt bist du dran.“ Auch er griff nun zu. Ich richtete meine Aufmerksamkeit wieder auf den Film.

„Raphael würde diesen Film auch mögen", dachte ich. „Genau seine Art von Humor."

Zum Glück machte Florian keine peinlichen Annäherungsversuche. Im Großen und Ganzen wirkte das nicht wie ein Date. Aber plötzlich fiel mir etwas auf. Florians linke Hand lag auf der Armlehne zwischen uns, halb geöffnet. Ich mochte ja in Sachen Liebe und Beziehungen unerfahren sein, doch ich wusste, was diese Geste bedeutete. Das war eine Einladung, seine Hand zu nehmen. Augenblicklich fühlte ich mich unwohl. Ich ignorierte diese Aufforderung und sank tiefer in meinen Sitz.

Den restlichen Film über konnte ich mich nicht mehr entspannen. Ich war zu durcheinander. Wollte Florian wirklich mit mir zusammen sein? Oder spielte er mir einen Streich? Nein, Florian war nicht der Typ, der mit Mädchen spielte. Aber er konnte das unmöglich ernst meinen. Was wollte ein so beliebter Junge mit einem Mädchen wie mir? Das ergab keinen Sinn.

„Möchtest du noch was essen gehen?", fragte Florian, als wir uns nach dem Film unseren Weg aus dem Saal bahnten.

„Nein, das Popcorn hat völlig gereicht", antwortete ich. „Außerdem ist es schon halb elf." Sophie erwartete meinen Anruf und ich war müde. Also wurde es Zeit, zurück nach Hause zu fahren.

„Okay, dann bring ich dich mal heim", beschloss Florian.

Ich nickte. „Das wäre super."

Gemeinsam spazierten wir zum Auto, das sich Florian von seinen Eltern geliehen hatte.

„Hat dir der Film gefallen?", erkundigte er sich.

„Und wie! So würde Schule viel mehr Spaß machen", äußerte ich mich.

Er lachte. „Ja, mit so verrückten Lehrern auf jeden Fall. Ich fand's ja am besten, als der Typ seine Schüler mit dem Paintball-Gewehr abgeschossen hat!"

„Das sah genial aus", kicherte ich. „Ich könnte mir vorstellen, wie Herr Specht so was macht."

„Oh ja, das passt zum Drill Sergeant", stimmte er zu.

„Hattest du ihn eigentlich mal im Unterricht?"

„Ja, in der neunten Klasse", erzählte Florian. Wir waren am Auto angekommen und er hielt mir die Beifahrertür auf.

Ich setzte mich in den Wagen und schnallte mich an. „Danke. Und hast du den Sportunterricht überlebt?"

Er stieg ebenfalls ein und startete den Motor. „Besser als manch andere, aber ich hatte immer Muskelkater danach", brummte er und schnallte sich an.

„Ich finde die Liegestütze furchtbar", seufzte ich.

„Oh ja, 50 Stück. Ohne Ausnahme ..."

Ich grinste. „Ich muss nur 20 machen."

„Unfair!", rief er. „Obwohl es besser ist, als wenn du dich abquälen müsstest."

„Finde ich auch", gab ich zu. „50 würde ich nie schaffen."

„Ach, wenn du so fleißig trainierst wie beim Kung-Fu, schaffst du das bestimmt irgendwann", vermutete er.

Ungläubig lachte ich auf. „Na klar. Du mich auch."

„Ich mein das ernst."

„Und ich glaub's nicht."

„Wirst du schon noch."

Ich verdrehte die Augen. „Niemals."

„Du traust dir zu wenig zu", entgegnete er. „Genau wie oft beim Training."

„Ach was", winkte ich ab. Wie wechselte ich denn jetzt am besten das Thema? Ah, genau! „Es ist echt cool, dass du alleine Auto fahren kannst."

Er schmunzelte. „Findest du?"

„Total. Ich hab jetzt erst mit dem Führerschein angefangen und ich kapier noch nicht mal, wofür die Kupplung gut ist."

„Ernsthaft? Das ist total einfach!", lachte er. „Pass auf, ich erklär's dir." Volltreffer. Während der gesamten Fahrt redeten wir übers Autofahren. Und schon bald parkte Florian bei mir zu Hause in der Einfahrt. Wir stiegen beide aus. Es war kalt draußen, sehr windig und dunkel. Ich zitterte ganz leicht, weil ich fror. Florian begleitete mich bis zur Haustür, dort blieben wir kurz gemeinsam stehen.

„Es war ein schöner Abend", sagte er.

Ich lächelte. „Der Film war toll. Danke für die Einladung."

Er erwiderte mein Lächeln. „Gern geschehen."

„Dann ... bis übermorgen in der Schule."

„Genau."

Wir umarmten uns. Länger als sonst, wenn wir uns hin und wieder zur Begrüßung oder zum Abschied umarmten. Ich ließ meine Arme sinken, damit Florian es mir gleichtat. Nun standen wir uns einfach nur gegenüber. Und seine blauen Augen ruhten auf mir. Verlegen wich ich seinem Blick aus. Warum schaute er mich so prüfend an? Das gefiel mir nicht.

„Gute Nacht", flüsterte er und legte seine Hand an meine Wange. Mir entging nicht, dass er sich zu mir beugte. Gefährlich nahe. Um mich zu küssen.

Das Einzige, was Gilbert mir nicht genommen hatte, war mein erster Kuss. So leichtfertig wollte ich ihn nicht verschenken. Die Situation erschien mir nicht richtig. Es wäre falsch, mich jetzt von Florian küssen zu lassen. Ich würde es bereuen, da war ich mir sicher. Schließlich war ich nicht in ihn verliebt. Ich unterdrückte den Reflex zurückzuschrecken. Schließlich wollte ich Florian nicht völlig vor den Kopf stoßen. Aber ich senkte meinen Kopf in meinen Schal, sodass mir der Stoff bis zur Nase reichte.

„Es ist so kalt", jammerte ich. „Ich geh dann mal rein. Gute Nacht." Hoffentlich klappte das. Hoffentlich konnte ich mich so aus der unangenehmen Lage befreien.

Langsam zog Florian seine Hand zurück, die immer noch an meiner Wange lag. „Ja, es ist ziemlich kühl", stimmte er zu. In seiner Stimme hörte ich Unsicherheit und Enttäuschung. „Pass auf, dass du dich nicht erkältest."

Ich nickte. „Du auch. Also, bis Montag."

„Bis Montag."

Geschafft. Ich hatte Florian so sanft wie möglich zurückgewiesen und er hatte es akzeptiert.

Zurück in meinem Zimmer holte ich das Handy aus Sophies Handtasche und rief sofort meine Freundin an. Ich musste dringend mit ihr reden.

„Hi!", begrüßte sie mich nach dem dritten Klingeln. „Und wie war's? Erzähl mir alles!"

„Ich weiß gar nicht, wo ich anfangen soll", seufzte ich, als ich mich aufs Bett fallen ließ. „Es war ein total netter Abend, eigentlich."

„Aber?"

Ich fuhr mir durchs Haar. „Aber es war wirklich ein Date. Er hat mir sogar die Autotür aufgehalten! Und er hat alles bezahlt ..."

„Das ist ja toll!" Sophie klang begeistert. „Klingt richtig romantisch."

Ja, leider. „Der Film war jedenfalls toll. Ich wette, Raphael würde ihn mögen."

„Du gehst mit Florian aus und denkst an Raphael?", fragte Sophie schockiert.

„Äh, war nur so ein Gedanke. Jedenfalls ist es danach seltsam geworden."

„Was meinst du?"

„Als er mich eben vor meiner Haustür abgesetzt hat, wollte er mich küssen", murmelte ich.

„Und? Und? Und? Wie war's? Wie küsst er?"

Für einen Moment dachte ich, Sophie würde vor Spannung platzen. „Ich bin rechtzeitig ausgewichen."

„Ausgewichen?", wiederholte sie entsetzt. „Ausgewichen?! Du ... du wolltest ihn nicht küssen?"

„Nein! Das hat einfach nicht gepasst." Ich drehte mich auf den Bauch. „Man muss doch verliebt sein, um jemanden zu küssen."

Kurz blieb Sophie still. „Und du magst ihn nicht mal ein wenig?"

„Doch, sehr sogar. Als Freund und Trainer."

„Aber nicht als Mann", ergänzte Sophie.

„Ja", bestätigte ich. „Und was mach ich jetzt? Das wird in der Schule bestimmt voll komisch. Er hat zwar akzeptiert, dass ich nicht geküsst werden wollte, aber enttäuscht klang er schon."

„Nein, Florian ist nicht besonders nachtragend", meinte sie. „Mach dir keine Gedanken. Erst mal abwarten."

Ich nickte und rollte mich wieder auf den Rücken. „Okay. Und wie lief's bei dir? Hast du mit Jan geredet?"

„Halt dich fest!", rief sie und machte eine Kunstpause, um die Spannung zu steigern. „Mittwoch gehen wir nach der Schule in die Stadt. Nur wir beide! Und er war begeistert von meinem Vorschlag."

Ich lächelte. „Das ist toll. Du musst mir danach erzählen, was passiert ist."

„Versprochen!"

Bis spät in die Nacht telefonierten wir noch. Als ich mich schlafen legte, dachte ich gar nicht mehr an Florian. Gerade als ich das Licht ausmachen wollte, fiel mir auf, dass Raphael von gegenüber herüberwinkte. Als ich ihn so in seinem Schlafanzug sah, musste ich lachen. Ich ging zum Fenster und winkte zurück, dann sah ich ihn fragend an. Offensichtlich erkannte er meinen verwunderten Gesichtsausdruck, er bedeutete mir zu warten und beugte sich zur Seite über seinen Schreibtisch. Was machte er da?

Ein paar Sekunden später drückte er ein Blatt Papier gegen die Fensterscheibe. Er hatte so groß geschrieben, dass ich es sogar lesen konnte.

Gute Nacht! ;-)

„Wie süß", schoss mir durch den Kopf. Dass unsere Fenster gegenüberlagen, war wirklich toll. Ich bedeutete ihm ebenfalls, kurz zu warten, und schrieb auf ein Blockblatt:

Dir auch! =)

Dann hielt ich den Zettel an meine Fensterscheibe. Er grinste breit und streckte den Daumen hoch. Ich winkte noch mal, bevor ich endgültig das Licht ausmachte und mich ins Bett legte. Ich war völlig entspannt, rundum glücklich, eine Freundin wie Sophie zu haben, amüsiert von diesem *Gespräch* mit Raphael und so müde, dass ich schnell einschlief.

Am Sonntag widmete ich mich nur meiner kleinen Schwester. Und meinen Hausaufgaben, aber das nur nebenbei. Ich spielte fast den ganzen Tag mit Nele; wir schauten einen Film mit Bianca und Lorenz, ich erzählte ihr Geschichten und wir backten verspätete Weihnachtsplätzchen mit meiner Mutter. Die Kleine strahlte vor Freude. Und es tat gut, das zu sehen. Erst am Montag in der Schule holte mich die Realität wieder ein. Die Tatsache, dass menschliche Beziehungen manchmal viel komplizierter waren als das Zusammensein mit meiner Schwester oder meinen Eltern.

Lorenz musste besonders früh in seine Arztpraxis, darum kam ich an der Schule an, bevor die Türen überhaupt offen waren. Ich stellte mich an die Schulmauer, abseits von den wenigen anderen Schülern, die auch hier draußen in der Kälte warteten. Ich schlang meine Arme um mich, doch ich fror trotzdem. Um 7:50 Uhr wurden die Schüler hineingelassen, das wusste ich. Also dauerte es noch eine knappe Viertelstunde. Das war doch bescheuert! Es gab bestimmt viele Schüler, die schon früh hier ankamen. Sollten die im Winter alle erfrieren?

„Gibt es einen Grund, warum du lieber hier draußen zitterst, statt drinnen zu warten?", lachte plötzlich jemand neben mir.

Erstaunt sah ich den Jungen an. Raphael stand dort. „Was meinst du? Es ist doch noch abgesperrt."

„Die Osthalle ist ab halb acht offen. Da setz ich mich jeden Morgen rein."

„Echt? Man kann nach drinnen?", wunderte ich mich.

Er lachte und setzte sich in Bewegung. „Komm mit. Einmal quer über den Schulhof, dann sind wir bei der Osthalle. Wusstest du das nicht?"

Ich musste schon fast rennen, um mit ihm Schritt zu halten. „Nein, woher denn? Warum bist du überhaupt schon so früh da?"

„Na, jetzt weißt du's ja. Und ich komme immer mit dem frühen Bus, weil mir der andere zu voll ist", erklärte er. „Ich kann's nicht leiden, total eingequetscht zu werden. Das nervt."

„Kann ich verstehen", gab ich zu.

In der Osthalle standen und saßen ein paar Schüler herum, es herrschte lautes Gemurmel und es war angenehm warm. Raphael und ich fanden sogar noch eine freie Bank.

„Und was machst du hier, bis du rüber in die Eingangshalle zu den anderen gehst?", wollte ich wissen.

„Meistens lernen", antwortete er. „Wenn ich hier mein Handy raushole, bin ich's ja sofort los."

„Die Regelung ist doch sowieso bescheuert", äußerte ich mich. „Warum darf man zwischen den Unterrichtsstunden nicht mal kurz aufs Handy schauen?"

„Keine Ahnung. Ich find's auch bloß dämlich."

„Und wie war dein Wochenende?", fragte ich.

„Schön. Außer dass ich praktisch nicht aus dem Haus durfte." Er lachte. „Meine Mutter wollte mich die ganze Zeit bei sich haben, weil ich so lange im Krankenhaus gewesen bin."

Ich musste lächeln. „Kein Wunder, sie hat dich vermisst."

„Ja, aber nur zu Hause rumhängen, nervt etwas. Was hast du so gemacht?"

„Ich hab am Freitag mit Florian Kung-Fu trainiert", erzählte ich. „Gestern hab ich den ganzen Tag mit Nele gespielt."

„Wie geht's deiner Schwester denn?", erkundigte er sich.

Diesmal störte es mich nicht, Blickkontakt mit ihm zu halten, während wir über Nele sprachen. Im Gegenteil, ihm in die durchdringenden blauen Augen zu schauen, hatte etwas Fesselndes. „Richtig gut", antwortete ich glücklich. „Sie wirkt sehr froh."

„Das ist doch toll!"

Ich nahm meine Mütze ab und stopfte sie in die Schultasche. „Oh ja."

„Und was hast du am Samstag gemacht?"

Unwillkürlich verzog ich das Gesicht.

„Oh, oh, falsche Frage?" Raphael grinste. „Was ist denn passiert?"

Kurz zögerte ich. Sollte ich es ihm erzählen? Warum eigentlich nicht. Er wusste doch sowieso fast alles über mich. „Ich war mit Florian im Kino", seufzte ich. „Es war ein Date!"

„Und das war so schlimm?"

„Ja! Hallo?! Ein Date!" Ich schnaubte. „Das war komisch. Und unpassend. Und ich hätte gar nicht hingehen sollen."

Prüfend blickte Raphael mich an. „Warum machst du dann so was aus?"

„Ich hab mich nicht getraut, *Nein* zu sagen", gestand ich.

Er lächelte. „Ja, das passt zu dir. Du würdest wahrscheinlich noch nicht mal deine Meinung sagen, wenn jemand mit 'ner Waffe auf dich zielen würde."

Bei dieser Vorstellung musste ich schmunzeln. „Doch, dann schon."

„Ernsthaft, Lara, sag doch einfach mal, was du denkst."

„Bestimmt nicht", verneinte ich. „Das ist doch peinlich."

„Versuch's einfach mal", ermutigte er mich. „Was denkst du genau jetzt?"

„Dass du echt komisch bist", kicherte ich. „Und sehr nett."

Er grinste. „Das war doch gar nicht so schwer. Und danke, ich seh das einfach mal als Kompliment."

Ich nickte. „Mach das."

„Warum sagst du Flo nicht, dass du Dates nicht magst?", kam er auf das ursprüngliche Thema zurück. „Das versteht er sicher."

„Ich wollte ihn nicht ... vor den Kopf stoßen."

„Es ist aber auch nicht Sinn der Sache, wenn du dich unwohl dabei fühlst."

„Ja, danke, Dr. Freud, ist mir klar", motzte ich.

Er lachte und boxte mich sanft auf den Oberarm. „Nicht frech werden."

„Selber!", entgegnete ich und boxte ihn auch.

„Hey, die Türen werden aufgeschlossen", stellte Raphael fest. „Komm, gehen wir in die andere Halle."

Ich stand auf. „Okay."

Als Raphael und ich gemeinsam zu unseren Freunden kamen, musterte Sophie uns argwöhnisch. „Wo kommt ihr denn jetzt her?"

„Aus der Osthalle", erzählte ich.

„Seid ihr schon so früh gekommen?", wunderte sich Niklas. „Also, klar, Rapha kommt ja immer so früh. Aber du auch, Lara?"

„Mein Vater musste heute früher in die Praxis", erklärte ich. „Darum war ich schon um kurz nach halb acht hier. Ach ja, guten Morgen erst mal allerseits."

„Guten Morgen!", wünschte mir Sophie und umarmte mich fest. Lächelnd erwiderte ich ihre Umarmung. Auch Karolin drückte mich kurz, um mich zu begrüßen.

Ich wagte es nicht, Florian direkt anzusehen. Ich fürchtete mich davor, dass er wütend war. Oder genervt. Oder – noch schlimmer – verletzt. Immer wieder versuchte ich, zu ihm zu blicken, doch bevor ich das tun konnte, senkte ich den Kopf wieder. Ich schaffte es nicht! Da gab Raphael mir plötzlich einen Stoß. Der Kerl rempelte mich einfach am Arm, sodass ich einen Schritt zur Seite stolperte.

„Geht's noch?", beschwerte ich mich.

„Was soll das werden?", fragte Sophie ihn verständnislos.

„Hoppla, das war wohl etwas zu fest." Er grinste mich entschuldigend an, dann beugte er sich zu mir.

„Ich wollte dir nur im wahrsten Sinne des Wortes einen Schubs geben“, flüsterte er mir ins Ohr.

„Wieso?“, wisperte ich.

„Weil du dich auffällig seltsam verhältst.“

Schon klar, ich musste mich zusammenreißen. Langsam nickte ich. Und dann brachte ich es endlich über mich, Florian kurz anzuschauen. Wir tauschten ein verlegenes Lächeln, dann brach unser Blickkontakt wieder ab. Das war alles, und es reichte. Erst mal. Im Unterricht benahm sich mein Banknachbar völlig normal, wie immer eben. Dieses Date war eine einmalige Sache gewesen. Nun kehrte die Normalität wieder ein. Kein Grund zur Sorge.

„Treffen wir uns am Mittwoch wieder?“, fragte Florian, kurz bevor die kleine Pause beginnen würde.

Da kamen mir Raphaels Worte wieder in den Sinn. „Ernsthaft, Lara, sag doch einfach mal, was du denkst.“

„Ja, aber vorher muss ich was mit dir klären“, flüsterte ich.

Florian rückte mit seinem Stuhl etwas näher zu mir, damit wir besser reden konnten. „Wegen vorgestern?“

Ich nickte. „Es tut mir wirklich leid, dass ich so komisch war ... Ich war etwas überfordert.“

Verwirrt sah er mich an. „Wovon?“

„Ich bin einfach noch nicht so weit“, erklärte ich. „Ganz normal zu sein, auf Dates zu gehen und so weiter. Erst mal würde ich mich hier gern eingewöhnen. Meiner Schwester dabei helfen, sich hier zurechtzufinden. Über ... früher hinwegkommen. Meine Eltern richtig kennenlernen. Da kann ich so was noch nicht. Also, mich verlieben und alles.“

Florian schmunzelte. „Verstehe. Ist schon okay, ich wollte mich sowieso bei dir entschuldigen.“

Ich schob die Augenbrauen zusammen. „Wofür?“

„Dafür, dass ich alles so übereilt habe. Das war auch nicht gerade angebracht.“

„Dann ist alles okay zwischen uns?“, vergewisserte ich mich.

Er nickte. „Status quo. Wir sind Banknachbarn, Freunde und Trainingspartner.“

Erleichtert lächelte ich ihn an. „Perfekt.“

„Also, Mittwoch Kung-Fu?“, wiederholte er seine Frage.

„Um vier Uhr“, bestätigte ich.

Endlich läutete der Gong die kleine Pause ein. „Ach, bevor ich's vergesse“, fiel Florian ein, „ich hab dir sogar eine richtige Entschuldigung mitgebracht.“

Ich stand gerade auf und nahm meine Wasserflasche aus der Tasche. Er drückte mir eine Brotbox in die freie Hand. „Für dich.“

„Was ist das?“

„Mach's auf.“

Als ich die Nussschnecke in der Brotbox sah, blickte ich Florian gerührt an. „Danke.“

Er zwinkerte. „Gern geschehen. Jetzt hast du gleich was für die Pause.“

Es wäre toll gewesen, wenn diese lockere Stimmung von Dauer gewesen wäre. Doch nur zwei Wochen später wurde alles viel komplizierter. Und dieses Mal war ich selbst schuld daran.

„Haha! Die ist voll hingeflogen!“, grölte ein etwa Zwölfjähriger.

„Das sah geil aus!“

Ich biss die Zähne zusammen und versuchte, den stechenden Schmerz in meinem Steißbein auszublenden. Aber ich war selbst schuld – warum musste ich auch auf dem Weg in die Osthalle auf einer vereisten Stelle ausrutschen? Jetzt lag ich wie der letzte Idiot auf dem Schulhof herum. Umringt von anderen Schülern, grob geschätzt aus der sechsten Klasse. Und ausgerechnet diese ätzenden Kinder machten sich über mich lustig.

„Muss wehtun.“

„Die Eisplatte kann man doch gar nicht übersehen!“

„Ja, ja“, dachte ich genervt und setzte mich aufrecht hin. Im Nachhinein würde ich die vereiste Stelle auch nicht mehr übersehen. Als ich mich mit den Händen auf dem Boden abstützte, wurden meine Finger eiskalt. Ich hätte Handschuhe mitnehmen sollen, nicht nur Schal und Mütze.

„Hey, du bist echt elegant!“, rief einer der Schüler mir zu.

Am liebsten hätte ich ihn angebrüllt, doch ich musste die Zähne fest zusammenbeißen, um nicht vor Schmerz zu jammern. Mir tat alles weh, ich konnte nicht mal aus eigener Kraft aufstehen. Als ich es versuchte, plumpste ich zurück auf den Boden. Außer den

Sechstklässlern war an diesem Dienstagmorgen noch niemand auf dem Schulhof. Und von denen konnte ich keine Hilfe erwarten. Warum musste Lorenz heute auch schon so früh in die Praxis? So ein Mist ... „Hast du's auf Video?", fragte einer.

Seine Mitschülerin nickte. „Ich lad's gleich auf Facebook hoch."

Was?! Diese kleine Göre hatte mich gefilmt und wollte das Video ins Internet stellen? Nur über meine Leiche! Ich hatte den Mund schon zum Schreien geöffnet, da schritt jemand ein. „Das wirst du ganz bestimmt nicht machen", zischte eine wohlbekannte Stimme wütend. „Gib mir das Handy." Raphael stand vor dem Mädchen, seine Hand ausgestreckt, seinen verärgerten Blick direkt auf die Schülerin gerichtet.

Obwohl sie eingeschüchtert aussah, schüttelte sie den Kopf. „Das ist meins! Hau ab!"

Da verlor er endgültig die Geduld, griff sich das Handy und tippte darauf herum. „Na also, gelöscht", stellte er zufrieden fest und gab der schreienden Schülerin das Gerät zurück. „Das war's schon." Erleichtert lächelte ich. Dank Raphael würde nun kein peinliches Video von mir in einem sozialen Netzwerk herumschwirren.

„Du spinnst doch!", kreischte das Mädchen. „Das ist mein Handy! Du kannst nicht einfach meine Videos löschen!"

„Muss ich dir jetzt 'nen Vortrag zum Thema Einverständniserklärung der zu sehenden Personen halten?", schnaubte Raphael genervt. „Ich bezweifele, dass Lara gefilmt werden wollte."

„Selbst schuld, wenn sie ausrutscht", motzte einer der Jungen.

Raphael verdrehte nur die Augen, ignorierte die meckernden Kinder und ging neben mir in die Hocke. „Na, du Eiskunstläuferin?", neckte er mich. „Brauchst du Hilfe?"

Ich spürte, wie meine Wangen rot wurden. „Ja ... ich kann irgendwie nicht mehr aufstehen ..."

Er lachte, dann griff er mir im wahrsten Sinne des Wortes unter die Arme, um mich wieder auf die Beine zu ziehen. „Besser?"

Ich lächelte. „Besser."

Nebeneinander gingen wir über den Schulhof zur Osthalle. Wo ich mich hoffentlich wieder aufwärmen konnte.

„Danke", flüsterte ich auf dem Weg. „Du hast mich echt gerettet."

„Ach was“, winkte er ab. „Ist doch keine große Sache.“

„Für mich schon. Ich wusste echt nicht, was ich machen sollte.“

Er lächelte mich an. „Hat sich doch jetzt erledigt.“

Dank ihm. Nur dank ihm. Wäre er nicht gewesen, gäbe es jetzt ein peinliches Video von mir im Internet. Und diese Kinder hätten mich weiterhin verspottet. Endlich erreichten wir die Osthalle, Raphael öffnete die Tür und bedeutete mir, zuerst einzutreten. „Nach dir.“

Ich schmunzelte. „Sehr zuvorkommend.“

Wir suchten uns zwei freie Plätze, an diesem Morgen war zwar jede Bank besetzt, doch wir konnten uns noch nebeneinander dazuquetschen.

„Gut, dass du so wenig Platz brauchst“, lachte Raphael.

Obwohl er sich gerade über mein Untergewicht lustig machte, wurde ich nicht sauer, sondern musste schmunzeln. „Sonst wär's hier wohl noch enger.“

„Du hättest etwas mehr Platz, wenn du keinen so großen Sicherheitsabstand zu mir halten würdest“, merkte er an.

„Ja, aber wenn ich noch ein Stück zu dir rutsche, kleb ich an dir.“

Er musste lachen. „Und weiter? Mir macht das nichts.“

Hm. Ich hatte auch kein Problem damit, Arm an Arm und Bein an Bein mit ihm zu sitzen. Warum auch immer, der Gedanke störte mich nicht. „Na gut“, gab ich nach und rutschte zu ihm. Je näher ich ihm kam, umso schneller klopfte mein Herz. Ich war richtig aufgeregt, dabei gab es keinen Grund dazu. Vielleicht hatte ich Angst? Das würde meinen rasenden Puls jedenfalls erklären ... Aber weshalb sollte ich Angst vor Raphael haben? Vor jedem, aber doch nicht vor ihm.

„Wie lange bist du da eigentlich auf dem Boden gehockt?“, fragte er.

„Keine Ahnung“, antwortete ich und rieb meine eiskalten Finger aneinander, um sie zu wärmen. „Ein paar Minuten vielleicht.“

Er musterte meine Hände. „Ist dir kalt?“

Ich nickte. „Ich spüre meine Fingerspitzen nicht mehr.“

„Warte, da kann ich vielleicht was machen“, entgegnete er und nahm meine Hände behutsam in seine. Er war ganz warm. „Besser?“

„Du bist richtig warm", schwärmte ich.

„Im Gegensatz zu dir schon. Du bist ja fast eingefroren."

„Dabei hab ich dicke Klamotten an." Es schüttelte mich vor Kälte. „Und hier drinnen wird geheizt. Aber mir ist trotzdem eiskalt."

Er lächelte so freundlich, dass mir zumindest innerlich warm wurde. „Du Frostbeule", neckte er mich und zog mich mit einem Arm an sich. „Gleich taust du wieder auf, hoffe ich." Während er mich umarmte und mit seiner freien Hand meine Finger umfasste, wurde mir tatsächlich wieder warm. Und mein Herz schlug immer noch rasend schnell.

„Danke", murmelte ich verlegen. „Das ist echt lieb von dir."

„Ich kann dich doch nicht erfrieren lassen", lachte er und drückte mich fester. Ich legte meinen Kopf an seine Schulter und schloss die Augen. Dieser Moment war wie eine kleine Pause vor dem Unterricht. Entspannend. Und sehr schön. Raphael kommentierte nicht, dass ich seine Schulter als Kissen benutzte. Er lehnte seinen Kopf sogar an meinen. „Echt bequem", merkte er an.

„Finde ich auch", stimmte ich zu.

„Irgendwie würde ich lieber den ganzen Vormittag so sitzen bleiben, als gleich in Physik zu gehen", lachte er.

Ich verzog das Gesicht. „Wieso nimmst du auch freiwillig Physik?"

„Immer noch besser als Chemie", meinte er.

„Ich mag Chemie. Nicht so gerne wie Sprachen, aber es gefällt mir. Auch wenn man mehr Experimente machen sollte", entgegnete ich.

„Nee, damit kann ich gar nichts anfangen. Aber mal was anderes", fiel ihm ein, „ich bin heute Nachmittag in Sport wieder dabei."

„Echt?", fragte ich überrascht. „Du darfst wieder Sport machen?"

Ich spürte, wie er nickte. „Noch kein Fußballtraining, aber Badminton. Den blöden Schalter für die Jalousien fasse ich allerdings nicht mehr an."

„Der ist sowieso abgeklebt worden", erzählte ich. „Damit nichts mehr passiert, bis alles repariert wird."

„Sehr gut. Schaffst du eigentlich deine 20 Liegestützen inzwischen besser?"

Ich stöhnte auf.

„Das heißt wohl nein“, lachte er.

„Eine vollkommen sinnlose Übung“, brummte ich. „Warum muss man sich durch ein solches Muskeltraining quälen?“

„Weil der Drill Sergeant Badminton sonst zu anspruchslos findet.“

„Das ist doch das Schöne an Badminton.“

„Die paar Liegestützen sind doch kein Problem. Faulpelz.“

„Angeber.“ Nach diesem Wortwechsel mussten wir beide lauthals zu lachen anfangen. Ich richtete mich auf, um Raphael ins Gesicht schauen zu können. Er grinste breit, ich schmunzelte. Und wir prusteten erneut los. Vielleicht war es doch gar nicht so schlecht, früher zur Schule zu kommen. Die Zeit mit Raphael machte Spaß. Er wärmte mich sogar auf, ich spürte meine Finger schon wieder.

„Oh, wir sollten los“, fiel mir auf. „Die anderen warten bestimmt schon.“ Raphael drückte mich noch einmal fest an sich, bevor er mich losließ. Dann standen wir auf und gingen in die Eingangshalle. Komisch. Warum genoss ich es so, mit ihm zusammenzusitzen? Warum störte es mich nicht, dass er mich an sich drückte? Jedes Mal, wenn Florian seinen Arm um mich legte, fühlte ich mich etwas unwohl. „Bestimmt liegt es daran, dass Raphael alles über mich weiß“, grübelte ich. Alles, was niemand anderes wissen sollte.

„Lara, guten Morgen!“, begrüßte mich Sophie. Sie umarmte mich stürmisch und strahlte mich an. „Wie geht’s dir?“

„Guten Morgen. Mir geht’s gut“, antwortete ich lächelnd. „Und dir?“

„Mir geht’s spitze! Nein, besser. Mir geht’s ... einfach perfekt! Ich muss dir was erzählen.“

„Das klingt super, was ist denn los?“

Bevor ich Niklas, Karolin, Florian oder Jan noch begrüßen konnte, zog sie mich an meinem Arm ein paar Schritte von der Gruppe weg. „Jan und ich sind zusammen“, flüsterte sie mir ins Ohr. In den letzten Wochen hatten sich die beiden immer wieder getroffen und sogar manche Pausen nur zu zweit verbracht. Sophie und ich hatten stundenlang darüber geredet, wie es mit den beiden lief. Und jetzt hatte es geklappt!

„Das ist toll!“, freute ich mich ehrlich für sie und umarmte sie fest. „Glückwunsch!“

„Danke!“ Sie erwiderte meine Umarmung. „Ich bin so glücklich! Und heute in der kleinen Pause erzählen wir's allen.“

„Wieso nicht jetzt?“, wunderte ich mich. „Es sind doch alle da.“

„Oh, richtig“, fiel ihr auf. „Gute Idee!“

Ich schmunzelte. „Du bist schon genial.“

Wir gingen zurück zu den anderen. Sophie und Jan lächelten sich an, dann stellte sie sich neben ihn und flüsterte ihm etwas ins Ohr. Er nickte. „Ich muss euch was sagen, Leute“, verkündete meine Nachbarin laut.

„Ach, seid ihr endlich zusammen?“, fragte Raphael grinsend und deutete auf sie und Jan.

Sophies Mund klappte auf, auch Jan wirkte überrascht. „Wie ... was ... woher ... äh ...“, stammelte sie.

Niklas lachte. „Dachtest du, wir merken das nicht?“

Es wäre schwer gewesen, die Annäherung der beiden zu übersehen, das stimmte schon. Sie hatten sich nämlich ziemlich offensichtlich sehr gern.

„Also, ja, wir sind zusammen“, sagte Jan. Er lächelte Sophie an und schob sich die Brille höher. „Seit gestern.“ Seine Freundin nahm bei diesen Worten demonstrativ seine Hand, die beiden verschränkten ihre Finger miteinander und blickten sich verliebt an.

„Wow, das ist ja fast noch mehr Sonnenschein als bei Karo und Niklas“, lachte Florian.

„An uns kommt niemand ran“, protestierte Karolin. „Wart's mal ab, wenn die beiden ein Jahr zusammen sind, ist da nicht mehr so viel Sonnenschein.“

Ihr Freund umarmte sie von hinten. „Genau.“

Sophie streckte ihrem Bruder die Zunge raus. „Halt die Klappe!“

Ich schmunzelte. Es freute mich wirklich, dass Sophie so glücklich mit Jan war. Und seit er die Brille trug, konnte ich ihn sogar ohne Schwierigkeiten ansehen und mich in seiner Nähe normal verhalten, weil seine Ähnlichkeit mit Gilbert nun nicht mehr so stark auffiel.

„Ach, Lara“, wandte sich Florian an mich, während sich die Geschwister gegenseitig anmotzten, „wollen wir morgen das Training mal sausen lassen und zusammen in die Stadt gehen?“

Ich stutzte. „Was willst du denn in der Stadt?“

Er zuckte mit den Schultern. „Was essen gehen, etwas in den Läden stöbern, so was halt."

Zuerst wollte ich fragen, welchen Sinn es hatte, in die Stadt zu gehen, wenn man nichts dort brauchte. Aber dann wurde mir klar, warum Florian bummeln gehen wollte. Das war ... schon wieder ein Date. Oder? Nervös zupfte ich an meinen Haaren. Was sollte ich bloß sagen? Ich wollte nicht noch mal mit ihm ausgehen. Ich wollte einfach mit ihm befreundet sein, nicht mehr und nicht weniger. Ging das etwa nicht? Hilflos sah ich mich um, bis mein Blick den von Raphael kreuzte. Er schaute mich prüfend an, ratlos erwiderte ich seinen Blick.

Dann lächelte er schief. „Mal wieder zusammen in die Stadt gehen wäre klasse", rettete er mich. „Oder, Leute? Wir könnten morgen alle zusammen essen gehen, meine Mutter arbeitet in der Innenstadt."

„Oh ja, das machen wir!", stimmte Karolin zu. „Wenn deine Mutter arbeitet, bekommen wir in dem Restaurant immer Rabatt. Und es schmeckt so gut."

Erleichtert lächelte ich ihn an, er zwinkerte mir unauffällig zu. Raphael war genial! Er hatte mich aus dieser unangenehmen Situation gerettet, ohne dass ich Florian eine Absage erteilen musste.

„Ich bin auch dabei", meldete sich Sophie zu Wort. Jan und Niklas sagten ebenfalls zu.

„Perfekt, dann haben wir alle Zeit", stellte Raphael fest. „Nach der sechsten Stunde treffen wir uns hier, okay?" Zustimmendes Murmeln folgte.

Morgen musste ich nur die eine Freistunde mit Florian allein verbringen, dann würden wir als Gruppe etwas unternehmen. Optimal. Mein Banknachbar sah unzufrieden aus, sagte aber nichts. Er blickte auf seine Armbanduhr, die kurz vor acht anzeigte. „Hey, Leute, es gongt jede Sekunde", merkte er an. „Wir sollten hochgehen."

Gerettet. „Danke", flüsterte ich Raphael im Vorbeigehen zu.

„Beim nächsten Mal sagst du ihm gefälligst selbst die Meinung", brummte er.

Verlegen lächelte ich ihn an. „Ich werd's versuchen."

„Ewig kannst du's nicht vor dir herschieben."

Das wusste ich auch. Spätestens seit seiner Frage eben wusste ich, dass Florian doch mehr als Freundschaft wollte. Und ich musste ihn ausbremsen, bevor es zu spät war.

Im Unterricht redete mein Banknachbar fast gar nicht mit mir. Er schien richtig schlechte Laune zu haben, aber das wunderte mich nicht.

„Sophie, können wir unter vier Augen reden?“, bat ich meine Freundin am Anfang der kleinen Pause. Wir waren gerade an der Heizung im zweiten Stock angekommen, an der wir uns immer mit den anderen trafen. Florian unterhielt sich noch mit einem unserer Mitschüler, daher konnte ich offen mit Sophie sprechen.

„Es tut mir schrecklich leid, ich will nicht, dass du meinetwegen die Pause nicht mit Jan verbringen kannst, aber ich brauch echt deine Hilfe ...“

Besorgt sah sie mich an. „Ist doch kein Problem. Was ist los?“

„Können wir woanders hingehen?“, bat ich. „Wäre blöd, wenn die anderen gleich kommen und mithören. Besonders Florian ...“

Sie sah mich mitleidig an. „Verstehe.“

Zusammen setzten wir uns unten in die Eingangshalle. In diesem Trubel konnte uns wirklich niemand zufällig belauschen.

„Florian wollte morgen allein mit mir in die Stadt“, erzählte ich.

„Oh, haben wir uns jetzt etwa selbst eingeladen?“, fragte sie entsetzt. „Das wusste ich nicht. Wir können euch auch allein lassen.“

„Das meine ich nicht.“ Halbherzig lächelte ich. „Ich bin froh, dass ihr mitkommt. Raphael hat mich mit dem Vorschlag echt gerettet. Ich will nicht noch ein Date mit Florian.“

„Aber Flo gibt nicht auf, was?“, wandte sie ein.

Ich nickte. „Das ist das Problem. Was mach ich bloß?“

Kurz grübelte sie. „Hast du denn gar kein Herzklopfen?“

„Herzklopfen? Doch, heute Morgen hatte ich erst welches“, fiel mir ein.

„Manchmal schon“, antwortete ich.

Sie lächelte. „Das ist gut. Bist du manchmal verlegen? Freust du dich, ihn zu sehen? Redest du gerne mit ihm?“

Es gab kaum jemanden, mit dem ich mich lieber unterhielt als mit Raphael. Und ich freute mich immer, ihn zu sehen. Ob in der Schule oder abends am Fenster, bevor ich ins Bett ging. „Ja, schon.“

„Oh Lara, warum zierst du dich dann so?“, lachte Sophie. „Das Herzklopfen und alles ... Das zeigt doch, dass du in ihn verliebt bist. Wenigstens ein kleines bisschen. Ist doch offensichtlich!“

Mit großen Augen starrte ich sie an. „Ich bin doch nicht in Raphael verliebt!“

Ihr klappte der Mund auf. „Raphael?! Du hast Herzklopfen bei Raphael?“, vergewisserte sie sich. Zögerlich nickte ich. „Nicht bei Florian?“ Ich schüttelte den Kopf. „Du hast dich ... in Raphael verliebt“, stammelte sie.

„Nein!“

„Doch! Eindeutig!“

Nein, nein, das durfte nicht sein. Ich hatte mich nicht in ihn verliebt. Ich mochte ihn, klar, ich redete gern mit ihm, ich traf ihn gerne, ich dachte in letzter Zeit oft daran, wie er mir in dieser einen Mittagspause einen Karamell-Macchiato mitgebracht und mich beruhigt hatte, aber nur weil ich in seiner Nähe immer Herzklopfen hatte und aufgeregt war, hieß das noch lange nicht, dass ich in ihn verliebt war. Bei diesem Gedanken wurde es mir schlagartig klar: Sophie hatte recht, ich zeigte die typischen Symptome für Verliebtheit. Und sie traten auf, wenn ich in Raphaels Nähe war. Ich vergrub das Gesicht in meinen Händen. „Das darf nicht wahr sein ...“

Sophie rieb mir tröstend über den Arm. „Oh Lara, das ist gar nicht gut“, seufzte sie. „Dieser Frauenheld ist nicht der Typ für eine Beziehung.“

Verzweifelt sah ich sie an. „Was mach ich bloß?“

„Na ja, es gibt nur zwei Möglichkeiten“, stellte sie fest. „Du kommst über ihn hinweg und ersparst dir ein gebrochenes Herz oder du versuchst, ihm näherzukommen.“

„Und dann bricht er mir das Herz?“, fragte ich mutlos.

Sophie klemmte sich eine Haarsträhne hinters Ohr. „Ich will dir keine falschen Hoffnungen machen. Raphael ist ein Frauenheld und er wechselt die Mädchen wie Hemden. Allerdings muss ich zugeben, er hat jetzt seit drei Wochen keine Neue abgeschleppt. Seit er im Krankenhaus war. Aber irgendwann fängt das wieder an, denke ich.“

„Als ob das Problem mit Florian nicht reicht“, stöhnte ich resigniert.

„Jetzt bist du echt in einer blöden Lage", gab Sophie zu. „Flo steht immer noch auf dich und du hast dich in Raphael verknallt. Aber Kopf hoch!"

Zweifelnd sah ich sie an. „Kopf hoch?"

Sie umarmte mich fest. „Du hast doch mich. Und du kannst dich jederzeit bei mir ausheulen, egal, was noch passiert."

Ich lächelte schief. „Danke, Sophie." Ich konnte mich wohl auf etwas gefasst machen. Diese Situation war total verwirrend. Und kompliziert. Florian war verliebt in mich. Ich war verliebt in Raphael. Und Raphael war in so ziemlich jedes Mädchen verliebt, das lange Beine und einen kurzen Rock hatte. Ganz toll. Manchmal, nur manchmal, hasste ich zwischenmenschliche Beziehungen. Ich hasste sie wirklich.

Wahre Liebe

„Dann fahren wir mal. Und du kommst auch wirklich alleine klar?"

Ich schmunzelte. „Das habt ihr mich schon hundertmal gefragt. Ich bin 17. Eine Nacht allein zu Hause überlebe ich."

Bianca sah mich unbehaglich an. „Ich lasse dich nur ungern alleine ..."

„Es ist für Nele", entgegnete ich. „Und es ist wichtig. Also fahrt endlich. Mach dir keine Gedanken mehr."

„Morgen Vormittag kommen wir zurück", versprach Lorenz. „Essen ist genug im Haus. Und du kannst uns jederzeit auf dem Handy erreichen."

„Ja, ja, weiß ich doch alles."

Meine Eltern, Nele und ich standen zu Hause im Eingangsflur und versuchten, uns seit ungefähr zehn Minuten zu verabschieden. Der Kinderpsychologe, der Nele betreute, hatte vorgeschlagen, eine Nacht woanders zu verbringen. Ohne mich, weil meine Schwester zu sehr auf mich fixiert war. Also machten Bianca und Lorenz mit ihr einen Wochenendausflug in Richtung Berge. Die drei wollten Schlitten fahren, durch den Schnee wandern und in einem kleinen Hotel übernachten. Morgen früh, am Sonntag, würden sie schon wieder zurückkommen. Und auch wenn ich den Gedanken nicht mochte, so weit von Nele entfernt zu sein, zeigte ich das nicht. Ihr fiel der Abschied schon schwer genug. „Hab Spaß, Schwesterchen", wünschte ich ihr. „Und erzähl mir, wie's war!"

Zögerlich nickte sie. „Ja ..."

Ich ging in die Hocke, um Nele bequem umarmen zu können. „Es wird sicher schön. Und wir sehen uns bald wieder."

Sie drückte mich fest. „Ich bring dir was mit."

Ich lächelte die Kleine an. „Mach das."

Die ganze letzte Woche war sie beinahe jeden Tag bei dem Psychologen gewesen. Und er hatte sie tatsächlich zum Reden gebracht. Es tat ihr gut, das merkte man. Darum hatte ich auch nicht protestiert, als meine Eltern mir von diesem Ausflug erzählt hatten. Der Psychologe wusste, was er tat.

Ansonsten war nichts los – in der Schule lief es gut, mit Sophie telefonierte ich immer noch fast jeden Abend, mit Raphael ging ich trotz dieser bescheuerten Gefühle nicht anders um als sonst und mit Florian verstand ich mich super. Wir redeten viel im Unterricht, wir trainierten wie sonst auch, wir waren einfach Freunde. Vielleicht hatte ich mich getäuscht. Vielleicht wollte er doch nur mit mir befreundet sein.

„Gute Fahrt!", wünschte ich meiner Familie. „Und macht viele Fotos!"

Bianca und Lorenz umarmten mich zum Abschied. „Ruf an, wenn etwas ist", schärfte meine Mutter mir ein.

Dann verließen die drei das Haus. Ich winkte ihnen hinterher, bis sie aus der Einfahrt gerollt waren, dann schloss ich die Haustür. So, jetzt hatte ich sturmfrei, aber ich hatte meinen Freunden nichts von diesem Ausflug erzählt. Ich wollte die Zeit nutzen, um für die Schule zu lernen. Und um nachzudenken. Ich brauchte etwas Zeit für mich, um mir zu überlegen, wie die Sache mit Raphael weitergehen sollte. Sophie fragte mich jeden Tag, ob ich in seiner Nähe noch Herzklopfen hatte. Jeden Tag antwortete ich: „Ja." Die Aufregung ließ einfach nicht nach, dabei unternahm ich nichts Besonderes mit ihm. Ich traf ihn nur in der Schule oder innerhalb der Gruppe. Und inzwischen jeden Abend am Fenster, wenn wir uns mit Zetteln *Gute Nacht* schrieben.

Ich ging ins Esszimmer, um mir einen Apfel zu holen. Die Wanduhr zeigte kurz nach vier an. Nach dem kleinen Snack verließ ich den Raum, beinahe wäre ich über Platsch gestolpert. Der Kater strich mir um die Füße. Klar, er wollte gefüttert werden. Nachdem ich das erledigt hatte, lief ich in mein Zimmer. Irgendwie war ich erschöpft. Zu müde, um Hausaufgaben zu machen. Also ließ ich mich auf mein Bett fallen. Ich strich mein langärmliges T-Shirt glatt und starrte die Decke an. Nele fehlte mir jetzt schon ...

Ich rollte mich auf die Seite und schloss die Augen, meine Beine zog ich an. Ob die Kleine ohne mich klarkam? Ob sie die Fahrt genoss? Hoffentlich. Ich gähnte ausgiebig. Letzte Nacht hatte ich kaum schlafen können, weil mich das Wissen, Nele einen ganzen Tag nicht sehen zu können, unruhig gemacht hatte. Aber nun fielen mir die Augen zu.

„Gilbert, warte, was ... was tust du denn da?" Ängstlich blickte Saskia ihren Mann an. „Beruhige dich!"

„Mich beruhigen?", schrie Gilbert. Jähzorn stand in seinen dunkelgrünen Augen. „Du solltest Bier mitbringen! Einfach nur Bier! Und was holst du?!" Angeekelt betrachtete er die Glasflasche in seiner Hand. „Das ist kein Bier, das ist Limo!"

„Aber da steht doch Bier drauf", nahm ich meine Adoptivmutter in Schutz.

„Engelchen, du kennst dich mit so was nicht aus", entgegnete er freundlicher als erwartet. „Du bist erst zwölf."

„Fast 13!", wandte ich ein.

Er tätschelte mir den Kopf, wie er es schon oft getan hatte, seit er mit Saskia zusammengekommen war. Aber trotz dieser vertrauten Geste merkte ich, dass sich etwas verändert hatte. Dieses Gefühl hatte ich schon seit einer Woche. Seit die beiden aus den Flitterwochen zurückgekommen waren. Irgendetwas stimmte nicht.

Er grinste. „Ja, fast 13. Und jetzt lass uns mal allein, Engelchen."

Ich verdrehte die Augen, klar, ich war ja nur ein Kind. Ich hatte zwei Wochen lang ganz allein auf meine vierjährige Schwester aufgepasst, aber ich war nur ein Kind. „Ja, ja", motzte ich und ging in das Zimmer, in dem Nele gerade ihren Mittagsschlaf hielt. Ich setzte mich an den Schreibtisch und zog ein Buch aus meiner Schultasche. Die Deutschlektüre. Ein spannendes Buch. Es blieben nicht mehr viele Seiten, bis ich es durchgelesen hatte. Also begann ich mit dem letzten Kapitel. Saskia und Gilbert stritten sich öfter, deswegen machte ich mir keine Gedanken. Die beiden waren seit einem knappen Jahr zusammen, Streitereien gehörten wohl dazu. Doch an diesem Tag hörte ich es zum ersten Mal klirren, gefolgt von einem lauten Schrei und Wimmern.

Was war denn los? War etwas kaputt gegangen? Schnell stand ich auf und lief aus dem Zimmer. Meine Schwester schlief seelenruhig weiter.

„Merkst du jetzt, dass es kein richtiges Bier ist?", brüllte Gilbert. „Vergiss das besser nicht mehr!"

„Es tut mir leid!", schluchzte Saskia. „Es tut mir leid!"

Was ging da unten in der Küche bloß vor sich? Endlich erreichte ich den Raum, in dem sich mir ein grauenerregender Anblick bot. Saskia lag zusammengekauert auf dem Boden, weinend und blutend. An ihrer linken Schläfe erkannte ich eine Platzwunde, an der Glassplitter klebten. Überall in der Küche lagen Scherben herum, auf dem Fußboden, sogar in Saskias Haaren. Und Gilbert hielt den abgebrochenen Hals einer Flasche in der rechten Hand. In seiner zitternden Faust.

„Mama!", schrie ich und kniete mich zu ihr. Dass sich dabei Splitter in meine Knie bohrten, ignorierte ich. „Mama, was ist passiert?"

Die Lage war offensichtlich. Gilbert musste seine Frau mit der Bierflasche oder besser gesagt mit der Eben-nicht-Bierflasche geschlagen haben. Aber das konnte ich nicht glauben. So etwas würde er doch nie tun!

„Ich ... ich war etwas ungeschickt", murmelte sie und lächelte mich dümmlich an. „Es war meine Schuld."

Verwirrt sah ich sie an.

„Gilbert ist die Hand ausgerutscht, es ist nicht weiter schlimm", winkte sie ab.

Entsetzt starrte ich meinen Stiefvater an. „Was?!"

Er erwiderte meinen Blick mit Unschuldsmiene und strich sich mit seiner freien Hand durchs dunkle Haar. „Das ist etwas dumm gelaufen. Aber es macht nichts. Alles okay."

„Alles okay?", wiederholte ich aufgebracht. „Du hast Mama niedergeschlagen! Sie blutet! Sie muss sofort ins Krankenhaus, dringend!" Und das war das letzte Mal, dass ich Saskia Mama nannte. Bis zu ihrem Tod.

„Nein, Lara, lass gut sein", keuchte sie. „Es ist okay. Es war meine Schuld. Es ist schon gut." Sie lag blutend mit einer Kopfverletzung auf dem Boden, sie musste dringend ins Krankenhaus! Und stattdessen sagte sie, alles wäre gut?! Nichts war gut! Gilbert hatte sie schwer verletzt, aus einem Wutanfall heraus. Nur weil sie beim Einkaufen das falsche Bier geholt hatte.

„Was ... was soll das bloß?", stammelte ich verständnislos und stand auf.

Gilbert legte mir einen Arm um die Schultern. „Tja, Engelchen. Das ist eben wahre Liebe."

Ich erschauderte. Von nun an würde nichts mehr so werden, wie es einmal war. Das begriff ich sofort.

Schweißgebadet wachte ich auf. Ich atmete schnell und blickte mich hastig, schon beinahe panisch um. Ich saß auf dem Bett in meinem Zimmer, mein offenes Haar hing mir in wirren Strähnen über die Schultern. Das Deckenlicht brannte. Meine Schulsachen lagen auf dem Schreibtisch, mein Handy auf dem Nachtschrank. Ich war in Pirk. In einem kleinen bayerischen Dorf. Nicht in Berlin. Nicht in unserer alten Küche. Nicht dort, wo ich den Anfang des beinahe endlosen Schreckens miterlebt hatte. Schluchzend vergrub ich mein Gesicht in den zitternden Händen. Nur ein Traum. Von einer meiner schlimmsten Erinnerungen. Weil damit all das Leid begonnen hatte. Mein Gehirn funktionierte nicht mehr richtig. Instinktiv griff ich nach meinem Handy, suchte in meiner Kontaktliste nach einer ganz bestimmten Nummer und rief an.

Es läutete. Einmal, zweimal, dreimal, viermal. Plötzlich wurde abgehoben. „Ja, hallo? Lara?", fragte Raphaels Stimme.

Als ich ihn hörte, legte ich sofort wieder auf. Was machte ich da?! Nur weil ich schlecht geträumt hatte, musste ich nicht gleich Raphael anrufen. Wollte ich mich etwa schon wieder bei ihm ausweinen? Ihn volljammern, wie oft ich an die letzten vier Jahre dachte? Nein! Das durfte ich nicht! Nur weil er meine Geschichte kannte, nur weil ich ihn mochte, nur weil es mich beruhigte, mit ihm zu reden, musste ich das nicht machen. Ich war mit meinen Problemen immer allein gewesen. Ich war immer allein klargekommen. Und ich hatte nicht die Absicht, das zu ändern. Draußen war es schon dunkel, die Uhr zeigte fast halb sechs an. Obwohl mein Zimmer hell erleuchtet war, fühlte ich mich, als säße ich im Finsteren. In der Kälte. Es war so kühl, dass ich zitterte. Genau, ich zitterte wegen der Kälte. Wegen nichts anderem. Nicht wegen Gilberts Brutalität. Nicht wegen Saskias Unfähigkeit, ihm die Stirn zu bieten. Und weil es so kalt war, weinte ich. Darum kauerte ich mich zusammen und weinte bitterlich. Nicht wegen Gilbert. Wegen der Kälte.

Minutenlang saß ich auf meinem Bett, mit angezogenen Knien, auf denen ich den Kopf abgelegt hatte. Mit den Armen drückte ich meine Beine noch enger an meinen Körper. Jedes Mal, wenn ich schluchzte, schüttelte es mich. Es dauerte ein paar Sekunden, bis ich realisierte, dass es an der Tür geklingelt hatte. Ich zwang mich dazu, aufzustehen und hinunterzugehen. Während ich ins Erdgeschoss lief, wischte ich mir mit den Ärmeln die Tränen aus dem Gesicht. Aber es kamen immer wieder neue nach. Hätte ich auch nur etwas nachgedacht, hätte ich in diesem Zustand die Tür nicht geöffnet. Unfreiwillig stand ich weinend vor einem ungebetenen Besucher. Doch das Denken fiel mir immer noch schwer. Es hatte geklingelt, ich war allein im Haus, also musste ich die Tür öffnen. Ein anderer konnte es ja nicht tun. Als ich den Gast vor der Tür erkannte, klappte mein Mund auf. „Raphael?"

Er musterte mich, sein Gesicht wirkte schmerzerfüllt. Wahrscheinlich, weil ich so erbärmlich aussah. „Hi ...", begrüßte er mich zögerlich.

„Hallo. Was ... was machst du hier?", murmelte ich und umklammerte den Türgriff in meiner Hand fester.

„Na ja, du hast mich angerufen", erklärte er und schob die Hände in seine Jackentaschen. „Ich hab mir Sorgen gemacht."

Oh, wie peinlich ... Ich wollte nicht als Schwächling dastehen. Ich wollte mich nicht immer bei ihm ausheulen. „Ach, das war ein Versehen", redete ich mich heraus. „Ich hab geschlafen, bin dann total verpennt aufgewacht und hab dich angerufen. Keine Ahnung, warum, es war auf jeden Fall keine Absicht." Hoffentlich kaufte er mir diese Lüge ab. Hoffentlich hakte er nicht nach.

„Lara, ich war in meinem Zimmer, als du angerufen hast."

Wäre ich von diesem Albtraum nicht schon leichenblass gewesen, wäre ich es spätestens jetzt geworden. Raphael war in seinem Zimmer gewesen. Also hatte er mich sehen können. Er hatte mich auf dem Bett sitzen und weinen sehen, daher seine Sorge. Obwohl mir das klar war, stellte ich mich dumm. „Und weiter?" Da trat er einen Schritt näher, sodass er mir direkt gegenüberstand. Er sah mich eindringlich an, legte einen Arm um mich und zog mich an seine Brust. Seine Hand ruhte auf meinem Hinterkopf, er hielt mich sanft fest. Diese Umarmung fühlte sich unglaublich beruhigend an. Raphael gab mir das Gefühl, dass mir nichts passieren konnte. Dass ich in Sicherheit war. Langsam schloss ich meine Augen und lehnte meine Stirn an seine Schulter.

„Wieso hast du geweint?“, fragte er leise.

„Albtraum“, flüsterte ich.

„Willst du darüber reden?“

Schnell schüttelte ich den Kopf. Nein! Ich wollte mich nicht immer auf ihn verlassen, auf seinen Rat, auf sein Verständnis.

„Dein Herz rast“, meinte er. „Und du zitterst.“

Dass er das merkte ... „Albtraum eben“, murmelte ich beschämt. „Außerdem ist es kalt. Der Wind zieht rein.“ Genau. Ich zitterte, weil durch die offene Haustür Kälte eindrang. Nur darum. Das musste ich mir immer wieder sagen. Ich zitterte wegen der Kälte.

Einen kurzen Moment sagte Raphael nichts. Aber dann überraschte er mich mit seinen Worten. „Soll ich hierbleiben?“, bot er an.

Wieso fragte er das? Ahnte er etwa, dass ich mich alleine fürchtete? Dass ich es nicht aushielt, mit meinen Gedanken allein zu sein? Dass ich ihn wirklich gerne bei mir haben wollte? „Du ... du hast doch bestimmt zu tun“, wich ich aus. Ich konnte es nicht sagen. Ich konnte nicht aussprechen, dass er bleiben sollte. Dafür schämte ich mich zu sehr. Ich traute mich einfach nicht, so einen Wunsch zu äußern. Das wäre selbstsüchtig.

Er seufzte leise. „Du musst nur ein Wort sagen, Lara. Wenn du willst, dass ich bleibe, dann sag es einfach.“

Unwillkürlich schluchzte ich auf. Meine Tränen unterdrückte ich erfolgreich, doch ich konnte nicht verhindern, dass es mich schüttelte. Natürlich wollte ich, dass Raphael bei mir blieb! Ich wollte diesen wundervollen, liebenswerten Jungen in meiner Nähe haben und die letzten vier Jahre meines Lebens restlos vergessen! „Bitte bleib bei mir“, flüsterte ich.

Er legte auch seinen zweiten Arm um mich und drückte mich fest. „Mach ich. Du musst mich doch nur rufen.“

Ich erwiderte seine Umarmung, hielt mich an ihm fest und bemühte mich um eine regelmäßige Atmung. Es war alles gut. Raphael war bei mir. Gilbert nicht. Mir konnte nichts passieren. Mehrere Minuten blieben wir einfach so stehen. Wir standen an der Haustür, umarmten uns und sagten kein Wort. Doch bald wurde es sehr kalt. „Wir sollten die Tür zumachen“, merkte ich an.

Er nickte und ließ mich wieder los. Während er noch einen

Schritt weiter in den Eingangsflur ging, schloss ich die Haustür, um den kühlen Wind zu verbannen.

„Und ich halte dich wirklich nicht von etwas Wichtigem ab?“, vergewisserte ich mich, als er seine Stiefel auszog.

„Mir fällt nichts ein, was wichtiger wäre, als einer Freundin in so einer Situation beizustehen“, entgegnete er und stellte seine Schuhe auf die Fußmatte unter der Garderobe.

„Danke“, flüsterte ich.

Er lächelte mich an und hängte seine Jacke weg. „Keine Ursache.“

Dennoch bekam ich ein schlechtes Gewissen. „Es ... es ist nur, ich ... äh ... ich bin ... ich hab etwas ... Angst alleine“, rechtfertigte ich mich.

Verwundert sah Raphael mich an. „Alleine?“

„Meine Eltern und meine Schwester sind bis morgen früh auf einem Ausflug in die Berge“, erklärte ich.

„Ach so ... Und es ist in Ordnung, wenn ich allein mit dir hier bin?“

Ich nickte langsam. Dass ich mit ihm allein zu Hause war, machte mir nicht mal ein wenig Angst. Ich war froh, ihn bei mir zu haben. Ich war froh, dass er nach meinem komischen Anruf hergekommen war und hierbleiben würde. Es war immer Raphael, der mir zu Hilfe eilte, fiel mir auf. Sogar schon bevor er den Stromschlag abbekommen hatte. Er war es gewesen, der mir an meinem ersten Schultag den Weg zum Sekretariat gezeigt hatte. Er hatte mich nach meinem Ausraster auf Florians Party nach Hause gefahren. Er hatte mich als Erster in Schutz genommen, als meine Mitschüler über mich gelästert hatten. Er hatte mich verteidigt, als ich auf dem Schulhof ausgerutscht war und die anderen Schüler über mich hergefallen waren. Und noch so vieles mehr. Die zahllosen Gespräche, wenn ich ein offenes Ohr brauchte. Die Ratschläge. Und jetzt das.

„Okay. Hast du Hunger?“, fragte er. „Wir könnten was kochen.“

„Gern“, stimmte ich zu. „Aber ich warne dich vor, ich kann nicht kochen.“

Er grinste. „Mach dir darum keine Sorgen. Du redest hier mit einem Profi.“

„Klar, deine Mutter hat dir bestimmt einiges beigebracht.“

Er nickte. „Und ob. Ah, aber ich muss sie kurz anrufen, dass ich zum Essen nicht nach Hause komme."

Während er mit seiner Mutter telefonierte, räumte ich schnell mein Zimmer auf. Für den Fall, dass wir uns nachher dort zusammensetzten. Ich machte mein Bett, räumte meine herumliegenden Klamotten in den Schrank und sortierte das Chaos auf meinem Schreibtisch. Anschließend eilte ich zurück in den Eingangsflur, wo Raphael auf mich wartete.

„Gut, wir können loslegen", verkündete er.

„Und was kochen wir?", fragte ich.

„Was habt ihr im Haus?"

„Keine Ahnung", gab ich zu. „Meine Eltern haben mich mit Brot, Wurst und Müsli ausgestattet. Wir haben auch ein paar Eier, glaube ich."

„Habt ihr Nudeln?", wollte er wissen.

„Bestimmt irgendwo."

„Dann durchsuchen wir erst mal eure Vorräte", beschloss er.

Wir wühlten uns durch sämtliche Küchenschränke, wobei wir alles Mögliche fanden. So viele Nahrungsmittel hatte ich noch nie in einem Haus gesehen. Nur in Supermärkten. Aber Bianca und Lorenz hatten wirklich alles – Nudeln, Reis, Kartoffeln, Zwiebeln, Knoblauch, Gewürze, tiefgekühltes Fleisch, Fisch, Wurst, Käse, Eier, Obst, Gemüse, Brot, Waffeln, sogar Eiscreme, Schokolade, Gummibärchen und Kartoffelchips. Einfach alles!

„Große Auswahl!", stellte Raphael begeistert fest. „Worauf hast du Lust?"

„Kannst du ein paar Vorschläge machen?", bat ich. „Ich bin total überfordert."

Er lachte. „Okay. Wir könnten zum Beispiel Schinkennudeln machen. Oder Nudeln mit Tomatensoße. Ofenkartoffeln und Salat, Omelette, eine Reispfanne mit Gemüse oder einen Kartoffelauflauf", zählte er auf.

„Saskia, Wolfgang und ich haben mal alle zusammen einen Kartoffelauflauf gemacht", fiel mir ein. „Das war ... schön." Raphael sah mich fragend an. „Also, meine Adoptiveltern und ich", erklärte ich und lehnte mich mit dem Rücken an die Arbeitsfläche. „Das hat gut geschmeckt ... ist aber schon ewig her."

Er lächelte. „Dann machen wir einen Kartoffelauflauf. Wie habt ihr ihn damals gemacht? Weißt du das noch?"

Bei der Erinnerung musste ich lächeln. Ich hatte nicht besonders viel geholfen, sondern fast nur zugeschaut. Ich war erst zehn gewesen und meine Adoptiveltern hatten mir kein Messer in die Hand geben wollen. Aber ich hatte den Käse verstreuen dürfen, bevor der Auflauf in den Ofen gewandert war. Und er hatte köstlich geschmeckt. „Äh, nein, ich kenne das Rezept nicht. Jedenfalls nicht mehr genau", antwortete ich gedankenverloren.

Raphael blickte mich milde an. „Endlich lächelst du wieder."

Ich stieß mich von der Arbeitsfläche ab und strich ihm flüchtig, schon beinahe scheu über den Arm. „Dank dir."

Als ich mich schon wieder abwandte, um nach den nötigen Zutaten zu suchen, umarmte er mich plötzlich von hinten. Bewegungslos standen wir in der Küche, ich wagte kaum zu atmen. Diese Berührung fühlte sich so innig an, dass mein Herz schneller schlug. „Ich bin froh, dass ich dir helfen kann", flüsterte er.

Zögerlich legte ich meine Arme über seine. „Besser als jeder andere." Einen unendlich langen, schönen Augenblick verharrten wir so. Doch dann lösten wir uns voneinander und begannen mit dem Kochen.

Es machte riesigen Spaß. Wir alberten herum, redeten viel, lachten sogar oft. Raphael brachte mir bei, wie man einen leckeren Kartoffelauflauf machte, er neckte mich zwar mit meiner Ungeschicklichkeit, blieb aber geduldig, wenn ich mich dumm anstellte. Nach dem Essen räumten wir die Spülmaschine ein und setzten uns in mein Zimmer, um auf seinem Handy ein Spiel zu spielen. Raphael hatte behauptet, ich würde seinen Rekord niemals brechen können, deshalb wollte ich ihm das Gegenteil beweisen.

„Verdammt! Schon wieder verloren", schnaubte ich.

Er grinste. „Ich sag's doch, du hast keine Chance."

„Abwarten! Ich versuch's noch mal."

Wir saßen nebeneinander auf meiner Bettkante, ich im Schneidersitz, er mit den Füßen auf dem Boden. Hoch konzentriert beugte ich mich über das Handy und ignorierte dabei, dass meine offenen Haare mir ins Gesicht fielen. Gerade als ich seinen Rekord beinahe geknackt hätte, pikste er mich plötzlich in die Seite. Ich zuckte zusammen und quietschte erschrocken. Natürlich verlor ich das Spiel sofort. „Das war unfair!“, beschwerte ich mich.

„Nein, lustig!“, lachte er. „Das Quietschen war super.“

Frustriert ließ ich mich aufs Bett fallen. „Gemeinheit!“ Plötzlich musste ich gähnen, schnell hielt ich mir die Hand vor den Mund. „Mann, bin ich müde ...“

„Es ist auch schon fast Mitternacht“, merkte er an.

Abrupt setzte ich mich wieder auf. „So spät?!“ Die Zeit war wie im Flug vergangen. Es kam mir gar nicht so vor, als wäre Raphael schon seit Stunden hier.

Er nickte und hielt mir seine Armbanduhr vors Gesicht. „Schau.“

„Tatsache“, stellte ich fest. „Wahnsinn ...“

„Die Zeit vergeht viel zu schnell, wenn man Spaß hat.“ Er lächelte. „Der Abend war echt lustig.“

Ich nickte. „Es war richtig schön.“ Schon wieder gähnte ich.

„Du solltest schlafen gehen“, riet Raphael mir. „Du siehst echt müde aus und du gähnst dauernd.“

Ich gab ihm sein Handy zurück. „Nein, ich ... mach gleich noch Hausaufgaben oder so.“

Skeptisch musterte er mich. „Wieso?“

„Ich möchte nicht einschlafen.“ Sofort biss ich mir auf die Zunge. Was sagte ich da?! Wieso dachte ich nicht wenigstens nach, bevor ich redete?

„Weil du Angst vor einem Albtraum hast?“, erriet Raphael.

Jetzt brachte es auch nichts mehr, alles abzustreiten. Darum nickte ich. „Ja. Ich träume viel zu oft von ... früher. Und langsam hab ich's satt. Aber wenn ich gar nicht erst schlafe, träume ich auch nicht.“

Halbherzig zog er einen Mundwinkel hoch. „Das hältst du aber höchstens ein paar Tage durch.“

„Wie soll ich denn sonst verhindern, dass ich träume?“, entgegnete ich.

Er tippte mit den Fingern seiner rechten Hand auf meiner Bettdecke herum, grübelnd starrte er die Wand an. „Und wenn ich bei dir bleibe?“

Wie meinte er das? Bot er gerade an, bei mir zu bleiben, bis ich eingeschlafen war? Oder sogar die ganze Nacht? Nein, das konnte nicht sein. Unmöglich. Da missverstand ich etwas. „Was meinst du?“, fragte ich verunsichert.

„Na ja, ich könnte bei dir übernachten“, erklärte er. Beinahe unmerklich färbten sich seine Wangen rot, er fuhr sich nervös durchs schwarze Haar. „Ich hab Zeit, nur falls du dir deshalb Sorgen machst. Und ich mach auch nichts Komisches mit dir oder so.“

Einige endlos erscheinende Sekunden herrschte Stille. Ich konnte es einfach nicht fassen. Raphael würde bei mir bleiben, wenn ich es verlangte. Wenn ich sagte, dass er bleiben solle. Aber es dauerte eine ganze Weile, bis ich diese Worte über die Lippen brachte. „Ich würde mich freuen, wenn du bei mir bleibst“, flüsterte ich.

Er lächelte mich an und strich mir sanft durchs Haar. „Dann hole ich nur schnell meine Zahnbürste und Klamotten von zu Hause.“

Ich beugte mich zu ihm und umarmte ihn fest. „Danke!“

Er erwiderte meine Umarmung. „Ich mach's gerne, wirklich.“

Als wir kurze Zeit später zusammen in meinem großen Bett lagen, konnte ich es immer noch nicht glauben. Es erschien mir so irreal, dass Raphael neben mir lag und uns gerade zudeckte. Dass wir beide unsere Schlafanzüge trugen und zusammen in meinem Zimmer übernachteten.

„Gute Nacht“, wünschte er mir.

Ich lächelte ihn an, bevor ich die Nachttischlampe ausschaltete. „Dir auch.“ Kurz zögerte ich. War es wirklich eine gute Idee, mit Raphael im selben Bett zu schlafen? Ich war schrecklich aufgeregt, einerseits, weil ich so starke Gefühle für ihn hatte, andererseits, weil ich noch nie mit einem Jungen im selben Bett geschlafen hatte. Aber es gab eine Frage, die ich ihm stellen wollte. Es gab eine Sache, die mich definitiv beruhigen würde. Die mir die Angst vor Albträumen nehmen konnte. „Darf ich näher zu dir rutschen?“, fragte ich fast lautlos.

Raphael hörte mich. Im Dunkeln erkannte ich nur mühsam, dass er seinen Arm ausstreckte. „Klar. Komm her.“

Erleichtert lächelte ich. Tatsächlich ruhte mein Kopf nun auf seinem Arm, den anderen hatte Raphael um mich gelegt. Sein Kopf war ganz nah an meinem. Als ich seine Nähe, seine Wärme so deutlich spürte, raste mein Herz. Aber nicht vor Angst. „Danke“, wisperte ich.

Er antwortete nicht darauf, er drückte mich nur fester an sich. Er hielt mich im Arm, wie ich Nele immer gehalten hatte, wenn sie nicht einschlafen konnte, fiel mir auf. Hoffentlich hatte ich meine Schwester dadurch genauso von ihren Ängsten ablenken können, denn es gelang Raphael, dass ich völlig ruhig wurde. In dem Wissen, von ihm beschützt zu werden, fielen mir die Augen zu. Ich hatte keine Angst mehr. Ich machte mir keine Sorgen. Ich fühlte mich zum ersten Mal seit vier Jahren rundum sicher. Egal, wie oft Sophie mir noch sagen würde, ich sollte meine Gefühle für Raphael vergessen ... ich würde nie vergessen können, wie wichtig mir dieser Junge war.

„Du hast mit Raphael geschlafen?!" Sophie starrte mich ungläubig an und schüttelte permanent den Kopf. „Das glaub ich einfach nicht! Wie konnte das passieren?!"

„Nein!", rief ich verzweifelt und raufte mir das Haar. „Wir haben im selben Bett geschlafen. Nebeneinander, nicht miteinander."

Sie atmete auf. „Ach so ... Moment mal, ihr habt im selben Bett geschlafen?!"

„Bitte schrei nicht so!", flehte ich. „Wenn meine Eltern das hören, flippen sie bestimmt aus. Sie wissen nur, dass er abends bei mir war, aber sie wissen nichts von der Übernachtung." Wir saßen in meinem Zimmer auf dem Bett. Ich hatte meine Freundin gleich angerufen, nachdem meine Eltern und Nele nach Hause gekommen waren. Natürlich hatte ich mir erst erzählen lassen, wie toll der Ausflug gewesen war. Meine Schwester hatte mich anscheinend nicht allzu sehr vermisst, zum Glück. Und nach dem Mittagessen war Sophie zu mir gekommen. Ich hatte ihr gesagt, dass etwas ... Außergewöhnliches passiert war. Ich musste mit jemandem darüber reden.

„Oh. Mein. Gott. Krass." Sophies Gesichtsausdruck war eine Mischung aus Begeisterung und Fassungslosigkeit. „Wieso hat er bei dir übernachtet?"

Das ließ sich nicht so leicht erklären. „Also, das war so", begann ich, „ich hab ihn angerufen. Und gleich wieder aufgelegt. Aber dann ist er vorbeigekommen. Also, er stand vor der Haustür und wir haben gekocht, geredet ... und irgendwie hat er dann übernachtet."

„Hä?!“

Ich strich mir das Haar zurück. „Ich hatte einen Albtraum, von meiner Zeit in Berlin“, erklärte ich knapp. „Und ich war so durcheinander danach, dass ich ihn angerufen hab. Er hat gemerkt, dass es mir schlecht geht.“ Unwillkürlich lächelte ich. „Deshalb ist er geblieben.“

„Das ist ja total süß“, staunte Sophie. „So was hätte ich ihm nicht zugetraut.“

„Ich war auch etwas überrascht“, gab ich zu.

„Ich meine, klar, Raphael ist immer für seine Freunde da, wenn man ihn braucht und er irgendwie helfen kann“, merkte sie an. „Aber dass er gleich die ganze Nacht bei dir bleibt ... Und er hat nicht versucht, dir an die Wäsche zu gehen oder so?“

Ich schüttelte den Kopf. „Nein, keine Annäherung.“

„Das klingt echt danach, als würde das mit euch was Ernstes werden ...“ Sophie rieb sich grübelnd das Kinn. „Raphael schleppt überhaupt keine neuen Mädchen ab und ist total süß zu dir. Wenn das so weitergeht, kommt ihr irgendwann bestimmt zusammen.“

Bei dem Gedanken lächelte ich. „Das wäre schön.“ Aber ich sollte mir besser keine Hoffnungen machen. Wieso sollte ein Junge wie er an einem Mädchen wie mir Gefallen finden? Das war unwahrscheinlich.

„Und am nächsten Morgen? Was ist da passiert?“, wollte sie wissen. „Gab's peinliches Schweigen?“

„Äh, nicht wirklich“, antwortete ich. „Also, ich war schon etwas überrascht, als ich in seinen Armen aufgewacht bin, aber ...“

Sophie sah völlig fasziniert aus. „Du bist in seinen Armen aufgewacht? Ihr habt richtig gekuschelt?“

„Ja“, bestätigte ich verlegen. „Dann haben wir zusammen gefrühstückt und etwas geredet, später ist er irgendwann nach Hause gegangen.“

„Und worüber habt ihr geredet?“

„Über Kartoffelauflauf“, lachte ich. „Einfach über alles Mögliche.“

„Mensch, Lara, ich hätte nie gedacht, dass ich das mal sage, aber wir müssen uns eine Strategie ausdenken, wie du mit Raphael zusammenkommen kannst.“

„Nein, Blödsinn“, winkte ich ab. „Solche Pläne gehen doch immer schief … Du hast die Sache mit Jan auch einfach laufen lassen, ohne vorher viel zu planen und zu überlegen.“

„Stimmt“, gab sie zu. Dann lächelte sie. „Heute Abend treffe ich ihn übrigens wieder. Er kommt mich besuchen.“

„Das ist toll“, freute ich mich für sie. „Ich bin heute Abend bei Florian.“

„Ihr macht immer noch Kung-Fu?“ Unzufrieden sah sie mich an. „Ist das denn schlau? Er will doch immer noch was von dir.“

Ich zuckte mit den Schultern. „Das Training ist mir echt wichtig. Und Florian ist im Moment eigentlich ganz normal zu mir.“

„Hoffentlich endet das nicht in einer Katastrophe“, seufzte sie.

Ich schüttelte den Kopf. „Bestimmt nicht.“

„Berühmte letzte Worte“, kommentierte sie.

„Wie wär's, wenn wir nicht mehr darüber reden?“, schlug ich vor. „Wir könnten einen Film schauen, bis ich zu Florian muss.“

Sophie nickte. „Können wir gerne.“

Bis zum Abend setzten wir uns mit Nele ins Wohnzimmer und schauten einen alten Disneyfilm, den wir in Biancas DVD-Sammlung gefunden hatten. Meine Schwester saß auf meinem Schoß und kuschelte sich an mich, ich umarmte sie fest. Es tat gut, die Kleine in meiner Nähe zu wissen. Es tat gut, dass sie lachte und glücklich wirkte. Sophie hatte auch jemanden auf dem Schoß – die beiden Kater. Nach dem Abendessen ging meine Freundin nach Hause. „Und überleg dir, was du machen willst“, schärfte sie mir ein. „Mach Flo keine falschen Hoffnungen! Und viel Glück mit Raphael!“

Ich lächelte schief. „Wird schon alles gut gehen.“ Wir umarmten uns, dann schloss ich die Tür hinter ihr.

„Soll ich dich jetzt nach Schirmitz bringen?“, fragte Lorenz, als ich das Wohnzimmer betrat.

„Ja, bitte. Ich muss mich nur erst umziehen.“

Eine Viertelstunde später setzte mein Vater mich bereits vor Florians Haus ab, es war sieben Uhr, ich kam also genau pünktlich.

„In einer Stunde hol ich dich wieder ab.“

Ich nickte und stieg aus dem Auto. „Danke. Bis dann.“ Mir war ein wenig übel, doch ich ignorierte das Gefühl. Vielleicht lag es daran, dass mein Körper das viele Essen nicht gewohnt war. Oder dass ich mich in einer so komplizierten Lage befand, was Raphael und Florian anging. Langsam wusste ich wirklich nicht mehr weiter.

Sollte ich einfach nichts tun wie bisher? Sollte ich Raphael irgendwann gestehen, was ich für ihn empfand? War es das Risiko wert, eventuell verletzt zu werden? Sollte ich Florian klipp und klar sagen, dass ich keine Beziehung mit ihm wollte? Oder sollte ich ihm doch eine Chance geben, wie Sophie es mir vor zwei Wochen geraten hatte? Ich seufzte leise, bevor ich klingelte. Es war so einfach, meine kleine Schwester zu lieben. Warum musste die Liebe zu Jungs so kompliziert sein? Das war es nicht wert! Und doch konnte ich mich nicht dagegen wehren, dass ich ständig an Raphael dachte ...

Die richtigen Worte

„Oh Gott, mein Schädel!“ Mit beiden Händen fasste ich an meinen schmerzenden Kopf. „Verdammt, das tut weh!“

„Es tut mir so leid, Lara!“ Florian ging neben mir in die Hocke und musterte mich besorgt. „Ich dachte, du würdest reagieren ...“

Ich atmete tief durch. „Ich bin selbst schuld, ich hab total geträumt.“ Eigentlich war es keine schwere Übung gewesen. Florian hatte mich getreten, ich hätte ihn abwehren sollen. Stattdessen hatte ich nicht aufgepasst und mich ein paar Schritte nach hinten fallen lassen. Das wäre an sich nicht so schlimm gewesen, wäre ich dabei nicht mit dem Kopf gegen die Zimmerwand gestoßen.

„Kannst du aufstehen?“, fragte er.

„Ich bleib noch ganz kurz sitzen. Mir ist etwas schwindlig“, erklärte ich.

Florian fuhr sich durchs blonde Haar. „Mist. Das wollte ich nicht.“

„Dafür kannst du nichts“, beruhigte ich ihn. „Ich hab mich nicht konzentriert.“

„Wovon warst du so abgelenkt?“, wunderte er sich.

„Äh, das ist irgendwie komisch“, räumte ich ein. „Ich hab an meine Schwester gedacht. Und daran, dass ich schon lange nichts mehr mit ihr unternommen hab. Außerhalb des Hauses zumindest. Keine Ahnung, wie ich eben darauf gekommen bin.“

Er schmunzelte. „Das sieht dir ähnlich. Immer deine kleine Schwester im Kopf. Irgendwie süß.“

Verlegen blickte ich zu Boden, mein Pferdeschwanz fiel dabei über meine linke Schulter. „Tja.“

„Wieso geht ihr nicht mal zum Eislaufen?“, schlug er vor.

Überrascht sah ich ihn an. „Eislaufen?“

Er nickte. „In Weiden gibt's 'ne schöne Halle, und noch ist sie geöffnet. Bis März, wenn ich mich nicht täusche.“

Wir hatten gerade Mitte Februar, also konnte ich tatsächlich mit Nele eislaufen gehen. Da gab es nur ein Problem ... „Das ist zwar eine schöne Idee, aber ich kann nicht eislaufen", gestand ich.

Er wirkte verdutzt. „Gar nicht?"

„Nein, ich hatte noch nie Schlittschuhe an. Und Nele auch nicht."

„Dann bring ich's euch bei", beschloss er und grinste mich an. „Das solltet ihr wenigstens mal ausprobieren."

„Nele hätte bestimmt Freude daran", dachte ich, also nickte ich. „Na gut. Ich bin gespannt! Und danke dafür."

Er machte eine wegwerfende Handbewegung. „Ach was, kein Problem. Wie wär's morgen nach der Schule?"

„Das ist gut", stimmte ich zu. „Montags haben wir ja nur sechs Stunden."

„Gut, dann fahr ich morgen mit dem Auto zur Schule und nehm dich danach mit ins Eisstadion."

„Oh, warte mal", fiel mir ein. „Nele geht in Pirk auf die Schule. Und wir sollten erst zu Mittag essen. Nach dem Essen wäre es wahrscheinlich besser."

„Geht klar." Er stand wieder auf und hielt mir die Hand hin. „Wollen wir jetzt weitermachen?"

Ich griff nach seiner Hand und ließ mich wieder auf die Beine ziehen. „Ja, mein Kopfweh hat fast aufgehört."

Er lächelte. „Du solltest dich ab jetzt konzentrieren."

„Ich geb mir Mühe", versprach ich, auch wenn es nicht einfach war, meine Gedanken beisammenzuhalten. Mir schwirrte so viel im Kopf herum, dass ich nicht mehr wusste, was ich tun sollte.

Bianca strahlte uns an. „Ich wünsch euch viel Spaß!"

Meine kleine Schwester grinste breit. „Danke!"

„Bis später", verabschiedete ich mich von meiner Mutter. Sie hatte uns nach dem Mittagessen zum Eisstadion gefahren, wo wir gleich Florian treffen würden. Nele hatte sich riesig über den Vorschlag, eislaufen zu gehen, gefreut. Sie wirkte glücklich und aufgeregt zugleich. Mir war etwas mulmig zumute – schließlich befürchtete ich, dass Nele sich verletzen könnte. Oder dass mir etwas passierte. Eislaufen konnte gefährlich sein. Aber Florian würde es uns schon beibringen. Bianca fuhr weiter, Nele und ich betraten die Eingangshalle des Eisstadions. Es war zu kalt, um draußen zu warten. Der Schnee war zwar inzwischen geschmolzen, aber es wehte immer noch ein eisiger Wind.

„Deine Zöpfe sehen süß aus“, sagte Nele plötzlich.

Ich blickte zu ihr hinunter. „Danke, Schwesterchen. Hätte ich dir heute auch welche flechten sollen?“

Sie schüttelte den Kopf, sodass ihr offenes Haar herumflog. „Nein, aber morgen früh.“

Ich ging in die Hocke, um mit ihr auf Augenhöhe zu sein. „Okay. Und freust du dich schon aufs Eislaufen?“

„Oh ja!“, rief sie. „Das wird toll!“

„Auf jeden Fall wird das toll“, meldete sich plötzlich jemand hinter mir zu Wort. „Das verspreche ich euch.“

„Florian, hallo“, begrüßte ich meinen Mitschüler und erhob mich.

Er stand dicht bei uns, ich hatte ihn gar nicht bemerkt. Er wirkte fröhlich, geradezu energiegeladen. Er lächelte und umarmte mich kurz. „Hallo, Lara. Und hallo, Nele.“ Er beugte sich zu meiner Schwester hinunter und hielt ihr die Hand hin, um mit ihr abzuklatschen. Und tatsächlich machte meine kleine Schwester mit.

Die beiden grinsten sich an. „Hallo“, antwortete Nele.

„Dann wollen wir mal. Ihr braucht noch Schlittschuhe, oder?“, fragte er und öffnete den Reißverschluss seiner dunklen Jacke.

Ich nickte. „Wir haben keine eigenen.“ Also stellten wir uns an der Kasse an, wo man sich Schlittschuhe und Eintrittskarten holen konnte. Zu meiner Erleichterung bot Florian nicht mal an, uns einzuladen. Das zeigte mir deutlich, dass es sich hierbei nicht um ein Date handelte. Dass wir uns einfach freundschaftlich trafen.

„Einmal Hockey-Schuhe in Größe 42 und eine Eintrittskarte“, bestellte er.

Nachdem er gezahlt hatte, war ich an der Reihe. „Wir brauchen Schlittschuhe in Größe 34 und 40, außerdem zwei Eintrittskarten.“ Der Mann an der Kasse gab mir alles, ich bezahlte und nahm die Schuhe. Zu dritt liefen wir ein Stockwerk tiefer, wo sich Bänke und Schließfächer befanden. Florian und Nele verstauten ihre Jacken in einem Schließfach.

„Willst du deine nicht ausziehen?“, wunderte er sich.

„Nein, mir ist ziemlich kalt. Ich behalte sie lieber an“, antwortete ich. „Und Nele, du solltest wenigstens deine Handschuhe, den Schal und deine Mütze wieder anziehen.“ Allzu warm war es bestimmt nicht in der Eishalle, auch wenn man sich viel bewegte. Nele sollte sich nicht erkälten. Und meine schöne grüne, dicke Jacke würde ich sicher nicht ausziehen. Ich machte mich daran, die Schlittschuhe anzuziehen, was mit den langen Schnürsenkeln etwas umständlich war. Florian hatte seine Hockey-Schuhe bereits an, Nele kämpfte ebenfalls mit den Schnürsenkeln.

Gerade als ich meiner Schwester helfen wollte, kniete Florian sich vor ihr auf den Boden. „Warte, ich mach das.“

Nele lächelte ihn an. „Danke!“ Überrascht und ein wenig gerührt blickte ich zu meinem Mitschüler. Es war lieb von ihm, meiner Schwester zu helfen. Da kam wohl der große Bruder in ihm durch. „So, dann gehen wir mal“, beschloss er, als wir fertig waren. „Es wird sicher einfacher für euch, wenn wir einen Schlitten leihen. Das ist so 'ne Art Stütze, daran könnt ihr euch beim Eislaufen festhalten.“

„Klingt gut“, stimmte ich zu. „Das ist auf jeden Fall besser, als dauernd hinzufallen. Und es erspart uns Verletzungen.“

Er schmunzelte. „Ich pass schon auf, dass ihr euch nicht verletzt.“

„Kannst du denn so gut eislaufen?“, fragte ich, während wir recht unbeholfen auf den Kufen zur Eishalle stapften.

Florian zuckte mit den Schultern. „Mittelmäßig, würde ich sagen.“ Von wegen *mittelmäßig*. Dieser Junge bewegte sich so elegant auf dem Eis, dass mir der Mund aufklappte. Er konnte rasend schnell fahren, vorwärts und rückwärts, perfekt bremsen und sogar springen!

Nele und ich standen am Rand der Eisfläche und hielten uns an dem Schlitten fest, den Florian uns geholt hatte. Nun demonstrierte er uns kurz, wie es aussah, wenn jemand Schlittschuh lief.

„Wow!“, staunte Nele. „Das sieht toll aus!“

„Und wie ...“, gab ich zu. „Das werde ich nie schaffen.“

Die Kleine lächelte mich an. „Doch, du kannst alles.“

Ich strich ihr durchs Haar. „Das ist lieb von dir, danke.“

Da raste Florian auf uns zu und machte direkt vor uns eine Vollbremsung. „So, wollen wir anfangen?“

„Ja!“, rief meine Schwester.

„Das war unglaublich“, murmelte ich.

„Es ist gar nicht so schwer“, winkte er ab. „Versucht erst mal, ein paar Schritte zu machen. Stoßt euch einfach mit einem Bein ab und rutscht auf dem anderen. Der Schlitten hilft euch dabei.“

„Fang du an, Nele“, sagte ich zu meiner Schwester.

Wir hatten nur einen Schlitten, zu zweit konnten wir nicht damit fahren. Und es gefiel mir zuzusehen. Nele gab sich wirklich Mühe, sie bewegte sich ungelenk vorwärts, stockte immer wieder, kam aber voran. Florian fuhr neben ihr her, redete mit ihr oder zog sie eine kurze Strecke. Das Lachen und Quietschen meiner Schwester erfüllte die Halle. Die wenigen anderen Schlittschuhläufer blickten lächelnd zu ihr, und auch ich sah die Kleine glücklich an.

Nach einer Runde durch die Halle kamen Nele und Florian wieder bei mir an. „Das war toll!“, jubelte meine Schwester. „Jetzt bist du dran!“

Ich umklammerte die Bande, dank der ich mein Gleichgewicht halten konnte, fester. „Dreh ruhig noch eine Runde, es gefällt dir doch so.“ Mir gefiel der Gedanke nicht, Nele allein am Rand stehen zu lassen.

Doch sie schüttelte den Kopf. „Nein, du bist dran!“

„Jetzt trau dich“, forderte Florian mich auf.

„Na gut“, gab ich mich geschlagen.

Nele hielt sich an der Bande fest, ich nahm den Schlitten. „Los geht's“, dachte ich und versuchte, mich vorwärts zu bewegen. Es fiel mir nicht leicht, doch es gelang mir irgendwie.

„Halt die Füße parallel“, riet Florian mir. „Sonst gehen deine Beine irgendwann zu weit auseinander. Oder deine Fußspitzen berühren sich und du bremst.“ Dass mein Mitschüler direkt neben mir fuhr, beruhigte mich ungemein. Ein wenig Angst hatte ich nämlich schon. Nach ein paar Runden verlor ich diese allerdings, zumindest größtenteils. Ich fuhr sogar schon ohne den Schlitten und hielt mich nur an der Bande fest, sodass Nele mit dem Hilfsgerät neben mir fahren konnte.

„Komm doch mal vom Rand weg“, rief Florian mir zu. „In der Mitte fährt sich's schöner.“

„Aber da kann ich mich nirgends festhalten!“, widersprach ich.

Er drängelte sich zwischen Nele und mich. „Doch, kannst du", entgegnete er und hielt mir seine Hand hin. „Komm schon."

Ich lächelte unsicher. „Wenn ich hinfallen will, melde ich mich."

„Ich lasse dich nicht fallen", versicherte er mir.

„Na schön", seufzte ich und nahm seine Hand. „Aber wehe, wenn doch!" Meine Sorgen waren unbegründet. Florian hielt mich wirklich gut fest, und wenn ich ins Stolpern geriet, fing er mich rechtzeitig auf. Es machte sogar Spaß, quer durch die Halle zu sausen statt immer nur im Kreis. Besonders das Gefühl, wenn er mich um die Kurve zog, gefiel mir.

„Das musst du unbedingt auch mit Nele machen", lachte ich.

„Gute Idee", stimmte er zu. Meine Schwester quietschte vor Freude, als er sie mit sich zog.

Währenddessen nahm ich den Schlitten, doch ich bewegte mich kaum vorwärts. Ich schaute einfach zu.

Erst nach zwei Stunden verließen wir die Eisfläche. Dass Nele so lange durchgehalten hatte, erstaunte mich. Doch nun taten meiner Schwester und mir die Beine und Füße weh.

„So, jetzt könnt ihr ein wenig eislaufen", stellte Florian letztendlich fest. „Also, immerhin geradeaus und bremsen."

Unwillkürlich lächelte ich. Ja, das konnten wir nun. Florian brachte mir so viel bei, nicht nur Kung-Fu, sondern auch noch Eislaufen. Einfach so. Er war wirklich ein unglaublich großzügiger Mensch. Außerdem hatte er Nele heute sehr glücklich gemacht.

„Das will ich bald wieder machen!", rief meine Schwester begeistert, als wir den Raum mit den Bänken und Schließfächern betraten.

„Klar, können wir ger..."

„Flo, was machst du denn hier?", unterbrach ihn eine helle Stimme. Es dauerte einen Augenblick, bis ich das Mädchen erkannte. Es trug eine weiße Jacke, ein gleichfarbiges Stirnband und Schlittschuhe. Aber im Gegensatz zu sonst hatte es einen Pferdeschwanz und keine offenen Haare. Es war Sophies Banknachbarin, unsere Mitschülerin. Wie hieß sie noch gleich?

„Oh, Charlotte, hallo", begrüßte Florian sie. „Was machst du denn hier?" Genau, Charlotte! Das Mädchen, das ebenso hellbraune Haare hatte wie ich, hieß Charlotte.

„Eislaufen natürlich“, lachte sie. „Ich treff mich hier gleich mit meiner Cousine. Und du?“

„Ich war mit Lara und ihrer Schwester hier“, erklärte er und deutete auf uns.

„Larissa, hi“, begrüßte sie mich. „Ich hab dich gar nicht gesehen.“ Kein Wunder. Sie hatte offensichtlich nur Augen für Florian.

„Hallo“, entgegnete ich.

Kurz nickte sie mir zu, wobei mir ihr Muttermal an der linken Wange auffiel. Sofort wandte sie sich wieder an Florian. „Wir müssen auch mal zusammen eislaufen gehen“, schlug sie vor.

„Äh, klar, bestimmt irgendwann mal“, antwortete er.

Ich schob die Augenbrauen zusammen. Das klang eher nach einer Absage als nach einer Zusage. Aber warum? Charlotte wirkte nett, sie war hübsch und mochte ihn offensichtlich. Wie viele andere Mädchen auf unserer Schule.

„Lara, ich hab Durst“, jammerte Nele und zupfte an meiner Jacke.

„Zu Hause kannst du gleich was trinken“, beruhigte ich sie und strich ihr durchs dunkelbraune Haar.

Florian nutzte das, um sein Gespräch mit Charlotte zu beenden. „Also, du hörst es, wir sollten uns auf den Weg machen. Bis morgen.“ Wir verabschiedeten uns und zogen unsere normalen Schuhe wieder an. Florian und Nele schlüpften wieder in ihre Jacken. Nachdem wir die geliehenen Schlittschuhe zurückgegeben hatten, verließen wir das Eisstadion.

„Soll ich euch nach Hause fahren?“, bot Florian an. „Ich bin mit dem Auto da.“

Nele hatte Durst. Und bis ich Bianca angerufen hatte und sie hierherkam, würde es eine Weile dauern. Also wäre es das Beste, mit meinem Mitschüler zu fahren. „Das wäre echt super“, stimmte ich zu. „Dann bekommt Nele schneller was zu trinken.“

Meine Schwester und ich setzten uns zusammen auf die Rückbank.

Während der Fahrt unterhielten wir uns mit Florian, natürlich übers Eislaufen. Nele war wirklich fasziniert davon. Wahrscheinlich würde ich das schon bald wieder mit ihr unternehmen müssen. Bald kamen wir in Pirk an, Florian parkte in unserer Einfahrt.

„Jetzt gibt's was zu trinken", versprach ich meiner Schwester beim Aussteigen.

„Endlich!", jubelte sie.

Auch Florian stieg aus und kam mit uns bis zur Haustür. „Also, ich hoffe, es hat euch gefallen."

„Es war toll!", rief Nele.

Ich lächelte. „Es war schön. Vielen Dank." Etwas leiser fügte ich hinzu: „Vor allem dafür, dass du meiner Schwester so viel Freude gemacht hast."

„Das hab ich gern gemacht", antwortete er und erwiderte mein Lächeln.

Ich holte meinen Schlüssel aus der Hosentasche und machte die Tür auf. „So, jetzt hab ich auch Durst."

Nele und Florian verabschiedeten sich mit einem weiteren Handschlag voneinander, dann huschte meine Schwester nach drinnen. Wie üblich umarmte ich Florian noch kurz zum Abschied. „Bis morgen."

„Warte, Lara, hast du noch etwas Zeit?"

Ich löste die Umarmung und musterte ihn überrascht. „Wofür?"

„Ich würde gern was mit dir besprechen", erklärte er. Er wirkte nervös. Das gefiel mir nicht.

„Okay, ich trinke nur schnell was", kündigte ich an. „Wartest du hier?"

Er nickte. „Klar. Wir können beim Reden ja vielleicht etwas spazieren gehen."

„Sicher ..."

Als ich mir ein Glas Wasser einschenkte, hörte ich Nele mit Bianca und Lorenz sprechen. Sie erzählte den beiden vom Eislaufen. Ich trank das Wasser aus, stellte mein Glas in die Spüle und ging kurz ins Wohnzimmer zu den anderen. „Ich bin noch schnell mit Florian spazieren", gab ich ihnen Bescheid. „Sollte nicht lange dauern."

Lorenz nickte. „Viel Spaß", wünschte er mir.

Dass ich bei diesem Spaziergang Spaß haben würde, bezweifelte ich. Ich hatte ein schlechtes Bauchgefühl und dieses hatte schon oft recht gehabt. Zu oft.

„Bis nachher", murmelte ich und lief wieder nach draußen.

Die Haustür zog ich hinter mir zu, dann trat ich zu Florian, der am Auto lehnte. „Also, was willst du besprechen?“, fragte ich, während wir langsam die Straße entlanggingen. Ich wollte gleich zum Punkt kommen.

Es dauerte eine Weile, bis Florian antwortete. „Eigentlich möchte ich dir nur eine einfache Frage stellen.“

Nervös spielte ich mit einem meiner Zöpfe herum. „Welche?“

„Willst du mit mir ausgehen? Als meine feste Freundin?“

Mir klappte der Mund auf. Mit dieser Frage hatte ich nicht gerechnet. Ich hatte alles erwartet – dass er mich um ein Date bat, dass er mit mir über irgendein privates Problem reden wollte oder dass es um die Schule gehen würde. Aber nicht, dass er so offensiv fragte, ob ich mit ihm zusammen sein wollte. „Äh ... was?“, stammelte ich.

Er blieb stehen und blickte mich eindringlich an. „Willst du mit mir ausgehen?“, wiederholte er. Auch ich verharrte nun auf dem Gehweg. Beklommen starrte ich auf den grauen Asphalt. Jetzt hatte ich den Salat. Als ich nichts sagte, weil ich keinen Ton herausbrachte, nahm Florian meine Hände in seine. „Lara, ich hab dich echt gern. Lass es uns versuchen.“

Langsam schüttelte ich den Kopf. „Nein, Florian, das geht nicht.“ Es fühlte sich falsch an. Ich konnte das nicht.

„Warum nicht?“, fragte er geduldig.

Wow. Ich gab ihm gerade einen Korb und er blieb so ruhig? Wieso? Glaubte er etwa, mich überreden zu können? „Du bist ein wirklich wichtiger Freund für mich“, erklärte ich. „Aber nicht mehr. Ich bin nicht verlie...“

„Das kann aber noch passieren“, unterbrach er mich selbstbewusst.

Ich entzog ihm meine Hände, um sie in meine Jackentaschen zu stecken. „Nein, bitte“, flehte ich. „Das wird schiefgehen. Ich will dir keine falschen Hoffnungen machen, dafür hab ich dich zu gern.“

Er lächelte. „Na also, du hast mich gern. Wo ist dann das Problem?“

Redete ich gegen eine Wand oder was? „Florian, es gibt so viele Mädchen, die liebend gerne mit dir zusammen wären. Warum ausgerechnet ich?“, fragte ich hilflos.

„Weil du anders bist als die vielen Mädchen“, antwortete er ruhig.

„Ja, psychisch instabiler.“

Er schmunzelte. „Nein. Ehrlicher.“

Das meinte er doch nicht ernst! „Du hast keine Ahnung, wovon du da redest. Ich verschweige dir ungefähr tausend Sachen aus meinem Leben!“ Florian kannte mich überhaupt nicht. Er wusste nichts von Gilbert. Er kannte meine Ängste nicht. Meine Erlebnisse. Nichts davon.

„Du lächelst nicht bei jeder Kleinigkeit“, sagte er gedankenversunken. „Du lächelst nur, wenn dir wirklich danach ist. Oder wenn du so richtig verlegen bist. Das mag ich sehr. Und wie du immer die Augenbrauen zusammenschiebst, das ist echt süß. Aber vor allem gibst du nie auf. Allein beim Training – egal, wie oft ich dich auf den Boden werfe, du stehst immer wieder auf und versuchst es noch mal. Auch wenn du 'ne Pause brauchst, du machst danach weiter.“

Aufgeben war nie eine Alternative gewesen. Hätte ich aufgegeben, hätte ich Nele nicht vor Gilbert beschützen können. Schweigend starrte ich zu Boden. Was sollte ich auf Florians Worte erwidern? Wie sollte ich ihm vor Augen führen, dass er sich falsche Hoffnungen machte? Dass ich in Raphael verliebt war, konnte ich nicht sagen. Unmöglich. „Florian, ich kann einfach nicht. Versteh doch, ich kann das nicht.“

„Nein, das verstehe ich nicht“, entgegnete er. „Ich glaube, du hast einfach nur Angst. Und darum willst du es nicht mal versuchen.“

Ich schüttelte heftig den Kopf. Mein Atem verwandelte sich vor mir in kleine weiße Wölkchen. Es war so kalt ... „Daran liegt es nicht. Ich kann nur nicht mit jemandem zusammen sein, in den ich nicht verliebt bin!“

Sanft legte er seine Arme um meine Taille und zog mich näher zu sich. So nah, dass seine blonden Haare mich an der Stirn kitzelten. Unwillkürlich raste mein Herz. Das war viel zu nah! „Versuch es doch wenigstens mal“, flüsterte er und sah mir direkt in die Augen.

Nein! Das war falsch. Das war alles so falsch! „Es tut mir leid. Ich kann das nicht!“, rief ich und stieß ihn von mir. Ohne mich noch mal umzudrehen, rannte ich weg, die wenigen Meter bis zum Haus. Ich sperrte auf, lief hinein und schloss die Tür sofort wieder.

Ich fühlte mich grauenhaft. Florian war mir zu nahe getreten, ich hatte ihn verletzt und vermutlich war unsere Freundschaft nun hinfällig. Ganz toll. Hastig zog ich Stiefel und Jacke aus, dann verkroch ich mich in meinem Zimmer. Ich brauchte jetzt Ruhe. Und Ablenkung. Also nahm ich meinen MP3-Player, drehte die beruhigende Musik auf und machte dabei Hausaufgaben.

Bis zum Abend funktionierte das sogar. Ich beruhigte mich wieder, auch wenn ich noch traurig war, dass die Freundschaft zwischen Florian und mir im Sand verlaufen war. Er hatte sich – wie erwartet – nicht bei mir gemeldet. Und ich hatte auch keinen Kontakt zu ihm aufgenommen. Morgen in der Schule würden wir uns bestimmt nicht mal begrüßen. Ich war so deprimiert, dass ich beim Abendessen kaum einen Bissen herunterbekommen hatte.

Leise seufzte ich, als mein Handy vibrierte.

Muss dringend mit dir reden! Komm raus, wir treffen uns auf dem Gehweg vor meinem Haus!
Sophie

Worüber wollte Sophie denn jetzt mit mir reden? Es musste echt wichtig sein.

Bin sofort da.
Lara

Zwei Minuten später trafen wir uns draußen. Nur die Straßenlaternen erhellten die dunkle Umgebung. „Was ist los?“, erkundigte ich mich.

Sie fuhr sich durchs aschblonde Haar. „Flo hat dich heute gefragt und du hast ihm ’nen Korb gegeben?“

„Du hast davon gehört?“, murmelte ich.

„Ja, ich hab gerade mit Jan telefoniert“, erzählte sie. „Er hat’s mir erzählt. Flo hat vorhin mit ihm geredet, weil du weggerannt bist.“

„Ich hab versucht, es ihm zu erklären.“ Niedergeschlagen blickte ich meine Freundin an. „Ich hab gesagt, dass ich nicht in ihn verliebt bin. Ich hab gesagt, dass ich deshalb nicht mit ihm zusammen sein kann. Aber er wollte mich trotzdem überreden.“

Mit einem Mal umarmte sie mich, was ich dankbar erwiderte. „Du hast es richtig gemacht. Du warst ehrlich zu ihm. Aber er wird nicht so leicht aufgeben."

„Was meinst du damit?", fragte ich alarmiert.

Wir ließen uns wieder los. „Eigentlich darf ich es dir nicht verraten, hat Jan gesagt, aber ich finde, du solltest es wissen. Florian hat ihm verraten, dass er dich nicht so schnell aufgeben wird."

Verzweifelt warf ich meinen Kopf in den Nacken und blickte zum pechschwarzen Sternenhimmel auf. „Was mach ich bloß? Ich will nur mit ihm befreundet sein, nichts anderes!" Auch Sophie wusste offensichtlich keinen Rat mehr, sie schwieg. „Was findet er nur an mir?" Ich sah meine Freundin wieder an. „Körperliche Anziehung wird's wohl kaum sein, denn nüchtern betrachtet bin ich einfach nur unattraktiv."

„Abgesehen davon, dass das nicht stimmt", widersprach Sophie, „denke ich, dass er sich in deinen Charakter verliebt hat."

„Ich bin zynisch und verbittert. Klingt echt einladend."

Sophie kicherte. „Du hast echt ein falsches Bild von dir selbst."

„Er hat ein falsches Bild von mir", brummte ich. „Das wird eine Katastrophe, wenn das so weitergeht!"

„Mach ihm immer wieder klar, dass das nichts wird", riet Sophie mir. „Dann gibt er schon irgendwann auf."

„Hoffentlich ... Aber ich kann ihm wohl schlecht sagen, dass ich in Raphael verliebt bin", seufzte ich. „Das kann ich ja selbst noch nicht glauben."

Sie lächelte mich aufmunternd an. „Das wird schon."

Irgendwie bezweifelte ich das. Die Lage wurde immer chaotischer, und ich wusste keinen Ausweg. Ich wusste nicht, wie ich Florian halbwegs sanft zurückweisen konnte. Ich wusste nicht, was ich wegen meiner Gefühle für Raphael tun sollte. Ich wusste gar nichts mehr. Jetzt konnte ich verstehen, warum so viele Leute Montage hassten. Dieser Montag war furchtbar gewesen. Einfach nur furchtbar.

„Vielleicht lehne ich mich damit zu weit aus dem Fenster, aber ich würde sagen, du hast verdammt schlechte Laune."

„Und weiter?"

„Was ist los?“

Ich stellte meine Füße vor mich auf die Bank, um meine Knie mit den Armen zu umfassen. „Zu viel.“

Raphael sah mich fragend an. „Nämlich was genau?“

Das laute Gerede der anderen Schüler in der Osthalle nervte mich. Es war so laut und so voll hier. Aber trotzdem so kalt ... „Lass es gut sein“, seufzte ich. Der gestrige Tag hatte mich wirklich fertiggemacht. Nun saß ich schlecht gelaunt und übermüdet vor Unterrichtsbeginn mit Raphael in der Osthalle.

„Du siehst aber irgendwie so aus, als wolltest du es loswerden“, merkte der Schwarzhaarige an.

„Schön!“, motzte ich. „Ich hab fast nicht geschlafen, weil ich die ganze Nacht darüber nachdenken musste, wieso eine tolle Freundschaft wegen blöder Gefühle in die Brüche gehen muss. Und als wäre es nicht genug, dass Florian mit mir zusammen sein will, ich aber nicht mit ihm, hat er auch noch vor, nicht aufzugeben!“

Kurz wirkte Raphael von meinem Redeschwall überfordert. „Moment, noch mal langsam“, bat er. „Du hast Flo einen Korb gegeben, aber er will dich nicht aufgeben, und deshalb konntest du nicht schlafen?“

„So in etwa, ja.“ Ich legte meinen Kopf auf meinen Knien ab. „Das ist ätzend.“

„Wenn man wirklich was für jemanden übrig hat, kann man nicht bei der ersten Schwierigkeit aufgeben“, erklärte er. „Wenn man's doch tut, dann war es von Anfang an nichts Ernstes.“

Dass man nicht einfach aufgeben konnte, wusste ich. Ich hegte ja auch immer noch die Hoffnung, irgendwann mit Raphael zusammenzukommen. „Aber das bringt doch alles durcheinander“, seufzte ich. „Es wird ab jetzt bestimmt total komisch, wenn wir uns in der Gruppe treffen! Und auch in der Schule. Ich sitze im Klassenzimmer neben ihm.“

Raphael tätschelte mir die Schulter. „Mach dir nicht zu viele Gedanken. Das wird schon irgendwie.“

Aber wie?

„Hey, mal was anderes“, wechselte er das Thema, „soll ich dich heute nach Sport mit nach Hause nehmen?“

„Du bist wieder mit dem Motorrad unterwegs?“, wunderte ich

mich. Seit dem Stromschlag hatte er es bei sich zu Hause stehen lassen, weil er noch zu angeschlagen war, um selbst zu fahren.

Er nickte. „Ja, ich bin wieder fit genug."

„Äh, warum bist du dann schon so früh in der Schule?" Er kam doch sonst nur so früh, wenn er mit dem Bus fuhr. Und ich saß heute schon in der Osthalle, weil Lorenz mich mal wieder so früh abgesetzt hatte.

„Ich dachte mir, wir sehen uns vielleicht", antwortete er und lächelte mich an.

Bei diesem Lächeln wurde mir heute zum ersten Mal warm. Ich spürte, wie meine Wangen sich rot färbten, darum senkte ich den Blick schnell zu Boden. „Tja, Glück gehabt, ich war schon hier", murmelte ich. Da kam mir etwas in den Sinn. „Du musst mir aber keine Gesellschaft leisten, nur weil du dich dazu verpflichtet fühlst ... Wir haben das doch geklärt, ich hab dir gern geholfen, als das mit dem Stromschlag passiert ist."

Er schmunzelte. „Du glaubst immer noch, ich hänge bloß aus Dankbarkeit mit dir rum?", fragte er und schüttelte den Kopf. „Bestimmt nicht. Ich find's einfach entspannt, dich morgens schon zu treffen."

Da musste ich lächeln; das klang fast so, als wäre ich ihm wichtig. Und auch wenn ich wusste, dass das nicht sein konnte, genoss ich dieses Gefühl. Für diesen Moment wenigstens. „Ich sitz auch gern mit dir zusammen hier", gab ich zu. Nun wurden die Türen aufgeschlossen, doch im Gegensatz zu sonst stand ich nicht auf, um in die Eingangshalle zu den anderen zu gehen. Ich wollte Florian nicht treffen. Nicht jetzt.

„Wollen wir heute hierbleiben, bis der Unterricht anfängt?", schlug Raphael vor. „Wir können den anderen ja sagen, wir wären erst später hergekommen."

Erstaunt sah ich ihn an. „Kannst du meine Gedanken lesen?"

„Wenn sie dir so ins Gesicht geschrieben stehen, dann schon", lachte er.

„Ich sitze gleich stundenlang neben Florian", seufzte ich. „Wenigstens kurz will ich noch meine Ruhe."

„Soll ich dich in Ruhe lassen?", fragte er.

Ich schüttelte den Kopf. „Jeder, aber nicht du", flüsterte ich und lehnte meinen Kopf an seine Schulter. Er legte einen Arm um mich. Ich war richtig überrascht von mir, dass ich plötzlich so direkt war. Dass ich mich traute, mich an Raphael zu lehnen. Und es wunderte mich, dass er mich sogar umarmte.

„Also, soll ich dich heute nach Sport mitnehmen?", wiederholte er seine Frage.

„Ja, gerne", stimmte ich zu.

Als es schließlich gongte, mussten wir leider zum Unterricht.

„Viel Glück", wünschte Raphael mir. „Es wird vielleicht etwas komisch neben Flo, aber ihr bekommt das schon wieder hin."

„Ich hoffe es", seufzte ich. „Wir sehen uns in der Pause."

„Bis dann."

Mit einem mulmigen Gefühl betrat ich das Klassenzimmer. So schön diese wenigen Minuten mit Raphael gewesen waren, umso unwohler fühlte ich mich jetzt. Der Vormittag würde anstrengend werden. Im Vorbeigehen begrüßte ich Sophie und ihre Banknachbarin, dann setzte ich mich auf meinen Platz. Florian war bereits da, er blätterte im Englischbuch. Sollte ich was sagen? Oder nicht? Unschlüssig, was ich tun sollte, holte ich meine Schreibsachen und meinen Block aus der Schultasche. Zaghaft sah ich zu meinem Banknachbarn, der mich in ebendiesem Moment auch anblickte.

„Morgen", wünschte er mir knapp.

„Morgen", murmelte ich. Wie unangenehm ... Ich hatte es ja geahnt. Dieser Schultag würde furchtbar werden.

Bis zur kleinen Pause schwiegen wir uns an. Einerseits fühlte sich die Stille unangenehm an, andererseits war sie mir lieber als vorwurfsvolle Gespräche. Als es endlich gongte, schnappte ich mir mein Getränk und meine Brotbox und lief zu Sophie. Weg von Florian.

„Und, wie war's?", flüsterte sie.

„Grauenhaft", antwortete ich leise. „Wir haben kein Wort gewechselt. Aber er hat mich immer mal wieder von der Seite angeschaut."

Sie schüttelte den Kopf. „Ich dachte, er will dich noch nicht aufgeben? Dann sollte er nicht so komisch zu dir sein."

„Ist doch egal", seufzte ich. „Das Ignorieren ist mir schon fast das Liebste."

Gemeinsam verließen wir das Klassenzimmer, um wie jeden Tag unsere Freunde im zweiten Stock zu treffen. Florian begleitete uns, deswegen redeten wir nicht mehr über ihn, sondern über unsere blöde Deutschlehrerin.

Aber egal, wie ätzend die Situation mit Florian war, eines konnte er mir nicht verderben, nämlich die Vorfreude darauf, Raphael gleich zu sehen. Als ich den Schwarzhaarigen, der sich an die Heizung lehnte und mit Niklas redete, entdeckte, musste ich lächeln. Auch er bemerkte mich und grinste mir zu.

„Ich seh euch zwei echt irgendwann zusammenkommen", kicherte Sophie leise.

„Pscht!", ermahnte ich sie. „Das ist peinlich!"

Sie schmunzelte. „Du bist echt süß, wenn du verliebt bist." Sophie redete zwar leise, aber ich befürchtete, dass trotzdem jemand etwas davon mitbekam. Und das wäre eine Katastrophe.

Inzwischen waren wir alle an der Heizung versammelt. Sophie ging zu Jan, um mit ihm zu kuscheln, Niklas und Karolin standen auch in enger Umarmung zusammen. Ich stellte mich zu Raphael, Florian ebenso.

„Hier wimmelt's echt von Pärchen", lachte der Schwarzhaarige.

Karolin grinste. „Neidisch?"

„Warum sollte ich?", entgegnete er und legte einen Arm um Florian. „Ich hab doch meinen Schatz hier."

Florian erwiderte die Umarmung. „Genau", sagte er wenig überzeugend.

„Bei euch ist wohl die Luft raus", neckte Niklas die beiden. „Gibt es etwa Ärger im Paradies?"

„Blödsinn", wimmelte Florian ihn ab. „Ich bin nur müde."

Dass ich ihm das nicht glaubte, sagte ich besser nicht laut.

Den ganzen restlichen Schultag über blieb ich ruhig, um bloß nichts Falsches zu sagen und Florian unnötig zu verärgern. Aber in der sechsten Stunde sprach er mich plötzlich an. „Was ist morgen mit dem Training?", fragte er leise.

Ich blickte nicht von meinem Hefteintrag auf. „Das sollten wir nach der ... Sache gestern erst mal lassen", flüsterte ich. „Meinst du nicht auch?"

„Das hat damit nichts zu tun."

„Doch, finde ich schon“, entgegnete ich. „Wir sollten eine Weile aussetzen. Bis sich das Ganze wieder beruhigt hat.“ Vielleicht sah die Situation nächste Woche schon wieder anders aus. Aber jetzt wollte ich mich auf keinen Fall mit ihm allein treffen. Das würde ihm nur falsche Hoffnungen machen und mir deswegen ein schlechtes Gewissen einbringen. Außerdem war die Stimmung zwischen uns so mies, dass wir bei einem Treffen ständig angespannt wären.

Florian schnaubte verächtlich. „Wenn du meinst.“ Danach redete er nicht mehr mit mir.

Leise seufzte ich. Es gab keine perfekte Formulierung, mit der man freundlich und bestimmt zugleich ausdrücken konnte, dass man nur eine Freundschaft wollte und es niemals darüber hinausgehen würde, oder? Sogar während Sport war ich ein wenig niedergeschlagen, nicht mal meine 20 Liegestütze lenkten mich ab. Die ganze Lage gefiel mir nicht. Sophie und Raphael merkten das zwar, doch sie sprachen mich netterweise nicht darauf an. Während wir gerade eine Badminton-Pause machten, strich meine Freundin mir nur kurz über den Arm.

„Warte ein paar Tage“, flüsterte sie. „Er beruhigt sich schon wieder.“

Ich nickte schwach. „Bestimmt hast du recht.“

Erleichtert verließ ich nach dem Unterricht mit Sophie und Raphael die Schule. Es tat gut, an die frische Luft zu kommen, auch wenn es kalt war.

„Hoffentlich kommt der Bus heute pünktlich“, merkte Sophie an.

„Ach, ich fahre heute nicht mit“, fiel mir bei ihren Worten ein.

Verwundert sah meine Freundin mich an. „Wieso denn nicht?“

„Weil ich sie heute nach Hause chauffiere“, erklärte Raphael.

Sie grinste vielsagend. „So, so. Dann viel Spaß auf der Heimfahrt.“

Verlegen wandte ich den Blick ab. „Danke ... Wir sehen uns.“

Die Fahrt mit Raphael verging schon beinahe zu schnell. In seiner Gegenwart fühlte ich mich so wohl, dass ich am liebsten noch ewig bei ihm geblieben wäre. Aber als er in seine Einfahrt fuhr, musste ich natürlich absteigen. Ich nahm den Helm ab und gab ihn zurück. „Danke fürs Mitnehmen!“

Er verstaute die beiden Helme. „Keine Ursache, mach ich doch gerne."

Ich lächelte. „Wir sehen uns morgen."

„Oder heute Abend am Fenster", entgegnete er und zwinkerte.

Da musste ich lachen. „Genau. Ich hab meinen Gute-Nacht-Zettel schon griffbereit."

Er fuhr sich durchs vom Helm platt gedrückte Haar. „Perfekt, ich meinen auch." Wir umarmten uns zum Abschied, dann lief ich nach Hause. Meine Stiefel und die Jacke ließ ich an der Garderobe, ich begrüßte kurz Bianca und brachte die Schultasche in mein Zimmer. Lorenz war noch nicht zu Hause, Nele hatte ich nirgends entdecken können.

Ich ging kurz in das Zimmer meiner Schwester, um nach ihr zu sehen. Die Kleine lag auf dem Bett, neben ihr ein Bilderbuch, und sie schlief tief und fest. Bei dem Anblick musste ich lächeln. Nele wirkte so friedlich. Leise schlich ich mich aus ihrem Zimmer und kehrte in mein eigenes zurück. „Zeit für die Hausaufgaben", sagte ich mir. Ich hatte nicht viel zu tun, ich musste nur ein Arbeitsblatt für Englisch ausfüllen und Biologie lernen. Nach einer halben Stunde war ich schon fertig. Um nicht wieder an Florian und unsere vertrackte Situation denken zu müssen, nahm ich freiwillig das Chemiebuch und lernte etwas, bis mein Handy vibrierte. Froh über die Ablenkung schaute ich auf das Display. Raphael hatte mir geschrieben.

Hallo. :-)

Reflexartig drehte ich mich zum Fenster um. Es war draußen zwar noch hell, weshalb die Fensterscheibe ein wenig spiegelte, doch ich erkannte, dass mein Nachbar winkte. Ich lächelte und schrieb eine Antwort.

Auch hallo. :-)

Um seine Reaktion besser zu sehen, stand ich auf und ging zum Fenster. Raphael grinste und tippte auf seinem Handy herum. Da bekam ich auch schon eine neue Nachricht.

Hast du etwas Zeit?

Überrascht las ich den Text.

Ja, hab ich. Warum denn?

Nachdem er meine Antwort gelesen hatte, streckte er seinen Daumen hoch, sichtlich erfreut.

Willst du schnell rüberkommen? Mir ist total langweilig!

Der Vorschlag gefiel mir. Ich wollte gern etwas mit Raphael unternehmen. Da meine Schwester schlief und ich die Hausaufgaben bereits gemacht hatte, gab es nichts anderes zu tun.

Klar. :-) Ich bin gleich bei dir.

Fröhlich lief ich die Treppen hinunter und betrat das Esszimmer. Am Tisch saß Bianca und korrigierte irgendwelche Tests von ihren Schülern. „Ich bin kurz bei Raphael", kündigte ich an.

Sie blickte auf. „In Ordnung. Aber denk dran, so gegen sieben gibt's warmes Abendessen. Also komm pünktlich wieder."

Ich nickte. „Na klar."

„Viel Spaß."

„Danke. Bis später, Mama." Sofort stutzte ich. Inzwischen ging mir dieser Name immer leichter von den Lippen. Ohne dass ich darüber nachdachte.

Bianca lächelte glücklich. „Bis später, meine Kleine."

„Ich bin größer als du", meckerte ich und verließ, gefolgt von ihrem Lachen, das Zimmer. Schnell streifte ich mir Schuhe und Jacke über und lief zum Nachbarhaus. Ich klingelte und nur ein paar Sekunden später öffnete Raphael mir die Tür.

„Schön, dass du da bist!", freute er sich. „Komm rein!"

„Ich fand die Idee gut", entgegnete ich. „Also, dass wir uns treffen." An der Haustür zog ich die Stiefel und die Jacke schon wieder aus.

„Gehen wir hoch in mein Zimmer", schlug Raphael vor.

Ich nickte. „Okay."

Als wir dort ankamen, musste ich lachen.

„Was ist los?", wunderte er sich.

„Na ja, ich bin noch nie in deinem Zimmer gewesen, aber ich wusste schon, wie es hier aussieht", erklärte ich amüsiert.

Er grinste. „Ach so, klar. Das hast du ja durchs Fenster schon gesehen."

„Genau", stimmte ich zu. „Allerdings ist es etwas aufgeräumter als sonst." Das Bett war gemacht, es lagen wie sonst manchmal keine Klamotten vor dem großen Holzschrank, nur der Schreibtisch sah chaotisch aus. Ich mochte das Zimmer. Die grün-weiß gestrichenen Wände gefielen mir, auch das kleine grüne Sofa sah toll aus. Und im Großen und Ganzen erinnerte mich dieser Raum sehr an Raphael, nicht nur weil es hier nach ihm roch. Die schlichte Einrichtung passte zu ihm.

„Ist doch klar, dass ich ein wenig aufräume, wenn ich Besuch einlade", entgegnete er.

„Ergibt Sinn", gab ich zu, während ich mich weiterhin umsah. Mein Blick fiel auf das einzige Foto, das im Zimmer stand. Es war ein Bild von Raphael und seiner Mutter, grob geschätzt zwei oder drei Jahre alt, anscheinend wurde es in einem Garten aufgenommen. Die beiden lächelten glücklich. Ich deutete auf das Foto auf dem Schreibtisch. „Schönes Bild."

„Ach, das war an meinem 16. Geburtstag", erzählte er. „Wir haben im Garten mit Milch und Kuchen gefeiert. War echt lustig."

„Wer hat das Foto geschossen?"

„Meine Mutter mit Selbstauslöser. Wir haben nur zu zweit gefeiert."

„War bestimmt ein schöner Tag", merkte ich an.

„Oh ja", stimmte er zu. „Und das Wetter war super, obwohl es im April war."

„Du hast im April Geburtstag?", erkundigte ich mich.

„Ja, am 9. April. Und du?"

„Am 17. Juni", antwortete ich.

„Wenn du dich hinsetzen möchtest, ich hab extra die Couch freigeräumt", sagte Raphael dann. „Wir müssen nicht die ganze Zeit rumstehen."

Also nahm ich auf dem grünen Sofa Platz, Raphael setzte sich neben mich. „Wie kommt's eigentlich, dass du so viel Freizeit hast?", fiel mir auf. „Du hast doch deinen Job bei McDonald's und heute Abend wieder Fußballtraining und du schreibst bald deine Abi-Prüfungen, oder?"

Er nickte. „Ja, schon, aber die Prüfungen sind erst im Mai. Und ich lerne immer mal wieder ein bisschen was dafür, das sollte reichen."

„Bist du so gut in der Schule, dass du fast nichts machen musst?", wunderte ich mich.

„Na ja, es geht so", antwortete er. „Ich könnte besser sein, aber ein Zweier-Schnitt reicht mir völlig."

Ich schmunzelte. „Nicht schlecht."

„Du bist 'ne Einser-Schülerin, oder?", fragte er.

„Ja", bestätigte ich. „Aber nicht, weil ich besonders schlau wäre oder so. Das liegt am sturen Lernen."

Er verzog das Gesicht. „Du lernst freiwillig viel?"

Ich zuckte mit den Schultern. „Lernen hat mich schon immer von dem ganzen Mist zu Hause abgelenkt." Das hätte ich besser nicht sagen sollen. Sofort schlug die Stimmung um.

„Ach so ...", murmelte Raphael.

„Aber egal", winkte ich schnell ab und klemmte mir eine Haarsträhne hinters Ohr. „Es hat auch Vorteile, gute Noten zu schreiben. Darum lohnt sich's schon."

„Willst du wohl so was wie Medizin studieren?", erkundigte er sich.

„Das weiß ich noch nicht genau", gab ich zu. „Ich halte mir erst mal alles offen, bis ich mich entschieden hab. Ich hab noch nie übers Studieren nachgedacht ..."

„Wieso denn nicht?" Wenn ich jemandem eine ehrliche Antwort darauf geben konnte, dann Raphael. Aber wollte ich das wirklich? Na ja, ich wollte ihn nicht anlügen. „Weil ich immer nur daran gedacht habe, nach meinem 18. Geburtstag mit Nele abzuhauen. Und weil ich für sie sorgen wollte, war mein Plan immer, nach der Schule zu arbeiten. Ein Studium hätte ich mir so nie leisten können", erzählte ich.

Raphael lächelte schief. „So einen Plan hatte ich auch mal. Also, nach der Schule gleich zu arbeiten, um meine Mutter zu unterstützen."

„Und jetzt hast du was anderes vor?", fragte ich.

Er nickte. „Ja. Meine Mutter hat mich angebrüllt, als ich ihr gesagt hab, dass ich mir 'ne Arbeit suchen will. Sie meinte, ich solle ihretwegen nicht meine Talente vergeuden. Darum werde ich nach dem Abi Wirtschaftsingenieurwesen studieren." Raphael wusste wirklich, was er wollte. Er hatte einen Plan für seine Zukunft.

Ich wusste nur, dass ich für Nele da sein wollte. Gut, ich hatte noch ein ganzes Schuljahr bis zu meinem Abitur. Bis dahin würde ich mich schon noch für einen Job oder einen Studiengang entscheiden. „An welcher Uni?", erkundigte ich mich.

„Direkt in Weiden, an der Fachhochschule." Er grinste. „So kann ich bei meiner Mutter bleiben. Ich hätte ein schlechtes Gewissen, wenn ich sie allein lassen würde."

„Das ist total lieb von dir", stellte ich fest.

Verlegen sah er mich an. „Meinst du?"

Ich nickte. „Auf jeden Fall."

„Du bist doch nicht anders", wandte er ein.

Ich schob die Augenbrauen zusammen. „Wie meinst du das?"

Er lächelte mich an. „Na, du denkst doch zuerst an deine Schwester, bevor du eine Entscheidung für dich triffst, oder? So geht's mir eben mit meiner Mutter auch."

„Ja, stimmt", gab ich zu. Mir fiel eine Haarsträhne ins Gesicht, darum strich ich sie zurück. „Da sind wir uns wohl etwas ähnlich."

„Weil wir beide jemanden haben, auf den wir aufpassen müssen", ergänzte er.

Wieder machte sich diese nervige Haarsträhne selbstständig. „Ja. Allerdings habe ich jetzt etwas Hilfe. Bianca und Lorenz kümmern sich sehr liebevoll um Nele."

„Ist bestimmt eine Erleichterung", meinte Raphael und strich mir das Haar aus dem Gesicht.

Ich lächelte ihn an. „Ja, es ist echt erleichternd." Erst jetzt fiel mir auf, dass Raphael und ich sehr nah beieinandersaßen. Und dass unsere Nasenspitzen sich fast berührten, weil wir uns gegenseitig anblickten. Sofort schlug mein Herz schneller, ich wurde schrecklich nervös. Verdammte Gefühle.

„Wieso wirst du rot?", fragte Raphael plötzlich.

„Äh, werde ... werde ich d...das?", stammelte ich.

Er schmunzelte. „Ja."

„Liegt bestimmt am Licht hier", redete ich mich heraus. „Ich bin nicht rot."

„Doch, und ob du das bist."

„Nein!"

„Du bist echt witzig, wenn du verlegen bist", lachte er.

Ich sah ihm direkt in die Augen. In seine schönen, fesselnden blauen Augen. „Ich bin nicht verlegen", protestierte ich.

„Wieso schwindelst du denn jetzt?"

„Weil es peinlich wäre zuzugeben, dass ich in deiner Nähe total aufgeregt bin", antwortete ich verärgert. Sofort weiteten sich meine Augen und ich hielt mir eine Hand vor den Mund. Nein. Das hatte ich nicht wirklich gesagt. Das durfte ich nicht gesagt haben. Jetzt hatte ich Raphael völlig schockiert. Oder verunsichert. Oder sonst was, auf jeden Fall hatte ich ihn verstört, da war ich mir sicher.

Aber er lächelte nur. „Schön zu wissen, dass nicht nur ich aufgeregt bin, wenn wir unter uns sind."

Träumte ich gerade? Das musste es sein. Ich träumte. Aber ich wachte nicht auf, der Traum ging weiter. „Wieso solltest du in meiner Nähe aufgeregt sein?", fragte ich verständnislos.

Es dauerte lange, bis er darauf antwortete. Es dauerte sehr lange. Und das, was er schließlich sagte, ließ mich für eine Sekunde den Atem anhalten. „Weil ich mich in dich verliebt habe."

Hatte Raphael gerade tatsächlich gesagt, dass er in mich verliebt war? Nein, unmöglich. Er nahm mich auf den Arm. Das meinte er nicht ernst, nie im Leben. Er neckte mich nur. Es machte ihm Spaß, mich zu verwirren. Eilig zog ich meinen Kopf zurück, um etwas Abstand zwischen Raphael und mich zu bringen. Diese Nähe verhinderte sonst, dass ich einen klaren Gedanken fassen konnte. „Über so was Witze zu reißen, ist gemein", entgegnete ich.

Er sah mich überrascht an, dann wieder vollkommen ernst. „Glaubst du, ich reiße darüber Witze? So was Blödes mache ich nicht."

Ich konnte ihm nicht glauben. So schön es wäre, wenn er mich wirklich mochte, es war zu unglaublich. Ich war ein zutiefst gestörtes, dürres, viel zu hoch gewachsenes Mädchen – Raphael, ein beliebter und wundervoller Junge, konnte meine Gefühle nicht erwidern. Niemals. Darum schüttelte ich den Kopf. „Bitte, hör auf damit!“, flehte ich und stand vom Sofa auf, weil ich nicht mehr ruhig sitzen konnte. „Ich komm mir vor wie der letzte Idiot.“

Auch er erhob sich nun. „Warum glaubst du mir nicht?“, fragte er verunsichert.

„Sophie hat mir erzählt, wie oft du die Freundin wechselst“, fiel mir ein. „Und dass du es nie ernst meinst. Also bitte, nimm mich nicht länger auf den Arm.“

Er packte mich an den Schultern und sah mich eindringlich an. „Versteh doch, seit diesem Stromschlag habe ich an kein anderes Mädchen mehr gedacht!“

Ach, daher wehte der Wind ... „Raphael, du verwechselst Dankbarkeit mit Liebe“, seufzte ich. Darauf musste ich ihn einfach aufmerksam machen. Es wäre nicht fair, seine Dankbarkeit auszunutzen. Natürlich fände ich es toll, wenn er wirklich in mich verliebt wäre wie ich in ihn. Aber das war er mit Sicherheit nicht.

„Nein!“, widersprach er entschieden. „Das dachte ich auch erst. Aber das ist es nicht. Warum ich dir dankbar bin, weiß ich genau. Aber ich hab keine Ahnung, warum ich mich in dich verliebt habe.“

Ich brachte keinen Ton heraus. Er meinte es ernst?

„Und ja, ich weiß, es ist scheiße von mir.“ Verzweifelt sah er mich an und nahm seine Hände von meinen Schultern. „Ich weiß, dass ich mich nicht in das Mädchen verlieben sollte, in das schon einer meiner besten Kumpels verliebt ist. Ich hab mich auch echt zurückgehalten, aber das kann ich nicht mehr!“

„Bitte sei endlich still“, flehte ich. „Wenn du weiterredest, kann ich mich auch nicht mehr zurückhalten.“

Einige unendliche Minuten lang kehrte Stille ein. Wir blickten uns nur an. Nun hatte ich es zugegeben. Nach meinen Worten war es offensichtlich, dass ich mich in Raphael verliebt hatte. Aber wie sollte das bloß weitergehen? Unvermittelt lächelte er mich an. Langsam hob er die Hand, um mir über die linke Wange zu streichen. „Warum hältst du dich dann noch zurück?“, flüsterte er.

Spätestens jetzt konnte ich es nicht mehr unterdrücken. Ich hatte eine Chance, von der ich nie geglaubt hätte, sie jemals zu bekommen. Wenn ich diese Chance nicht nutzte, würde ich es mir nie verzeihen. „Ist es ... ist es denn ... auch wirklich in Ordnung?“, fragte ich mit zitternder Stimme. „Ist es in Ordnung, wenn ich mich nicht mehr zusammenreiße?“

Raphael nickte. „Völlig.“

Ja, ich war mir sicher. Ich wollte es versuchen. Ich wollte dieser dummen, irrationalen, unrealistischen Liebe eine Chance geben. Schon beinahe scheu beugte ich mich zu Raphael. Nun würde ich das Einzige hergeben, was Gilbert mir gelassen hatte. Ich würde meinen ersten Kuss verlieren. Allerdings freiwillig und zu meinen eigenen Bedingungen. Ich schloss die Augen und legte meine Lippen sanft auf Raphaels. Und dieses einzigartige Gefühl, als er meinen Kuss erwiderte, würde ich wohl nie vergessen. Diese Aufregung, dieses Herzklopfen und dieses Glücksgefühl. Mit einem Arm umarmte Raphael mich, mit seiner freien Hand fuhr er mir zärtlich durchs Haar. Ich erwiderte seine Umarmung und schmiegte mich an ihn, rundum glücklich. Erst nach einer wunderschönen Ewigkeit lösten wir uns voneinander. Noch immer spürte ich unseren Kuss auf meinen Lippen. Raphael und ich lächelten uns an.

„Ich glaube, es ist wirklich in Ordnung“, flüsterte ich.

Er umarmte mich fest. „Sag ich doch.“

Vor lauter Aufregung wurden meine Knie weich. Ich lehnte mich an Raphael und schloss die Augen. Es war unglaublich.

„Flo bringt mich um, wenn er das rausfindet, aber das ist es wert“, lachte er.

Besorgt sah ich ihn an. „Ich will nicht, dass ihr euch meinetwegen nicht mehr vertragt ...“

„Abwarten“, entgegnete er. „Wir werden sehen, was passiert.“

Zusammen setzten wir uns wieder aufs Sofa, unschlüssig, was wir nun sagen sollten. Ein wenig peinlich war die Situation schon, doch ich war so glücklich, dass mich das nicht störte. Raphael und ich hatten uns wirklich geküsst. Und er hatte mir gesagt, dass er in mich verliebt war. Sollte ich ihm das ebenfalls gestehen? Oder hatte ich das schon deutlich genug gemacht?

„Ähm, Raphael, ich ... ich ... äh, also ich ...“, stammelte ich und unterbrach mich dann selbst. Nein, ich konnte es nicht aussprechen.

„Was ist denn?“, fragte er und nahm meine Hände, die ich nervös aneinanderrieb. „Stimmt was nicht?“

Ich atmete tief durch. Ich musste es ihm sagen! Nachdem er das schon getan hatte, war es nur fair. Aber ich konnte ihm dabei nicht in die Augen schauen. Ich legte meinen Kopf an seine Schulter. „Ich muss dir noch was sagen“, murmelte ich. Dass es so viel Mut erforderte, diese paar Worte auszusprechen, hätte ich nie gedacht. „Ich hab mich auch in dich verliebt“, gestand ich ihm endlich.

Raphael ließ meine Hände los, um mich zu umarmen. Ich seufzte erleichtert. Geschafft. Ich hatte es gesagt. Er antwortete nicht, er hielt mich einfach fest und hauchte mir einen Kuss auf die Stirn. Als ich deswegen aufblickte, lächelten wir uns an. Er zog mich behutsam auf seinen Schoß und legte seine Lippen auf meine. Ich legte meine Arme um seinen Hals und erwiderte den Kuss. Unglaublich. Ich war wirklich mit Raphael zusammen. Das hätte ich nie zu träumen gewagt. Es war zu perfekt.

Im Albtraum gefangen

„Lara, jetzt spann uns doch nicht so auf die Folter", jammerte Bianca beim Abendessen. „Was ist denn los mit dir?"

„Was sollte sein?", fragte ich verträumt.

„Ich hab dich noch nie so fröhlich gesehen", meldete sich Lorenz zu Wort. „Ist was Besonderes passiert?"

„Das kann man wohl sagen", säuselte ich und schob mir einen Löffel von der Kartoffelsuppe in den Mund.

„Worüber freust du dich so?", wollte nun auch meine Schwester wissen.

Ich lächelte die Kleine an. „Ich bin einfach glücklich ..."

„So sieht nur ein Mädchen aus, das verliebt ist", meinte Bianca überzeugt.

„Oh ja", stimmte ich zu.

„Was?", rief Lorenz. „Du bist verliebt?!"

Ach, warum sollte ich es meiner Familie nicht erzählen? Es war so toll, dass sie es wissen sollten! „Ich bin sogar mit ihm zusammen", verriet ich begeistert.

„Mit wem?", staunte Bianca.

Ich lächelte. „Raphael."

Ungläubig schüttelte Lorenz den Kopf. „Das kommt überraschend."

„Aber es ist so toll!", freute ich mich. Meine Eltern blickten erst sich, dann mich erstaunt an. Beide lächelten. Sie hatten nichts dagegen einzuwenden, sie freuten sich sogar für mich. Wahrscheinlich, weil ich deswegen so glücklich war. Das Einzige, was mir noch Sorgen machte, war, wie wir uns morgen in der Schule verhalten sollten. Sophie würde ich es morgen früh verraten, aber den anderen auch schon? Und vor allem: auch Florian?

Aber daran wollte ich nicht denken. Ich wollte mich gerade einfach nur freuen und den Abend genießen. Das tat ich auch. Ich setzte mich mit Nele und meinen Eltern ins Wohnzimmer, wir spielten Domino.

„Ach, das Spiel ist blöd!“, motzte Lorenz, der kaum einen Stein gelegt hatte.

Nele kicherte. „Du kannst es nur nicht.“

Bianca nahm die Kleine in den Arm. „Genau, er spielt einfach schlecht.“ Grummelnd ballte Lorenz seine Faust um einen seiner Dominosteine.

Nach dem Spiel ging meine Schwester ins Bett, Bianca und ich räumten die herumliegenden Spielsteine auf. Lorenz schmollte immer noch. Er hockte auf dem Sofa und verschränkte die Arme.

„Nimm's nicht so schwer, Papa“, riet ich ihm schmunzelnd. „Jeder versaut mal ein Spiel.“

Überrascht sah er mich an, dann lächelte er. „Okay.“

Ich hatte ihn zum ersten Mal *Papa* genannt, fiel mir auf. Kein Wunder bei meiner guten Laune. Das war schon in Ordnung. Ich hatte ihn und Bianca schließlich als meine Eltern akzeptiert.

„Also, ich geh auch mal hoch“, verkündete ich nach dem Aufräumen.

„Gute Nacht“, wünschte Bianca mir und drückte mich an sich.

Ich erwiderte ihre Umarmung. „Schlaf gut. Du auch, Lorenz.“ Fröhlich lief ich in mein Zimmer. Ich summte sogar vor mich hin. Denn was heute passiert war, konnte mir niemand mehr nehmen. Ich holte meinen Schlafanzug und ging damit in eins der beiden Badezimmer. Nach einer ausgiebigen Dusche föhnte ich mir die Haare und schlüpfte in meinen Pyjama. Inzwischen war ich wirklich müde, die Uhr zeigte schon halb elf an. Ich packte noch schnell meine Schultasche, dann knipste ich das Licht am Schreibtisch aus und schloss mein Handy über Nacht ans Stromkabel an. Gerade als ich auch das Deckenlicht ausschalten wollte, bekam ich eine SMS. Von Raphael.

*Gute Nacht. :-**

Ich lächelte, während ich das las. Was für ein Zufall, dass ich mich genau jetzt wirklich schlafen legte. Moment mal, Zufall? Ich glaubte nicht an Zufälle. Ich ging zum Fenster. Und tatsächlich sah ich Raphael in seinem Zimmer, er lief herum und verstaute Sachen, soweit ich das erkannte. Er wirkte richtig erschöpft und verschwitzt, das Trikot, das er trug, war schweißnass. Ich schrieb zurück:

Hartes Training gehabt? Gute Nacht <3

Es dauerte eine Weile, bis er wieder sein Handy zur Hand nahm, doch ich wartete so lange. Als er meine SMS las, grinste er und schaute aus dem Fenster. Ich winkte ihm zu, er winkte zurück. Dann bekam ich eine Antwort.

Ich war selten so kaputt danach. Aber jetzt geht's mir wieder gut.

Verwundert schob ich die Augenbrauen zusammen.

Was hat dich denn so plötzlich wieder erfrischt?

Aus der Entfernung sah ich ihn lachen.

Dich zu sehen natürlich. ;-)

Verlegen lächelte ich und strich mir durchs frisch gewaschene Haar.

Ach so. Das freut mich. :-) Also, schlaf gut!

Seine Antwort kam schnell.

Ich geh erst mal duschen, aber dann leg ich mich gleich hin. Schlaf du auch gut!

Es gefiel mir wirklich, dass wir uns gegenseitig durch unsere Fenster sehen konnten. Dadurch fühlte ich mich ihm richtig nahe. So konnten wir uns abends vor dem Schlafengehen noch zuwinken. Als ich meine Vorhänge schließen wollte, hielt ich inne, weil mir etwas auffiel. Raphael warf mir eine Kusshand zu. Augenblicklich wurde ich rot. Ich winkte kurz, dann zog ich die Vorhänge zu.

Überglücklich ließ ich mich auf mein Bett fallen. Ich hatte selten so viel gelächelt wie heute. Ich hatte mich noch nie so gut gefühlt wie heute. Mit zwei Fingern griff ich an meine Lippen. Meinen ersten Kuss würde ich nie vergessen. Dieser Tag war einfach perfekt gewesen. Ich schloss die Augen und kuschelte mich unter die Bettdecke. Schon jetzt freute ich mich darauf, Raphael morgen wiederzusehen. Und mit diesem Gedanken schlief ich ein.

„Bis heute Mittag, Schwesterchen. Hab einen schönen Tag."

Nele lächelte mich an. „Bis später, Lara." Wir umarmten uns fest.

„Lara, komm endlich!", rief Lorenz ungeduldig. „Ich muss in die Praxis!"

Schnell warf ich mir den Rucksack über eine Schulter und lief zum Auto. „Ja, ja, ich bin doch schon da." Ich setzte mich auf den Beifahrersitz, Lorenz fuhr los. Ich konnte es gar nicht erwarten, in die Schule zu kommen!

„Du siehst aus, als würdest du dich auf die Schule freuen", merkte mein Vater an. „Oder täusche ich mich?"

Verlegen senkte ich den Blick zur Schultasche auf meinem Schoß. „Doch, ich freue mich schon auf die Schule."

Lorenz lachte. „Wohl eher auf Raphael, was?"

„Volltreffer", gestand ich. „Ja, natürlich auf Raphael."

„Unglaublich, dass ihr so plötzlich zusammen seid."

„Ich kann's selbst noch nicht fassen", gab ich zu.

„Eins nur", merkte er an. Er klang so, als würde er sich unwohl fühlen. „Ihr seid in einem Alter, in dem man ... nun ja, zum Thema Aufklärung ..."

„Oh Gott, bitte erspar uns das", unterbrach ich ihn. „Dank Gilbert bin ich aufgeklärter als jedes andere Mädchen in meinem Alter. Und ich bezweifle, dass Raphael nicht aufgeklärt ist, so viele Freundinnen, wie er schon hatte."

Erleichtert atmete er auf. „Gut. Ich bin nicht sonderlich wild drauf, mit dir dieses Gespräch zu führen. Es war nur zur Sicherheit."

Ich schmunzelte. „Ist nicht nötig. Außerdem sind wir gestern erst zusammengekommen, bis das Gespräch nötig wäre, würde es also noch 'ne Weile dauern."

Lorenz nickte. „Okay, okay. Aber wenn es so weit ist, werdet ihr doch …"

„… verhüten, ja", beendete ich den angefangenen Satz. „Aber könnten wir das Thema bitte ruhen lassen? Du versaust mir echt jede Romantik!"

Da musste er lachen. „Das wollte ich natürlich nicht."

Zum Glück kamen wir an der Schule an, bevor er das Thema erneut ansprechen konnte. Ich verabschiedete mich von Lorenz und stieg aus. Heute war es schon ziemlich spät, fast acht Uhr, deshalb ging ich direkt in die Eingangshalle. Sophie, Niklas und Jan standen bei der Tür, ich entdeckte sie sofort. „Guten Morgen", wünschte ich ihnen.

Jan nickte mir zu, Niklas auch. Sophie löste sich aus Jans Umarmung, um mir um den Hals zu fallen. „Guten Morgen!", entgegnete sie fröhlich.

Ich lächelte sie an. „Ich muss dir was erzählen", flüsterte ich ihr zu.

„Oh, schieß los!"

Zur Sicherheit zog ich sie ein paar Schritte von den beiden anderen weg. „Du wirst es mir nie glauben", begann ich, „aber gestern ist was total Verrücktes passiert!"

Neugierig sah sie mich an. „Sag bloß, du und Flo habt euch wieder vertragen?"

Langsam schüttelte ich den Kopf. „Ich hab gesagt, es ist was total Verrücktes passiert. Nicht was komplett Unmögliches."

Sie lächelte schief. „Oh. Was ist es denn dann?"

„Ich war nachmittags bei Raphael", erzählte ich. „Und … er hat mir gesagt, dass er sich in mich verliebt hat!"

„Nein!"

„Doch!"

„Wahnsinn! Seid ihr zusammen?" Erwartungsvoll musterte sie mich. „Seid ihr's? Sag schon!"

Ich nickte eifrig, wobei mein Pferdeschwanz sich mitbewegte. „Ja!"

Sofort umarmte Sophie mich. „Das ist ja super! Ich hätte nie gedacht, dass Raphael jemals eine feste Freundin haben würde."

„Ich dachte, er hatte schon ewig viele Freundinnen", sagte ich.

Sie schüttelte den Kopf. „Nein, das waren doch nie feste Beziehungen."

„Jetzt fühle ich mich noch … äh, geehrter", staunte ich.

Aufgeregt hüpfte Sophie auf und ab. „Ich freu mich so für dich!"

„Was geht denn bei euch ab?", rief Niklas uns zu. „Wollt ihr uns einweihen?"

„Nicht jetzt!", wimmelte seine Schwester ihn ab und drehte sich wieder zu mir um. „Und wollt ihr's schon allen erzählen?"

„Ich weiß es nicht", antwortete ich. „Wir haben gestern nicht darüber geredet. Vor allem wegen Florian bin ich mir unsicher …"

Sie verzog das Gesicht. „Logisch, er wird ziemlich sauer sein. Aber einen Vorteil hätte es – er würde einsehen, dass du nicht mit ihm ausgehen willst."

„Aber ihn deswegen zu verletzen, ist es nicht wert", widersprach ich.

Inzwischen war auch Karolin angekommen. Sie stand bei ihrem Freund, warf Sophie und mir aber neugierige Blicke zu. „Echt schwierig", grübelte das aschblonde Mädchen vor mir. „Ich wüsste nicht, was das Beste wäre …"

„Darüber wollte ich mir gar keine Gedanken machen", seufzte ich. „Ich wollte einfach nur für eine Weile genießen, dass ich jetzt echt mit Raphael zusammen bin."

„Versteh ich", entgegnete sie und lächelte mich an. „Entscheidet es einfach spontan, ob ihr's allen erzählen wollt. Ich verrate nichts."

Ich erwiderte ihr Lächeln. „Danke." Zusammen stellten wir uns zurück zu den anderen.

„Was habt ihr denn besprochen?", wollte Karolin wissen.

„Ein Geheimnis", antwortete Sophie und zwinkerte mir zu.

„Genau", stimmte ich zu.

Jan wirkte nicht besonders neugierig, im Gegensatz zu Niklas und Karolin. Er schob sich nur die Brille höher und nahm Sophies Hand in seine. Die zwei gaben wirklich ein süßes Pärchen ab. So ruhig und unscheinbar, aber sichtlich glücklich.

„Guten Morgen", wünschte uns plötzlich eine angenehm bekannte Stimme. Als ich Raphael erblickte, strahlte ich ihn an. Er lächelte liebevoll zurück.

„Morgen", entgegnete Niklas.

Sophie grinste breit. „Hallo.“ Karolin winkte kurz, Jan nickte nur.

Dann kam Raphael zu mir und umarmte mich. Ohne zu zögern, erwiderte ich seine Umarmung. „Du hast nichts dagegen, wenn wir es ihnen erzählen, oder?“, flüsterte er.

„Sophie weiß es schon“, antwortete ich. „Aber ich glaube, es ist nicht so schlau, wenn Florian es erfährt.“

„Je eher, desto besser“, meinte Raphael. „Ich hab keine Lust, so zu tun, als wäre nichts.“

Wahrscheinlich hatte er recht, es wäre das Beste, von Anfang an reinen Tisch zu machen. Ich nickte. „Okay. Willst du es ihnen sagen?“

Er grinste. „Ich will es ihnen zeigen.“ Und im nächsten Moment küsste er mich schon. Mitten in der Schule. Erst riss ich überrascht die Augen auf und versteinerte regelrecht, doch nach einer Schrecksekunde löste sich meine Starre, ich schloss die Augen und erwiderte seinen Kuss. Wir umarmten uns sogar dabei – nun hatten die anderen wirklich was zu gucken.

„Wa...wa...wa...“, stammelte Karolin.

Wir lösten uns voneinander und lächelten uns kurz an, bevor wir uns wieder zu den anderen umdrehten.

„Wollt ihr uns vielleicht was erzählen?“, fragte Niklas schockiert.

Sogar Jan wirkte verdutzt. „Seid ihr zusammen?!“

Ich spürte, wie mir die Röte ins Gesicht schoss. Raphael hingegen blieb cool, er legte seinen Arm um meine Schultern und zog mich an sich. „Genau, wir sind zusammen“, verkündete er.

„Seit wann?“, rief Karolin.

„Seit gestern“, antwortete ich.

Sie lächelte mich an. „Wie cool! Dann ist euer Monatstag auch der 25.!“

Das verwirrte mich. „Na, ihr seid am 25. Februar zusammengekommen“, erklärte sie. „Also ist der 25. von jedem Monat euer Monatstag. Genau wie bei Niklas und mir! Wir sind am 25. November zusammengekommen! Also, vor einem guten Jahr.“

Langsam nickte ich. „Verstehe.“ Über so was wie Daten und Monatstage hatte ich mir keine Gedanken gemacht. Ich war viel zu überwältigt, dass ich überhaupt mit Raphael zusammen war.

„Aber du und 'ne feste Freundin?" Niklas sah den Schwarzhaarigen skeptisch an. „Sicher, dass das gut geht?"

„Todsicher", bestätigte Raphael und drückte mich kurz. Lächelnd lehnte ich meinen Kopf an seine Schulter. Ja, dass er es ernst mit mir meinte, glaubte ich ihm.

„Wow. Bei dem Sonnenschein wird einem wirklich schlecht", zischte plötzlich jemand, den ich für einen Moment völlig vergessen hatte. Unbehaglich blickte ich zu Florian, der nun ebenfalls zu uns getreten war. Viel konnte er nicht gehört haben, aber er hatte bestimmt mitbekommen, was gerade unser Gesprächsthema war. Dass Raphael und ich ein Paar waren.

„Morgen", begrüßte Raphael ihn.

Florian sah ihn finster an. „Spar dir das." Ich schluckte schwer, dieser abrupte Stimmungswechsel gefiel mir nicht. Ich hatte damit gerechnet, Florian mit dieser Neuigkeit zu verärgern, aber dass er Raphael so in Grund und Boden starrte, hätte ich nicht erwartet.

Mein Freund seufzte leise und ließ mich los. „Okay. Komm, Flo."

Wollten die beiden jetzt tatsächlich reden? Jedenfalls gingen sie ein paar Schritte von unserer Gruppe weg. Allerdings nicht weit genug. Wenn man genau aufpasste, hörte man ihre Worte sogar im morgendlichen Treiben der vielen Schüler. Und keiner aus unserer Gruppe redete, wir alle lauschten.

„Was willst du denn jetzt sagen?", meckerte Florian sofort. „Dass es dir leidtut?"

„Nein, ganz bestimmt nicht", entgegnete Raphael. „Erstens tut es mir nicht leid, und zweitens würde es dich auch nicht interessieren."

Mein Banknachbar sah ihn wütend an. „Also?"

„Ich dachte mir, du willst was loswerden", erklärte Raphael.

Florian ballte seine Hände zu Fäusten. „Klar. Du bist ein Arschloch." Raphael sagte nichts dazu, er wartete. Und tatsächlich sprach Florian weiter. „Du hast mitbekommen, dass Lara mir 'nen Korb gegeben hat, und dann konntest du dich gar nicht schnell genug an sie ranmachen, was? Völlig egal, dass ich noch nicht aufgeben wollte!"

Ich presste mit Daumen und Zeigefinger gegen die Schläfen. Oh Gott ...

„Ich hab gewartet“, zischte Raphael. „Ich hab so lange gewartet, bis du sie gefragt hast, aber noch länger konnte ich nicht warten.“

„Dass du's überhaupt auf sie abgesehen hast, ist das Letzte!“, warf Florian ihm vor. „Du wusstest genau, was ich für sie übrig hab.“

„Ja, und weil du's mir zuerst erzählt hast, konnte ich nichts mehr sagen.“ Nun wirkte Raphael ebenfalls wütend. „Ich musste mich zurückhalten, und das habe ich. Aber du kannst nicht erwarten, dass ich weiterhin still sitze, wenn du deine Chance hattest!“ Vielleicht sollte ihnen jemand sagen, dass man jedes Wort verstehen konnte ...

Betreten starrte ich zu Boden. Es war allein meine Schuld, dass die beiden sich stritten, das wusste ich. Warum konnte ich dann nichts tun? Gab es irgendeine Möglichkeit, die Freunde wieder miteinander zu versöhnen? Ja. Würde ich mit Raphael Schluss machen und mit keinem der beiden jemals zusammen sein, hätten sie keinen Grund mehr zu streiten. Aber die Möglichkeit gefiel mir nicht. Ich mochte Raphael zu sehr, um unsere Beziehung zu beenden. Viel zu sehr ... Erschrocken zuckte ich zusammen, als jemand meine Hand nahm. „Sophie“, murmelte ich verwundert.

Sie lächelte aufmunternd. „Es ist nicht deine Schuld.“

„Doch“, seufzte ich. „Natürlich. Und jetzt weiß ich nicht, wie ich das Problem wieder aus der Welt schaffen kann. Ich will nicht mit Raphael Schluss machen, damit Florian nicht mehr wütend ist. Aber ich will auch nicht, dass die beiden sich meinetwegen streiten.“

„Hey, Lara, bleib cool“, riet Niklas mir. „Das löst sich von selbst.“

Ungläubig sah ich ihn an, während ich Sophies Hand drückte. „Meinst du?“

„Das weiß ich“, entgegnete er. „Aus Erfahrung.“

„Wir hatten vor 'ner Weile eine ähnliche Situation in der Gruppe“, erzählte Karolin. „Aber nach ein paar Wochen war alles okay.“

„Eine ähnliche Situation?“, wiederholte ich.

„Nun, in der Kurzfassung“, antwortete Sophie, „mein Jan war in Karo verschossen und Niklas auch. Als Karo schließlich mit meinem Bruder zusammengekommen ist, war Jan ziemlich sauer.“

Da nahm Jan Sophies freie Hand in seine. „Aber nach zwei oder drei Wochen hat sich alles beruhigt“, beendete er die Geschichte.

Ein kleines Lächeln schlich sich auf mein Gesicht. „Wäre schön, wenn sich das Ganze genauso lösen würde."

„Das wird es", meinte Karolin überzeugt. „Aber bei Flo und Raphael solltest du vielleicht mit einer Schlägerei rechnen. Ist ziemlich wahrscheinlich. Die beiden können sehr aufbrausend werden."

Meine Augen weiteten sich. „Was?!"

„Ach, abwarten", winkte Niklas ab. „Und wenn sie sich prügeln, dann nicht in der Schule."

Plötzlich kam Raphael zu uns zurück. Wir hatten gar nicht gemerkt, dass er und Florian das Gespräch beendet hatten. Dabei hätte ich gerne noch gehört, wie es ausgegangen war.

„Wo ist Flo?", wunderte sich Jan.

„Er schmollt", antwortete Raphael hörbar genervt. „Und, nur so nebenbei, er hat praktisch genau das Gleiche gesagt wie du damals, Jan."

Sophies Freund sah überrascht aus. „Echt?"

„Ja. Du weißt schon, keine richtige Freundschaft, unangemessenes Verhalten, er will nie wieder ein Wort mit mir wechseln und so weiter." Auch wenn Raphael das so herunterleierte, sah man, dass es ihm doch ein wenig naheging.

„Tja, das wird schon nicht zu lange dauern", meinte Niklas. „Oder, Jan?"

Der Angesprochene schob seine Brille höher auf die Nase. „Wir haben uns auch recht schnell wieder vertragen."

„Ich hoffe mal, das läuft so gut wie bei euch", merkte Raphael an.

Mit einer Hand hielt ich immer noch Sophies Hand fest, mit der anderen griff ich nach Raphaels. „Es tut mir leid", flüsterte ich.

Er drückte meine Hand. „Muss es nicht. Das wird schon wieder."
Als es gongte, mussten wir alle in unsere jeweiligen Klassenzimmer. Schnell verabschiedeten wir uns voneinander.

Raphael und ich umarmten uns. „Bis zur Pause", sagte er.

Ich nickte. „Bis später."

„Und wenn Flo dir Stress macht, sag's mir."

„Ich werd schon allein mit ihm fertig", beruhigte ich meinen Freund. Jedenfalls hoffte ich das. Nach einem kurzen Kuss lief ich mit Sophie zum Klassenzimmer. Natürlich konnte ich mich überhaupt nicht auf den Geschichtsunterricht konzentrieren, zumal mein Banknachbar mit verschränkten Armen neben mir saß und böse auf die Tischplatte starrte. Möglichst leise holte ich meinen Block und die Schreibsachen heraus. Ich wollte kein unnötiges Geräusch verursachen und Florian noch mehr reizen. Sollte ich mich bei ihm entschuldigen? Aber wofür? Dass ich mich in einen seiner besten Freunde verliebt hatte?

Noch bevor ich mich entschieden hatte, ob ich mit ihm reden sollte oder nicht, sprach er mich an. „Wirklich toll", zischte Florian. „Mir sagst du, du kannst nicht, aber einen Tag später bei Raphael geht's plötzlich."

„Das war doch der Grund!", antwortete ich hilflos. „Ich konnte nicht mit dir zusammen sein, weil ich mich in ihn verliebt habe."

„Das ..."

„Florian und Larissa, seid still!", meckerte Frau Franz uns an. „Wenn ihr euch austauschen wollt, könnt ihr das zwischen den Stunden und in der Pause tun, aber nicht in meinem Unterricht."

„Entschuldigung", murmelte ich. Florian schwieg.

„Zum Glück bekommen wir am Freitag Zwischenzeugnisse und haben danach eine Woche Ferien", fiel mir ein. „Etwas Abstand wird Florian und mir guttun."

Nach einer Weile achtete die Lehrerin nicht mehr auf uns, darum setzten wir das Gespräch fort. „Raphael hat den ersten Schritt gemacht, oder?", fragte Florian.

„Was meinst du?"

„Er hat zuerst gesagt, dass er dich mag, stimmt's?"

Zögerlich nickte ich. „Ja. Aber das heißt doch nichts. Die Reihenfolge ist dabei total egal."

Florian schnaubte. „Ich wusste es."

„Hör mal, ich wollte nie, dass ihr euch streitet", seufzte ich. „Ihr seid doch so gut befreundet, warum ..."

„Pah", unterbrach er mich. „Wir sind nicht mehr befreundet. Und Ende."

„Florian, es ist doch meine Schuld, nicht Raphaels", nahm ich meinen Freund in Schutz. „Wenn du auf jemanden wütend sein willst, dann auf mich!"

„Klar", entgegnete er mit Sarkasmus in der Stimme. „Weil ich auf dich ja so gut wütend ..."

„Florian und Larissa, letzte Warnung!“, tobte Frau Franz. „Entweder ihr seid still oder ihr verlasst sofort mein Klassenzimmer!“

Ich sank in meinem Stuhl zusammen. „Ja. Tut mir leid ...“

Sophie drehte sich zu uns um und musterte mich besorgt. Halbherzig lächelte ich. So ein Mist. Bis sich das alles beruhigen würde, dauerte es bestimmt noch eine Weile.

„Lara!“, begrüßte Nele mich stürmisch und umarmte mich.

Ich hob die Kleine hoch, obwohl sie nicht mehr so leicht zu tragen war, und drückte sie an mich. „Hallo, Schwesterchen.“ Es tat gut, so fröhlich begrüßt zu werden, wenn man nach Hause kam.

„Hallo, Lara“, begrüßte mich nun auch Bianca. „Wie war's in der Schule?“

„Okay“, log ich. Von diesem grauenhaften Vormittag wollte ich lieber nichts erzählen.

„Lara, Lara, Lara!“, rief meine Schwester mir dann ins Ohr.

„Ah, nicht so laut!“, jammerte ich. „Was ist denn?“

„Ich bin heute auf den Geburtstag von Zoe eingeladen!“

„Wer ist denn Zoe?“, fragte ich und stellte die Kleine wieder auf den Boden.

„Eine Freundin von mir, aus meiner Klasse“, erzählte sie.

Ich lächelte. „Das ist ja toll. Was schenkst du ihr denn?“

„Ein Mandala-Buch! Das hat Bianca extra für mich gekauft.“

Ich setzte mich zu meiner Mutter aufs Sofa. „Danke, dass du dich so um alles kümmerst“, flüsterte ich.

„Mach ich doch gerne“, winkte sie ab. „Nachher fahre ich Nele auch zu Zoe. Um drei geht's los, richtig?“

Meine Schwester nickte. „Von drei bis sieben.“

„Das wird sicher ein schöner Tag“, vermutete ich.

Nele kletterte auf meinen Schoß, ich umarmte sie fest. „Ich freue mich so!“

„Ich freue mich auch für dich“, entgegnete ich. Das war das erste Mal, dass Nele sich mit ihren neuen Mitschülern traf, dass sie etwas mit Freunden unternahm. Das war ein gutes Zeichen. Es zeigte mir, dass sie sich hier einlebte, wohlfühlte und einen Platz in ihrer Klasse gefunden hatte. Genau wie ich.

„Kommt Raphael heute zum Mittagessen?“, fragte Bianca.

Ich riss die Augen auf. „Ich hab ihn gar nicht gefragt!"

„Ach, Lara, ich hab dir doch heute Morgen gesagt, du sollst ihn einladen", jammerte meine Mutter.

Richtig ... Das hatte ich in dem ganzen Chaos mit Florian völlig vergessen. „Warte, ich schreib ihm schnell. Er ist noch in der Schule, vielleicht liest er's ja gleich." Raphael hatte heute sechs Stunden, eine Stunde mehr als ich. Und ich wusste, dass er sogar im Unterricht ständig auf sein Handy schaute. Anscheinend machte er das so unauffällig, dass er dabei nie erwischt wurde. Also schrieb ich ihm eine SMS.

*Hey, ich hab total vergessen, dich zum Mittagessen einzuladen! Meine Mutter wollte, dass ich dich frage, ob du heute zu uns kommen willst. Es gibt Spaghetti Bolognese. :-**

„Ob er das in der Schule liest?", wunderte sich Bianca.

Ich zuckte mit den Schultern. „Keine Ahnung, ich hoffe es."

Nele, die immer noch auf meinem Schoß saß, beugte sich zur Seite, um einen der beiden Kater auf dem Sofa zu streicheln. Lächelnd beobachtete ich sie. Es machte mich glücklich, sie so entspannt zu sehen. So fröhlich wie nie zuvor. In den letzten vier Jahren in Berlin hatte keiner von uns beiden jemals so ausgiebig gelacht, wie wir es jetzt oft taten. Da vibrierte mein Handy. „Ah, Raphael hat schon geantwortet", stellte ich fest.

„Und was schreibt er?", fragte Bianca neugierig.

Lächelnd überflog ich den kurzen Text.

*So eine Einladung kann ich doch nicht ablehnen. ;-) Nach der Schule fahr ich los, bin etwa um Viertel nach eins bei euch. :-**

„Er kommt nach der Schule", verkündete ich.

Bianca strahlte mich an. „Das ist toll. Dann sollte ich mal mit dem Kochen anfangen."

„Ich will mitmachen!", rief Nele und sprang von meinem Schoß.

„Ich helfe auch", beschloss ich.

Meine Mutter schmunzelte. „Okay, Lara, du schneidest den Salat. Nele, du hilfst mir mit der Soße."

Das gemeinsame Kochen machte wirklich Spaß, auch wenn es chaotisch war und die Küche danach furchtbar aussah. Um kurz nach eins war das Essen fertig, die letzten Minuten nutzten Bianca und ich zum Aufräumen, während Nele den Tisch deckte. Und dann klingelte es auch schon. Ich lief zur Tür und öffnete. Raphael lächelte mich an. Sofort umarmten wir uns. „Hallo", begrüßte ich ihn.

„Wirklich eine tolle Idee mit dem Mittagessen", merkte er an. „Sonst ess ich immer allein."

Ich schob die Augenbrauen zusammen. „Warum das denn?"

„Meine Mutter arbeitet meistens", erklärte er.

Erst jetzt ließen wir uns wieder los. Komisch. Obwohl die Haustür noch offen stand, fror ich gerade nicht wie sonst immer. Mir war wohlig warm. Raphael kam ins Haus und schloss die Tür hinter sich, er zog seine Schuhe aus und hängte die schwarz-gelbe Jacke an die Garderobe. Bevor wir ins Esszimmer gingen, umarmte ich ihn noch mal. Er lächelte mich an. „Alles okay?"

Ich nickte. „Schon. Aber ich wollte noch was machen."

„Was denn?"

Ich streckte mich ein wenig, um ihn zu küssen. Raphael zog mich sofort näher an sich heran und erwiderte den Kuss. Mein Puls raste regelrecht, doch ich genoss dieses Herzklopfen. Ich genoss diesen Augenblick.

„Iiiih!", kreischte plötzlich eine helle Stimme. „Die küssen sich!" Wir schreckten auseinander und drehten uns zu meiner Schwester um. Nele starrte uns völlig schockiert und angeekelt an. Bei diesem Gesichtsausdruck musste ich schmunzeln.

Auch Bianca kam aus dem Esszimmer auf uns zu. „Was ist denn los? Nele, warum schreist du so?"

„Die haben sich geküsst!", rief meine Schwester entsetzt.

Ich konnte nicht mehr, ich lachte los. Genau wie Bianca und Raphael.

„Wieso ist das lustig?", fragte Nele fassungslos.

Ich ging vor ihr in die Hocke, um sie fest zu umarmen. „Ach, Schwesterchen", kicherte ich, „ein Kuss ist doch nichts Schlimmes."

„Das ist eklig!", protestierte sie.

„Wieso?" Ich hauchte ihr einen Kuss auf die Stirn. „Wenn man jemanden gern hat, ist das ganz normal. Dir gebe ich doch auch oft einen Kuss."

Skeptisch sah sie mich an. „Hast du ihn echt so gern?"

Nun beugte sich auch Raphael zu uns herunter. „Lara hat mich zwar gern, aber nicht so sehr wie dich", antwortete er und lächelte sie an.

„Genau, du bist meine Nummer eins", bestätigte ich.

Endlich sah Nele beruhigt aus. Sie küsste mich auf die Wange und strahlte mich an. „Du bist auch meine Nummer eins, Lara!"

Bianca wirkte amüsiert. „Also, wollen wir jetzt essen?", schlug sie vor.

„Unbedingt!", stimmte ich zu. „Ich verhungere."

„Danke für die Einladung", sagte Raphael zu Bianca. „Das ist echt nett."

„Keine Ursache", winkte sie ab. „Du hast schon so lange nicht mehr bei uns mitgegessen!" Sie grinste. „Und da du jetzt mit Lara zusammen bist, sollten wir das wieder öfter machen."

Verlegen wandte er den Blick ab. „Klar, warum nicht."

Da Lorenz immer noch arbeitete, setzte Raphael sich auf seinen Platz am Tisch. Beim Essen redeten wir viel, leider stellte Bianca einige peinliche Fragen. Aber da musste man wohl durch, wenn man seinen ersten Freund mit nach Hause brachte ...

„Und wie kam das so plötzlich, dass ihr zusammen seid?", wollte sie wissen. Raphael und ich tauschten einen unschlüssigen Blick, was sollte man darauf denn bitte antworten?

„Na, weil sie sich lieb haben!", erklärte Nele in einem so selbstverständlichen Tonfall, als läge es auf der Hand.

Ich grinste meine Schwester an. „Genau."

Auch Raphael nickte. „Perfekte Antwort." Nachdem wir auch allen anderen blöden Fragen ausgewichen waren, räumten wir zusammen den Tisch ab.

„So, was habt ihr denn jetzt vor?", erkundigte sich Bianca.

„Bleibst du noch oder musst du nach Hause?", fragte ich meinen Freund.

„Ich hab nichts vor", antwortete er. „Wenn du Zeit hast, kann ich gerne etwas hierbleiben."

Ich lächelte ihn an. „Ich würde mich freuen."

„Spielen wir *Mensch ärgere dich nicht*?“, schlug meine Schwester vor.

„Tolle Idee!“, stimmte Bianca zu. Auch Raphael und ich willigten ein – wenn Nele einen mit so hoffnungsvollen Augen ansah, konnte man nicht ablehnen.

Nach dem Spiel, das diesmal ausnahmsweise ich gewann, musste Bianca meine Schwester schon zu der Geburtstagsfeier bringen. Also verabschiedete ich mich von der Kleinen und verzog mich mit Raphael in mein Zimmer.

„Wo geht deine Schwester jetzt eigentlich hin?“, fragte Raphael, während er hinter sich die Tür schloss.

Ich setzte mich auf die Bettkante. „Zum Kindergeburtstag. Eine Freundin von ihr hat sie eingeladen.“

Er lächelte mich an. „Es war ein lustiger Nachmittag“, merkte er an und setzte sich neben mich.

Zaghaft lehnte ich mich an ihn. „Finde ich auch. Und ich find's toll, dass du noch etwas bleibst.“

„Ist doch klar“, meinte er. „Ich hab heute sowieso nichts vor, ich hab nicht mal Schicht bei McDonald's.“

„Wie lange hast du denn Zeit?“

Er schmunzelte. „Wie lange willst du mich bei dir haben?“

Ich beugte mich zu ihm hinüber. „So lange wie möglich“, flüsterte ich ihm ins Ohr.

Sanft nahm er mein Gesicht in seine Hände. „Dann gehe ich erst, wenn du mich nach Hause schickst“, versprach er und küsste mich. Mit geschlossenen Augen erwiderte ich seinen Kuss und umarmte ihn. Am liebsten hätte ich genau jetzt die Zeit angehalten. Ich wollte diesen großartigen Moment festhalten und nie wieder loslassen. Es war alles so perfekt. Nele und ich fühlten uns hier in Pirk inzwischen wohl, wir verstanden uns super mit Bianca und Lorenz, wir hatten Freunde gefunden und ich erlebte zum ersten Mal, wie toll es sein konnte, verliebt zu sein. Nach all dem Horror der letzten Jahre, der erst vor knapp zwei Monaten sein Ende gefunden hatte, war ein wenig Glück doch nicht zu viel verlangt. Allerdings würde ich das Ganze mit mir und Raphael eher als großes Glück bezeichnen. Erst nach einer gefühlten Ewigkeit lösten wir den Kuss. Wir lächelten uns an, dann umarmte er mich fest und ließ sich mit mir rücklings aufs Bett fallen. Ich musste lachen, als wir zusammen auf der Matratze landeten. Wir lagen einfach so da, eng umschlungen, aneinandergeschmiegt und überglücklich.

„Wie kommt's eigentlich, dass meiner kleinen Frostbeule heute gar nicht kalt ist?", fiel ihm plötzlich auf.

Ich lächelte. „Tja, in deiner Nähe wird mir eben immer warm."

Er drückte mich fester an sich. „Das ist schön."

„Ich würde am liebsten ewig so mit dir daliegen", seufzte ich.

Zärtlich strich er mir durchs Haar. „Geht mir genauso." Für einen kurzen Moment kehrte Stille ein, doch dann fiel Raphael etwas ein. „Hattest du im Unterricht eigentlich noch Ärger mit Florian?"

Ich brummte genervt. „Nicht direkt. Er hat mir nur klar und deutlich zu verstehen gegeben, wie mies er uns findet. Wobei er behauptet, du wärst an allem schuld. Ich hab ihm ungefähr hundertmal gesagt, dass das nicht stimmt und dass ich mich schon lange vorher in dich verliebt habe, aber das war ihm egal. Er hat mir nicht mal richtig zugehört."

„Spätestens nach den Ferien hat er sich wieder beruhigt", vermutete Raphael.

„Das hoffe ich", schnaubte ich. „Sonst muss ich mir einen anderen Platz im Klassenzimmer suchen."

„Klar, auf Dauer ist das bestimmt nicht angenehm, in dieser miesen Stimmung neben ihm zu sitzen", grübelte er.

„Aber da wir gerade von den Ferien reden", merkte ich an, „wollen wir beide gemeinsam was unternehmen?"

Er grinste. „Möchtest du wohl mit mir auf ein Date gehen?"

Verlegen wandte ich den Blick ab und fixierte die Zimmerdecke. „Ja ... schon ..."

„Oh, ich mag es, wenn du rot anläufst", neckte er mich.

„Hör auf, dich über mich lustig zu machen", beschwerte ich mich und vergrub mein Gesicht zwischen seiner Schulter und seinem Kopf, damit er meine roten Wangen nicht mehr sehen konnte.

Er lachte. „Okay, okay. Und ja, na klar können wir in den Ferien was unternehmen. Worauf hast du denn Lust?"

Kurz überlegte ich. „Ich würde gerne mal wieder mit dir kochen."

„Geht klar", stimmte er zu. „Darf ich dich jetzt wieder anschauen?"

Ich wartete noch einen Augenblick, bevor ich meinen Kopf hob. Dann hauchte ich Raphael einen schnellen Kuss auf die Wange. Mit einem verschmitzten Lächeln im Gesicht drehte er sich plötzlich auf den Rücken und zog mich mit sich, sodass ich auf ihm lag. Er umarmte mich so fest, dass ich mich nicht wegbewegen konnte.

„Hey, lass mich runter!“, rief ich entsetzt.

„Nö.“

„Aber … aber … ich bin doch zu …“, stammelte ich.

„Du bist nicht zu schwer“, sagte er sofort. „Absolut nicht.“

Ich verdrehte die Augen. „Also bitte! Ich bin 1,78 Meter und wiege gerade mal 47 Kilo! Dass ich nicht zu schwer bin, weiß ich selbst.“ Sosehr Bianca und Lorenz mich auch mästeten – ich konnte nicht ständig Nahrung zu mir nehmen, und weil mir das Essen allgemein manchmal schwerfiel, nahm ich auch nicht so schnell zu.

Raphael runzelte die Stirn. „Was wolltest du dann sagen?“

„Dass ich zu knochig bin“, murmelte ich. „Ich tu dir doch bestimmt weh, wenn ich so auf dir liege.“

Sanft strich er mir über die Wange. Er sah mir direkt in die Augen. „Lara, du tust mir nicht weh. Und du bist nicht zu knochig.“

Scheu lächelte ich. „Sicher?“

Er nickte. „Ja, sicher. Und jetzt hör auf, dir Gedanken darüber zu machen.“

„Es ist nur, weil mein Körper nicht gerade …“

Schnell legte er mir seinen Zeigefinger auf die Lippen. „Fang gar nicht erst an, dich selbst zu kritisieren. Ich mag dich so, wie du bist. Ob mit Untergewicht oder sonst was.“

In diesem Moment kam ich mir nicht so unattraktiv vor wie sonst immer. Ich dachte nicht mehr an meine herausstehenden Knochen und die vielen Narben an meinem Körper. Ich dachte nur an Raphaels Worte. „Ich mag dich so, wie du bist.“ Vor Rührung stiegen mir Tränen in die Augen. „Danke“, flüsterte ich. Raphael strich mir mit einer Hand die Tränen weg, dann legte er seine Lippen auf meine. Leider wurde dieser vollkommene Augenblick plötzlich zerstört.

„Ich bin wieder zu Hause!“, rief Lorenz durchs Haus. „Bianca, Lara, Nele! Ist jemand da?“

Seufzend löste ich mich von Raphael. „Wir sollten kurz runtergehen und ihn begrüßen …“

Mein Freund nickte. „Ja, klar." Also standen wir auf und liefen nach unten. Mein Vater saß auf dem Sofa im Wohnzimmer. Als er uns bemerkte, grinste er.

„Na, ihr zwei", entgegnete er, „alles klar bei euch?"

„Äh, ja, schon", antwortete ich zögernd.

„Wo sind denn Nele und Bianca?"

Wie aufs Stichwort kam meine Mutter in dieser Sekunde nach Hause. „Bin wieder da", verkündete sie und betrat nun ebenfalls das Wohnzimmer.

„Nele ist auf einer Geburtstagsfeier", erklärte ich. „Bianca hat sie gerade dahin gefahren."

„Ach so."

„Du siehst müde aus, Schatz", merkte Bianca besorgt an und setzte sich zu ihrem Mann. „Alles in Ordnung?"

Lorenz fuhr sich durchs Haar. „Ich hatte selten so einen anstrengenden Tag ... Aber einfach ruhig dasitzen und fernsehen wird bestimmt guttun."

Bianca lächelte. „Genau, entspann dich ein wenig."

„Gesellt ihr euch dazu?", wandte er sich an uns. Raphael und ich hatten nichts dagegen einzuwenden, also setzten wir uns aufs Sofa. Natürlich mit ein wenig Abstand zwischen uns, schließlich saßen wir neben meinen Eltern. Lorenz wechselte so oft den Fernsehsender, bis er eine amerikanische Krimi-Serie gefunden hatte.

„Ah, die Folgen sind immer lustig. Und danach kommen die Nachrichten. Das passt", freute er sich und lehnte sich zurück.

Bei der Serie gab es tatsächlich viele Szenen, die einen zum Lachen brachten. Nach einer Weile trauten Raphael und ich uns sogar, näher aneinanderzurücken. Da Bianca und Lorenz kuschelten, legte Raphael seinen Arm um meine Schultern, ich schmiegte mich an ihn. Kurz lächelten wir uns an. Es war wirklich schön, so gemütlich und entspannt fernzusehen.

Doch als das Programm plötzlich unterbrochen wurde, verging uns allen die gute Laune. Schlagartig.

Ein Balken mit den Worten *Breaking News!* wurde eingeblendet, dann erschien auch schon das Nachrichtenstudio des Privatsenders im Bild. Eine etwa 30-jährige Frau mit kurzen Haaren blickte ernst in die Kamera.

„Was soll das denn schon wieder?“, meckerte Lorenz.

„Vielleicht ist was passiert?“, murmelte Bianca.

„Oder diese blöden Privatsender bauschen einen Promi-Skandal auf, wie immer!“, schnaubte ihr Mann. „Obwohl's keinen interessiert!“

Bianca schmunzelte und strich Lorenz über den Arm. „Ganz ruhig. Es wird schon nicht lange dauern.“

Raphael und ich tauschten einen Blick und zuckten dann mit den Schultern. Uns störte die Unterbrechung nicht sonderlich.

„Es sind erschreckende Bilder, die uns heute aus Berlin erreicht haben“, begann die Nachrichtensprecherin ihren Monolog. „Ohne unseren Informanten wäre dieser Vorfall vielleicht nie ans Licht gekommen. Diesen Anruf haben wir vor wenigen Stunden erhalten. Hören Sie selbst.“

„Das klingt nicht so, als würde es um Promis gehen“, meinte Bianca.

Lorenz wirkte schon beinahe neugierig, er beugte sich vor und fixierte den Bildschirm. „Worum denn dann?“ Schließlich ertönte eine unangenehm blechern klingende Stimme aus dem Hintergrund, wieder wurde ein Balken eingeblendet, diesmal mit den Worten: *Stimme nachträglich verfälscht.*

„Es war heute Vormittag, so gegen halb elf, gleich vorm Haupteingang des Krankenhauses“, erzählte die komische Stimme. „Es sollte ein Krankentransport ankommen, reine Routine, aber plötzlich ist was Verrücktes passiert!“

Ich schob die Augenbrauen zusammen. Was war das für ein merkwürdiger Bericht? Und warum wollte dieser Informant offensichtlich anonym bleiben?

„Das ist bestimmt einer von den Typen, der Infos an den meistbietenden Sender verkauft“, vermutete Lorenz.

„Pscht!“, ermahnte Bianca ihn. „Ich will das hören!“

Die Nachrichtensprecherin starrte immer noch ernst in die Kamera. „Ich wette, die Polizei hätte das alles unter den Tisch gekehrt“, fuhr die Stimme fort. „Ist ja kein Wunder – wenn die eine einfache Aufgabe so versauen, wollen sie's eben nicht zugeben.“ Nach diesen Worten verstummte die blecherne Stimme.

„Und was genau hat die Polizei versaut?“, fragte Raphael verwirrt.

„Die könnten den Bericht auch etwas klarer machen", stimmte Lorenz ihm zu.

„Dank dieses ehrlichen Informanten wissen wir nun, dass heute Vormittag ein Gefangener aus einem Berliner Gefängnis fliehen konnte", erklärte nun die Sprecherin.

„Was?!" Bianca starrte den Fernseher genauso entsetzt an wie auch Lorenz, Raphael und ich. „Die haben einen Gefangenen entkommen lassen?"

„Hoffentlich keinen gefährlichen Typen", murmelte Lorenz.

Ich schluckte schwer. Ich hatte ein flaues Gefühl im Magen – ein Gefangener aus einem Berliner Gefängnis? Gilbert saß in einem Berliner Gefängnis ... „Genau wie etliche andere Verbrecher auch", rief ich mir in Erinnerung. Die Wahrscheinlichkeit, dass ausgerechnet er entkommen war, war minimal. Dennoch raste mein Herz plötzlich. Meine Angst vor diesem Mann saß tief ...

„Zusätzlich zu dieser Information haben wir das Video der Sicherheitskameras vor dem Eingang des Krankenhauses erhalten", gab die Nachrichtensprecherin bekannt. „Trotz der niedrigen Qualität ist die Flucht des Mannes deutlich erkennbar."

„Donnerwetter, die übertragen jetzt sogar das Video!", staunte Lorenz. Die Schwarz-Weiß-Aufnahme, die nun abgespielt wurde, war ziemlich verpixelt, weshalb sich die Bilder schwer erkennen ließen. Im ersten Moment fiel mir nur das Polizeiauto auf, das vor einem Krankenhaus stand. Keiner von uns redete, wir alle beobachteten wie gebannt das Geschehen auf dem Bildschirm. Warum die anderen so angespannt wirkten, wusste ich nicht. Ich wollte mich nur vergewissern, dass es sich bei diesem Flüchtling nicht um meinen schlimmsten Albtraum handelte.

Zwei Polizisten stiegen aus dem Wagen, einer von ihnen wirkte ziemlich jung, der andere hingegen relativ alt. Aber so genau ließ sich das bei der schlechten Qualität der Aufnahme nicht bestimmen. Die beiden Männer holten einen weiteren Mann von der Rückbank. Ein paar Passanten liefen über den Gehsteig und verdeckten kurzzeitig die Sicht. Dann erst kam der dritte Mann ins Bild. Er sah recht groß aus, jedenfalls neben den beiden Polizisten. Man sah ihn nur von der Seite, dennoch versuchte ich, ihn genauer zu betrachten. Seine Haare waren dunkel, sein Alter würde ich auf

40 schätzen, seine Hände waren vor seinem Körper mit Handschellen gefesselt. Er wurde von den beiden Polizisten an je einem Arm festgehalten.

„Der Kerl sieht ganz schön gefährlich aus", merkte Bianca an. Sie klang schon fast beunruhigt. „Und der läuft jetzt echt frei herum?"

Ich beachtete ihren Kommentar nicht weiter, sondern starrte den Mann auf dem Bildschirm an. Nein, das konnte nicht Gilbert sein. Bestimmt nicht. Klar, er war groß und dunkelhaarig, auch das Alter stimmte ungefähr, doch wenn der Mann im Video tatsächlich Gilbert wäre, hätte ich das längst bemerkt. Erleichtert atmete ich auf – ich hatte mich sinnlos gefürchtet.

Der Gefangene wurde von den beiden Polizisten Schritt für Schritt in Richtung Krankenhaus gebracht. Die drei gingen sehr langsam, der Inhaftierte schwankte stark, als wäre er betrunken. Plötzlich stolperte er, der ältere Polizist fing ihn auf. Und da erkannte ich sein Gesicht. Im ersten Moment dachte ich, mein Herz würde stehen bleiben. Oder ich würde in Ohnmacht fallen. Augenblicklich erstarrte ich, mein ganzer Körper zitterte unkontrolliert und ich keuchte auf.

Es war Gilbert.

Aber wenn der Mann auf dem Überwachungsvideo Gilbert war, bedeutete das, dass er ... nun nicht mehr im Gefängnis saß. Dass er frei war. Auf der Flucht. Meine Eltern und Raphael bemerkten gar nicht, dass ich kurz vor einem Nervenzusammenbruch stand. Und das war auch besser so. Hätte mich jetzt jemand angesprochen, wäre ich durchgedreht. Mir wurde eiskalt. Schnell zog ich die Beine an und umfasste sie mit den Armen. Ich hatte das dringende Bedürfnis, mich einzurollen.

Der Polizist half Gilbert, wieder auf die Beine zu kommen und weiterzugehen. Inzwischen hatten sie den Eingang des Krankenhauses fast erreicht. Mit einem Mal ging alles ganz schnell. Unglaublich schnell. Gilbert musste sehr lange an diesem Plan gefeilt haben. Er rammte dem älteren Polizisten seinen Ellbogen mit voller Wucht ins Gesicht, sodass dieser umkippte. Dann schlug er dem jüngeren Beamten beide Fäuste auf die Nase. Bevor der junge Mann seine Orientierung zurückgewann, schnappte Gilbert dessen Schlüsselbund und rannte zurück zum Polizeiauto. Auf dem Weg löste er die

Handschellen mit einem der gestohlenen Schlüssel, dann stieg er in den Wagen und fuhr einfach davon.

„Krass." Raphael schüttelte den Kopf. „Der Kerl ist echt fit."

„Auf so was muss man erst mal kommen. Das ist ja grauenhaft!", rief Bianca.

„Es ist auch sehr unvorteilhaft, einen so alten und einen so jungen Polizisten zusammen auf einen Einsatz zu schicken", meinte Lorenz.

Hatten meine Eltern Gilbert wirklich nicht erkannt? Na ja, sein Gesicht hatte sich ja nicht in ihre Köpfe eingebrannt. Nur in meinen.

„Lara, ist alles okay?", fragte Raphael und drückte mich näher an sich. „Du siehst fertig aus ..."

Ich brachte kein Wort über die Lippen. Wenn ich meine Zähne nicht weiterhin fest zusammenbisse, würde ich jetzt laut und hysterisch schreien. Ich hatte furchtbare Angst. Gilbert war frei.

„Erschreckende Bilder aus Berlin", meldete sich die Nachrichtensprecherin zurück. „Bei dem Flüchtigen handelt es sich – wie soeben widerwillig von der Polizei bestätigt wurde – um Gilbert H., der wegen Mordes und jahrelanger Misshandlung angeklagt ist."

Sofort schnellten drei Köpfe zu mir herum. Nun begriffen alle, warum ich so panisch aussah. Warum ich mich zusammenrollte, oder besser gesagt, warum ich mich selbst festhielt. Warum ich zitterte und kein Wort sagte.

„Laut einem Passanten soll er, bevor er mit dem Polizeiauto geflohen ist, eine Drohung an eine bisher unbekannte Person ausgesprochen haben", fuhr die Sprecherin fort. „Der genaue Wortlaut war: *Engelchen, jetzt bist du dran!*"

Ich war so gut wie tot.

Danksagung

An dieser Stelle möchte ich mich bei einigen ganz besonderen Menschen bedanken:

- Bei meiner wunderbaren Familie, die mich in meiner Leidenschaft für das Schreiben immer unterstützt hat.
- Bei meiner ehemaligen Lehrerin Martina Schlemmer-Baade, die mir das nötige Selbstvertrauen geschenkt hat, um die Veröffentlichung zu wagen.
- Bei meiner Grundschulfreundin Charly, die mich dazu angespornt hat, ein ganz neues Buchgenre auszuprobieren und mich mit Feedback zur Geschichte davon überzeugt hat, dass es die richtige Idee war.
- Bei meiner allerwichtigsten Testleserin Andrea, ohne die ich viel zu viele Fehler machen würde.
- Bei Claudia, meiner ersten Freundin in einer vollkommen unbekannten Stadt, die sich jederzeit mit mir zusammengesetzt hat, um meine Ideen anzuhören und darüber zu diskutieren, wie die Handlung weitergehen könnte.
- Bei meiner Freundin Sandra, die mich mit ihrer Begeisterung und ihrem Zuhören ermutigt hat, diese Geschichte fortzusetzen.
- Bei Melanie, Philipp und Thomas, die sich extra Zeit genommen haben, um mit mir ein geniales Cover zu gestalten.
- Bei meinem Kung-Fu-Trainer, der mir großartige (Wing-Zun-)Griffe beigebracht hat, durch die ich das Training von Larissa und Florian erst richtig darstellen konnte.
- Bei meinem Freund Andi, der mir ein paar unverzichtbare Informationen über das niedliche kleine Dörfchen Pirk gegeben hat.
- Bei einer genialen Anwältin (M.) und einem tollen Gefängniswärter (W.), die Gilberts Ausbruch aus dem Gefängnis erst

realistisch gemacht haben – danke für eure authentischen Tipps!

- Bei allen Leuten, die mich motiviert und inspiriert haben, und bei denjenigen, die meine aufgeregten „Oh mein Gott, meine Geschichte wird veröffentlicht!“-Anrufe ertragen haben.
- Bei Papierfresserchens MTM-Verlag, der es mir ermöglicht hat, meinen größten Traum zu verwirklichen.
- Bei meinen großartigen Lesern.

Ihr seid super! Vielen Dank!
Eure Maron Fuchs

Die Autorin

Maron Fuchs wurde 1995 geboren und kommt aus Bayern.

Derzeit studiert sie in Bamberg Gymnasiallehramt für Latein und katholische Religion.

Maron Fuchs
Glühende Hitze
ISBN: 978-3-86196-373-8

Nach vier Jahren häuslicher Misshandlung ist die 17-jährige Larissa das Leben in Angst und Ungewissheit gewohnt. Aber sie hätte nie gedacht, dass all die Panik zurückkehren würde, nachdem sie und ihre kleine Schwester umgezogen und in eine liebevolle Familie gekommen sind. Endlich führt sie ein normales Leben, hat Freunde gefunden und sich sogar verliebt. Doch ihr brutaler Stiefvater ist tatsächlich aus dem Gefängnis ausgebrochen und nun auf der Suche nach ihr. Sie weiß, dass ihre Zeit abläuft. Denn nichts kann dieses Monster aufhalten.

Printed in Poland
by Amazon Fulfillment
Poland Sp. z o.o., Wrocław

70685888R00195